紘之聖域

紘の聖域

栗本薫

日本推理大師經典

絃之聖域

栗本薰

CONTENTS

出版緣起

日本推理大師，永不墜落的熠熠星團

編輯部

一九二三年，被譽為「日本推理之父」的江戶川亂步推出〈兩分銅幣〉之後，日本現代推理小說正式宣告成立。若包含亂步之前的黎明期，此一文類經過了將近百年的漫長演化，至今已發展出獨步全球的特殊風格與特色，使日本成為最有實力的推理小說生產國之一，甚至在同類型漫畫、電影與電腦遊戲的推波助瀾之下，日本著名暢銷作家如桐野夏生、宮部美幸等也已躋進亞洲、歐美市場，在國際文壇上展露光芒，聲譽扶搖直上。

我們不禁要問，在新一代推理作家於日本本國、台灣，甚或全球取得絕大成功的背後，有哪些強大力量的支持、經過哪些營養素的吸取與轉化，能夠在競爭激烈的國際舞台上掙得一席之地？在這些作家之前，曾有哪些重要的作家精耕此一文類、獨領當時風騷，無論在形式的創新或銷售實績上都睥睨群雄、立下典範、影響至鉅？而他們的努力對此一文類長期發展的貢獻為何？此外，日本推理小說的體系是如何建立的？為何這番歷史傳承得以一代又一代地開發出一批批忠心耿耿的讀者，並吸引無數優秀的創作者傾注心血，人才輩出？

為嘗試回答這個問題，獨步文化在經過縝密的籌備和規畫之後，於二〇〇六年年初推出全新書系「日本推理大師經典」系列，以曾經開創流派、對於後輩作家擁有莫大影響力的作家為中心，由本格推理大師、名偵探金田一耕助和由利麟太郎的創作者橫溝正史，以及社會派創始者、日本文壇巨匠松本清張領軍，帶領讀者重新閱讀，並認識在日本推理史上留下重要足跡的作家，如森村誠一、阿刀田高、逢坂剛等不同創作風格的重量級巨星。

日本推理百年歷史，從本格派到社會派，到新本格、新新本格的宣言及開創，眾星雲集，但跨越世代、擁有不朽魅力的巨匠們，永遠宛如夜空中璀璨耀眼的星團熠熠發亮，炫目不墜。

獨步文化編輯部期待能透過「日本推理大師經典」系列的出版，讓所有熱愛或即將親近日本推理小說的讀者，親炙大師風采，不僅對於日本推理小說的歷史淵源有全盤而深入的理解，更能從經典中讀出門道、讀出無窮無盡的趣味。

CHAPTER — 序奏

少年

智的頭上是一片沒有星星的夜空。

智心想，最早開始說出暗夜這種話的，不知道是哪裡的誰。夜不是黑的，是灰色。暗灰色中微微發白的時間。

早已過深夜一點，這種時間也不會有車行經了。智悄悄環顧四周，一點也不覺得睏。

智今年十七歲，處於這個年齡時，每個人都能徹夜不睡等待某個人。黑壓壓的群樹在頭頂沙沙低響，智仰望的那扇窗緊閉。

這是一座最近已很罕見的純日式氣派大宅。不過，要不是黑夜籠罩，或者看在懂建築的人眼中，其實那只是幾乎不在乎建築樣式，不斷增建導致風格不統一，住起來又不方便的房子罷了。

智沒有這個想法。他只是屏住氣，一個勁等待。

耳邊傳來細微的啪擦聲，隨著這個聲響，窗戶輕輕打開，露出一張白皙的臉。

「我吵醒你了嗎？」

跑向窗下，智這麼問，語氣是掩不住的雀躍。

「沒有。」對方壓低音量回答。「不要緊，我醒著。」

「這樣啊。」

由紀夫並未立刻招呼智進入屋內。

他只是撐在窗框上，抬頭望向天空。那仰起的纖細頸項與白皙的喉嚨，與智的雙眼齊高。智的身材相當高。

「你在看什麼？」

「雲。好厲害，飄得眞快。」

「雲那種東西……」智表現出有些不耐的肢體語言，輕聲抗議：「我們沒有太多時間。」
由紀夫如雷雲般昏暗的雙眼，這才望向父親情婦帶來的拖油瓶。
「你看一下，是那麼黑的雲呢。」
智無奈地抬眼，不禁受到吸引。
起風了，風彷彿摩擦樹梢般吹過。有點微亮的暗灰色天空中段，掛著幾乎沒有顏色、大半被烏雲掩蓋的月亮。宛如墨汁滴入水中，流淌的烏雲快速飄過天空，月亮頻頻消失又出現。
「明天大概會下雨。」
「一定會吧。」
然而，智的心思並未一直停留在月亮或天氣上。像是想使出渾身解數，吸引三心二意的朋友注意，智忽然轉身，摟住由紀夫的脖子。
「放手啦。」
「你再繼續吊我胃口——」
接著淹沒他們的，是只在十七歲與十六歲的季節才可能擁有的痴心又激烈的吻。
「好冷。」
好不容易扭開脖子，由紀夫這麼說。那纖細的肩膀微微顫抖，證明了他並未撒謊。
「我們去那邊。」
「嗯。」
智抓住窗緣，矯健地翻窗而入。
他的**表弟**瞇起眼，彷彿覺得這樣的他非常炫目。六張塌塌米大的和室裡，放著寬大的床和書桌，光線只來自書桌上的檯燈。從成疊的唱片和雜誌也看得出，這確實是屬於少年的房間。

「披件衣服吧。」

「嗯。」

「由紀夫就是怕冷。」

智的語氣裡帶著保護者的自豪與擔心。他輕輕摟住由紀夫的肩膀，檯燈淡淡的燈光下，兩人羞赧地相視微笑。

智十七歲，由紀夫剛滿十六歲。不只因年齡差距，並肩而坐時，就能清楚看出這對「表兄弟」之間的差異。所謂的「表兄弟」，是由紀夫的父親喜之助在不知如何向別人解釋他們的關係時，爲了方便想出的說詞。只要這麼一說，就不會有任何人想到其實他們是同一棵樹上長出的葉子了吧。

智的身高比由紀夫多十公分，體重也多將近十五公斤。不過，就算再過一年，由紀夫也不可能長得像現在的智一樣高壯。從由紀夫纖細的骨架和體格，幾乎看不出一個滿十六歲的少年該有的活力與男子氣慨。

非常稀有地，偶爾會奇蹟般出現這樣的少年。由紀夫的皮膚既薄又緊繃，白皙到像是底下沒有血管流過。纖瘦的手上浮現青色靜脈，睫毛又濃又長。一張日本人特有的蛋形臉，顏色暗淡的瞳眸與極度細緻的五官，展現猶如浮世繪少女的風情。他的脖子細長，散發出的氛圍令人想起中世紀詩人讚譽的詩句「如天鵝般……」。然而，若仔細觀察整體，看到愈多細節愈會發現，雖然他確實擁有以繁瑣工藝打造的奢侈品之美，但實在太纖弱，反倒給人一種寂寥幽暗的野花般的印象。

相較之下，智看起來健美多了，甚至可說帶有幾分野性。儘管實際上還是不得不承認，由於青春期發育未完整而造成的不均衡感也在他身上如實展現，手腳顯得有點長，相對地，肌肉又不夠發達，眼神始終流露出內心暗藏的陰鬱思緒，所引發的不滿與叛逆。縱使如此，若將由紀夫比喻爲夜晚，他就是白晝，若由紀夫是月亮，他就是太陽。兩人分別屬於不同世界，涇渭分明。

反過來說，長成獨當一面男人的自信，或許最能有效助長智的美貌。黝黑細長的臉型雖然不及白皙如演員般的朋友半分俊俏，卻讓人感到那特徵鮮明的強烈意志力與力量正在不斷萌芽。最令人一眼難忘的，是那在長期以來的飢渴中淬鍊出的，像是要激起詛咒似的凶狠又激烈的目光。

見過智的人都感受得到，這是「可能會做出什麼事……」的危險少年，也有直接說他是不良少年的大人。甚至，有些人大剌剌地說他是「被人包養的藝伎帶來的拖油瓶私生子，肯定做不出什麼好事」。

如果那些人當中有誰現在打開門閂，目睹這間房裡的狀況，一定會顫抖著嘴唇，斬釘截鐵地說：果然，不能讓不良少年接近安東家的寶貝公子。

然而，少年們卻並肩坐在床上，試圖從近在旁邊的彼此身上找尋深切的慰藉。

「嗳……」

由紀夫的頭靠在智肩上，口中低喃。

「嗯？」

「我以爲你不會來了。」

「怎麼可能，你在說什麼傻話？」

「因爲……」

由紀夫白皙的臉頰上，浮現一抹莫名成熟的苦笑。

「因爲**那傢伙**，整天都在那裡叮叮咚咚的。」

「沒辦法，快要開始排練了。」

「你倒是說得輕鬆。」

「爲什麼……」

智皺起眉頭，看著他的朋友。那兩道濃黑的眉毛一旦皺起來，幾乎成了一直線。膚色黝黑，搭上漆黑頭髮的他，外表有一股說不出的野性，就像南方民族一樣。

「只要那傢伙在那裡，我就哪裡都不能去。」

「可是，如果那傢伙不練習——」智倏地閉上嘴巴。

「那個人就會去你媽那裡，對吧？所以，你也無法待在房裡。」

「不要再說這些了。」

「嗳，智。」由紀夫發出哽咽。

「嗯。」

「我就算長大以後，也**絕對**不結婚。」

「嗯。」

「我最恨**那傢伙**和**那女人**了，恨得要死。」

「…………」

由紀夫的聲音，是只有少年才發得出的聲音，懷著毫不妥協，新鮮欲滴的憎惡。智什麼都沒說，摟著他的手臂益發用力。

「就算外公死了，老爸繼承安東流，等**那傢伙**死了，我也**絕對**不要當宗師。」

「嗯。」

「這個家的一切都令人厭惡——智，你也這麼想吧？」
「嗯。」
智的眼神犀利，盯著半空像要射穿什麼。順著他瞪視的方向，隔著牆壁，隔著中庭，再隔著另一道牆壁的後方，是由紀夫的父親與他的母親正全裸交纏的偏房。
「如果有一天你媽死了……」
「嗯。」
「我們就離開這裡吧。離開這種地方——這個家。」
「嗯。」
「我才不要一個人走，因爲你一定會先畢業。」
「怎麼可能……」智的聲音沙啞，「我對由紀夫是這麼……」
「等等！」
兩人的身體一僵。一個慢悠悠的腳步聲從穿廊上逐漸靠近，停在紙門外。
「由紀夫。」
由紀夫急忙指向棉被，智立刻會意，鑽入其中。由紀夫則在書桌前坐下。
「由紀夫，你睡了嗎？」
「是，母親。」
「你睡了嗎？」
「沒有。」
「還在用功？」

「是，再看一下書。」

「不要太拚命，該休息了。」

「是。」

「你身子弱——況且，登台的日子快到了。」

「是，母親。」

「適逢外公重要的大舞台，你要是發燒可不得了。」

「好，我這就睡。」

「還有，反正你也不上大學，不必這麼用功。」

「我知道啦。」

「那就趕快休息吧。」

「晚安。」

腳步聲再次緩緩離去。迴盪在少年耳中的，是丈夫被同一屋簷下的女人奪去的女人偏執的腳步聲。

「走了嗎？」

「嗯。」

掀開棉被，智探出頭，眼中潛藏著幽微的憤恨。

「她每天晚上都一定會到處巡視。」

由紀夫撇下嘴角，嘟囔著走向床邊。

智伸出手，抓住他纖細的手腕，將他用力拉近。

「過來吧。」

智低沉的話聲聽起來十分苦悶，像在強忍著什麼。

「別管大人了。忘掉一切，那跟我們一點關係也沒有——不管怎樣都無所謂……」

「智，要是那傢伙再回來……」

「無所謂啊。」

智瞇起的眼裡，閃過一絲近乎凶暴的嗔怒。他將由紀夫拉進棉被裡。

「我也是——我也絕對不會結什麼婚。」

智的聲音彷彿噎在喉頭。

「不生小孩——爲了人類，爲了這世界好，像他們那樣的人，一個都不該存留。」

他渾然不知這句話，將成爲意想不到的可怕預言。

「嗳，由紀夫。」

「嗯？」

「前陣子，我看了電影。」

「什麼電影？」

「法國片。在宿舍裡，高年級和低年級的男生，像這樣用刀子劃開手臂，疊在一起。」

智在棉被上伸出青筋賁張的黝黑手臂，疊在由紀夫手臂上。

「把血混在一起嗎？」

「對，成爲拜把兄弟的誓言儀式。」

「你想試試嗎？」

「不過，如果你不想——」

「可以啊，只要是智想做的事，我都願意。」

由紀夫鑽出棉被，在書桌旁窸窸窣窣摸索一番，才皺著眉頭返回。

「只有這種的。」

他拿出的是便宜的削鉛筆小刀。

「用這種刀子一定劃不開。再說，鉛筆粉末有毒，萬一攙進傷口就不好了。」

「那不行呢。」

「明天放學後，我去買把好的刀子。」

「那就明天吧。」

「嗯。」

智捧住由紀夫冰冷的臉頰。

「怕嗎？」

「不會啊。」

「真的就明天喔……」

智從由紀夫的臉頰依序撫上脖子、肩膀，只有當那隻手打開薄睡衣的前襟和去脫褲子時，由紀夫才忽地一震，縮起身體表示抗拒。不過，不管怎樣，那都不是真心的抵抗。

智的呼吸愈來愈惆悵，而且急促。他捧著寶貝似地輕輕撫遍由紀夫滑順的肌膚。

「智……」

「怎麼？不要的話就說，我會停手。」

「不是這樣的……」
「那是怎麼？害怕嗎？」
「害怕——怕什麼？」
「還問什麼……」
智堵住由紀夫的唇，難受地扭動，彷彿在訴說想快點讓身體也合而爲一。身下的由紀夫觸感冰涼，但很快地，那滑順的肌膚也會像注入了智的熱度般變得火燙。
「我喜歡你……其他人全都去死就好了。」
「我也是……我也是……」
由紀夫纖細的身軀，帶著無依的感覺躺在智懷中。智忘我地貪婪索求他的嘴唇，性急地朝耳朵與頸項轉移，接著慢慢沒入棉被中。
由紀夫抓著他的頭髮，手指忽然用力。
「智。」
「什麼事？又是**師傅**？」
「不是。」
智心不甘情不願地爬上來，由紀夫望向他的眼裡閃著奇妙的光。
「噯，你沒聽見嗎？」
「聽見什麼？」
智豎起耳朵。秋日深夜裡，四下一片靜寂。
「三味線的琴聲。」

「你在胡說什麼啊，不會有人在這種時間彈三味線吧。」

「可是我眞的聽見了。你聽，又來了……」

「哪有？我沒聽見。」

「聽得見啊，咚、叮叮叮鈴咚——不就是《鳥羽戀塚》嗎？」

「『鳥羽戀』？不會吧，那不是下次發表會時，八重師傅要表演的曲目嗎？」

「嗯。」

「我才沒聽見那種東西。」

智皺起眉頭說。

「聽好——我剛到這個家時，經常到了晚上還覺得耳邊叮叮咚咚響，以爲誰又在彈三味線。」

「不是那樣的……」

「怎樣都無所謂吧！」

智不耐煩地摟住由紀夫的脖子。由紀夫閉起眼，柔順地任由他去。智滿懷粗暴焦躁的怒氣，吸吮著由紀夫的嘴唇。他拋開顧慮，不再像對待寶物或面對易碎玻璃一樣小心翼翼，粗魯地摸遍由紀夫的身體。由紀夫發出急促的呼吸，默默承受。

凝視他皺起眉頭、輕啓雙唇的痛苦表情，智不禁想著，這傢伙果然在害怕。

（由紀夫在害怕——他感覺到了什麼。）

（可是，那究竟是什麼？爲什麼……？）

答案當然無從問起。安東由紀夫這樣生長在舊式家庭與特殊環境下的少年，他的精神與心理，或許都不是健康強壯、內心充滿叛逆與不滿，只覺得快發狂的少年江島智能夠理解的吧。

（別怕，沒什麼好恐懼的。沒有誰能欺負由紀夫。不管發生什麼事，我都會保護他。根本沒有誰眞正爲由紀夫著想，只有我能保護他。絕對不離開，無論發生什麼事都不讓他傷心。）

智閉上雙眼，帶著所有初戀的甜蜜與熱情，不顧一切地用自己的臉頰摩挲由紀夫柔嫩的臉頰。

籠罩著他們的夜微微發白。別說由紀夫，連智也不可能知道，這天——昭和（註）五十×年十月十七日，一切悽慘奇異的破滅，將在這天揭開肉眼看不見的序幕。

註—日本天皇年號，約爲西元一九二六到一九八九年。

I CHAPTER — 第一章

本調子

一 謠掛（註一）——第一起殺人事件

1

那年十月，罕見地下了好久的雨。

「這雨還眞能下。」

山科警部補（註二）從文件上抬起頭，自言自語。

「眞的很能下。」

「從十七日下到現在，十七、十八——四天沒看到太陽啦。」

「什麼事都沒發生，上天安排得也眞好。」

「的確，畢竟我們的工作，可不是遇到雨天就能順延的。」

光是想像在下個不停的大雨中，還得趴在泥濘的道路上，戴著白手套摸索找尋證物，山科警部補就不由得全身發抖。

「況且……」

代澤署裡人稱「老爹」的老刑警左右田皺起眉頭說：

「雨下得這麼帶勁，大部分東西都給沖光了啊。什麼血跡啦，輪胎痕啦，全沒了。這種時候拜託千萬別發生肇事逃逸的車禍或凶殺案。」

「完全沒錯。」

山科警部補的視線回到文件上。

不過，他一邊看文件，一邊不經意地想，這種平靜會持續到什麼時候呢？

簡直就像被這場雨困住的人們，將各種欲望與愛恨情仇也關進了各自的家門內，為代澤署的轄區帶來一時的風平浪靜。

這一帶有著東京少見的綠意盎然，以住宅區為中心的街景，山科警部補朝警署窗外望去，只見一片灰濛濛的煙雨，路上的車輛也比平時少。

（不只痕跡會被沖刷掉，經過的行人變少，目擊者也減少了。）

山科警部補忽然浮現不舒服的心情。

為了甩掉這不祥的預感，他嘟噥了句：

「哎呀，不管怎麼說，這雨還真能下。」

接著，他再次勤快地動手整理文件。第一小組現在只有兩個人外出，其他人都待在辦公室。雖然這裡並不是犯罪頻仍的轄區，但以大東京範圍內的轄區來說，如此平靜還是很難得。

（會是暴風雨前的寧靜嗎？）

左右田注視著山科警部補那微妙的表情變化，只見他像是要舒緩僵硬的肩膀，頻頻左右擺頭。

雨嘩嘩下個不停。

註一——指長歌中採能樂「謠曲」方式演唱的聲樂部分。

註二——日本警察制度的階級，由下而上依序為巡查、巡查長、巡查部長、警部補、警部、警視、警視正、警視長、警視監、警視總監。

入夜之後，雨依然持續地下。

最先發現**那個**的，是在三軒茶屋某服飾店工作的年輕女孩。

她原本想早點回家，老闆卻說雨入夜就會停，硬是將她留下，還請她吃飯，搞得很晚才回家。

這一帶有許多斜坡路。在黑漆漆的樹影籠罩下，家家戶戶燈也熄得早，濕漉漉的街道上幾乎不見行人。

一邊生氣自己被拖得如此晚歸，撐著傘的她一邊加快腳步。

公車從三軒茶屋的商店街開進來，往東轉了一個彎。由於附近是女子大學和公園，入夜後路上安靜得鴉雀無聲。

她踩著匆促的腳步，走在一道長長的石牆外。那戶人家不知是做什麼的，有時從外面就能聽見熱鬧的三味線琴聲，也曾聽見歌聲，不過她分不出是能樂謠曲（註一）還是淨琉璃（註二）。年輕女店員過著幾乎不曾接觸國樂的生活，那種樂音聽在耳中只覺得吵。即使如此，若是夏天傍晚聽見叮叮咚咚的樂音，心情還是很不錯。

問題在於，現在是秋天，而且是雨下個不停的夜晚，那聲音實在太令人毛骨悚然。走在長長的圍牆外，她暗自這麼想。含著濕氣的三味線音色不但教人憂鬱，這麼晚了還在彈琴，附近鄰居不會抱怨嗎？

大概是藝伎屋吧。提到三味線，她只會聯想到藝伎。

（唔唔，好冷，眞想趕快回家吃拉麵。）

在下個不停的雨聲伴奏下，三味線的琴聲不斷從她耳邊流過，女店員再次加快腳步。

忽然，那聲音戛然中止。

以爲要結束了，又聽到彈奏者不耐煩似地快速胡亂撥弦，最後，彷彿琴弦斷裂，一切聲音消失。

（怎麼回事啊？）

她抬頭望向那座黑壓壓又靜悄悄的宅子。

忽然，她低聲尖叫著向後一跳。原來，圍牆上有扇門打開，一個黑影踩著踉蹌的腳步走出來。

「來人啊……」

走出來的那個人，發出使人感受到情況非同小可的嘶啞呼喊。女店員只看得出那是個女人，身穿黑色和服。

「救救我，幫我叫救護車，拜託。」

從牆裡出來的女人呼吸急促地說，接著就倒在積了水窪的路上，彎曲如鑰匙的手指伸過來，試圖抓住女店員的腳。

女店員大叫後退，觸電般的恐懼導致她腦中一片空白。

倒下的女人抓住胸口，喉嚨發出可怕的咕嚕聲，似乎想再說什麼，卻已說不出話。

女店員丟下雨傘，塗了紅色指甲油的手摀住嘴巴，站在原地無法動彈。雨水毫不留情地打在臉上，她睜大雙眸，露出充滿驚愕與難以置信的眼神。

倒下的女人背上，比脊椎稍左一點的位置，長出了詭異的東西。那是一把小刀——或者應該說，

註一——能樂是演唱謠曲加上樂器伴奏，類似西洋歌舞劇的形式。謠曲，即爲能樂的唱本。

註二——以三味線爲主要伴奏樂器的說唱音樂。

是大小接近菜刀的一把刀的刀柄。

右臂伸長，彎起手指求助，左手蜷在胸前，女人就這麼倒在一地泥濘中。左手握著白色物品，看不清楚是什麼。黑色和服袖子撕裂，白色腰帶幾乎鬆脫，像條白蛇垂落在她身後。

女人的左頰摔進水窪中，睜大雙眼的蒼白臉龐上已失去活人的血色。雨愈下愈激烈，打在那張側臉及再也不會動彈的身軀上。

這是現實中發生的事嗎？女店員滿心疑惑。一切太不真實了，怎麼想也不像真的——對，不像。

她站在原地，依然摀著嘴，恍惚地這麼想。雨打溼她的頭髮，沿著臉頰流下，淋濕全身。

那道長牆內傳出鬧哄哄的動靜，燈也點亮了。在某個人走出屋外看到她之前，女店員一直發不出聲音，失魂落魄地凝視著死在眼前的和服女人，及她背上長出的詭異裝飾。

2

「安東喜之菊——是這樣寫嗎？」

山科警部補用手指在半空中寫出漢字。

「那麼，她的本名叫什麼？這應該是筆名……不，是藝名吧？」

「是的，那是我替她取的藝名。」

安東喜之助肩膀微縮，低著頭說。

「沒記錯的話，她的本名是……喂，叫什麼來著？」

「我想，應該是叫田能倉幸江。」

安東八重看也不看丈夫一眼，注視著山科回答。

好美的女人。安東八重走進來那一瞬間，山科不由得倒抽一口氣。夜明明這麼深了，她盤起的頭髮卻沒有一絲紊亂。身上穿的雖是日常和服，衣襟仍筆直平整，清瘦的臉上化著淡妝。

就算不化妝，肯定也是大美女吧。山科暗想著。

纖細的肩膀削斜，脖子細長。雙面腰帶打著工整的結，她蒼白的臉上面無表情，看起來像個乾巴巴的京都人偶。

站在妻子身邊的喜之助有張酒糟臉，長相令人想到大入道妖（註），山科警部補看著他，莫名有種面對生猛野獸的感覺。

「所以是這樣的嗎？今晚原本不是喜之菊小姐練習的日子，但她想再複習一次，所以晚上就來了。」

「是的，那應該是七點多的事。當時我正好在吃晚餐，就請她在排練場等一下，過去指導時約莫是八點十分，她大概複習了三十分鐘，或者比這再久一點。」

「叫什麼曲子，那個——」

「《綱館》。」

「對對對，她說這首曲子很重要，沒有自信，是嗎？」

「是的。」

「這是常有的事嗎？也就是說，常有人在非正式的練習時間，來請師傅特別指導嗎？」

註——日本傳說中的妖怪，模樣像巨大的僧人，多半以粗眉塌鼻，長相醜陋的形象呈現。

「不時都會有。對我們來說，沒有所謂的正式練習時間。再者，喜之菊是第一次擔綱《綱館》這麼重要的曲目，想必非常緊張。」

「所以，知道被害者今天會來的人並不多，可以這麼說嗎？」

「我想可以這麼說。」

「她傍晚打電話問晚上是否能練習，我就說『來吧』。之前的事就不知道了。」

八重開了口，冷冽的表情沒有太多變化，令人聯想到能劇《班女》（註一）。這時，遠方又傳來激烈的雨聲。

眞奇怪，山科警部補暗忖。總覺得踏入這座被長長圍牆圍起的大宅時起，就像跨進另一個完全不同的世界，彷彿一腳越過的是異次元的邊境。

在離二十一世紀只剩下二十年的時代，竟還有這麼一群平日也穿和服的人。不只八重，喜之助和死去的喜之菊也身穿和服。踏進玄關時，山科就聞到焚香的味道，擦得光潔的走廊嘎吱作響，好似在抗議刑警的粗魯闖入。

鞋櫃上一個頗有意趣的籃子裡插著小菊花，走廊盡頭的玻璃櫃中，放著許多京都人偶，不知是誰的收藏。左側牆壁上，掛著巨大的玳瑁海龜伸展四肢的標本。

穿過長廊，來到一間看似起居室的和室，裡面放著長火缽，也有書桌，桌上的硯盒是打開的。八重解釋，剛才她在寫信。

杜間橫板上掛著繪馬，擺放佛壇與神龕的那側牆上，還掛著蹴球做的裝飾品，神龕上供著破魔矢。

時間在這裡像是停止流動，又像被阻絕了。山科警部補心想。沿著走廊到底左轉，繼續往前，是兩個同樣大小，各十二張榻榻米大的房間，中間以一扇拉門隔開。被害者就是從西側那間排練場，打開防雨門跌進院子，再鑽出牆門向外逃，最後死在牆外吧。

「這房間眞大。」

「有時只是總預演前的小預演，或是第一次演奏發表之類的場合，我們也會使用這裡。只要拆掉中間的拉門，兩個房間連起來就能當成大宴會廳使用，內側那間房裡也設置了代替舞台的設備。」

「喔喔，這麼說來，要在那裡等待練習結束也可以。」

山科警部補佩服地想著，一邊觀察寬敞的房間。

凹間放著兩把三味線，只有琴身的部位以紫色錦袋套住。插在黑色鶴頸瓶裡的白桔梗花，反倒像被擠開似地放在一旁。高低櫃上整齊放著譜架，琴譜收在下方的收納櫃裡，喜之助如此說明。寬敞的房間正中央，有兩個相對而放的坐墊。坐墊中間的譜架上是一本打開的《綱館》琴譜，看在山科警部補眼中有種莫名的臨場感。畢竟，使用這本琴譜的正是被害者。直到臨死之前，渾然不知大難即將臨頭的喜之菊，應該一直對著這本琴譜，用旁邊那把濺了血的三味線不斷練習吧。

那把三味線的胴掛（註二）掉在不遠處，琴皮破得令人不忍卒睹，露出內部的空洞。三根琴弦都斷了，掛在琴桿上。

「推測被害者應該是在這裡彈琴時，忽然被人從背後刺殺。根據目擊者的證詞，在那之前，曾聽到三味線的琴聲忽然中止。遇刺的被害者往前傾，造成琴弦斷裂，手中的撥子（註三）刮破琴身的

註一—能樂的劇目之一，主角班女沒有任何狂放的演技，只以扇舞和謠曲表現對戀人的思念。

註二—琴身側面兼具保護與裝飾作用的套子。

註三—三味線的彈片。

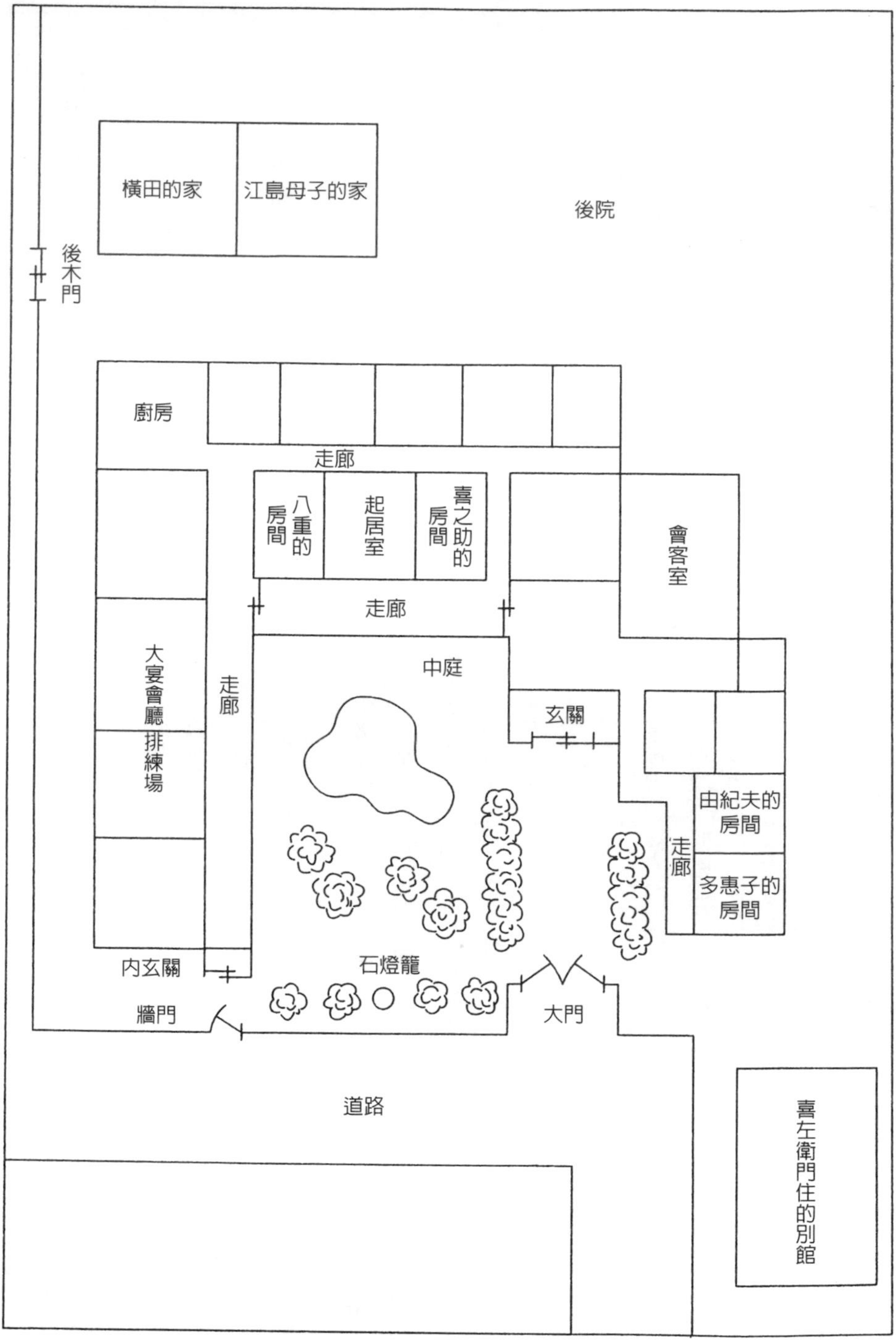
橫田的家
江島母子的家
後院
後木門
廚房
走廊
八重的房間
起居室
喜之助的房間
會客室
走廊
中庭
大宴會廳
排練場
走廊
玄關
由紀夫的房間
走廊
多惠子的房間
內玄關
石燈籠
牆門
大門
道路
喜左衛門住的別館

安東家平面圖

皮，應該是這樣吧。」

左右田戴上手套，小心翼翼地調查，一邊這麼說。那雙骨節粗大的手中的三味線，看起來甚至比沾滿泥濘的屍體更悽慘，令人不忍卒睹。

「撥子握在被害者手裡，對吧？」

「是的，組長。」

「請問，那把三味線是府上的樂器嗎？」

「是的，是我們在家練習時用的三味線。」

斑斑血跡在地上形成帶狀，扭曲著橫越房間，穿過敞開的拉門一直延伸到走廊上。

眞奇妙，山科警部補暗想。殺人現場他看多了，也不是沒見過悽慘得無法正視的屍體。然而，這裡連屍體都沒有，只有破掉的三味線、濺了血的拉門和顯示被害者行動的血跡。光是如此，這個房間卻比躺了任何形狀的屍體的寫實殺人現場更悽慘，更毛骨悚然，也更教他背脊發涼。究竟是爲什麼？

（一定是這棟房子本身帶有某種脫離現實，彷彿被時光拋下的鬱塞氛圍的緣故吧。）

「遺體搬走了吧？」山科警部補問。

「是的，組長。」

「既然如此，繼續站在這裡也不是辦法，我們到那邊再多談談吧。」

「麻煩了。」

連身上隨意披著的絲綢和服看來都很高級的喜之助低下頭。

體形高大，有張紅通通的酒糟臉，再怎麼客氣都稱不上端正的長相，說得直截了當一點，就是個醜男。就算身材高大，比正常人寬闊許多的肩膀仍使他看來畸形，粗短的脖子又讓他顯得強悍。一張臉就像章魚，要不是堅定的意志力與浸淫藝術帶來的非凡感性爲他帶來獨特的風格，說他看起來就像有犯罪前科的惡僧也不爲過。

然而，即使是那樣的風格也無法掩飾這男人旺盛的精力，生猛到了簡直可說是油膩的地步。山科不由得想起穿和服的冷淡妻子八重，那毫無生氣、面無表情的模樣。

（眞是一對奇特的夫妻。）

環顧四周，聽著喜之助說的話，漸漸地，山科忽然不確定是否身在長年熟悉的轄區內，懷疑這裡眞的是現代東京的一個角落嗎？他簡直就像化身爲古老推理小說裡登場的警部，進入甫遭逢慘案的老房子裡四處摸索。

雨聲宛如低音伴奏，規律地落在意識深處，加深了山科做夢般的恍惚心境。

「我們走吧。」

山科重新振奮精神，並催促喜之助。

3

然而，如果那時山科警部補前往同一棟房子的相反側，也就是與排練場隔著幾個房間的安東由紀夫的書房，那麼，這起案件和成爲案件背景的這個家整體的謎樣詭異氛圍，大概就不會令他如此困惑了吧。

「由紀夫——噯，由紀夫。」

壓低聲音、頻頻輕敲由紀夫房間窗戶的，是江島智。

「快起來，你在睡覺嗎？嗳，由紀夫。」

朝一片漆黑的房裡呼喚半天，智終於耐不住性子，從外面一把拉開窗戶。窗戶沒上鎖，輕而易舉就拉開了。智脫下塑膠雨衣，丟在一旁，跳上窗戶。

「由紀夫。」

「嗯……唔，幹麼？」

由紀夫發出抗議。其實，違背父母的期待，由紀夫偷偷用功準備考大學，希望能在不久後考上大學遠離這個家。每天晚上吃過飯，他會立刻上床睡覺，半夜再起來讀書到天亮。

「今晚不行喔，智。」

「不是那樣啦。」

智面紅耳赤。

「喂，你都沒發現嗎？眞是的，是不是只有來場大地震你才會醒？」

「怎麼了？」

「大事不妙，發生眞正的、貨眞價實的殺人案件了。」

「咦？」

由紀夫這才好不容易起身，打開枕邊的檯燈。

「夢裡依稀聽見救護車的鳴笛聲，還以爲是夢……在哪裡？發生什麼事？」

「有人被殺了，就在這個家裡！」

「是**那傢伙**嗎？」

由紀夫冒出這句話，像是不禁流露心聲。

「**不是**，聽說是喜之菊。」

「喜之菊……**為什麼**？」

由紀夫的聲音瞬間拔高爲哀號，智急忙伸手摀住他的嘴巴。

「小聲一點。橫田老爹換了衣服趕去主屋，我就說，那我也去看看狀況吧。我媽整個人都不對勁，一直說如果是**那女人**就好了，那女人一定是遭天譴了。」

「……」

由紀夫屏氣凝神，望著眼前的朋友。

智已換上毛衣和牛仔褲，露出毫不鬆懈，絕對不錯過任何蛛絲馬跡的表情。

「我外公呢？」

「誰知道，還在呼呼大睡吧。」

「警察來了嗎？」

「嗯。」

「我問你，爲什麼喜之菊會在我們家被殺？」

「我哪知道，我也只是聽吉嫂偷偷透露的。」

智皺起眉頭，像是同情朋友的反應太不切實際，抓著那單薄的肩膀搖了搖。

「總之，先換衣服吧，說不定警察會來找我們問話。」

「啊……嗯。」

「不管怎樣，我想快點弄清楚發生什麼事。」

「嗯，現在幾點？」

「十一點二十五分。噯，由紀夫。」
「嗯？」
「別擔心——就算出了什麼事……聽好，不管發生什麼事，我都會保護你。」
「嗯……」
由紀夫正要解開睡衣鈕扣的手指停下，抬頭以溼潤的眼眸望向智。
智抱住他，緊緊擁抱，然後兩人接吻。
「噯……」
由紀夫推開智的手，匆匆穿上襯衫和毛衣，一邊說：
「智的媽媽……一直在家嗎？」
「咦？」智皺起眉頭。「在啊，怎麼了？」
「她一直跟智在一起嗎？直到剛剛？」
「是啊。喂！」智的話聲變得粗重。「你在亂想什麼？」
「沒有，只是有點……」
「什麼嘛，由紀夫，你該不會——」
就在一股不祥預感罩上智的濃眉時，耳邊傳來低低的叫喚聲。
「由紀。」
「喔，等一下。」
由紀夫穿好衣服，走過去取下卡住房門的門閂。
「啊……」

「我就知道，小智也在這裡。我是無所謂啦，不過，即使房間離得再遠，你們聲音最好還是放輕點，不然會引人過來。」

走進房間的少女，有著一雙和八重非常相似、眼尾細長的雙眸，毫不客氣地盯著兩個少年。

「既然如此，我想妳也聽說菊姨的事了吧？」

像這樣站在一起，就會發現安東多惠子和弟弟相似得可笑。

同樣纖瘦的體格、細長的臉型及血色淡薄的五官，與其說是相差三歲的姊弟，不如說是一對外貌相似的雙胞胎姊妹。

事實上，如果由紀夫把那頭適合少年的短髮留長，或多惠子把她梳著明治時代女學生髮型的一頭豐厚長髮剪掉，乍看之下或許還眞分不出誰是誰。

不過，仔細觀察，會從多惠子的臉上看出某種潛藏的執拗。至少，從中感覺不到弟弟由紀夫那種月光般不眞切的虛無飄渺。智並不喜歡好友的姊姊，總覺得兩人的長相如此相似，總有一天多惠子強烈而激昂的內在將壓倒由紀夫，就像兩朵同根的花，柔弱的一朵會被另一朵吸去生命力一樣。

「聽說了，可是實在難以置信，爲什麼菊姨會遇上那種事？」

「那種事，在這裡討論再多也沒用。」多惠子說。「走吧，由紀夫、小智。」

「去、去哪裡？」

「你眞笨！難道不想去查看一下狀況嗎？」

「可、可是……」

「警察現在似乎在會客室問話。不管怎麼說，既然發生這種事，明天大概不能去上學了——總之，我們偷偷去瞧瞧吧。」

「可是明天要補習……」
「你眞的很**沒用**耶！」
聽到多惠子語帶輕蔑，智不禁發怒，爲了不讓心愛的朋友繼續被瞧不起，率先走出房外。
家中瀰漫著說不出的緊張氣氛。到處查看的警察還未入侵由紀夫的房間附近，走廊上仍一片冷清。即使如此，依然能嗅到一股緊逼而來的異樣氣息，刺激著孩子們的肌膚，引起像是在玩捉迷藏時，聽見扮鬼的人腳步接近的那種緊張興奮情緒。
他們屛住呼吸，穿過走廊，試圖潛入玄關旁那個四張半榻榻米大的房間，悄悄監視隔壁會客室裡的動靜。
「嗳，要是被發現，母親會生氣。」
「你眞是膽小鬼。」
「那種女人有什麼好怕的？由紀夫眞是的，老是看她的臉色。」
「可是……」
「才……才沒那回事。」
「喂，」智忍不住低聲說：「安靜點，會被聽見。多惠子姊，妳的聲音太大了。」
「不准你喊我『多惠子姊』！」
「好啦、好啦，總之安靜點。不然都不曉得到底來幹麼的了。」
不過，一旦踏入那充滿嚴重霉味又潮濕的黑暗房間，三個孩子又像被什麼擊中，一句話都說不出來。
雖然是孩子氣的冒險，四下縈繞不去的壓倒性「死亡」冰冷氣息，及那逼人沉默的慘案陰影，令他們有如接觸到寒氣的花般瞬間枯萎。智抿著嘴唇，露出老成的表情，彷彿在說自己什麼都不會看漏。這個少年偶爾會露出這種令人驚訝的強悍果斷表情。

多惠子蒼白的臉頰抽搐，總算理解眼前的事實既不是開玩笑也不是小說情節，而是現實中發生在這個家裡的災難。她流露——準備面對事實的嚴峻神色。

至於由紀夫，只是緊緊抓住智的手，好似這麼做就能引導自己走上平安順遂的道路。從多惠子臉上取走生命力與某種程度的壞心眼後，就成了由紀夫的臉，而現在那張臉，在塵埃瀰漫的昏暗房裡顯得恍惚卻無表情。與其說是這纖細的少年反應遲鈍或優柔寡斷，不如說是在錯綜複雜環境下成長的他個性小心謹慎，不輕易流露內心真正的想法。

多惠子在紙門上戳出一個洞，一縷光線透入四張榻榻米大的昏暗房間。這其實是備用客房，通常在正月或做法事時供司機等身分地位較低的人住宿，堆滿送客用的**伴手禮**和別人送來的物品。

三人湊近那個小洞，偷窺會客室的情形。首先映入他們眼中的，是腳。

很多雙腳，有穿足袋的，穿襪子的，站著的，蹺二郎腿的。光看腳，十二張榻榻米大西式房裡，像是擠滿數不清的人。

有誰窸窸窣窣地低語。三人同時認出是管家橫田沙啞的嗓音。

「噯，不要推啦。」多惠子壓著喉嚨低聲說。

「噓！」智急忙制止，但已太遲。

「誰在那裡？」

聽見八重冷靜清晰的聲音，三人縮起身子。

「是誰？出來吧。」

眼。

接著是一陣粗魯的腳步聲。紙門被人毫不猶豫地拉開，瞬間增強的光線灌入室內，孩子們紛紛眨眼。

「這可真不得了。」

一個有著方下巴的陌生中年男人這麼說。

智、多惠子與由紀夫，尷尬地站起，在燈泡的黃光下不知所措。

二　節付（註）——雨之家

1

眞是的——山科警部補暗想。

眞是的，這到底**是個怎樣的**夜晚啊。

（一個晚上到底要嚇我幾次才甘願？）

首先嚇到他的，說來是個奇怪的東西。那就是剛踏入玄關時，從牆上瞪著他的巨大海龜標本。從具有光澤的焦糖色龜甲內伸出細長的脖子，沒記錯的話，這傢伙和蛇應該是一夥的吧。被嚇到的山科警部補這麼想。第二次受驚嚇，則是看到安東八重。

第三次的驚嚇，是忽然衝進會客室的橫田老人起的頭。無視警官制止，那矮小乾癟的老人一衝進屋內，就跪在喜之助和八重面前。

「明明有我看著，還讓他們做出這種事。」

說著，老人泫然欲泣，不斷用頭摩擦兩人的腿。

「橫田，不要這樣，當著客人的面成何體統？」

從喜之助勉強的表情可看出，他並不樂意接受這種舊時代的忠義表現方式。

「他叫橫田，該怎麼說……算是安東流的管家吧。是老爺很久以前收的徒弟，就住在這棟屋子後方。」

「橫田先生也會長歌嗎？」

「該學的都有學，也有一個藝名叫安東喜佐治。不過主要負責家裡的帳務，關於這方面的事，都可問他。」

「這樣啊。」

橫田的臉不大，於是正中央的鼻子顯得異常地大。拜這個大鷹勾鼻之賜，使他莫名看起來像一隻火雞。他一身古意盎然的灰色西裝，繫著領帶，神情彷彿在說「家裡出大事了」。沒想到在這個年代，還能見識到這種傳統到發霉的人，山科警部補幾乎稱得上是感動萬分了。

之後由於那三人的出現，又整整帶來三倍的衝擊，可說是山科警部補最驚訝的一件事。

不只山科，包括左右田和年輕的倉林刑警在內，甚至身為父親的喜之助，內心都為三位一體的孩子出現受到震撼。唯獨八重細眉都不挑一下，冷靜注視三個孩子。

大人們會如此受到撼動，或許是在背後黑暗的襯托下，少女和兩名少年宛如一幅裱了框的畫。在微弱黃光的照射中，孩子們好似從古老壁畫上跳出來的人物。

「你們在那裡做什麼？沒規沒矩。」

第一個回神的是喜之助，那張酒糟紅臉因發怒而脹得更紅，如此咆哮。

「請不要大吼大叫，很晚了。」

八重這麼說。一對上八重那色素淡薄、眼尾細長的雙眸，喜之助狼狽地垂下視線。明明是精力旺

註——為歌詞分段（節）的意思。

盛，有著強大意志力與暴躁性格的大男人，在嬌小又冷淡的妻子面前，幾乎可說是戒慎恐懼。山科悄悄記下這件事。

「沒關係，發生了這種事，要他們安靜睡覺未免太強人所難。不過，他們都是兩位的孩子嗎？眞是出色。請務必告訴我名字──」

說到一半，山科發現似乎說了不該說的話，倏地閉上嘴。八重閃爍著類似憤怒的目光，但很快藏到冰冷表情的深處。

「長女多惠子、由紀夫，還有一個是……住在屋後的遠房親戚的孩子，名叫江島智。你們眞是沒規矩。」

喜之助的語氣不悅到極點。

「怎麼這麼說……哈哈，原來如此。少爺和千金長得眞像，簡直是和夫人一個模子印出來的。」

身材纖瘦，梳著明治時代女學生將上半部髮絲攏在腦後綁起，其餘頭髮直接披在背上的髮型，身穿藍底碎花圖案的長袍，美麗得像娃娃一樣的女孩是安東多惠子。跟姊姊幾乎長得一模一樣，甚至可說比姊姊更美，有著驚人纖細五官的嬌小少年就是由紀夫了吧，山科警部補暗想。三人當中，江島智長得最高，是手長腳長、膚色黝黑的少年，他流露散發陰鬱氣質的眼神，窺探著山科警部補。

「由紀夫，快回房間去。」八重催促著。

「沒關係，我有不少問題想問他們。」

「孩子們和這件案子無關。」

「但終究瞞不住他們吧。況且，你們幾歲了？十七？十八？無論如何，都是能被當成大人對待的年紀了。」

「大的今年滿十九歲。」喜之助說。「小的讀高中一年級，所以是十六歲。智應該比他大一歲吧。」

「十六歲？」

山科警部補有些訝異。多惠子和智的歲數大致上和猜想的差不多，但原本以爲露出怯懦眼神、躲在智身後的由紀夫，不是十三歲就是十四歲——他看起來才剛上國中。

（眞是個身體虛弱的孩子啊。）

「嗳，我問你們。」

三人年紀橫跨十六到十九歲，不曉得到底該當他們是小孩，還是全部視爲大人，山科警部補只好模稜兩可地問話。

「我們爲什麼會上門造訪，原因你們知道了吧？」

「是的，菊姨被殺了。」

多惠子擺出身爲最年長的架式積極回應。三人當中，至少她自詡完全是個大人了。

「吉嫂來叫我起床，順便把事情說了。」

「那很好。無論如何，不能拖到明天。這麼一來，全家到齊了嗎？」

「不……」喜之助吞吞吐吐。

「你還沒說嗎？」八重問。「我父親和同居人住在那棟——就是出了玄關後，左邊的別館。」

「令尊是……？」

「安東喜左衛門，安東流的宗師。」

「啊，是那位被譽爲國寶的大師？」

說這句話的不是山科，而是年輕的倉林。山科等人驚訝地回頭，只見倉林臉都紅了。

「是的，他也是國家藝術院的會員。」

八重的語氣冷靜，但能聽出明顯的驕傲，甚至帶著某種狂熱的虔誠。

「宅邸內有弟子被殺，沒人去通知他嗎？」山科訝異地問。

「喜之菊是喜之助收的徒弟，對父親來說只不過是徒孫。況且，父親年事已高，平常九點過後我們幾乎不會去打擾他。」

「請問令尊貴庚？」

「八十歲了，今年要慶祝傘壽。喜之菊主演的《綱》，就是將在國立劇場的慶祝公演中發表的曲目。」

「這樣啊。」

「這個時間吵醒父親不太妥當，如果您堅持，我們當然可以去叫他，但他最近健康狀況不佳，加上發表會的日子快到了，要是不礙事，希望另找時間向他說明。不管怎樣，父親最近幾乎都關在那邊的屋裡，很少出來指導練習。」

「不，這樣也無妨。」

山科警部補帶著幾分慌張，打斷八重的話。從八重呲牙裂嘴的話語聽來，只不過是一介徒孫被殺，不能為此打擾高齡八十的國寶大師清眠。

「不必打擾他。不過，他的同居人是……？」

「她在安東流的名號是『喜千世』——我們都喊她千世姊，原本是藝伎，差不多快六十歲了。當然，父親也已八十歲，說是同居人，其實只是照顧他的日常生活起居。算起來……應該有十五、六年了。」

「原來如此。容我再次確認，實際上住在這個家裡的是，安東流宗師喜左衛門先生和同居人喜千世女士，喜左衛門先生的女兒八重女士和女婿喜之助先生，然後是兩位的孩子多惠子小姐和由紀夫少爺，還有幫傭松田吉子女士，以及……」

「在這座宅子的建地上另外蓋了兩棟長屋，一棟給橫田住，一棟給智和他母親住。」

「這樣啊。那麼，令尊和他的……和喜千世女士住在別館，主屋則住了五個人，其他徒弟進出大宅排練場時，走的是圍牆的那道門，沒錯吧？」

「是的。」

「我明白了。」

山科警部補心想，這一切聽起來明明沒什麼，實際上看著這些人時，卻不知為何覺得他們之間的關係就像一團打結的線般錯綜複雜，不太對勁。

不過，只能靠一一問話，抽絲剝繭，把纏繞在一起的線團釐清了。

「那麼，今天晚上所有人都待在自己該在的地方嗎？」

「什麼？我想……應該是吧……」

「剛才我們署裡的警員大致調查了一番。由於這座大宅的建築實在相當複雜，不管怎麼說，恐怕還是得請您提供宅院的平面圖——話雖如此，姑且仍快速調查過一遍。看起來，犯人要從外部入侵，行凶後又逃出屋外，似乎是不可能的事。」

「………」

「目擊者是服飾店的店員佐藤惠美子小姐。據她所說，從被害者鑽出牆門倒下，到幫傭太太出去查看爲止，屋內一直非常安靜，也沒有看到任何人出來。」

「……………」

「當然，這麼大一座宅子，一定有後門吧，等一下慢慢請教大家便能釐清。只是不巧下著雨，足跡之類的痕跡恐怕不指望留下了。不過，光就我的部下四處搜查的結果看來，除了這個家原本的成員之外，完全沒有發現其他人躲在裡面。」

山科露出有些可恨的笑容，少年們面面相覷，握住彼此的手。

「也就是說——」

「……………」

「你的意思是，包括橫田老爹和江島母子在內，是這座大宅裡的某個人殺了菊姨？」

多惠子提高音調質問。

「警官，你是想這麼說吧？」

「我只是想說，這個可能性很大。」

山科語帶惱怒，同時迅速觀察在場所有人。

然而，如果他希望看到有人緊張不安，或不愼做出暴露心聲的反應，可說是失敗了。他們沒有像眞正的家人般齊心憤慨，甚至沒有互相窺伺彼此一眼。喜之助一臉爲難地摸著下巴，八重彷彿早就預料到刑警會這麼說，一副滿不在乎的樣子。只有橫田有些慌亂地環顧四周。

好一陣子，誰都沒有開口。雨聲像忽然被想起似地變大，傳入耳中。眞是的，這場雨到底要下到什麼時候？山科警部補不經意地這麼想。

2

「總之……」

山科警部補盯著眼前的茶杯。

「總之，眞正踏進那裡前，實在無法相信現世上仍有那種地方。連剛從那裡回來的我，都還有點難以置信。」

「國寶級大師，又是藝術院會員，甚至獲頒文化勳章的高齡宗師，與周遭的人錯綜複雜的關係，是嗎？」

儘管自認是具備世間常識的正常人，山科警部補這時也不由得窩囊地點了點頭。一臉好奇的大迫警部不滿地說：

「反正這次搜查總部一定會設在我們署裡，你至少得和那家人打好關係才行。」

「我實在辦不到。我老家是在四木地方賣魚的，附近都是工廠。在那種地方長大的我，說到三味線只會想到民謠和浪花節，該怎麼和什麼宗師、什麼偉大藝術家搞好關係，我一點頭緒都沒有。」

「那家人果然和一般人不一樣？」

「差很多。」

左右田在一旁插話。儘管整夜沒睡，大家都已筋疲力盡，但早上九點將舉行搜查總部設置後的第一次會議。在會議結束前，只能留在這裡。

窗外，今天早晨也下著雨。

「介紹的時候說是什麼遠親，其實後來管家告訴我們實話，原來是小老婆。換句話說，那個叫喜之助的少師傅明明是贅婿，卻幫藝伎贖了身，還讓對方住進家裡。而那個叫智的少年，是女人的拖油瓶。至於那個叫友香的藝伎——本名是江島友子，是滿媚的女人。我猜，她應該很恨八重師傅——也就是元配。」

「丈夫讓小老婆帶著兒子住進自家宅院內，妻子難道不以爲意嗎？」

「很難講，連她尊敬的父親大人也和小老婆生活在一起，或許她覺得這種事無可奈何，早就放棄了。明明長得那麼美，卻不知道她心裡到底在想什麼。」

「那位國寶大師的夫人呢？死了嗎？」

「不，是丟下丈夫和女兒跑了——當時是年紀不小的大嬸了，但她是安東流內人稱天才的三味線演奏者。繼承了來自父母的血脈，那位叫八重的夫人，三味線技藝好像也很不得了。」

「由於是聽管家說的，實際情況如何不得而知。話說回來，元配的小孩和小老婆的拖油瓶看起來似乎感情不錯——明明都不是不知世事的年紀了啊。」

「該不會信奉原始共產主義吧。」

「總之，憑我們一般人的常識，無法理解那個家的事。」

山科沒轍地說。只有在那個過度寬敞，飄散著線香氣味的家中，彷彿生活在水裡的魚般臉色奇異鐵青的那群人才是眞實，而那座大宅之外，熱鬧的東京街頭、交通事故和住宅區反倒像是幻影。

走出那座老舊的宅院，回到熟悉的辦公桌前，看到缺角的茶杯和大迫警部笑嘻嘻的臉時，山科恍若剛從惡夢中醒來。

（這裡才是屬於我的地方。）

「看來，這起案件有許多奇怪的地方。」左右田若有所思，轉動手中的香菸這麼說。「其中特別奇怪的是——」

「是什麼?你說說看。」

「那個被害者，是叫喜之菊嗎?關於那女人，有三點很奇怪。第一，排練結束後爲什麼在排練場拖拖拉拉了三十分鐘不離開?關於這一點，喜之助的解釋是，喜之菊家中有生病的母親，不能在家練習。好吧，這也就算了。第二點，是被害者的和服腰帶幾乎快鬆脫。」

「…………」

「請想想，女人繫的和服腰帶，是一長條布扭轉打結而成，沒那麼容易拆開。記得我老婆還在的時候，是女人理所當然地穿和服的年代，她們腰帶綁得可緊了。牢牢在背上打個太鼓結，憑凶器那種不中用的菜刀，要是力氣不夠大，不可能刺穿腰帶直達背部。」

「所以，是爲了方便刺殺她才扯掉腰帶嗎?」

「就跟你說了，和服腰帶沒那麼容易解開——不是像戲劇裡演的，扯著腰帶讓女人團團轉就能解開。寬腰帶上有繫帶，下面有打底的繩紐，打了好幾重的結——再怎麼拉也沒辦法一扯就開。從被害者身上腰帶垂落的狀態看來，不是繫到一半，就是拆到一半。不管怎樣，都是正在穿或脫的階段。」

「換句話說，老爹，你的意思是，被害者練習三味線後，爲了某種原因解開腰帶，是嗎?」

「就是這麼回事。」

「喔喔。」大迫露出明白了什麼的笑容。「我懂了，指導她練習的不是八重，而是喜之助。」

「那個章魚頭玩女人似乎玩得很凶，從橫田的態度就看得出來。畢竟，他是不顧贅婿身分，爲藝伎贖身還帶回家裡當小老婆，讓妻妾同居的男人。對了，那個叫友子的女人，原本其實是跟八重學的藝，還取了個『喜八友』的藝名。老爺子喜左衛門那個叫喜千世的小老婆，原先不也是長歌的歌者？換句話說，在那些人眼中，師傅對女徒弟下手大概是稀鬆平常的事。」

「那個叫喜之菊的女人年紀多大？」

「說是今年要滿三十八歲了。雖然稱不上美麗，但算是男人會著迷的類型。雖然我只看過屍體就是了。」

「在排練場，時間又是晚上，面對嬌媚的熟女弟子，性好女色的少師傅終於著了魔……」

「如果是不巧撞見這一幕，因而產生的殺意，凶手可能是八重或友子。」

「連丈夫娶小老婆都吞忍了，不料他竟在同一屋簷下，而且是神聖的排練場，和女徒弟做那種事。看到這一幕，元配忍不住怒上心頭了嗎？」

「聽說，那個叫友子的女人性情相當暴躁，或許無法接受情夫被搶走——不管怎樣，她可是爲了喜之助，不惜與元配生活在同一座宅院中的女人。」

「這麼說來，是喜之菊在重新繫上被喜之助拆開的腰帶時，遭人從背後刺殺——可是，如果是這樣，目擊者佐藤惠美子在案發前聽見三味線琴聲突然中斷，又該如何解釋？喜之菊琴藝再好，也不可能一邊繫腰帶一邊彈琴吧。」

「所以，這只是我稍微大膽的假設，在搜查會議上還不打算提出。」左右田這麼說。

「那麼，會不會是這樣呢？其實，喜之助根本知道是哪個女人殺了喜之菊？」

「你的意思是，案發當時他也在場？按照他本人的說法，八點半指導完喜之菊排練他立刻離開，朝起居室的方向走去，當時八重在自己房間寫信。從她房前經過時，喜之助對她說『排練結束了，但喜之菊想再自行練習一下』。然後喜之助進了起居室，在裡面修改發表會時預定演出的新曲。然而，當時他其實留在排練場，目睹八重或友子衝進去，和喜之菊起了爭執。爲了掩飾爭執聲，喜之助倉促拿起三味線彈奏，不料凶手舉起菜刀，於是他驚訝之餘停止彈奏——這就說得通了。」

「可是，三味線的琴身上沾了一點血。」

「那是——他拿著三味線介入調停……」

「那個……」

站在牆邊的倉林刑警，小心翼翼地開了口，隨即又閉上嘴巴。

「什麼事？你說說看。」

一旦進了本廳刑警參與的搜查會議後，像倉林這麼年輕的刑警就很難有插嘴的機會了。山科想趁現在聽聽倉林的想法。

「我認爲……不，有件事我怎麼都想不通。」

「哪件事？」

「就是——撥子。」

「撥子？」左右田發出激動的話聲，雙眼閃閃發光。「居然注意到這一點，眞有你的。」

那瞇起眼睛的表情，就像稱讚孫子考了好成績的祖父。

「我剛才不是說，有三點很奇怪嗎？其實，第三點就是那個撥子。」

「這話怎麼說？」

「喜之菊死的時候，將撥子握在左胸前。」

左右田將握起的拳頭抵在左胸前示範動作。

「有什麼問題嗎？」

「撥子應該是用右手拿，如果喜之菊遇襲當下在彈三味線，撥子拿在右手才自然，腰帶也沒有鬆脫的理由。然而，如果她是和喜之助在辦那檔事的途中遇襲，不可能在彈三味線吧？那麼，爲什麼她會在如此緊急的情況下，特地拿起練習用的木製撥子？」

「是想用來防身嗎？」

「人在千鈞一髮之際想這麼做，也應該用慣用手才自然吧？」

「搞不好喜之菊是左撇子？」

「不，儘管偶爾會看到反過來重裝琴弦，方便左撇子人士使用的三味線，尤其是義太夫三味線特別常見，但案發現場都是普通的三味線。喜之菊使用的，也是按照琴弦三、二、一順序安裝的正常三味線。」

「還是，她只在彈三味線時跟一般人一樣用右手，平常是左撇子？」

「我也這麼想，所以詢問過了。每個人都說從來沒察覺她是左撇子，也沒聽她說過類似的事。由此可知，她應該慣用右手。」

「那麼，爲何撥子會握在左手中？」

「對——所以，我有個想法。」

「什麼想法？倉林，你說說看沒關係。」

「我的想法是，喜之菊或許藉此暗示凶手是誰。爲了留下訊息，告訴別人刺殺她的是八重或友子其中一人，是她在倉促之下動的腦筋。」

「你的意思是，那是**死前留言**？」山科警部補露出不悅的神情。「那種像小說情節的事……」

「你是指，她手中握著撥子，是爲了暗示凶手是三味線的演奏者？可是，八重和友子都會彈三味線啊。」

「不是的，我認為用左手握撥子，或許有什麼意義。」

「凶手是左撇子之類的？」

「有這個可能。不過，我第一時間想到的是，友子原本花名友香，是深川那邊的藝伎，由於來向八重學習三味線，才和這家人扯上了關係，對吧？」

「他們是這麼說的。」

「藝伎有個普遍的別名，叫做『拉左衣襬的』吧？」（註一）

「我懂你的意思了。」

左右田淡淡地說：「這點不妨考慮進去，阿山哥。」

「案發那段時間，友子在做什麼？」

「她說當時在家，一邊縫半衿（註二）一邊看電視。通常，喜之助吃過晚餐就會去她那裡，那天為了指導喜之菊沒去，她還賭氣不高興。她的兒子智表示，他在旁邊看書，不時聽見母親看電視大笑。只不過，兒子的證詞可信度就……」

「橫田不是住在隔壁嗎？他怎麼說？」

「那個老爺爺上了年紀，聽力不太可靠。傷腦筋的是，他也說當天確實不時傳來友子的笑聲。而且兩棟長屋比鄰而建，不管誰出門都聽得見。」

註一——藝伎在行走時，經常將和服左邊下襬拉起來，因此得名。

註二——和服衣領。

「也就是說，友子的不在場證明暫且成立。」

「至於八重，剛才提過，她說在房間寫信。喜之助在修改新曲《獻給三絃的二重奏曲》，幫傭太太松田吉子在廚房收拾東西，多惠子和由紀夫都還是孩子，不用列入考慮吧？」

「不，雖然是孩子，也各是十六歲和十九歲了吧？正是會有精神潔癖的年紀，要是知道父親那些不檢點的事，他們會怎麼想？」

「就算是這樣，有疑慮的應該是多惠子吧。這對姊弟中，姊姊的個性比較好勝。弟弟體弱多病又神經質，個性似乎很軟弱，不像會積極採取行動。而且，他的外表看起來頂多只有十四歲。」

山科警部補回想著那對外貌相似，皮膚白皙的俊美姊弟。

「問題是多惠子身材纖瘦，幾乎和由紀夫差不多嬌小——兩個孩子都不可能有那種力氣，將整把菜刀插進豐滿的中年女人體內，深入到只露出刀柄的程度吧？孩子們都說，案發當時待在自己房間。由紀夫在睡覺——他平常吃過晚餐會立刻就寢，睡到十二點左右才起床讀書，直到快天亮再睡回籠覺。現在很多孩子用這種方式讀書，我家老大也是如此。至於姊姊多惠子——」

（我在房裡做什麼，關你們什麼事！總之，我就是在自己的房間裡！要說我沒有不在場證明也無所謂，不過，從我的房間到排練場，得先經過由紀夫的房間、玄關、客廳、父親的房間和母親的房間，這些地方全都非經過不可喔。）

想起多惠子抬高下巴的倔強表情，山科不由得苦笑。

（況且，我對菊姨和爸爸的關係根本沒興趣。爸爸就是那種人，算是一種病了吧，別管他就好。）

這個做女兒的，不知道是早就察覺父親與女徒弟之間的關係，還是對父親徹底死心，可能兩者皆是吧，山科暗想。

「國寶大師每天晚上固定九點上床，我們前往問話的時候，他的小老婆——那個叫喜千世的女人也在場，但國寶本人還在睡。好像眞的幾乎沒有離開房間，所以他也不用考慮了吧。」

「簡單來說，案發當時，所有人分別在不同地方，做自己的事就對了。」

「沒錯，就是這樣。」

「當然，不排除外來入侵者這條線。只不過，光是這家人的關係就如此錯綜複雜，不會這麼剛好有強盜入侵吧。」

「總之，那條腰帶，及三味線的琴聲、撥子的問題，先從這幾個重點著手吧。」

「還有，凶器也是個問題。那把菜刀上沒有指紋。」

「事到如今，要是有指紋我才覺得奇怪。只要用什麼包著刀柄犯案就行了吧。」

「另一個問題是，關於那把菜刀，松田吉子、八重、友子和橫田都說『不是**我們**家廚房的東西』、『**我們**家的菜刀一把都沒有不見』單從這一點來看，這起案件就夠奇怪了。」

「怎麼說？」

「難道不是嗎？如果那把菜刀是爲了**那個目的**而新買的，表示整件事是預謀殺人。然而，那個女人——被害者喜之菊，昨天晚上要來排練，直到傍晚都沒人知道，不是嗎？」

「那麼，喜之助和喜之菊是不是眞的**有一腿**？兩人是之前就有一腿，或者那天晚上是第一次？是巧合，還是約好的？看來有必要從那位少師傅口中問清楚。」

「是啊，確實如此。」

「那就這麼辦吧。快九點了，搜查會議就要開始，我們走。」

「是。」

「搜查會議的重點，就放在剛才說的這幾項吧。總之，應該不是太棘手的案件。雖然有很多奇怪的地方，反正凶手不是友子就是八重，只要嚴厲逼問，總會露出馬腳。說不定會比預期還早破案。」

「眞是這樣就好了。」

山科嘆了口氣。他實在無法像大迫警部那麼樂觀。

大迫警部既沒有聞過那個家帶著濕氣的線香味，也沒有盯著八重纖細的後頸走過那條嘎吱作響的走廊。

那個陰涼又昏暗的家，今天早上也像被現代的喧囂遺忘，坐鎮在那場小雨中。

（奇怪的一群人——奇怪的家。）

山科警部補隱約覺得，現在並不是發生一樁待解決的案件，而是一樁案件終於拉開序幕，奏起沉重的序曲。

（說不定，這樁案件不是光靠我或大迫警部、左右田老爹和年輕的倉林就能解決的，甚至加上本廳搜查一課的刑警也一樣。古老的房子、宗師制度、兩個女人、如能面般面無表情的妻子與個性暴躁的小老婆、孩子們、三味線的琴聲——）

簡直就像翻開昔日推理小說的第一頁，山科暗想。鼻端彷彿聞到陳舊書頁特有的味道，於是，窗外的雨、雨中的世田谷街景、另一端更遠處的澀谷大樓街區、高速公路和奔馳其上的無數車輛噪音……這一切再度變得模糊，漸漸遠去。

（或許，這樁案件眞正需要的，是一個昔日小說中會出現的名偵探。）

看來，這起事件和他或大迫這種領薪水的警察熟悉的案件種類不同。如果是在理所當然的日常生活中，無論發生任何案件，山科警部補都不會慌亂。問題是——

（那個家裡的人，過的是怎樣的生活？）

如果無法得知，就無法進入他們的內心世界，山科警部補這麼認爲。他甩甩頭，加快腳步，追上朝會議室走去的警部等人。

3

「智。」

一道清澈的聲音，令正想悄悄走出客廳的智縮起脖子。

「智，你要去哪裡？」

「什麼事啦。」

智雙手插在牛仔褲後方的口袋，一臉不耐煩地走回來。

「我哪裡都不會去，什麼事都不會做。」

「少騙人了，你又想去主屋的偏房吧？」

「怎樣啦。」

智表面若無其事，黝黑的臉卻控制不住脹紅。

「妳敢說什麼奇怪的話，不要怪我不客氣。」

「什麼叫做奇怪的話啊，你坐下來。這麼大的人站在那裡扭扭捏捏，看著教人厭煩死了。」

智頂著憤怒的表情坐下來，長長的腿伸在榻榻米上。

江島友子瞪了獨生子一眼。她有一張同樣膚色偏黑的堅毅臉龐，奇妙的是，還留有少女般倔強的神色。上身穿著厚厚的毛衣，搭一件家居長裙，長髮往右側綁成一束，垂落在胸前，這樣的髮型更加深了那股少女氣質。

「眞是的，能不能收斂一點啊。也不看看現在是什麼時候，昨天才發生那種事——拜你之賜，老媽我今天早上又被那女人挖苦。」

「八重師傅說了什麼？」

「她說『孩子們好像相處得很不錯，眞令人欣慰』。」

「那種話，隨她去說啊。」

「我就是不想聽。」

友子那對狀似杏仁，和智一模一樣的黑色瞳眸浮現凶狠的目光。

「眞是的，爲什麼那傢伙不去死一死？要是死的是她，我不知道會多開心。」

「不要這樣，隔壁會聽見。」

「我才不管，反正那個老頭子總是豎起耳朵在偷聽吧。」

「老媽，夠了。」

「別擺出那張臉嘛，眞是的，全是讓人火大的事。老媽要來喝一杯，你要不要陪我？」

「開什麼玩笑，一大早的。」

「一大早就喝酒有什麼不好？你這小子少假道學了。」

「等一下警察一定會來問東問西，要是讓人留下壞印象就虧大了。就算不那樣，我們的立場都夠差了。」

「哼。所以，你打算去跟對方討論昨天的事怎麼說，對吧？」
「妳在說什麼啊，我聽不懂。」
「智，老媽這雙眼睛可不是白長的。」
「妳想說什麼？」
「那我就把話講清楚了。你啊，是不是跟主屋那個裝模作樣的大小姐**搞上**啦？」
「什麼……」
智臉色發青，接著轉紅。察覺母親的誤會後，稍微鬆了一口氣，同時垂下目光。將這個舉動曲解成難為情的友子說：
「別擔心，老媽一點也沒生氣，智。」
接著，友子伸手去拿裝了日本酒「新政」的袋子。
「應該說，沒想到你這麼爭氣，我反倒想大呼痛快。雖然你對那個年紀比自己大，像匹小野馬的女孩感興趣，品味實在不怎樣。不過，無論如何她都是這個家的長女，未來會繼承安東流。要是能成為她的夫婿，占領這個家也不是不可能。」
「老媽，妳在胡說八道什麼啦。」智一臉不悅。「我根本沒想過那種事，況且，安東流還有由紀夫這個長男在啊。」
「反正，那個體弱多病的孩子活不了多久吧。」
「老媽！」
被友子說出內心最擔憂的事，智不由得臉紅脖子粗。
「喂喂，嚇死人了，一個大男人別這麼歇斯底里好不好。」

「夠了，別再講那種話！」

「為什麼？我只不過是稱讚你幹得好，又沒有阻止你。老媽能留給你的，頂多只有這副好身材和還算能看的英俊長相，哪有不善加運用的道理。我只是想說，雖然十九歲和十七歲的年紀衝動難耐，至少這兩天暫時忍一下。」

「妳說夠了沒？不是妳想的那樣——比起那種事……」

「哎呀，不然是哪樣？每次你老爸過來，你都會偷偷離開家裡，不曉得失蹤到哪裡去，以為我不知道？把你老媽當白痴嗎？」

「小聲點，算我拜託妳。」

多惠子也好，母親也好，為什麼女人總是這麼難應付？智年輕緊緻的臉上，露出成熟苦澀的表情。眼前浮現的，是由紀夫那張瘦削蒼白的臉龐，和彷彿稍縱即逝的微笑。

（我真是受夠女人了，可惡。）

智絕對不是憎恨母親。真要恨的話，友子實在有太多孩子氣的地方，讓人想恨也恨不完。只是，身為私生子，智從小就被迫明白，自己的名譽只有自己能保護。母親的幼稚無知，及曾在風月場所打滾養成的放蕩性格，有時會令他產生沉重得難以承受的憐憫，重重地壓在心上。

「好吧，既然你這麼說，就當是那樣好了。」

友子不服氣地應道。她的手依然靠在矮茶几上托著腮，拿起原本叼在口中的無濾嘴香菸，往菸灰缸裡捻熄。

「總之，你不覺得很瞧不起人嗎？就因主屋那邊有人遇害，連我都跟著被禁足。你可好了，不用去打工一定很高興吧？我是難得的一整天都泡湯了。原本想說今天是初一，可以去參拜地藏菩薩，順便找巢鴨的阿姨玩。」

「巢鴨又不會跑掉。」

「動不動就頂嘴……我問你，主屋那邊的人，當然也全都禁止外出吧？」

「應該是。」

「他們家的女兒和兒子都在家嗎？喔，難怪……你這小子。」

「不要再提那個了。」

「噯，如果你想去就去啊，主屋。」

「咦？」

智試探地望向母親，想起神經質的由紀夫，面對宅邸內的殺人命案，不曉得他能不能承受？智想去探望他想得不得了，只是，至今他一直爲自己設下限制，不在白天靠近那邊，就像一個禁忌。

「去嘛，然後順便……」

「喔，我不去了。」

「不要這麼講，你就去啊，然後叫一下你爸，說我找他。幫我轉達一聲就好。」

「不行啦，老媽。」

「拜託。」

「妳差不多一點好嗎？不是說昨天才剛發生那種事，要收斂一些？」

「我跟你又不一樣。」

「哪裡不一樣？」

「好不好啦，拜託。智、小智、智智～～」

友子伸長手臂，擦著漂亮指甲油的指頭用力抓住兒子左臂。下一瞬間——

「啊！唔！」

智皺起眉頭後退，友子嚇了一跳，放開手。

「欸，你怎麼了？」

「沒……沒什麼。」

「怎麼啦？讓我看看你的手。」

「不要，別碰我。」

「你這孩子，怎麼不聽媽媽的話？」

「就說沒怎樣啊。」

「什麼嘛，不管你啦，人家是擔心你。」

「就叫妳別管我了。」

「哼。」

「哼。」

「哼哼！」

「妳鬧夠了沒？比起這個……」

「哼哼哼！」

「不要像小孩一樣，眞是的！別說這個了，倒是我有件事想問老媽。」

「什麼事？」

「昨晚……昨晚八點半到九點半那段時間……妳眞的在家裡嗎？」

「你是什麼意思？」
「只是問一下而已。」
「什麼啊，難道你懷疑老媽？」
「不是那樣。」
「開什麼玩笑！那時我一直在看《八點歡笑劇場》，你沒聽見我的笑聲嗎？」
「所以，我就說不是那樣……」
「不然是怎樣？把話說清楚。」友子忽然挑起描成弓形的眉毛。「你**那時**該不會……在那丫頭那裡吧？」
「討厭，不要再說那種話了。」
「可是……這麼一提我才想到，那時我還問你，老媽會不會吵到你看書，你卻毫無反應。我以為你沒聽見，後來就沒管你了。」
「我是沒聽見啊。」
「智，你老實說，該不會……」
「怎樣啦。」
「你該不會是為了媽媽，一時沒想清楚就**下手**了吧？」
「嘖，不要亂講。」
「萬一……萬一是真的，只能偷偷告訴媽媽喔。如果事跡敗露，媽媽會一肩扛起全部責任，自己進監獄。不然媽媽去死好了，嗳，智，你要不要跟媽媽一起去死？」
友子眼中滾出大顆淚珠。

「都是媽媽不好……一切都是媽媽不好，怎能讓你一個人變成罪人？」

智傻眼地看著母親哭泣的表情。

「**別太誇張**了。所以，眞的不是妳幹的？」

「當然……不是你幹的嗎？」

「拜託——我知道了，眞的不是老媽。好，我相信妳。」

「所以，也不是你？」

友子擦乾眼淚，笑了。

「我知道了，一定是那樣吧。是那女人發現老公和對方**偷來暗去**，氣昏頭下的手。太好了，一切都會發展得很順利，只要那女人因殺人被捕，我就能順理成章住進那個家——要是今天警察再來問話，我就這麼說。凶手是那隻狐狸精。」

「妳不要亂講那些莫名其妙的話。」

「爲什麼？哎呀，我還是來喝一杯好了。你要嗎？」

「我要去睡一下。」

智擺出一副「頭開始痛了」的表情逃跑。昨天晚上，他一直在主屋那邊遊蕩到早上四點。原本是睡不著，才會起來想再去找由紀夫，現在也提不起勁了。

（差不多快十二點了吧。）

雨似乎終於要停了。回到四張榻榻米大的房間，智修長的身子往鋪在地上的被褥一躺，望著天花板上的木紋。

（這麼說來，不是老媽幹的——仔細想想，她就是這種女人，不會對我撒謊。不過，這也是我最擔心的地方。）

那麼，凶手不是八重，就是喜之助嗎？

（也可能是橫田老爹爲了這個家的安寧下的手，還是多惠子——不可能吧。）

八重。智心想，希望不是八重。他並不是爲了八重才這麼想，事實上他很討厭八重。

（要眞的是她幹的，由紀夫肯定會大受打擊死掉吧。）

那傢伙不像我這麼堅強啊——智濃黑的眉毛皺成一條線，臉上浮現青澀的、近乎甘美的愛憐。

（如果是**老爸**幹的，我就趕快帶著老媽和由紀離開這個家，三人一起生活。）

智把右手放在左臂上，輕輕按壓，一陣甜蜜的痛楚翻湧。

（由紀夫——）

爲了按捺發燙的身體，智翻身趴睡，閉上眼睛。在長成能獨當一面的堅強男子漢之前，他無法離開這裡。智像一匹小狼，皺起的眉間散發等不及成熟的隱晦激情。

樓下的母親似乎在看電視，傳來喧鬧的話聲。這個秋天的下午，下了好長一段時間的雨終於快停了。

智就這樣睡著了，而他不知道的是，就在約莫四、五小時後，傍晚的五點左右，一個奇特的男人即將悠悠哉哉地晃進安東家大門。

「請等一下，您是哪位？」

在門口站崗，負責監視宅邸和檢查來客的刑警，立刻攔住男人，懷疑他是報社記者。

「咦，是在問我嗎？」

對方嚇一跳，注視著刑警。

「我……敝姓伊集院。」

「伊集院先生，到這裡來有何貴幹？」

「什麼貴幹？未免太誇張了吧，簡直就像這裡發生了殺人命案。」

「是發生了沒錯。」

聽到警官的回答，這名自稱伊集院的男人瞪大雙眼。

「難道是國寶級大師安東喜左衛門，遭到殺害了嗎？」

「不，不是的。」

警官狐疑地打量對方。儘管對方的穿著打扮並非特別滑稽，卻是個不知爲何令人看了發噱的男人。年紀大約介於二十五到三十五歲之間，身材瘦削，五官甚至稱得上秀氣，垂在前額的頭髮很長，一副文藝青年的模樣，戴著銀框眼鏡。眼鏡下的雙眸，像受到驚嚇的孩子睜得又圓又大。

雖然說不上爲什麼，但最滑稽的，應該是這男人莫名認眞又非常嚴肅的態度吧。

「你來這裡做什麼？到底有何貴幹？」

「我——我是安東由紀夫同學的補習班老師，話雖如此，其實是兩個月前才受雇開始打工而已。」

他以認眞到不能再認眞的表情這麼說。

「我叫伊集院大介，請問……安東由紀夫同學在家嗎？」

於是，伊集院大介一腳踏進安東家連續殺人案的漩渦中。

三　中律(註)——聖域中

1

搜查會議結束後，山科警部補再次回到安東家，已過正午時分。

「雨，好像快停了。」

「是啊。」

停好車，也不爲什麼，山科和左右田抬頭仰望這座發生命案的宅邸。在下著雨的白天灰色光線下，這房子簡直像放錯時代的巨大城塞。

圍繞宅邸的圍牆上緣，埋了一排鐵製的倒刺。旁邊是一個鋪有鵝卵石的車棚。向外突出的舊式玄關兩側，則是風格與宅邸不統一的別館，及連接建築的寬敞長廊。

車棚裡停著兩輛車，門口的脫鞋石上放著好幾雙男鞋及木屐。站在入口值班的警官向兩人敬禮後稟報已有相關人士聞風趕來。

「嗯，別讓記者進去。」

山科警部補一踏入那陰涼沉鬱的房子，就爲了換氣似地大口大口呼吸。

註—能樂的節奏之一。

「我說，長叔啊。」

「是。」

「太安靜了吧，一點也不像昨天才剛發生命案。」

「是啊。畢竟被殺的只是區區一個徒弟，多少不太一樣。」

「就算如此，凶手可能是這個家裡的人。如果是普通的一家人，應該會大受影響。」

「總覺得這個家裡的人，彼此很生疏。」

走到昨天那間會客室附近時，迎接兩人的是一陣絕對稱不上安靜的吼叫聲。

「關於那件事，你打算怎麼解釋？」

「我說了，沒有什麼需要解釋的地方。」

「好了、好了，繼續這樣下去也講不出一個結論。」

山科與左右田面面相覷。此時，橫田管家跌跌撞撞地從起居室裡跑出來。

「兩位辛苦了，請、請等一下，馬上爲您帶路——」

「橫田先生。」

橫田穿著昨天那套灰白色西裝。山科伸手制止他，也不先敲就直接拉開會客室的門。

室內的人頓時噤聲。山科以爲室內的人多得可怕，事實上，坐在喜之助和八重對面的，只有四個男人。

其中兩人穿西裝，年紀也輕，應該不是祕書就是助理之類的吧。吸引山科目光的是剩下的兩人，都穿正式的「紋付袴」和服，憤怒地瞪視喜之助。

「失禮了。」山科平靜地說。

「連門也不敲，是在做什麼？你是誰？」

「喔，這位是代澤署的警官——山科先生。」

喜之助說著，心不甘情不願地介紹兩人：

「這兩位是我的師兄，安東喜三郎和安東喜文治。這邊則是祕書村田，和喜文治兄的長子茂君。」

「您好，發生這種醜事，有勞警方了。」

點著頭這麼說的是安東喜三郎。此人大概六十多歲。長得有幾分英國紳士的味道，寬臉濃眉，鼻梁在那張大臉上特別醒目，整體給人一種頑固的感覺。深邃的雙眼精光四射，像是在說什麼也逃不過這雙眼睛。

站在高大的喜之助和身形頎長的喜三郎中間，喜文治看起來益發矮小得可笑。話雖如此，年紀或許意外地比喜三郎年輕。一副深明事理的表情，其實這男人應該很狡猾，山科警部補暗想。實際上，喜文治恐怕比喜三郎更精明，也更不安好心。

「喜三郎師傅是喜左衛門大師的大弟子，拜入安東流門下算算已將近五十年。喜文治師傅是長歌的歌者，也是首席，兩位和少師傅從以前就被稱爲『安東流三弦』。」

橫田在一旁恭敬謹愼地說明。

「安東流三弦？那是什麼意思？」

「用三味線的三根弦比喻三位，意思是安東流不可或缺的三根弦。」

「安東流的三根弦啊……」

原來如此，山科望著他們。簡單來說，喜三郎就是第一弦吧。

專門演唱的喜文治是第二弦，少師傅喜之助則是發出最高音的第三弦。

（國寶大師就是從這三人當中，選出女兒的結婚對象吧。）

山科警部補冒出這個想法時，喜三郎用肢體語言表示沒空再扯這些廢話，重新轉向喜之助。

「那些事怎樣都無所謂，你還是快點給個答案吧。一個弄不好，有可能損害安東流的名聲啊。」

「喜三郎師傅，請息怒——」

橫田還想說些什麼，卻被喜三郎打斷：

「喜之助，你是我們的師弟，即使當著八重的面我還是得說，你在成爲八重的夫婿之後，等於是師傅的半子。正因如此，我們才稱你一聲『少師傅』，把領導安東流的重責大任交給你。然而，你卻讓那種醜事發生，要是導致公開發表會中止，受到影響的可不只有我們安東流。」

「光從財務方面來說，賣掉的門票必須退款，國立劇場如果在公演前一個月取消，下次不知何時才能再排上檔期。召集來的樂手，也得支付一定程度的酬勞。」

喜文治細若蚊吶地說。

「現在不是管那些事的時候！」喜三郎大聲怒吼：「要怎麼向山藤的和東治師傅說明？要怎麼給左近那群人一個合理的交代？爲了這次的發表會，我們從好幾年前就開始跟和東治師傅、多門那邊的人，還有左近的樂隊班（註）接洽。曲目決定，也請到專業樂手，一星期後就要舉行預演，到時候才告訴對方，宗師家少師傅的徒弟被殺了，公演暫時要延後，這種話怎麼有臉說出口！」

「品川那邊，我會去說明。」

八重開口。所有人都嚇一跳，像是差點忘了她的存在。今天的八重穿黑色和服，繫著茶色腰帶，整體來說有點喪服的味道。

「如果您認爲，光是這樣品川那邊會無法接受，就請我父親去致歉。」

「八重，現在要解決的又不是只有和東治師傅的問題。」喜三郎語氣明顯放軟許多。「況且，少師傅的徒弟出事，哪有要大師傅去收拾殘局的道理？豈不是違反了輩分倫理？」

「反而我們得先去跟大師傅賠罪，這才是道理。」喜文治說。

「話說回來，這件事到底稟告大師傅了沒？光從這一點就說不通了吧，喜之助。」

「父親那邊，我去稟告過了。」

「那大師傅說什麼？」

「沒說什麼。」

「怎麼可能？」

「只說『這樣啊』，最近父親身體微恙。」

「發表會的日子就快到了，偏偏在這種時候出了讓大師傅操心的事，簡直太不像話。」喜三郎用力拍桌，「眞是的——到底在搞什麼，爲了區區一個徒弟搞成這樣。」

山科警部補和左右田一起靠在牆邊，趁著被這群人遺忘的好機會，默默觀察這一門高徒之間的互動。喜三郎從一開始就激昂地表達對這件醜事的憤慨，喜文治不時點頭呼應喜三郎的話。

然而，他們實際上並沒有那麼氣憤，也沒有自己口中說的那麼擔心。

尤其是喜三郎，他的憤怒中流露著一股不切實的、演技般的刻意。吼得愈大聲，那種刻意愈明顯。

註—長歌演出分爲三部分，包括負責吟唱的歌者、三味線的琴師，及其他樂器組成的樂隊。

山科忽然領悟到，這些人其實在竊喜。

說來不合理，但確實如此。慶祝宗師八十大壽的紀念演奏會即將舉行，喜之助的徒弟卻在喜之助家中遭到殺害。面對這樁醜聞，喜三郎和喜文治恐怕正暗自叫好。

這是常見的人際結構，山科心想。國寶大師的三位高徒，其中最年輕、天賦或許也最高的徒弟壓過兩位師兄，成為大師的女婿。從年紀來看，三人不像同時拜師學藝的師兄弟，說不定當年師兄們早已成家，就算想爭取入贅也沒有辦法。

即使如此，他們仍深深怨恨、嫉妒爬上「少師傅」位置的師弟，怎麼都甩不開這份執著。不過，也難怪他們會這麼想。山科打算之後再去向横田套話，釐清喜之助是否早被指定為接班人，等國寶一死就能迅速坐上宗師大位。得知此案時，喜三郎和喜文治恐怕是打算利用這樁醜聞逼喜之助失勢，才會喜孜孜地上門採取行動。

反觀喜之助，端著那張酒糟臉，嚴肅地坐著，並不急著對師兄們解釋。他面無表情，看不出眞實的想法。

八重坐在他稍後方，難以形容她的冷淡與美麗。就像一副從黑暗中浮現的能面具，顯得超脫塵世而不帶情感。

眞是一對奇怪的夫妻。山科想起，昨天晚上也曾有這種感覺。國寶大師沒有其他俊美徒弟了嗎？還是，八重很滿意一向崇拜的父親為她選擇的夫婿？

（長得這麼美，追求她的男人要多少有多少吧。）

嫁給喜之助這麼醜的男人，她難道沒有怨言嗎？高大的喜之助頂著那張赤鬼般的臉孔，沒有回頭看妻子一眼。或者說，他整個人宛如一大塊岩石，胳臂粗壯，從手腕再往前卻纖細得不成比例。然而，手背上又長了濃密的黑毛。不負三味線師傅的名號，手指確實細長好看，對比之下反而形成一種詭異之美。想像這男人擁抱八重的樣子，令人不禁產生異樣的錯覺，彷彿她是被酒吞童子擄走的都城美女。

這不是我們應該待的世界，山科警部補思忖。就在這時——

「總之，」喜三郎再次提高話聲。「你得向身為安東流弟子代表的我們解釋清楚，否則我們怎麼去見大師傅？關於你那個什麼徒弟被殺的事，你必須負起責任。之後的事情，你又打算怎麼辦？我們是你的師兄，當然有權利過問。」

「演奏發表會……」喜之助開了口，以非常沉著冷靜、毫無一絲猶豫地說：「不會延期也不會停辦，一切按照預定計畫進行。預演也一樣，於二十八日包下『松村』的場地舉行。關於這件事，沒必要對下面的弟子或品川、左近那邊的人說明，被問起再回答就好。岳父那邊我當然也會如此稟報，如果兩位認為有必要，三人一起去也行。至於師兄剛才提出的另一個問題——演奏發表會沒有停辦的理由，這就是我的答案。」

「喜之助，我們要你解釋清楚的是，那女人是不是你——」

說到這裡，喜三郎急忙把話吞了回去，朝八重投以一瞥。喜文治則看了山科他們一眼。八重連眉毛都不挑一下。

「換個地方說話吧，警官不是有事想問八重？」

狡猾的喜文治提議。山科警部補一邊思考對策，一邊移動。就在此時，忽然一陣狂亂的三味線琴聲傳入耳中。

這次，連八重也難掩驚訝。畢竟昨天剛發生那種事，即使是日日生活在三味線琴聲中的他們都不免感到刺耳。

「是大薩摩。」喜之助喃喃低語。

「是這首曲子的名稱嗎？」

「不，大薩摩是一種演奏法，歌舞伎裡站著彈的那種就是了，通常在淨琉璃掛之前彈奏。」

「抱歉，我不太熟悉這方面的事。」山科警部補舉了白旗。

「咦，是不是換了一首曲子？」

原本那狂亂的、彷彿同時撥弄多根琴弦的彈奏方式突然中斷，接著響起的，是莫名具有現代感的曲調，如海潮般反覆響起。

「是你寫的那首《二重奏曲》。」

八重說，喜之助皺起眉頭。

「是多惠子和由紀夫吧，眞不懂得自肅，我去罵罵他們。」

他正要起身時——

「爲什麼？」

八重再度出聲。喜之助回頭望向八重。

「又不是家裡在服喪，沒道理要孩子們爲菊小姐自肅。」

喜之助看似還想說些什麼，但仍閉上嘴，瞪八重一眼。八重那冰一般的雙眼，迎上丈夫憤怒的視線。

山科一陣毛骨悚然。好似感受到這對夫妻藏在內心深處的憎恨，有如一道蒼白的電流竄過。

那是比師兄們對喜之助的怨恨更深層、更隱晦，滲入骨肉的複雜糾葛。然而，這也只是一瞬間的事。很快地，就像想起旁邊還有等著看熱鬧的師兄和警方，這對夫妻立刻換回若無其事的平靜表情。

三味線的樂音仍在繼續，像是低調傳達執著意念的低音部。

「是令嬡與令郎嗎？」山科警部補問。

「是的，這首曲子預定在發表會上演出。」

「眞是首好曲子。我可以過去看看嗎？」

「孩子們那邊？」

「是的。」

「請——」

八重微微皺起的眉間似乎蒙上一層陰霾。山科警部補心想，是他的錯覺嗎？

「還有，等一下也想去請教喜左衛門先生幾件事。」

「只要不花太多時間，我可以陪同前往。」

「好的，那我們就先告退了。各位會繼續待在這裡嗎？」

確認之後，山科警部補帶著左右田離開會客室。這個家的地理位置，昨晚已大致搞清楚。

踏上走廊，三味線的琴聲益發清晰。音色抑揚起伏，忽然拔高又忽然降低，在幽暗陰涼的家中迴盪，攪亂了屋內淤塞沉鬱的空氣。餘音繞梁，再適合這個家也不過。山科警部補這麼想。

（說來理所當然，畢竟這裡原本就是三味線宗師的家。）

或許，正是這宛如蜘蛛網的琴音糾結纏繞，像躲藏在每個所到之處的幽魂，形成這個家中遭時光遺落的停滯沉痾。山科忽然強烈地想和彈奏這首曲子的孩子們說話，於是催促左右田加快腳步，沿著擦得光亮的走廊，往孩子們房間的方向走去。

2

按照安東家人指點的方向，出了會客室後，沿著玄關旁的走廊往反方向直走，就能看到孩子們並列的兩個房間。

沿著走廊愈往前，三味線的音波愈高昂，籠罩了整個廊間。

「該怎麼形容才好？很有現代感，跟我以爲的三味線有很大的不同。」左右田說。

「是啊，總覺得——是呢……」

山科也想不出適當的形容詞。

不過，一來到兩個房間當中、靠內側的那道紙門前，他制止了想出聲打招呼的左右田，專注傾聽琴聲好一會。

兩把弦樂器熱切的樂音交纏，當一方高歌，另一方就低語，當一方沉靜，另一方就激昂。

那是莫名充滿一種妖豔之美，兩把三味線相互呼應、相互眷戀，也相互關懷的樂聲。這樣的曲子，眞的出自那粗獷壯漢之手嗎？山科忽然懷疑起來。那個大章魚般的男人心中，竟潛藏著如此細膩嬌柔的曲調。

當然，山科對國樂一點也不熟悉，但正因什麼都不懂，這低喃繾綣的樂音才更打動了他的心。

錚錚錚……高音流轉。

咚咚咚……低音迂迴。

叮噹叮噹啷啷啷……箏琴般的樂音迴盪。

嗡……手指滑過琴弦。

就在和緩的一個呼吸間，兩把相互呼應的三味線合而爲一，被驚濤駭浪般的激烈琴聲吞沒。

「我聽不懂其中的意趣。」左右田嘆口氣，低聲說：「只覺得音色眞美。」

音色眞美——完全沒錯，山科警部補心想。

的確，多惠子與由紀夫肯定都繼承了來自父母的才華，絲毫不遜於上一代。這是偶爾在電視上播的民謠大賽聽到的三味線演奏，或某個不知名舞蹈會的伴奏完全比不上的，別的不提，光聽琴音清澈的程度就不一樣。

每一個音都發出響亮的迴聲，彷彿能穿透樂器背面。

「阿山哥，你有什麼打算？」

「啊？喔，我們進去吧。」

山科再次回過神，朝屋內說聲「不好意思——」。

「來了。」

清澈響亮的回應，是多惠子。瞬間，樂曲戛然而止。

「妳好，有點事想問你們，方便嗎？那個……」

山科警部補再度猶豫，不知是否該用面對孩童的態度和語氣對待他們。

「馬上開門。」

傳來一陣輕巧的腳步聲，接著，多惠子打開拉門。和昨天的家居服不一樣，今天的她穿著蓬蓬裙和有漂亮袖子的寬鬆毛衣，右邊袖子捲到手肘上。

「失禮了。」

山科和左右田一進去，正在收拾三味線的由紀夫便不悅地望向他們。長睫毛在他臉上投射出陰影，茶色眼珠透著不以爲然。

「抱歉，打擾你們練習。」

山科姑且決定將兩人視爲成人。仔細一看，由紀夫的右邊袖子也挽上手肘，左手拇指與食指上套著毛線編織而成的奇妙帶子。

「那是什麼？」

「是指套，因爲手指很容易滑。」

多惠子拿起由紀夫的指套往旁一放，由紀夫便將自己的指套和撥子收在一起。

「這塊四方形、材質像橡膠的布又是什麼？」

「是膝墊。像這樣放在膝蓋和大腿，再把三味線固定在上面。你眞的什麼都不懂耶。」

「非常抱歉，我向來跟這類事物無緣。」

山科警部補坐立不安地環顧四周。

這是一個布置華美的房間，一看就知道屬於女孩。空間約有六張榻榻米大。鋪著花朵圖案棉被的床、化妝台和圓凳、書桌和斗櫃——到這裡爲止都和一般小女生的房間沒兩樣，不過，榻榻米上放著由紀夫剛收進紫色布袋裡的兩把三味線，旁邊還有淺色木製譜架，上面擺著一本線裝琴譜，龍飛鳳舞地寫著《獻給三絃的二重奏》。

「總之，你們先坐吧。站在那裡看得我都浮躁起來了。」多惠子大刺刺地說。「不用在意打擾了我們，反正今天由紀夫的狀況很差。」

「剛才的演奏挺好聽的啊。」

「那種水準——穿透力根本沒平常這孩子演奏的一半。」

「穿透力……是指什麼？」

「眞正好的三味線演奏，必須像這樣——穿透琴身直達後方才行。還有，你今天彈奏時一直顧慮著左手。」

多惠子放下捲起的袖子，向弟弟提出建議。

「才……才沒那回事。」

「算了，畢竟昨天發生過那種事，心情可能受到影響了吧。你啊，眞是的，明明是男生還這麼膽小。」

由紀夫默不吭聲，臉上閃過一絲「妳少雞婆」的笑容。

那低垂的白皙面孔，該怎麼形容才好呢，非常美。帶點落寞，彷彿是個女孩。山科警部補凝視著他，暗自讚嘆。

多惠子粗魯的語氣，與其說是原本的性格使然，不如說她可能總是維持劍拔弩張的狀態，似乎一直爲了守護自己而對什麼保持警戒。山科警部補忽然察覺她內心的脆弱。

在清幽昏暗的宅邸內，這對瘦弱的姊弟相依爲命。面對這樣的兩人，山科警部補差點忘了來找他們的目的。

「很有意思的曲子。」

他也知道自己這句話說得心虛。

「那個……我不太常聽這類音樂，像那種曲子也可說是長歌，或者三味線嗎？聽說是令尊寫的曲……」

「是的，不過您來應該不是爲了聊這種事吧？不是有很多話想問我們嗎？請別客氣，儘管問，我什麼都會回答。」

「那還眞是……」山科猶豫地輪流看了看眼前的少年和少女。

「你們似乎沒有受到太大的打擊。」左右田笑著在一旁幫腔。

「是啊——只是，由紀夫有點嚇到，加上事情鬧得這麼大，大概睡眠不足了吧。原本我打算練習完馬上讓他去睡覺。」

「請、請，我們很快就會結束——那麼，小姐沒受到什麼影響？」

「算是吧。」多惠子聳了聳肩。「家裡有人被殺了，心情當然好不到哪去，不過……該怎麼說，總覺得整件事都像一齣電影，包括你們的出現在內。」

「電影啊……」

「不然就是小說。我常讀類似的小說，比方《Y的悲劇》或《ABC謀殺案》等等。」

「不過，我們可沒小說中登場的偵探那麼帥氣。」

左右田似乎頗以和這個刁蠻小姑娘鬥嘴爲樂。

「話說回來，死的不是小姐你們的親人，所以實際上沒什麼感覺吧？我懂。」

「是嗎？可是，菊姨以前滿疼我們的。」

「妳說以前，是指多久以前？」

「不要調侃我了——差不多十年前啊。菊姨經常在舉行發表會或新年演奏會時幫忙照顧我們，人滿細心的。」多惠子微微一笑，補充道：「由紀夫不太喜歡她就是了。」

「妳呢？妳喜歡她嗎？」

「不！」多惠子抬高下巴，意有所指地冷笑。「哪個小孩會喜歡父親的情婦啊，一般都不會喜歡吧？」

「這倒是……不好意思。」

見左右田稍微慌了手腳，山科淡定地接過話。

「噯，你們都是大人了，就算是難以啓齒的話題，還是直說比較好。你們早就知道喜之菊是父親的情婦嗎？」

「是啊，老早就知道了。」

「大概是多久以前？」

「你問多久？從他們發生那種關係時就知道啦。」

「那是什麼時候？」

「六、七年前吧。不過，他們的關係不是一直持續的，爸爸身邊有友香阿姨，菊姨原本也有丈夫——不過聽說離婚了。所以，雙方都不是那麼眞心。怎麼說，只是大人之間的逢場作戲？」

從高傲的美少女口中聽到這種字眼，感覺眞奇妙。山科強忍差點泛起的微笑。

「關於這件案子，妳有什麼想法？」

「想法？什麼都沒有。」

「這樣聽起來有點奇怪……換句話說……」

「換句話說，你認爲我應該憎恨從母親手中搶走父親的菊姨，或覺得大人都很骯髒嗎？抱歉，眞要說的話，我只覺得他們腦子有問題——我爸長得那麼醜，菊姨也是啊，以前或許頗有幾分姿色，可惜現在只是一朵錯過花期的菊花。」

「這樣啊。」

左右田忍不住竊笑，山科也咧開嘴笑。多惠子輕蔑地看著兩個警官。

「所以，你們想讓我和由紀夫扮演，由於潔癖和敏感而殺死父親情婦的小孩，是行不通的。我們根本沒有那麼做的動機。別的不提，要是爲了這種原因殺人，那我爸不管走到哪裡，都會先死掉三、四個女人吧，況且，在那之前恐怕得先殺了友香阿姨才行。問題是，比起我媽，我還比較喜歡友香阿姨。換句話說，我們毫無殺人動機。」

「好了、好了，又沒人說是你們幹的。」

「可是，我和由紀夫都沒有不在場證明。」

多惠子像在挑釁，又像在找碴，嫵媚的眼神輪流望向山科與左右田。

「而且，你們不是說，兇手就在這個家中嗎？除了我和由紀夫之外，可能有動機的人，頂多是外公、喜千世姨、我爸我媽和橫田吧。要不然，就是友香阿姨。拿菜刀行刺，倒是挺像友香阿姨的作風，不過，友香阿姨也老早就知道了喔，菊姨和爸爸之間的事。」

「妳、妳確定嗎？」

這消息令山科警部補有些失望，如此一來，他的假設就不成立了。

「當然。這麼說吧——爲了讓你們明白這一點，首先得讓你們理解爸爸是怎樣的人。哎，警官，簡單來說，爸爸是個不幸的人。」

「不幸……？」

「對。你們不妨去問問橫田、四谷或祐天寺——後面這兩人就是喜三郎師傅和喜文治師傅，關於我爸媽結婚前後發生什麼事，他們一定會迫不及待地說個不停。畢竟我是當事者之一，就不多說了。

總之發生很多事，導致我爸媽憎恨彼此。警官，這樣明白了吧？」

「呃……嗯，或許。」

「是嗎？沒想到你的眼睛倒是挺雪亮的。總之，友香阿姨可說是爸爸公認的對象，以這樣的身分住進我家後面，但只要媽媽在，不管怎麼說，友香阿姨只會是他暫時的避風港。媽媽背後有外公撐腰，爸爸就像一隻被石頭壓住的蟲子。所以，他才會裝出見一個愛一個，整天沉溺在女色中的樣子。不光是菊姨，提到喜之助師傅對女人出手之快，在我們安東流裡是很有名的。哪個女徒弟沒被他摸過一次屁股？不然就是新潟的藝伎或哪個歌舞伎演員的跟班——連我都經常覺得不可思議，那麼醜的男人，琴藝再怎麼出色，或再怎麼拿家有惡妻這點來渲染自己的不幸，怎會有那麼多女人前仆後繼？女人眞難懂。」

「多惠子小姐，妳不也是女人嗎？」山科笑著說。

「如果我是一個獨立自主的女人，像我爸那種卑劣的男人，說什麼我都不會接受！」

「令尊很卑劣嗎？」

「是啊。不過，或許正因如此才會這麼順利吧。總之，我想說的是，這二十年來，媽媽大概從未把注意力放在爸爸身上，更不可能吃醋殺死爸爸外面的女人。友香阿姨也不是那種人，畢竟，在這個早就不流行妻妾同居的時代，她還會被爸爸的花言巧語騙進來，也眞夠單純了。別的不提，身爲小老婆的她去殺外遇對象做什麼？要殺也是殺元配吧？」

「好像有道理。」

「所以，我想說的就是——在這個家裡，包括爸爸在內，根本沒人把菊姨放在心上，何況是殺死她。明白了嗎？她只是爸爸的外遇對象，這樣的人在爸爸幾百個徒弟裡多的是，一點也不稀奇。」

3

「哎呀呀……」

兩人剛關上拉門回到走廊，房內立刻響起獨奏的三味線樂音。大概是出自還要再練習一下的多惠子吧。

「長叔，你怎麼看？」

「不好說，總覺得被巧妙地唬弄了一場。」左右田露出不服的表情，「那個小姑娘，相當不好對付。」

「姑且不論那是不是她的本性，但確實如此。」山科表示同意。

（總之，爸爸是個天才。無論他有多少缺點，唯獨這件事媽媽非認同不可。尤其在作曲方面，繼續這樣下去，爸爸大概會改寫國樂界的整張地圖。不管「安東流三弦」的另二弦，再怎麼大聲嚷嚷他們只認同至今這種形式的長歌，不管爸爸的品行再差，都無法抹滅此一事實。不過，正因深知這一點，外公才會綁住爸爸。然而，你沒想過嗎？說到底，女人一個換過一個的男人，其實非常不幸吧。要是擁有幸福的家庭，男人絕不會想納妾，也不會對其他女人出手——相反地，大概也寫不出像三味線《想夫戀》這般悲悽的曲子了吧。）

多惠子這麼說，露出有些憂鬱的神情，撩起豐厚的黑髮。

現在想想，他們當時幾乎忘了弟弟由紀夫的存在。他待在房間角落默默傾聽姊姊和刑警交談，直到最後都沒吐出半個字。

儘管擁有令人驚訝的纖細美貌，很難不引人注意，可是，無論是昨晚或剛才，由紀夫就像姊姊的影子，安靜又不起眼。

不過，多惠子雖然美得光彩耀眼，精神上卻出現了某種不平衡，給人留下為了拉回這樣的失衡而拚命說話的奇妙饒舌印象。

「那女孩，好像很討厭她父親。」

「是啊，不過她也並不喜歡母親的樣子。」

（總之，我眞的不明白，爲什麼菊姨非得跑來我家被人殺死不可？如果是爸爸或媽媽被殺，我一點也不會驚訝，想得到的動機和可能性都太多了。然而，像菊姨那樣的——是啊，眞要說的話，像她那樣無害的人，到底爲什麼……？話雖如此，其實我也不是眞的那麼想知道啦。我對爸爸和爸爸做的事都毫無興趣。）

十九歲——正是這種年紀吧，山科心想。更何況，這個年輕美麗的女孩，一直生活在與現代格格不入的沉鬱家中，不動聲色地觀望荒謬的成人世界。

這樣的她，想法會有點異於常人也是理所當然。

「欸，長叔。」

「是。」

「我開始覺得……搞不清要去哪裡、跟誰問什麼話才好了。」

「是啊。」

左右田望向山科警部補，理解地點點頭。在昏暗的長廊下，三味線琴聲迴盪的聖域，他們就像是入侵者，又像是摸索著前進的流浪者。山科總覺得這個家不歡迎他們的入侵，在奇妙而排外的冰冷外殼守護下，屏氣凝神地等待著，只要一有機會，一定會讓他們這些冒瀆者受到懲罰。

明明還是大白天，走廊上的電燈卻得開一整天，否則會顯得室內陰暗。在人工光線的籠罩下，瀰漫的塵埃中，隱約浮現拉門上描繪的小菊花圖案、金紅色的門把，與掛在柱間橫板上的老舊匾額。

老房子特有的霉味灌入兩人鼻腔，與多惠子房中傳出的三味線琴聲相互呼應，使兩人產生一種身在夢境中的感覺。

因此，當與多惠子他們房間反方向的拉門突然打開，白髮蒼蒼的管家橫田從裡面探出頭時，山科警部補差點嚇得大叫。

「是、是你啊，橫田先生。」

「太太請人在那邊準備午餐了。」橫田恭敬地說：「不嫌棄的話，兩位要不要一起來用餐？」

「不，感謝費心，不過我們來之前在署裡吃過了。」山科急忙應道。

「原來是這樣啊。那麼，至少喝杯茶？」

「不，眞的不用客氣，畢竟我們是來工作的。對了，那邊的各位呢？」

「少師傅、四谷師傅和祐天寺師傅在會客室商討接下來的事，太太回自己房間了，吩咐如果還有什麼要問，請去那邊找她。」

「喔，這樣啊。雖然有很多事想請教太太，但在那之前，能否先請教你幾個問題？」

「我嗎？那眞不好意思。」

「有沒有哪個空房間可用……？」

「請進。」

橫田打開剛才探出頭的拉門，招呼兩人入內。

「還沒有打掃乾淨就是了。」

「別這麼說。請問……這間是做什麼的？」

「也沒什麼，就是預備的空房，供正月之類的時節來訪的客人使用。平常的話，由於大師傅年事已高，家裡很多地方都不再好好打理了。不管怎麼說，都什麼時代了，很少人還像這樣一大家子住在一起，要維持這麼大一座宅院也不容易——現代的宗師，不是住大樓就是住公寓，再另找地方當排練場。比方，山藤的宗師或松山那邊的師傅都是如此……但我們家太太說，就算得多花點打理費用，還是得按照大師傅的要求去做，所以才繼續住在這麼大一座宅院裡。少師傅早就不太贊成了，老嫌這樣根本是浪費。是啊——也就是說，他認爲各方面都得朝更近代化的方向改進。」

橫田這種身分的人往往有個通病，就是多嘴，他當然也不例外。

眞是天上掉下來的禮物，山科警部補暗想。

「橫田先生從以前就在這個家做事，對這個領域的詳情想必很熟悉吧。我們怎麼說都是門外漢，請多多指教了。」

一對橫田搧風點火，他立刻挺起瘦小的胸膛，舔了舔嘴唇。

「沒有啦，我這種小人物知道的不多——只是，好歹是十六、七歲就拜入大師傅門下，幾十年……算算跟在大師傅身邊五十年了。說眞的，確實經歷過各種事。畢竟要**一手統整**全國多達三萬人的安東流門生，說辛苦自然是辛苦的——不過，最辛苦的還是戰爭時期。當時，安東流內的中流砥柱都被抓去充軍，三味線用的紙和弦也無法獲得配給，大師傅又如您們所見，是那樣不食人間煙火，光靠我一個……」

「是啊、是啊。」山科警部補趕緊打斷橫田的話頭。「那時想必很辛苦——三萬人，眞不得了。

這麼說來，在長歌的各種流派中，安東流是最厲害的嘍？」

好不容易把話題拉回來，橫田稍微露出不滿的表情，但馬上配合著說：

「當然。不管怎麼說，在安東、山藤、松山、喜之家、諸住、東流會……等爲數眾多的流派中，大家都說三味線就屬安東，歌就屬山藤是第一把交椅。不過，最近東流會那邊趕上了不少。那邊的師傅多半畢業於藝大，走的是現代風格——話雖如此，提到安東喜左衛門，至今依然是國樂界的第一人，此外也還有『安東流三弦』。」

「三味線就屬安東，歌就屬山藤是嗎？」

山科警部補一邊問，一邊拚命筆記。

「最早是那邊比較興盛，只是細分的話，安東是三味線比較強，山藤則是歌的人才濟濟。當然，兩派底下都是兩者兼具。」

「原來如此。話說回來，流派之間的勢力競爭應該相當激烈吧？」

「不，沒的事。人家是人家，**我們家**是**我們家**——尤其是山藤家，雙方總是在三味線和歌方面互相支援，**我們家**下次要舉行的演奏發表會也請和門幫忙出了差不多三十個人。」

「和門？」

「意思就是山藤和東治師傅門下，那邊的師傅的名字裡都有個『和』字。像是和文治師傅、和吉師傅等等。」

「我懂了，就像安東流的『喜』字輩一樣。」

「是的，師傅也給了我一個『喜佐治』的名號。」

「原來如此——那麼，和外頭其他門派之間或許相處得不錯，可是同一派之內的情況又是怎樣呢？大師傅自然是打算讓少師傅繼任宗師吧……」

「這是……當然。」

橫田舔了舔嘴唇，猶豫半晌。可惜他是個天生的大嘴巴，抵擋不了想多嘴的欲望。

「我就在這說說，您們也聽聽就好。其實，問題就出在這裡。」

接著，他喜孜孜地壓低話聲：

「四谷和祐天寺肯定都想利用這次的事鬥倒少師傅。那兩位打一開始就對少師傅有所不滿，看他有多不順眼就有多不順眼。」

「這話怎麼說？」

「還用說嗎？您想想，比自己小十幾歲的師弟娶走八重小姐，又接任宗師，誰受得了？只是，大師傅決定的事多半不會有錯，這件事也一樣。提到技藝高下，沒人比少師傅更能扛起安東流的招牌。再過二十年，少師傅將成爲第二個喜之家常山大師。相較之下，對那兩位雖然不好意思，但像四谷和祐天寺那種程度的琴手或歌手，要多少有多少，不過是最資深的徒弟罷了。麻煩的是，他們技不如人就算了，不僅不求精進，還把時間用來扯少師傅的後腿。我以前就勸過少師傅，不要爲美色耽誤自己，少師傅就是聽不進去。只是，他會那樣有一半是爲了報復太太，才更難處理。他這樣的藝術家，個性就像大孩子——所以，我覺得太太也很可憐。沒錯，太太或許有做錯的地方，但如果因少師傅出軌就吵吵鬧鬧，四谷和祐天寺那邊肯定會借題發揮，這麼一來，不就表示選擇少師傅爲女婿的大師傅眼光有問題嗎？等於是讓大師傅丟臉了。於是，太太只能告訴自己，說到底還是自己的錯，默默吞下一切吧。眞可憐，是不是？其實少師傅也一樣，眞想玩女人方法多得是，偏偏對女徒弟下手，甚至在家裡養小老婆。」

「你說，太太有做錯的地方，是指……？」橫田語帶遲疑。

「我不知道該不該連這個都透露……不過算了，我就在這說說，兩位聽聽就好。全怪大師傅，大師傅從『安東三弦』中挑了喜之助當贅婿，日後要把宗師的地位傳給他——對，當大師傅告訴八重小姐他的決定時，小姐其實是有這個的。」

橫田豎起大拇指（註）示意，狡獪地眨了眨眼。

「這件事，千萬別跟任何人說是從我這裡聽來的——那個男的長得可英俊了，當時八重小姐對他是完全著迷。可惜那個人不是彈三味線的，加上大師傅在她心目中猶如神明，只能忍痛和對方分手，接受少師傅。一開始，少師傅也是很迷戀太太的，沒想到有了這個……」

橫田在肚子上比畫一個大圓。

「太太肚子裡已有孩子——是那俊男的種。原本欣喜若狂的少師傅，看到生出來的孩子，心裡就知道不對勁。您想想，生出來的可是多惠子小姐啊——別人都說女兒像爸爸，但她那樣的長相……恕我失禮，再怎麼看都不會是少師傅的孩子——說這種話我百般不願意，總之，少師傅也……」

橫田聳了聳肩。

「起初大概對太太用強了吧。不管怎樣，少師傅打骨子裡是藝術家，無法放棄能創作樂曲並自由發表的地位，但為了報復太太，便過起縱情女色的放蕩生活——有段時間，對方那個男的死了，還以為事情能就此落幕，可惜眼前終究有兩個活生生的證據，於是少師傅又是娶小老婆，又是染指女徒弟，這麼一來，太太也不免生氣了。就在這時，碰巧出現一個跟她那初戀情人長得一模一樣的男人……」

「那是誰？他們仍在交往嗎？」

「阿彌陀佛，看來我講太多了。」
「橫田先生，我們當然只會在這裡聽聽就好。」
「這樣啊……那我就說了。太太現在的『這個』叫左近彌三郎，是左近樂隊班裡打鼓的。這人也眞的非常英俊……」
山科與左右田面面相覷。八重居然有情夫——既然如此，八重就沒有殺害丈夫外遇對象的動機了。山科暗自嘆口氣。

註—日本習慣以豎起大拇指代表「男友」，小指代表「女友」。

四　佃之合方（註）——偵探上場

1

「喔喔——太太，麻煩您了。」

踏入八重那六張榻榻米大的房間，山科警部補心情頗爲複雜。

八重沒有殺死丈夫情人的動機——這件事令他有點困擾。根據過往的經驗，山科警部補一直堅信「Cherchez La Femme」（紅顏禍水）的原則。

反正這起案件也一樣，凶手不是八重就是友子，原因出在喜之助身上。只有這兩個女人有動機，山科幾乎都這麼判定了。

只是，正如多惠子所說，友子要下手，目標自然會是八重，而不是喜之助一時外遇的對象喜之菊。

橫田又說八重有情夫，不僅如此，還說多惠子和由紀夫，那兩個孩子不是喜之助的親生子女。

儘管橫田的話未經證實，不可否認的是，如果今天發生的是友子殺八重、喜之助殺八重，或是八重爲了和情夫雙宿雙飛而殺死喜之助這個眼中釘，動機也許還能成立。問題在於，死的是喜之菊——她長得不起眼，技藝不頂尖，甚至不是喜之助交往多年的情婦，只不過是拈花惹草對象的其中一名女徒弟罷了，爲什麼她非死不可？

（是不是喜之菊目擊到什麼——又或者，這個家有什麼更不爲人知的內情？）

爲了釐清這一點，必須更深入這座大而無當的宅邸，理解住在這裡的人的內心世界。然而，山科警部補同時感到莫名的失望——他心底湧現一股近乎憤怒的情感。

即使這樁婚姻是出於父親策略上的算計，仍無法否認眼前美麗高傲的女性背叛丈夫的不貞事實，她不僅爲初戀情人生下兩個孩子，至今依然繼續背叛丈夫。山科實在不願相信八重是這種壞女人。

「呃……是這樣的。」山科用力清了清喉嚨，重新振奮精神。「可能得問您一些比較難以啓齒的問題……」

「橫田。」

八重對帶領兩人前來的橫田努努下巴，示意他退出屋外。等老管家關上拉門，腳步聲走遠後，八重才優雅地轉向兩名刑警。

「不嫌棄的話，請在冷掉之前品嘗。」她指向桌上備好的兩人份天婦羅蕎麥麵。

山科再次清了清喉嚨，「媒體記者是不是造成您很大的困擾？畢竟是在這樣的宅邸內發生殺人命案，今天早上的報紙刊登了好大的篇幅。」

「無所謂——反正有橫田在，我們完全不需要出面應付**外頭的人**。」

「原來如此，那就好。國寶級大師家發生殺人命案，媒體暫時還會喧騰一陣子吧。」

「多謝您的關心。」八重低頭致意，語氣帶著幾分嘲諷。

「不，別客氣。接下來……」

註——長歌等三味線樂曲，遇到間奏特別長的曲目，有時會以特定主題表現，後來演變成固定的形式。

「我們也有勞警方了，不必顧慮，想說什麼儘管說吧。」

「是……」山科擦擦汗，總覺得房裡好像太熱了。「那麼，我就恭敬不如從命，有話直說。太太，您早就知道喜之菊小姐和丈夫之間的關係了嗎？」

原以爲八重會表現得更慌亂，然而，那張如能面具般缺乏表情的臉，連寒毛都文風不動。

「是，我早就知道了。」

「從何時起？」

「六年前的七月。」

「怎麼知道的？」

「外子親口告訴我的。」

山科一時無法回應，左右田趕緊接過話：

「換句話說，他告訴您，和喜之菊是……那種關係……？」

「是的，那個人總在我面前炫耀和其他女人的事。」

「爲什麼要做這種事……」

「大概是恨我吧。」

「那您對他——」

「我倒是不恨他。不管他想做什麼都行，別來煩我就好。」

山科又倒抽一口氣。

看著八重那張與能面具中的「小面」酷似的臉龐，一身黑色和服與端正的坐姿，令他瞬間產生一股錯覺，彷彿八重背後有熊熊火焰燃燒。

「您沒想過要殺喜之菊嗎？」

「沒有。那樣的女人，我甚至沒怎麼注意過，反正只是他的眾多對象之一吧。反而是**在那之後**，她對我多所迴避。」

「想請教一個失禮的問題，如果是您丈夫……或住在後面那位呢？」

「您的意思是，我有沒有想過要殺死他們嗎？我對外子和那位的興趣沒這麼大，他們不值得，這是我一貫的想法——現在也這麼想。會被那個人花言巧語欺騙的女人，在我看來是笨女人，但我不認為有必要去跟她多說什麼。」

「換句話說，您從未想過要殺死這世上的誰，連這樣的夢都沒做過？」

「不……」八重微微低下頭，不過，她的聲音和語氣依然不變。「曾有一次，就只有一次。」

「…………」山科猶豫著，最後還是決定放棄，轉移話題。「關於喜之菊被殺的原因，您有沒有什麼頭緒嗎？」

「沒有，她並不是特別引人注意的人。」

「那個時間，喜之菊會在那裡獨自練習，您事前知道嗎？」

「是，我知道。」

「昨晚八點到九點之間，您在哪裡做了什麼？」

山科隨口拋出問題。然而，如果期待看到八重緊張失措的模樣，或許可說是失敗了。八重依然面無表情地回答：

「昨晚提過，我總是提早吃晚餐。昨天吃過晚餐後，我就回到這房間寫信。」

「您丈夫從排練場回他的房間時，您有沒有注意到？」

「有的，只是不太記得詳細時間。」

「大概就可以了。」

「我想……應該是八點半左右。之後我吩咐吉嫂端宵夜給他，那是九點多的事。」

「您想過可能是丈夫刺殺喜之菊嗎？」

八重沒回應，山科重問了一次。

於是，八重緩緩微笑。那是一抹妖豔的、嬌媚的——令人聯想到滑溜白蛇的微笑。

眼角細長的雙眸散發爍亮的妖氣，薄薄的嘴唇兩端揚起，使她看來就像臉泛古老微笑的佛像。這個美麗的女人有如潛藏在昏暗水底的巨蛇，又或者，似乎化成一張浮現笑容的恐怖面具，令山科爲之顫慄。

「還會有別人嗎？」

八重緩緩地——幾乎可說是樂在其中，如此低語。

「可是，他爲什麼……又是怎麼做……」

「這些細節我就不知道了。不過，想爬窗離開房間，在不被我們發現的情況下從後面繞到排練場，也不是辦不到。或許，那女人妨礙了**那個人**什麼，讓他非殺了她不可。」

「太太，可是……」

「拿菜刀從背後刺殺，很像那個人的作風啊。別看他一副人高馬大的**樣子**，其實狡猾又膽小。他是那種沒有勇氣從正面刺殺的卑劣小人，總是從背後刺人一刀。」八重的話聲裡充滿無限輕蔑。

眞驚人——山科心想。這是第二次聽到有人用「卑劣」來形容喜之助。第一次是他的女兒，這次是他的妻子。

「您對孩子們有什麼想法？兩個孩子似乎都很有天分。山科若無其事地改變話題。

這句話，在眼前冷若冰霜的女人身上發揮了驚人的作用。八重的表情迅速和緩下來。

那是一張洋溢著母愛的臉——散發悲母觀音像般哀憐的光輝。正因五官原本就美，此刻的八重更是美到令人無法呼吸，同時也淒豔無比。

「由紀夫簡直是家父年輕時的翻版。」她瞇起一雙陶醉的眼睛。「無論長相或動作，當然，由紀夫的臉比較漂亮，但無論是爲三味線調音、拿撥子的手法，或彈琴的習慣動作——說來眞怪，隔了一代，竟會生出如此酷似上上一代的孩子……」

「太太，既然您提起這件事，請容我問一個稍微奇怪的問題。也就是說……多惠子小姐和由紀夫公子，其實不是您丈夫的孩子，換句話——」

「警官！」

八重的話聲雖低，卻像一條鞭子般堅韌有力，就算在場的是比山科見識過更多場面，態度更強硬的刑警，必定也會嚇得跳起來閉上嘴巴。

「那種事，和這起案件有什麼關係嗎？」

「沒有……」口中喃喃道歉，山科急忙站起打算開溜。「非常抱歉，問了不得體的問題……」

「只要有助於破案，我都願意坦言，然而，那種事和這起案件一點關係也沒有吧？」

「不，完全沒有。眞的非常、非常……對了，待會您如果要去見喜左衛門先生，可否帶我們一同前往？」

「父親正在午睡。」八重毫不留情地說：「等他醒來，再通知兩位可以嗎？父親年事已高，情緒激動對身體不好。要是您又提剛才那種事，恕我無法讓您見他。」

「不，絕不會再提。」

一再賠罪道歉，八重才答應時間到了就會通知他們。當山科手忙腳亂想離開時，站在拉門旁，忽然想起一件事，又停下腳步。

「請問，剛才您說，只有動過一次殺人的念頭？」

「是。」

「如果您願意回答……您想殺的是誰？」

八重倏然起身，抓住拉門，面無表情地凝視山科。

「是家父。」

她冷淡地吐出這句話，同時，拉門毫不留情地在山科與左右田面前刷地關上。

2

「阿山哥，你有什麼想法？」

「長叔，你有什麼想法？」

在山科警部補說出這句話前，左右田搶先說了出來。

被搶先了啊——山科警部補頗爲懊惱。

「沒什麼想法啊。我什麼都搞不懂了，眞的完全不懂，而且愈來愈迷糊。」

「那女人說，除了丈夫之外，其他人都不可能是凶手。」

「她或許自有理由，就交給本廳那群人去查吧。」

「話說回來，如果丈夫是凶手也好。只不過……這是他家，而行凶現場是被害者慣常排練的地方，大家都知道他是最後一個和被害者碰面的人。這種情況下，會有人刻意選在那種地方行凶嗎？」

「說不定他性情急躁，一發怒就衝動得什麼都顧不了。」

「這樣聽起來比較合理，只是啊，組長。」

「突然這麼正式幹麼？」

「我總覺得心情有點沉重。這個家裡的人，似乎都憎恨著彼此。」

「是啊，女兒恨父母，老婆恨老公，老公恨老婆小孩和岳父——是吧？」

「在這個家庭裡，似乎滿地都撿得到殺人動機，被殺的卻是喜之菊這個和他們一家沒太大關係的女徒弟。」

「是啊。」

「組長，喜之菊到底爲什麼會被殺？」

「要是能知道就破案了吧。」

「我說啊……那女人搞不好是代替了誰，或被錯當成誰，你不覺得嗎？」

「現在下任何判斷都太早。反正我們只是先來幫人家跑腿的——在本廳那些資深前輩來之前，我們做的一切，都是爲了讓他們方便的準備工作罷了。他們沒馬上趕來，大概是聽說國寶大師的事，不是忙著去查人家的弱點，就是去圖書館抱佛腳，補充國樂歷史知識吧。趁著這段時間，我們至少得挖出一些情報。雖然不管怎樣，最後功勞都會被他們搶走就是了。」

「哎呀，也不用這麼自暴自棄。」

左右田咧嘴一笑，安慰山科。

「我打算跟搜查一課那些人說——喜之菊可能是被錯認成別人才遭到殺害。」

見左右田把話題拉回來，山科不甘願地問：

「例如，是被當成誰？」

「八重啊。」

見山科皺起眉頭，左右田又說：

「凶手可能以爲喜之菊早就回去了，而她又和八重一樣穿著和服。女人穿和服時的背影和髮型不就那樣嗎？每個人看起來都差不多。」

左右田加強語氣。

「可是，八重知道喜之菊習慣在師傅指導結束後，留下來多練習一會。」

「只有這個家，不，應該說只有住在主屋的人才知道吧？」

「你的意思是……？」

「友香啊。如果是友香，就有殺害八重的動機。」

「所以，長叔心目中的凶手候選人是她嗎？而八重推薦的凶手候選人，是她的丈夫喜之助。」山科不高興地說：「接下來，做丈夫的會指名誰？去試著問看看吧。」

「按照順序，應該是元配吧。」

「別說那種無聊的話……」

山科駁斥了半開玩笑的左右田，似乎不太喜歡左右田這樣的想法。

八重是凶手——如果是她，確實有可能……正因內心也按捺不住這個想法，山科警部補才會感到不滿。

（那麼美的女人，會刺殺另一個女人嗎？）

那張用冷漠掩蓋的端正容貌下，熊熊燃燒的白色妖火——所謂冷豔，就是用來形容這種女人吧……和她交談時，山科警部補好幾次都有這種感覺。

「總之，不管怎樣，還是去問一問比較好。」

「問那個丈夫嗎？」

「也想去見見國寶大師啊，不過看現在的狀況——」

話還沒說完，眼前的門忽然拉開，橫田探出頭，嚇得山科警部補差點放聲大叫。

（這老頭簡直……簡直就像幽靈。）

他是否聽見了什麼？我有沒有說了不該說的話？山科警部補拚命回想。

「這……這個家打造得真精巧。」他只能尷尬笑道。

「沒有啦，只是老房子。」橫田打圓場：「太太表示，今天大師傅的狀況不太好，警官能不能只去短短一下，或只向喜千世女士問話，最好是能改期，不知您意下如何？」

「這樣啊……」

山科警部補無奈地和左右田面面相覷。

「嗯，大師身體不適，不好硬是勉強，不過……」

「不管怎麼說，本廳搜查一課的資深同仁，還是會再來打聽各種事，到時請多多配合。」

山科警部補故意放出「等搜查一課人員來了，就沒我們這麼好說話」的訊息。

「總之，希望喜之助先生撥一點時間給我們。」

左右田瞄了山科一眼，嘴上這麼說。

「是，當然——剛好客人都要回去了。」

「不過，到時我們仍會去拜訪那幾位師傅，向他們問話。」

正當山科這麼說時，原本在案發現場調查的倉林有些慌張地過來。

「組長！」

「什麼事？」

「那個……本廳的……」

「我知道了，馬上過去。」

總算來了嗎？山科皺起眉頭。

「那麼，昨晚問過的事可能會再問你們一次。」

「好的、好的，一定盡量配合。」

山科走在倉林身後，橫田匆匆跟上。左右田若無其事地走在他身邊。

「欸，橫田先生。」

「是。」

「你是這裡的管家，想必很熟悉安東家內部的事嘍？依你看，這起案件可能是誰下的手？」

「您別胡說，沒這回事。」

就連只是閒聊，橫田都氣得頻頻搖頭。

「這個家才沒人會做出那種可怕的事。」

「問題是，事實擺在眼前。」

「應該是強盜之類犯的案吧。」

「可能性很低，原因你昨天沒聽說嗎？」
「不，完全沒聽說。」
「哦，談談你的意見吧。凶手殺害喜之菊的動機，你覺得是什麼？」
「哎呀，饒了我吧。我只是一把老骨頭，這麼難的事我根本不懂。」
「是嗎？不會吧，否則怎能勝任管家這份工作？你太客氣了。對了，江島友子女士是怎樣的人？」
「怎樣的人？就是少師傅的那個啊。」
「我知道，她本來是藝伎吧？個性好嗎？」
「唔……是不錯啦。」
「她平常是有什麼就說什麼的人嗎？」
「是啊。每天晚上，她都會分我一點自己燉的食物，或泡茶招呼我去喝，性格很爽快，表裡如一。說起來，就是個孩子氣的女人，和太太完全相反。所以，我也不是不能理解少師傅的心情，男人有時就想要一個完全相反的女人。」
「也是。所以呢？昨天晚上，發生**那件事**的當下，她招待你過去喝茶了嗎？」
「不，昨天晚上沒有。友香女士把電視開得好大聲，在看搞笑節目，自己也咯咯笑個不停。由於實在太吵，我原本打算去抱怨兩句，後來想想，她應該不是故意的，反正一下就看完了吧，於是忍了下來。我平日睡得早，兩屋子只隔一層牆壁，實在太擾人了。」
「她也在笑？」左右田有點沮喪地問。「不只是電視的聲音，你也聽見友香女士的聲音了嗎？」
「當然，笑得那麼大聲，哇哈哈哈——中間還聽到她大喊『智、智，過來嘛，這很好笑』。她人其實不壞，只是像個小孩，實在拿她沒辦法，只能算了。反正這個時代，誰也不會爲別人著想到那種地步。」

「你知道她看的是什麼節目嗎？」

左右田的語氣透著失望。山科回過頭，看好戲般瞅了他一眼。

「我不清楚，拿報紙查查節目欄就知道了吧？或者，去問她本人也行。」

「也是，那樣比較快。」

左右田失望的話聲從背後傳來，山科心想，既然如此，目前友子算是有不在場證明了。

（除非橫田是凶手，故意說出友子的不在場證明，來證明自己也不在場，才能另當別論。）

不過，山科不認爲，這個乾癟老頭有力氣殺死正值盛年的女人。

通往排練場的昏暗走廊上，眾人腳下的地板嘎吱作響。

「哇，這是鶯聲地板（註）嗎？」左右田問。

「不是啦，純粹是房子老舊了。」橫田回答。「但也因如此，每次少師傅指導完排練，準備回房時，一聽到這聲響就知道了，說方便倒是挺方便。」

「眞的。」

聽著左右田低聲搭腔，山科踏入發生慘案的排練場。

「噢，辛苦了。」

「山科兄，你們先來了啊？」

本廳的佐古警部之前見過幾次面，今天他帶了五、六個部下一起來。現場鑑識昨晚已完成，他們只是在屋子裡走來走去，拍拍照片。

濺血的紙門、留有蛇行般血跡的榻榻米，和染血的三味線，這些物證都被搬離後，案發現場顯得莫名冷清，甚至瀰漫著一股陰森森的氣息。

「在這邊被刺殺，然後跌到外面去嗎？」

佐古警部拿著現場照片比對，跟著記號走。

「隔壁是空房？」

「是。」

「關於這一點……」橫田忽然探頭插嘴。「少師傅的意思是，如果不妨礙警方辦案，想使用那個空房。要是不行，在對面的主屋也沒關係，差不多該開始排練了。不是啊，像今天早上該進行的練習就全部中斷了，可是下週日就要舉行發表會前的預演，希望再看一次公開彩排的觀眾很多。只是，照這位刑警的說法，似乎不太樂意讓少師傅出去指導學生。」

「不，我不是那個意思。」

「…………」

佐古警部露出難以言喻的表情，瞪橫田一眼，山科也不免慌了手腳。

本廳的刑警剛踏進這個家，不明白被稱爲「國寶級大師」的宗師是怎樣的存在，也還不能理解這個家的氛圍，和身處其中的人特殊的價值觀。

慶祝喜左衛門八十大壽的演奏會，對安東家的人來說是至高無上的任務，跟這件事相比，死了一名女徒弟根本不算什麼。然而，站在佐古警部等人的立場，世上沒有比殺人命案更需要優先處理的

註——老舊日式建築的防盜措施，將地板鋪設爲踩上時會發出嘎吱聲，藉以達到防盜或防止敵人入侵的效果。

事。

該如何說明兩者之間的落差才好？正當山科這麼思考時，駛過屋前馬路的汽車喇叭聲和緊急煞車聲不時傳入耳中，彷彿為這座遺落在時間之外的大宅帶來現代的訊息，聽著尖銳又刺耳。對山科來說，那聲音非常具有象徵性。

不用提，思考著這些事的山科警部補腦中，早就把剛才關於鶯聲走廊的無謂雜談拋諸腦後。等他察覺那番話其實非常重要，已是許久以後的事。

3

接下來，整個下午就在極度匆忙中度過。

將叨念個不停的橫田趕回房間休息後，精力十足、體格魁梧的佐古警部，立刻派部下在屋內四處調查（他們想必會認為，與屋內相關人士早接觸了好幾個小時的山科毫無作為吧），確認全家人在案件發生時各自待在什麼地方（話說回來，當時全家人都在不同地方做自己想做的事，真要說的話，沒人有確切的不在場證明），並製作整座宅邸的平面圖，做了不少記號。

面對八重的美貌與冷淡態度，佐古警部不為所動。然而，即使如此，他在試圖瞞著八重闖入喜左衛門房間問話時，也嘗到失敗的滋味。八重防得滴水不漏，以喜左衛門年老體衰為由，拒絕一切會面的要求。

於是，佐古警部只能找來喜左衛門的小老婆喜千世，向她問東問西。喜千世有著圓滾滾的身材，看上去比實際年齡年輕，皮膚也很有光澤。她十分樂意回答，只是簡單地說，老宗師住在別館，過著與主屋完全無關的生活，案發當下早就熟睡。最近他有點失智症狀，即使聽喜千世解釋再多次，仍弄不清到底發生什麼事。

搜查一課的刑警，在兩位師兄分別帶著祕書和兒子回去後，也問了喜之助各種事。喜之助大概被兩個師兄惹毛了，心情非常差。「我根本不曉得，喜之菊爲什麼會在排練場被殺。」

喜之助接近怒吼地說。他本來就人高馬大，生起氣更是像赤鬼一樣，神情嚴峻。

這男人是纖細的藝術家，實在很難相信他會是妻女口中「卑劣膽小的男人」。山科暗自想著，一邊打量他。

「那正是我們想釐清的部分。」佐古警部說。

「既然如此，就請你們查清楚後告訴我。我眞的是完全不明白，怎會發生這種事！」

「聽說，喜之菊是你的情婦？」

「是誰說的？」喜之助露出凶狠的表情。「好吧，算了，我承認。無所謂，大家都知道。不管被誰知道，對我來說都沒差。」

他的嗓音尖銳，帶著嘲弄。約莫是聯想到八重了吧，山科思忖。

「你承認了啊。」

「無所謂，只是，說是情婦未免太過了。那種程度的對象就能稱爲情婦，我在全國各地大概有百來個情婦吧。」

這男人眞討厭，山科又這麼想。

「換句話說，你們之間是哪種關係？」

「你明知故問，就是偶爾有那種親密關係而已。」

「那昨晚呢？」

「說什麼蠢話。」喜之助極度不悅地大吼。「我也是明事理的人好嗎！誰會在家裡，而且是排練場，跟徒弟幹那種事？那是老婆或橫田，甚至孩子們隨時可能進去的地方啊！指導完排練，我立刻回房，吃過飯就著手修改《二重奏曲》仍不滿意的部分。這些昨天提過了吧？太難看了，又不是十七、八歲的小鬼，我沒飢渴到會在排練場幹那種事。」

「那麼，她的腰帶怎會脫落了一半？」

「誰知道，可能是鬆了，她想重繫啊。」

「不是你解開的嗎？」

「不是。」

「順便問問，是不是那女人纏著你不放，你嫌她礙事，顧及太太或小老婆，所以乾脆解決了她？」

「太過分了。」

「萬一從刀柄上，找到你的指紋怎麼辦？」

山科心想，佐古大概是想故意激怒喜之助，看他會不會說溜什麼。奇怪的是，原本氣得幾乎要上前揍人的喜之助，聽到這句話忽然恢復平靜，甚至咧嘴一笑。

「你想用這種方式設計我，是行不通的。」

接著，喜之助放聲大笑。他的笑聲粗獷，和外表不同，倒是聽了挺舒服。

「爲什麼呢，安東先生？」

「還問爲什麼？你們很清楚吧，根本不會有那種事。」

喜之助露出得意的笑容，環顧四周。

「我和她處得不錯，彼此都很享受這段關係，也不會糾纏不清。眞要懷疑，你們應該懷疑內人吧，那女人什麼可怕的事都做得出來。夠了嗎？恕我先告退。」

喜之助瞥一眼沉默下來的眾人，帶著不屑的表情走出會客室。望向看似啞口無言的佐古警部，山科暗忖——哎呀，這麼一來，八重就成爲最受歡迎的凶手候選人了。畢竟剛才一課的刑警去找江島友子問話時，她劈頭就激動地提出了「八重凶手論」，把那個年輕的刑警嚇得連滾帶爬地跑回來。

八重說是喜之助幹的，友子說是八重下的手，喜之助也點了妻子的名，而左右田認爲凶手是友子。

看來我們最不缺的就是嫌犯啊，山科苦笑著思考。問題是動機遍尋不著，不管誰提出的都不甚合理。

（爲什麼被殺的會是喜之菊——不是八重，不是友子，也不是喜之助。）

山科再次提出這個自問了千百次的問題。就在這時，一名穿著警署制服的警官來找他。

警官說，有個可疑的青年要見由紀夫。

「伊集院大介？」山科皺起眉頭問。「我知道了，現在就過去。」

4

那個年輕男人，探頭探腦地待在玄關門口。

「聽說，你剛才是這樣自我介紹的——你是補習班老師，但並不是特別爲了什麼事而來？」

山科警部補穿過走廊回到玄關，不耐煩地高聲問。不料，當那個男人一映入眼簾，他卻忍不住噗哧一笑。

那青年彷彿沒見過世面，在寬敞的安東家玄關東張西望，一下看看這邊，一下看看那邊，注意到掛在左側牆上那隻大海龜，頓時睜大雙眼。就在山科警部補踏進玄關那一瞬間，他小心翼翼地伸出手指，戳了海龜鼻子一下。

那模樣實在太孩子氣，充滿毫不掩飾的好奇心與天真，山科不禁失笑。

受到笑聲驚嚇，青年從海龜旁跳開，像惡作劇被發現的小孩，脹紅了白皙的臉。

「啊——您好、您好。」

「喔，不……怎麼？」

山科也有點不知所措，乾咳了幾聲。

眞是奇特的青年——身材高眺單薄，瘦得驚人。不僅如此，還有點駝背，胸部凹陷，雙腿瘦長，但不知怎地有點內八。

除了瘦長的雙腿，上半身也很長，再往上是依然瘦長的脖子。這樣的體格大概很不適合運動或勞動吧，同時，他有一張和這副身體相襯的臉。

「討厭啦，都是警官您突然笑出來。」

紅著臉，青年找藉口似地說。不過，儘管嘴上抗議，他的臉上倒是浮現親人的微笑。

一張白皙的長臉，有幾顆黑黃蛀牙，細長的鼻梁上架著一副銀框眼鏡。偏長的頭髮垂在秀氣的前額上，他正用修長的手指撥開頭髮，露出幾乎可說是稚嫩的笑容，眼角笑出好幾道魚尾紋。看著這個青年，山科警部補莫名愉快起來。

他長得好像誰——對了，是那個叫佐田雅志的民謠歌手。

青年看起來更溫和，整體來說，像是上下拉長的佐田雅志——不過，看著銀框眼鏡底下那雙溫柔不怕生的瞳眸、笑咪咪的表情，實在無法想像他會有不開心的時候。配上帶點傻氣的笑容，感覺就像彼此相識多年，又像與好久不見的朋友重逢，令山科警部補湧現一股懷念的心情。

「不，所以——你到底是來做什麼的？」

山科甩了甩頭，硬是壓下不由自主浮現的微笑。

「來做什麼……其實也沒什麼……我是安東由紀夫同學的補習班老師，那個……從今年九月才開始的就是了。」

「這我聽說了。」

所以呢？山科歪了歪頭，表示疑問。

「所以……就是……由紀夫同學今天四點應該來補習班上課，但他沒出現。」

「麻煩你一下。」

山科以眼神向一旁的警官示意，請他去帶由紀夫來，嘴上依然嚴厲地說：

「我是代澤警署一組的山科，這個家發生了一點事，不知你是否聽說了？」

「嗯，聽說發生了殺人命案。不過，死者不是這個家的人吧——應該是來上課的徒弟之類的人？」

「你說什麼？」

山科皺起眉頭，露出嚴峻的表情。

「你聽誰說的？這件事今天早上的報紙應該還沒刊登。」

「沒有聽誰說啊，只是我這麼覺得而已。」

「哦？」山科狐疑地壓低嗓音，拉回正題：「你的感覺眞奇特。話說回來，你工作的補習班只要有一個學生擅自缺席，老師就會上門拜訪嗎？」

「不，倒也不是這樣。」

青年十分認眞回答，睜大睛望向山科。

「那你爲什麼會過來？」

「簡單來說……」名叫伊集院大介的青年，有點爲難地搔搔頭。「由紀夫同學不來上課，我就沒事做了。畢竟……我只有由紀夫同學這一個學生。」

山科不禁吃吃笑了起來。「換句話說，你任教的班級只有一個老師和一個學生，是嗎？」

「別看我這樣，我可是補習班的老闆。」伊集院憤憤不平，「老闆兼老師。不過……現在只有一個學生而已。」

「欸？」這次山科終於忍不住捧腹大笑。「這、這也算補習班？只能算是家庭教師吧。」

「才沒這回事。」大介不服地反駁：「是貨眞價實的升學補習班——還掛有『伊集院升學教室』的招牌。」

「哎呀，那眞是失禮了。」

山科上氣不接下氣地向青年道歉。這瘦巴巴的青年始終一副認眞到不能再認眞的樣子，令人不禁莞爾，卻也給人一種必須認眞對待他的感覺。

「好吧，這件事姑且不提。」

山科重振精神，正要繼續往下說時，由紀夫出來了。只見他鐵青著臉，沒什麼精神。

「啊，不好意思，我剛才睡著了。」

由紀夫解釋。一看到瞪大雙眼站在玄關的伊集院大介，他蒼白的臉上立刻綻放笑容。

「喔喔，是老師啊。對不起，我沒打電話給您。」

「由紀夫同學，你是不是身體不太舒服？」

大介擔心地問。山科在一旁插話：

「這可眞不好意思——等一下馬上讓你回去休息……那麼，這個人眞的是由紀夫小弟的補習班老師？」

「是的。」

由紀夫回答。山科莫名有些狼狽，看了看似乎動不動就貧血的少年漂亮的臉龐，又看了看銀框眼鏡下神情擔憂的伊集院大介。

「啊——請進來，老師。」

「不、不用了，我只是來瞧瞧他的狀況。況且，發生了殺人命案，一定很折騰吧。」

他提到「殺人命案」四個字時聽起來喜孜孜的，彷彿說的不是殺人命案，而是稀奇少見的糖果。

「大門旁停了好多警車。請問，到底是誰被殺了？」

「不，這個就……」

面對充滿好奇心的伊集院大介，山科警部補暗想「搞什麼，這男人眞像個孩子」，差點又忍不住笑出來。不過，他還是勉強擺出爲難的表情。

「對了，你剛才說，被殺的大概是來上課的徒弟之類的人，這是聽警官還是誰說的嗎？」

「沒有，誰都沒說什麼。」

「這樣啊，也對，你說了只是有這種感覺而已。話說回來，爲什麼你會有這種感覺？」

「不——也說不上是爲什麼，硬要說的話，讓我想想……」

伊集院大介歪了歪頭，認眞思索起來。

「嗯，簡單舉個例子，我走到大門外的時候，聽見三味線的琴聲，還看到警方的人在排練場入口與掛了門牌的木門之間進進出出，此外，沒看到屋裡有人上香，也沒看到家裡的人匆忙走動吧？如果死者是家裡的人，應該不會有人彈三味線，同時，就算警方再怎麼忙著搜索，家裡的人仍得做守靈之類的準備才行。順便一提，那個死掉的徒弟，該不會是有點年紀的女人，而且長得頗有姿色？說不上爲什麼，我就是有這種感覺。」

「眞驚人。」山科發出驚嘆。「這次又是爲什麼會讓你有這種感覺？你說說看。」

「不——其實也沒什麼太複雜的原因。」伊集院傷腦筋似地回答。

「沒關係，你就說說看吧。」

「好吧。話雖如此，我只是有這種感覺而已……不過，那個彈三味線的人，應該是由紀夫同學的姊姊吧？由紀夫同學之前提過，下次要在演奏會上彈奏的是父親寫的曲子，曲風偏向現代。我聽見的三味線琴聲又是從有粉紅色蕾絲窗簾的窗口傳出來的，所以我才這麼想。然後，一般情況下，即使死者不是自家人，如果有誰在家裡遭到殺害，三味線的練習至少會暫停一天，否則父母也會阻止才對。然而，由紀夫同學的姊姊卻彈了那麼久，可見這起殺人命案的發生，或許引發了母親對父親的怒氣——我的推測聽起來很奇怪吧？不過，我只是有這種感覺而已，剛才應該也說過了。」

「也可能是父親對母親發怒啊，你爲何不這麼想？」

出於好玩的心態，山科問道。

「可是，根據由紀夫同學以前偶爾提到的，比起父親，姊姊比較聽母親的話。況且，一般家庭裡，掌握實權的多半不都是母親嗎？」

「唔……你眞的很奇怪。」

山科聳聳肩這麼說。由紀夫默不吭聲，好奇地看著兩人。

「要是你總有這種感覺，說不定能當算命師。」

「是啊。坦白講，如果補習班經營不順，我想過乾脆轉行當街頭算命師。」

伊集院大介回話時，表情再認眞不過。

山科抱著逗弄他的心情笑著說：

「這樣正好。用你的千里眼算一算，這起案件的凶手接下來會怎麼做吧。這次你有什麼感覺？」

「我想想……」大介睜大雙眼，思索片刻。「我連死者是誰都不知道，當然無法得知凶手是誰，只是，這起案件大概不會就此結束。」

「你的意思是，還會發生下一起案件嗎？」

「是的，而且，或許不只一起——不過，下次會不會發生在這個家裡，就不得而知了。我總覺得有什麼地方弄錯了，如果凶手也這麼想，很快就會修正。到目前爲止，我仍看不出案件的整體輪廓——不，應該說，我只是莫名有這種感覺而已。」

面對這奇妙的預言者，山科與由紀夫聽得瞠目結舌。大介歪著頭思考，彷彿完全不知道自己說了多嚴重的話。

2 CHAPTER 第二章

二上

——第二根弦調高一音階

「喂……」

輕輕敲窗的聲音和壓低的呼喚，由紀夫剛才就聽到了。

「喂，由紀夫，開窗啊。」

得去開窗才行——他腦中這麼想，身體卻懶洋洋地躺在床上，怎麼也動不了。那種感覺像是被人追趕，雖然想逃，身體卻不能動，陷入可怕的惡夢中。

「由紀夫，你在睡覺嗎？」

怎麼會這樣？由紀夫心想。全身彷彿失去了力氣，生命一點一滴流出，逐漸消逝。最後我只會剩下空殼——徒有人形，裡面什麼都沒有，如同塑膠娃娃。

四肢慵懶垂落，軟綿綿的娃娃——如果有誰惡作劇，拿針在那充氣的手腳上輕輕一刺，隨著噗哧聲，原本充滿我空洞身體裡的空氣就會全部外洩了吧。

（我……）

「由紀夫——」

由紀夫緩緩起身，拖著不聽使喚的身體，朝窗邊走去，打開窗鎖。自己真的做了這些動作嗎？還是只有腦袋裡這麼想，實際上身體依然動也不動？他已分辨不清。

「由紀夫——」

焦急難耐的智，乾脆自行打開窗戶，矯健地跳進屋內。正想開口抱怨，他卻嚇了一跳，盯著由紀夫：

「你怎麼了？臉色好難看。」

「是嗎？」

由紀夫恍惚地回應，連嘴唇都不像自己的了。

「怎麼了？身體不舒服嗎？」

「唔……」

「噯——」智皺起濃密的眉毛，擔憂地注視由紀夫。

智擁有修長而充滿活力的四肢及壓抑不住的生命力，正活在人生裡的春天，他完全無法理解比自己年幼的摯愛少年，爲什麼會如此毫無血色、四肢無力，脆弱得彷彿轉瞬消逝。但也正因如此，他才會將由紀夫這顆不可思議的奇蹟寶珠，捧在手中呵護。然而，十七歲的智有時難免會懷疑，由紀夫是否眞實存在。

「我只是累了，畢竟發生了那種事。」由紀夫一口否認。

「聽好，你去躺下。我……我沒關係，那個……」

智臉頰微微羞紅，推著由紀夫的肩膀，讓他再度躺回床上。

「由紀夫眞是的，身子就是弱。」

（反正那個體弱多病的孩子也活不了多久吧。）

說出口的話，讓智想起母親無情的預言，他慌張地甩頭。

「抱歉，把你吵醒了……我有話想跟你說。那個……在那之後，每次我想過來，都會遇到奇怪的警察在巡邏……」

智不斷撫摸由紀夫的頭髮，一邊叨叨絮絮。

「嗯……」彷彿還在做夢，由紀夫閉上眼睛。

「欸，你眞的不要緊嗎？臉色實在很差。」

「沒事的……」

「欸，」智蹲在床邊，摩挲好友蒼白無血色的臉頰。「你這個樣子，我好擔心——擔心到不知該怎麼辦才好。」

由紀夫依然緊閉雙眼，呼吸有些急促。怎會有這麼長的睫毛？智暗暗想著。怎會有這麼白、這麼纖細的下巴——透明又脆弱，就像某種易碎物。

「由紀夫……」智捧住那白皙冰涼的臉頰，湊上嘴唇。「欸，由紀夫，我很擔心，眞的很擔心。」

好一段時間沒有見面，加上十七歲這個年紀，不管想什麼都覺得不踏實。一個長長的擁抱與接吻後，智才放開嘴唇這麼說。

「不要緊，我眞的只是有點累。」

「如果眞是這樣就好。」智沉默半晌，接著不顧一切地說：「但一定不只是這樣吧？」

接著，智咬住嘴唇，欲言又止。

「什麼？」

「就是**那件事**啊。」

「那件事……你是指菊姨的事？」

「嗯。」

「爲什麼？你沒什麼需要擔心的吧？」

「……」智低垂雙眉，露出嚴肅的表情。那表情出乎意外地成熟，是屬於男人的表情。

「還是，你有什麼事情瞞著我？」由紀夫眨著眼往上看。

「不，完全沒有。我沒有什麼瞞著由紀夫的。」

「那就好啦，有什麼關係？」

「是沒關係……」智想了想，接著豁出去說：「可是，由紀夫補習班那個奇怪的老師……伊集院老師不是認爲，這種事還會發生嗎？」

「那種話……他只是說說罷了。」

「是這樣沒錯，可是——」

「總覺得你今天怪怪的，智。」

「嗯？」

「哪有——沒什麼奇怪的啊。先別說這個了，由紀夫……」

「如果由紀夫……如果有人想對由紀夫做什麼……不管誰想做什麼，我都會保護你。相信我，好嗎？」

「你是怎麼了？」由紀夫發出疑惑的悶笑聲。「你好奇怪。眞是的，簡直像在擔心下一個被殺的會是我。」

「由紀夫！」

「怎會擔心這種事……」

「由紀夫，別說，我不要聽。別說那種話！」

智的黑眸彷彿熊熊燃燒，驀地摟起由紀夫，用力抱緊他。

「會痛……」

「我不要你死！我不要由紀夫你被殺死，否則……我寧可代替你死！不要，你再說那種話，我就——」

智啃咬般激烈地襲上由紀夫的雙唇。由紀夫發出呻吟，無力地想推開他。

「噯，很痛，拜託別這樣……」由紀夫好不容易掙脫，輕聲低語。

「由紀夫，跟我一起離開這個家吧。」智粗暴地說。

「咦……」

「我決定放下老媽不管了。總覺得繼續住在這種地方，身體彷彿會從中心逐漸腐爛。夠了，我沒辦法等到老媽的處境改變，現在就想離開這裡！只有你一個人，我還養得起，所以——」

「怎能這麼做，不行啦……」

「爲什麼，哪裡不行？你不是提過，等你考上大學，我們就一起搬離這個家？只不過是提早一、兩年，還是你……你不願意跟我走？由紀夫，你不願意嗎？」

智雙眼圓睜，一副走投無路的樣子。由紀夫凝視著他充滿激情的年輕臉龐。

智的濃眉皺成一直線，下面那雙橫長的眼底閃著強烈的光芒，彷彿在說，要是由紀夫拒絕，不如乾脆拉起他的手，將他綁走。那雙眼睛如狼一般危險，也燃燒著如狼一般高貴的熊熊怒火。

由紀夫呻吟著張開了嘴——然而，吐出的卻是令人意外的話。

「智，你……你是不是知道什麼？」

「咦？」

沒想到由紀夫會這麼說，智頓時忘了呼吸。

「你知道些什麼嗎？爲什麼說那種話……爲什麼想帶著我遠離這個家？有什麼我不能繼續待在這裡的理由？下一個被殺的可能是我，一定有什麼原因讓你這麼認爲吧？」

「別說傻話！哪有那種事，我……我只不過是小老婆的兒子啊……」

「那爲什麼——」

「沒有爲什麼！」智扯著嗓門大吼。「那我問你，由紀夫，你在這個家裡什麼感覺都沒有嗎？那個阿菊被殺了耶，光是這樣就令人覺得不舒服。整個家裡的氣氛就像——就像一灘死水爛泥！大家都**裝成**沒發生什麼事，什麼都不知道的樣子！彼此裝成互不知情，表面上冷冷淡淡，肚子裡卻滿是猜疑憎恨，我受夠這種事了！搞不好這個家裡的人，沒有一個不是僞善者，全是殺人凶手。大家都在撒謊，而且恐怕都心知肚明，我沒辦法再讓你待在這種腐爛透頂的地方。之前提過吧，萬一發生什麼事，我們可以先去外婆那裡，她至少會願意收留我們一、兩個月。現在不就是那個『萬一』來臨的時候嗎？我們一起去吧，去外婆家，別留在這種——」

「智，我們不能這麼做，你應該很清楚！拜託你，不要再——」

「喂，你們兩個！」

用伸縮桿擋著的拉門忽然被打開，多惠子探出頭，嚇得兩人趕緊分開。

「沒關係，不用忽然分開，繼續抱著啊。不過，你們未免太大聲了。情侶吵架也該低調一點吧，害我連書都看不下去。」

「抱、抱歉，多惠子姊。」

「你們以爲現在是幾點？」

多惠子用力皺起眉頭，狠狠瞪兩個男孩一眼，直接伸長手臂，把掉了一半的伸縮桿撥開，關上拉門，然後打開相反側的另一扇拉門，穿著紅花圖案的睡袍直接走進來。

「所以我才討厭日式房子，一點隱私都沒有。」

智皺著眉說，順便檢查了靠走道那側的拉門。

「我才想說這句話好嗎？」

多惠子從鼻子裡哼了一聲。

「哎呀，由紀夫，你怎麼了？臉色好難看。」

看了弟弟一眼，多惠子微微蹙眉。

「他剛才就這樣了。」

「是喔，該不會是**你**害的吧，小智。」

「為什麼是我——」

多惠子的曖昧暗示，聽得智一張黝黑的臉脹得通紅，一路紅到耳朵。不過，多惠子一心只想著自己的事，沒繼續追問。

「小智，你來得正好，我有話跟你說。由紀夫這孩子只會發呆，不管跟他說什麼，都不曉得到底聽進去了沒。」

「才沒這回事！由紀夫他……」

「好啦，可以了。小智，你雖然有點遲鈍，有時看起來頭腦倒是挺不錯。最重要的是，在這個家裡，唯獨你和命案不算直接相關——畢竟，不好意思，你媽也算嫌犯之一嘛。所以，只有小智，你和我們稍微不一樣，或許能比我們看到更多東西。」

「…………」

「欸，你老實說。剛才你們的對話我都聽見了，爲什麼你會認爲下一個有危險的是由紀夫？這個想法的根據是什麼？還是，凶手是誰你心裡有數，才——」

「沒這回事。」

「那爲何——」

「我不能說。」

「搞不好會危害到你心愛的由紀夫性命喔！」

「…………」

「欸，你在懷疑誰？你媽？」

「怎麼可能！」

「哎呀，別生氣。或者……是八重媽媽？拜託你，說說看。」

「不知道。我不想談這件事，妳出去！」

「居然講這種話。我不是一直……是啊，我一直都沒把你們的事情告訴別人。從第一次發現你們的事那天起，始終沒洩密。我算是站在你們這邊的吧？」

「在這一點上，是很感激妳啦。」

「那你也該接受我的請求。」

「請求？什麼意思？」

「哎呀，別這麼生氣。」多惠子轉換心情，笑了起來。「很簡單，和我一起思考就好。一起——思考這起案件的凶手。」

「爲什麼要在這種時候做這種事?警方拚命在查案了,交給他們不就好了嗎?」

「你根本不這麼想吧。」

由紀夫頹然躺回床上,無視於姊姊與智的爭辯,兀自閉上眼。智擔心地覷向他,希望趕快恢復與好友獨處的時光,又被多惠子的話激起好奇心,夾在中間不知所措。

「好了,妳想說什麼快說吧。」智不客氣地應道。

「你這傢伙眞是粗魯又囂張,明明年紀比我小。」

「怎樣都無所謂啦!」

「也是,那我就說了。我要你跟我一起思考,找出證明媽媽是兇手的證據。」

「咦?」

智差點忘了呼吸,望向傲慢的美少女那張決絕的臉。

躺在床上的由紀夫慢慢睜開眼,「多惠子姊,妳——」

「別擺出那副表情,你明明也這麼認爲,不是嗎?」

「可是,那太……」

「你一定也這麼想吧?所以,你才會打算帶著由紀夫遠離媽媽。因爲媽媽把全副心思都放在由紀夫身上了。要是她殺人被捕,遭判死刑,一定會在那之前自殺——不過,在自殺之前,她又會擔心『讓由紀夫成爲殺人犯的孩子而受苦』,下手殺死由紀夫。她就是這種人,你應該很清楚。」

「喂,拜託妳別說了。」

(別當著由紀夫的面說這種話……)

智的眼底悄悄燃起怒火。

多惠子滿不在乎，繼續道：

「由紀夫也心知肚明。不過，到時這孩子一定會乖乖讓她殺死。所以，不僅是爲了我，同時也是爲了你。快幫忙找出媽媽是凶手的證據吧，最好在發表會的預演前。」

「可是，預演不就是後天嗎？未免太……」

「還有兩天。好吧，如果沒辦法，在發表會舉行前也行。總之，我要你答應找出證據。爲了我，也爲了由紀夫。」

「姑且不論凶手是不是八重師傅，我本來就打算找出凶手。我……我認爲有人對由紀夫下毒，一點一滴地——我有這種感覺，所以……不過，妳——多惠子姊，爲什麼要做這種事？」

「不重要吧？」

「我知道原因。」

由紀夫忽然抬起頭，清楚地出聲。兩人驚訝地回頭，多惠子的態度尖銳起來。

「你倒是說說看啊。」

「姊姊，妳說這種話，是爲了彌三郎叔叔吧……」

「由紀夫，你閉嘴！」

多惠子變了臉色，挑起眉毛，瞪著弟弟，整個人彷彿化成一團火焰。

然而——

「你說的彌三郎，是左近那個打鼓的？可是，他不是八重師傅的……」

一看到智睜大了眼睛，多惠子臉色再次一變，換成非常成熟、非常有女人味的表情——接著，嘴角漾起一抹極爲妖豔，散發成熟女性殘酷魅力的微笑。

「沒想到，你眼睛挺尖的嘛。」

她如此嘀咕。

「有什麼關係？我一直沒把你們的事說出去，現在你們至少該爲我做些事了吧……」

接著，多惠子低聲笑了起來。

一 口說（註一）——親子

1

三味線的琴聲，連在外面馬路上也聽得見。

那音色實在太澄澈、太突出了，反倒給人一種捉摸不定的虛無飄渺感。彷彿在邀請聽見的人脫離外面車水馬龍的世界，當下的心情就像走進昔日江戶時代的表演坊。

（與您夜會月影下，此情如丸井結綿、重扇比翼紋，難分難捨～）（註二）

山科聽不太懂歌詞的意思，但演唱的女人嗓音嬌媚，只覺聽了心神蕩漾。

「咦，是山兄。」

山科嚇了一跳，回頭一看，是本廳搜查一課的課長佐川。只見他帶了兩、三個搜查員，從牆邊的木門走出來。

「喔，各位辛苦了。」

「山兄也是，今天怎麼會來？」

註一——長歌中的「口說」是樂曲中用來表現詠嘆等情緒的部分。

註二——長歌《蜘蛛拍子舞》的歌詞，其中「丸井」、「結綿」與「重扇比翼」皆為刀劍上的家徽名稱，比喻男女的親密關係。

「呃，是因爲——」

這起案件的搜查主力，早已轉移到佐川課長率領的特設搜查總部手中。

當然，山科所屬的轄區一組員警還是會幫忙調查，也得四處問話，確認證詞是否無誤。然而，轄區內不斷發生新的小型案件，快要不能再把力氣都放在喜之菊命案上了。

「聽左右田說，今天早上西町那邊也發生案件？」

「不，那個是——因爲我手邊沒事了，就過來……看一下……」

爲什麼？山科思忖。爲什麼他莫名受到吸引，忍不住來到這座被時光遺忘的宅邸。

「這樣啊。」

爲了迴避佐川一課長狐疑的視線，山科在圍牆旁左顧右盼。

「噢，是老師。」

一道晃晃悠悠的細長身影彎過牆角走來。山科似乎是看到了熟人，露出笑容。

「這位是伊集院老師，在由紀夫上的補習班任教。」

「那我先告辭了，得去其他現場查看。眞是沒辦法，從這家人身上問不出個結果。」

佐川向山科點點頭，坐上停在一旁的車。接著，山科才走向伊集院大介。

「今天來有什麼事嗎？」

「沒什麼，來看一下由紀夫同學。」

「喔，由紀夫請假了。唯一的學生沒去上課，你等於開著店門公休吧。」

「沒錯。」

伊集院大介笑咪咪地說，沒有一絲不快。那來者不拒、天眞親和的笑容，彷彿能將他人的警戒心連根刨除。

「這樣一聽，我覺得長歌挺不錯。」

不知究竟是被潛藏在這個家中的什麼吸引，是那長相酷似白色能面的女人嗎？還是，那彷彿時間沉滯不前的家中瀰漫的空氣？明明伊集院大介不可能知道他的這種心情，像是爲了替飛蛾撲火般屢屢造訪宅邸的行爲找藉口，山科這麼說。

「是啊，我有同感。」

這名補習班教師仰望秋日晴空，悠哉地回應。

「伊集院老師也有這方面的嗜好嗎？」

「沒有，我毫無才藝可言。」

「我也一樣，只是門外漢。」

進入大門，沿著石板路朝玄關走，三味線的琴聲反倒愈來愈遠。

「他們在排練場練習嗎？」

「不，發生凶案的房間現在不使用，改成用旁邊那間房。」

「不過，聽得滿清楚。如果在旁邊那間房還能聽得這麼清楚，在最靠近馬路那間房裡彈奏，一定聽得更清楚。」

山科不置可否，疑惑地望向戴銀框眼鏡的青年。他到底在想什麼？

「我看了報紙。」按下玄關旁的門鈴，伊集院大介睜圓眼說。

「報紙？那一家的？」

「全部，每一家都寫得很有意思。組長，第一個發現出事的人，也就是被害者衝出圍牆時撲上去的對象——那個不知道哪裡的店員小姐，她說是經過圍牆時清楚聽見三味線的琴聲吧？」

「沒錯，爲何這麼問？」

「不是啦，我只是在想，她沒聽見歌聲嗎？」

「歌聲？」

山科不解地望向青年，幫傭吉嫂正好來開門帶兩人進屋，話題就此中斷。

「哎呀。」

認得山科的吉嫂笑咪咪地打招呼，對大介則投以懷疑又戲謔的眼光。

「老師，您今天又來了啊。」

「妳說『又』？伊集院老師每天都來？」

「不，那個……」大介紅了臉。

「這樣聽起來，簡直就是……家庭教師？」

「有什麼辦法，不管怎樣，我只有由紀夫一個學生。再加上由紀夫同學一直向學校請假，他母親怕他學業落後，才請我來上課。」

「一直向學校請假？」

這件事山科並不知情。他皺起眉頭問，由紀夫身體哪裡不好嗎？

「也不是哪裡特別不好，就是不舒服。」

大介回答，那雙老實的眼裡蒙上一層陰霾。

「由紀夫少爺心臟不太好，還有貧血的症狀。原本學校上體育課時，他都只在旁邊觀摩。這次發生那種事，大概是家裡不平靜，身體跟著不舒服了吧？」吉嫂蹙起眉頭。「還有，現在他可慘了。」

「慘了？」

「是啊、是啊，我剛才不小心撞見，少師傅在罵由紀夫少爺。」

「被罵了？」

踏進玄關，跟在吉嫂身後，沿著走廊往起居室走去時，方才一度遠去的三味線和幾個人歌唱的聲音再次激烈地撞進耳朵。曲調本身似乎也比原先增添了幾分熱鬧。

（池水隆隆，天地顛倒，見高天碎落，猛火熊熊燃～）

「這是什麼曲子？」大介眨著一雙毫無心機的眼睛問。

「要是沒記錯，應該是《蜘蛛拍子舞》。」

「吉嫂也會長歌嗎？」

「怎麼可能，我只是耳濡目染，多少知道一點。」

「今天來練習的是哪些人？」山科試著問。

「是幾位師傅。八重太太門下的，有八千代師傅、喜八野師傅，和喜久花師傅。三味線是太太彈奏的。」

「這是發表會上要演出的曲目嗎？」

「對，是八千代師傅主演的曲子。」

「一整天都聽得到練習的樂音，不覺得吵嗎？」

「不會，我習慣了。要是沒聽見聲音，反而覺得太安靜，有點寂寞。長歌這種東西啊，聽習慣就好。」

不經意地聽著大介和吉嫂交談，走到喜之助房前，山科忽然停下腳步。

「那就算了！你想走就走，隨便你！像你這種孩子，我以後再也不管了！」

裡面突然傳來刺耳的怒吼，夾雜著女孩的尖叫。聽到一巴掌打上臉頰的清脆聲響，山科急忙打開拉門。

「少師傅！」吉嫂吶喊著衝進去。

「你怎能這樣！由紀夫身體那麼弱！」多惠子大聲哀號。

「啊……」

映入山科眼簾的，是撫著右頰、頹然靠牆坐在地上的由紀夫，及整個人幾乎要壓在由紀夫身上，赤鬼般的臉孔露出比平常更可怕的表情，高舉著手的喜之助。多惠子挺身站在喜之助與由紀夫之間，試圖擋住那隻手。這幅光景就像一幅活人靜畫，又像歌舞伎舞台上，演員動作靜止的那一刻。

然而，靜止的只是短短一瞬間。按捺不住怒氣的喜之助，再次揚手揮打。這次打中多惠子和急忙上前制止的吉嫂的臉。

「爸爸！」

「妳說他身體不好？」

喜之助發出怒吼，聲音中藏不住執拗的憎恨，令聽者心頭一驚。

「心臟怎樣了？我不記得生過身體這麼不中用的孩子，你到底像誰？居然說不會彈我寫的曲子？我是你的什麼人？說啊！」

「爸爸！」

多惠子的嘶喊裡，隱含著一股無法輕易言說的痛苦。就在這時，喜之助終於回過神，發現愣在一旁的山科和大介。

「啊……喔喔，兩位好。」

他就是這種人，能夠將凝聚的憤怒立即轉爲面對第三者時的冷靜。表情依然像橫眉豎目的仁王像，喜之助生硬地嘀咕：

「兩位好……讓兩位見笑了。今天來此，不知有何貴幹？」

「不，這個嘛……」

「伊集院老師每天都來教由紀夫功課。」

多惠子的話聲，因激動的情緒尚未退去而微微顫抖。一望向她，山科不禁大驚失色。臉頰泛紅如血，細眉嚴峻地皺起，緊咬的雙唇呈鮮紅色——她長得與八重像一個模子印出來，五官端正的細長臉上，強烈的憤怒爲她更添生氣，使她看起來那麼美麗，那麼激動。山科忍不住倒抽一口氣。

「由紀夫最近身體一直不舒服，爸爸不也知道？我才想問，我和由紀夫變成怎樣，你都無所謂嗎？爸爸是我們的什麼人？你可曾像父親一樣，對我們付出關心？」

「不准說那種沒大沒小的話。」喜之助咬緊牙根，額上爆出青筋。「妳懂什麼，滾一邊去！我還得把曲子完成才行。」

「那由紀夫怎麼辦？」

「不管他！」喜之助再次氣得眉毛顫動。「我不管他了！跟平常一樣去向八重告狀啊。反正他想怎樣八重都會答應，對你們來說，那樣就夠了不是嗎？」

他的語氣中，夾雜著一股難以言喻的悲痛。喜之助轉過身，坐在書桌前。攤開在桌上的，是似乎尚未完成的樂譜。喜之助埋頭作曲，不再回頭看山科等人一眼。

「由紀夫，我們走。」

狠狠瞪了喜之助的背影一眼，多惠子抓住弟弟的手臂拉起他。臉色鐵青的由紀夫任由姊姊擺布。

「什麼嘛，簡直……簡直跟個小孩沒兩樣。」

反手關上拉門，踏上走廊後，多惠子不屑地說。

「抱歉，讓你們也難堪了。」

「不，沒的事，我們才不好意思。」

過意不去地說著，山科一邊想，這個家裡最有社會常識也最靠得住的人，說不定是眼前的多惠子。

「可是，到底——」

「由紀夫太傻了。」

多惠子憤憤地說。由紀夫則靠在吉嫂身上，一語不發。

「他偏偏挑爸爸最煩躁的時候，去說發表會無法上台，連預演都要告假。」

「因爲……」

「我知道，明天就是預演的日子，你一定是覺得今天不說不行，總不能當天才說。可是，你說的方式太糟了，該反省反省。」

「…………」

「由紀夫同學，預演時你不上台嗎？」

大介睜大了眼睛問。這個男人的好奇心未免太強了吧，山科暗想。

「對……」

「爲什麼？」

「…………」

「所以我才要你老實說，依你現在的狀態無法彈好那首曲子。」

「爲什麼？」

山科提出疑問。由紀夫依然沒回頭，兀自低著臉。

「我也不知道。總之，最近和由紀夫一起練習時，他的表現都不像平常那麼好。可能跟身體不適有關係吧——不過，如果是我，寧可當天早上再說。當天早上爸爸肯定忙得想不了那麼多，就能趁勢順利休息到正式上台爲止。可是，這孩子偏偏老實去說自己完全彈不好，如果身體狀況一直到上台當天都沒好轉，恐怕連正式演出都無法上台。」

「心臟的狀況眞的那麼差嗎？」

「不……」

「你啊，要仔細說清楚。我們不必照爸爸的話去做，也不必照媽媽的話去做，完全沒必要！啊，氣死我了，你就是這樣，什麼都不說清楚。不想做的事不要做就好，三味線不彈也不會怎樣，你說是不是，老師！」

「這個嘛……」伊集院大介認眞思索起來。「不過，我是覺得沒關係啦。」

多惠子激動地聳了聳肩，一副「跟你沒什麼好說」的態度甩了甩頭。

「你們不會懂，像我們這樣長大的孩子的心情。不說這個了，老師，可以待會再上課嗎？由紀夫似乎有點累。還有，組長大人，今天有何貴幹？如果想找我媽，也請稍等。反正吉嫂去向媽報告，她一定會馬上趕來。橫田外出爲明天做準備。若不介意，請在這裡等一下。」

「就這麼辦吧。」

究竟是來見誰，又爲了什麼目的而來？山科自己也糊塗了。在這個家中，這個所有人的心思無盡糾葛的冰冷家中，喜之菊命案掀起怎樣的漣漪？洶湧的暗潮，又將在水面形成怎樣的漩渦？

山科歪著頭思索，跟在大介他們身後，走進多惠子房間。

2

「由紀夫主動去找令尊，表示不上場演出嗎？」

多惠子房裡和先前一樣，放著兩把沒套上袋子的三味線。坐在房內，山科開口問。

「不是……」

「一開始，我們在這裡合奏，爸爸從房前經過，進來指責音色不好、指法不對，發起脾氣。所以，我要由紀夫乾脆直說算了。之後，他就跑去爸爸那裡說了那些話。」

「喔，於是……」

「大約三、四天前，由紀夫莫名提起不想彈琴之類的話，我認爲不用勉強他參加預演。畢竟硬上了台也彈不出好聲音，況且，誰都會有這種時候，只要休息一下就好？明明這麼簡單，爸爸偏要往奇怪的方向解釋，質疑由紀夫彈不了他寫的曲子，根本就是男人的無理取鬧。」

「最近一直都這樣嗎？」

「如果你想說是菊姨死後才這樣，倒也不是。他原本就是這種人，不時就會歇斯底里發作，原因是什麼，我大概也知道。」

「是什麼？可以告訴我嗎？」
「不行，你去問橫田。」
多惠子冷淡拒絕。就在這時——
「多惠子，大家都在妳這裡嗎？」
「看吧，她來了。」
多惠子小聲說。
「是的，媽媽。」
她起身打開拉門，門外是端著一盤茶點的八重。
山科略受衝擊，不由得繃緊了身子。八重那修長纖細的身影，每次總讓見到她的人留下心頭一驚的強烈印象。
八重穿著筆挺的深綠和服，依然是梳成一絲不亂的髮髻。
「不好意思，打擾了。」
「請問，練習結束了嗎？」
伊集院大介眨著眼問。八重端茶給他，微笑著說：
「是的，剛結束。您沒聽見嗎？」
「剛進屋時有聽見，但到這邊就……」
「是啊，即使同在這個家裡，這半邊——尤其是怕打擾由紀夫讀書，爲了避免聲音傳過來，特地用兩扇門隔開。一扇設在通往起居室的走廊上，一扇設在通往這邊的走廊上，所以從這裡幾乎聽不到排練場的動靜。」

「可是，聽得見三味線的琴聲也挺不錯。」

看著端坐的八重，山科說。

「由紀夫，你覺得身體如何？聽吉嫂說，你向爸爸表示不參加預演了是嗎？」

八重忽然像要迴避山科的視線，轉向兒子。多惠子則用眼神向山科示意「你看吧」。

「是的，母親。」由紀夫表情僵硬地低下頭。

「爲什麼？怎麼不先來跟媽媽商量——告訴我，你爲什麼彈不了？是對《二重奏曲》哪裡不滿嗎？」

「不，不是的。」

「那是身體的問題嗎？最近你一直不怎麼舒服的樣子。」

「…………」

八重露出溫柔的笑容，不太像在生氣，但似乎隱藏著某種情感。山科思索著，這美麗的女人究竟在想什麼，他終究無法完全理解。

「由紀夫，你說說。」

「我會說。」由紀夫小聲回答：「不過，等一下。」

「好吧。」

「啊，還是我們先迴避？」

「不，沒關係。這樣的話，由紀夫，等一下到我房間來。」

「是，母親。」

由紀夫十分聽話，低著頭的模樣宛如一朵白花。他纖細的手指在三味線的琴弦上輕輕一撥，發出清澈的琴音。

「爸爸很期待你演奏《二重奏曲》，外公也是——」

「由紀夫本來就不是那麼喜歡彈琴，不要勉強他。」多惠子語氣**強硬**。

八重回頭，凝望女兒半晌，最後什麼都沒說，只是像近視的人般眯起雙眼。多惠子眸中閃過危險的光芒。

山科暗忖，這一幕與其說是母親與女兒，不如說一個是即將走向凋零的成熟女人，一個是正要開始綻放、充滿自信的女人。總覺得，兩人之間隱隱充斥著一股敵視對方的激烈情緒。

（八重與喜之助，多惠子與八重，喜之助與由紀夫——）

這個家裡究竟暗藏多少憎恨、多少冷漠，與多少糾葛？如果連仕在宅邸後方的友子，和喜之助的師兄都算進去，這個愛恨交織的沼澤確實再發生三、四起殺人命案也不奇怪。

「組長今日來是……？」

見矛頭忽然指向自己，山科頓時一陣狼狽。

「呃，是……」

「早上也有刑警來過，好像是搜查總部長吧，問了各種事，比方預演、會計理財之類。雖然問了不少問題，最後卻聽他說，案情調查方面沒什麼進展？」

「是……真的非常抱歉。」

「哎呀，請別這麼說，畢竟是發生在我們家的事。」

八重細長的眼尾閃現奇異的目光，彷彿在嘲笑什麼。

「案情沒進展，媽媽很高興吧？」

多惠子出聲，八重嚴肅地轉過頭。

「這是什麼意思？」

「沒什麼。只是，我認爲媽媽一點也不希望，殺害菊姨的凶手被抓到。」

「妳這孩子胡說八道什麼？」

八重露出微笑，淡然應道。不過，她的眼底沒有一絲笑意。

「多惠子這孩子，有時就是會說些莫名其妙的話。」

「沒事、沒事。」

夾在中間的山科爲難地囁嚅。同時，他的內心掠過一絲懷疑，多惠子難不成知道些什麼？

「對了，總部長他們來的時候，去見過家父了。」

八重若無其事地轉移話題。

「今天家父狀況不錯，千世姊也說，照這情形看來，他明天或許能上場。您要不要也去見見他？」

「這樣啊，可是……」山科一陣緊張，「萬一大師太累，會不會影響到明天的演出？」

「不會的，如果只是一下子——況且，實際上父親的身體沒有我們想的那麼虛弱，明天當然會正式上台演出。雖然他聽力衰退，腳也不太靈活，畢竟是個表演者，一拿起三味線，背脊就挺直了。不過，我們總忍不住擔心，怕他太累，才會勸他多休息。」

「以八十歲的年紀來看，老師傅眞的很有精神。」大介附和。

「哦，您見過老師傅？」

「是啊，剛開始指導由紀夫同學時，曾去向他老人家打招呼。」

「喔，原來如此。」

「兩位若不介意，要不要一起去？我來帶路。」

「媽媽。」多惠子忽然尖聲問：「喜久花師傅她們回去了嗎？」

「剛走。」

「等一下還會有誰來嗎？」

「媽媽這邊只剩下喜千米五點會來，爸爸那邊應該還有三組左右的人吧。」

「村上先生會來嗎？」

「是啊，會吧。」

「這樣的話，樂隊班的人會一起來排練嗎？」

「…………」八重望著多惠子，微微皺起眉頭。

「彌三郎叔叔今天會來嗎？」

「或許吧，不管怎樣都得開個會，討論明天的事。」

「是喔。」

「妳問這做什麼？」

「沒什麼……」

「妳這丫頭眞奇怪。」

「我才不奇怪，只是……」

「只是什麼？」

「只是有話跟彌三郎叔叔說。」

「說什麼?」

「就有點話嘛。還有……還有……」

「有什麼，妳把話說清楚。」

多惠子直視母親，「難怪爸爸今天莫名煩躁，原來是彌三郎叔叔要來啊。」

「……」

說不上爲什麼，山科心頭一驚。在他面前，八重用冰一般冷冽的視線望著女兒，一語不發。多惠子倔強地揚起頭，挑釁地瞪視母親。

由紀夫似乎很疲倦，靠在牆上。伊集院大介頻頻眨著銀框眼鏡底下的雙眸，環顧屋內眾人。

八重率先開口，打破令人喘不過氣的沉默。

「兩位如果要見家父，和我一起上去吧?多惠子他們差不多得開始練習了。」

「啊，那就麻煩您。」

「要是不介意，伊集院老師請一起來。」

「好的，不好意思。」大介笑得像個孩子似地站起來。

「不曉得彌三郎叔叔會怎麼想?如果他知道菊姨曾說，在澀谷看到媽媽和彌三郎叔叔……」

多惠子以清亮的嗓音拋出這句。

二　舞段（註）——第二起殺人事件

1

「哎呀，剛才真的是嚇了一大跳。」

山科警部補與伊集院大介並肩走出安東家大門時，晝短夜長的秋天已迎向傍晚。

「剛才？您是指多惠子說的話嗎？」

「那個也是——不過，最教人驚訝的還是老師傅。」

「是啊，他身體很硬朗。」

不管什麼時候登門造訪這個家，不管來幾次，每次都會遇上驚人的事。山科是第一次見到這個家的老主人——那位國寶級大師、藝術院會員，同時也是安東流宗師的安東喜左衛門。然而，喜左衛門那張乾枯瘦小、散發強烈生命力與意志力的容貌，已深深烙印在他的腦海。

踏出玄關後往左，繞過由紀夫他們房間的外側，朝別館走去，石板路盡頭那棟不大的三層建築，就是老宗師和同居人生活的地方。

雖說是三層建築，進去一看才知道，一樓只有廚房和六張榻榻米大的房間，二樓是兩個六張榻榻

註——長歌樂曲中，登場人物一起跳舞的部分。與「口說」形成對照，通常會加入太鼓演奏。

米大的房間，三樓則當儲藏室使用。簡單來說，就像把往昔那種隔間長屋豎起來蓋成的房子，格局簡約。大概是事先知會過，一踏進這棟收拾得乾淨清潔的房子，身材豐滿、精力充沛的喜千世，立刻下樓迎接。

「老爺子呢？」

「醒著。來，請進、請進。」

喜之助、八重、由紀夫、多惠子、橫田——這家人不是帶點病態或異常，就是過於纖細敏感，唯有眼前的喜千世是健康而且完全**正常**，山科心想。要不是聽說她已年近六十，光看外表會以為只有四十多歲。紅潤的臉上堆著親切和善的笑容，打扮也很輕便。不過，她穿的仍是黑色和服，搭配短袖罩衫，前面繫著和服用的圍裙，從頭到尾都笑咪咪的。

「今天接連有客人來，晚上請讓他早點休息吧。」

「好的、好的，今天這麼累，他一定會睡得很好。」

屋內混雜著線香和木材的氣味，不可思議的是，聞來十分舒服。看來這棟別館是新蓋的吧，山科暗忖。明明住的是八十歲的老人和他六十歲的小老婆，比起光線昏暗，空氣不流通又飄散著霉味的主屋，這棟別館更年輕有活力，也更有現代感。

上了二樓，映入眼簾的是鋪了幾張毛皮的藤製長椅，大概是老人家平時小憩的地方。裡面那個六張榻榻米大的房間裡，放著一台大電視，及這個家隨處可見的三味線琴盒。外面的房間則有和室椅，周圍放著眼鏡、長嘴藥壺等各種雜物，和喜千世一樣穿黑色和服的喜左衛門就從容坐在那裡。

喜左衛門是個小老頭。然而，看到他乾枯身形的瞬間，山科不由得肅然起敬，驀然領悟。在這個巨大沉淤的家中，眞正的主人不是八重也不是喜之助，而是眼前宛如木乃伊的老人。

蜷坐在椅中的老人，全身散發一股強烈的——甚至可說是具有壓倒性的，但又極具個人特色的威嚴。埋在皺摺裡的雙眼目光如炬，筆直射向來訪者。

「最近他耳朵不太好，說話請盡量大聲點。」背後的喜千世提醒。

聽了山科的自我介紹，喜左衛門點點頭，又對伊集院大介頷首致意。

「由紀夫最近的課業怎麼樣？」

喜左衛門一開口便先這麼問。

「一如往常。您老人家身體還好嗎？」

「今天挺不錯的。看這情形，明天的預演應該能上場，偏偏我**這女兒**囉囉唆唆，遲遲不肯答應。明明是爲了慶祝我的八十大壽啊。」

老人笑逐顏開，似乎很中意大介。

「我說過了，您當天一定得上台向觀眾致意。太勉強自己，萬一感冒怎麼辦？」

八重微笑著說。笑容裡忽然多了幾分小女孩的雀躍。她原本就是人偶般美麗的女人，此時展現刻流露的溫暖情感使她神色變得柔和，整個人更是美得嬌豔欲滴。

「各種準備都順利進行嗎？」

「是的，父親。」

「送觀眾的**伴手禮**準備了嗎？」

「是的。」

「也要記得準備預演時給樂隊班的謝禮。」

「都辦妥了，您什麼都不用擔心。」

八重哄小孩似地說。喜左衛門伸長胳臂，我拿起桌上的茶杯。遍布皺紋的手顫巍巍，茶杯裡的茶晃動不已。

「別看現在手抖成這樣，奇怪的是，拿起撥子就完全不抖，身體也**一點問題都沒有**了。就是這麼不可思議。」

宗師微笑著繼續道：

「話雖如此，這應該是我最後一次站上舞台。之前就說了好幾次，這是最後了，就讓我上台彈一曲吧，短一點也沒關係，我**這女兒**才好不容易答應。所以我會上台演奏《寒山拾得》，也練習得差不多了。彈了七十年的三味線，真的是最後一次在人前演奏。」

「可是，父親您在慶祝七十大壽和七七大壽的時候，也都這麼說。」八重笑了。

「這次是真的，畢竟手指連按弦的力氣都快沒有了，音準也愈來愈不穩。不能讓專程來欣賞我喜左衛門演出的觀眾，聽到不像樣的技藝。話說回來，那什麼……這次的事，給警方添麻煩了吧？」

他突然一問，正在煩惱怎麼提起此事的山科趕緊回應：

「啊，別這麼說。」

「真是棘手。要是我還住在下面，或許能把家維持得好一些，可惜我已不見外人，家裡剩下的盡是年輕人，思慮不夠周到。那麼，調查的進展如何？」

「呃，這個嘛……」

實際上面對老者交談的時間，頂多二十分鐘。

然而，下樓之後，山科卻覺得彷彿花了更長時間面對喜左衛門，聽他那低沉卻洪亮的聲音說了更久的話。

到了樓下，雖然聽過好幾次，喜千世又重複一次案發當晚，老人家有感冒跡象，天剛黑就上床睡覺的證詞。

「老爺子頭腦還很清楚，眞厲害——年輕人實在比不上他。演出當天，他確定會上台彈奏嗎？」

山科不禁發出讚嘆。

「是啊，應該會上台吧。八重師傅也說，隨他高興怎麼做。」

八重還想跟老人家說一會話，獨自留在二樓，只有喜千世下樓送客。

「不過，老爺子每天早晚都吃兩碗飯，也會看電視，身體確實很硬朗。只是年紀畢竟大了，從兩、三年前開始，腰腿和視力愈來愈差。」

「您剛才說他耳朵不好，我看似乎並非如此？」伊集院大介依然笑嘻嘻地提出疑問。

青年奇妙的親人個性，不僅令山科失去戒心，在喜千世身上也發揮了作用。

「不是的，有時是他裝傻，有時眞的說再多次也聽不見。各種狀況都有，連我也常搞不清楚。」

喜千世笑咪咪地回應。

「話說回來，這棟別館離排練場很遠，發生那起案件的當下，這裡什麼都沒聽見吧？」

「是啊、是啊，什麼都聽不到。要是夏天，門窗全敞開，或許能聽得見什麼。那天所有門窗都關上，若非晚上警笛聲吵得要命，我還沒發現出事了。直到第二天早上吉嫂來通知，我才知道詳情。」

「老師，你向所有人問了一樣的話？」走出別館，山科一派輕鬆地丟出一句。

大介頓時臉紅，「是嗎？」

「是啊，一下問這裡是不是聽得見，一下問那裡是不是聽不見，這點有什麼問題嗎？」

「不……我只是有點好奇。」

「你對所有事物都很感興趣，是好奇心強烈的人吧——要不要嘗試當偵探？」

「不行啦，我哪有那種才能。」大介難爲情地笑。

「接下來有什麼打算？」

「我要回去了。本來是打算來教由紀夫同學功課，但他身體不舒服，實在不是上課的時候。」

「那個孩子，不只看起準備來虛弱，實際上身體也眞的很差。」

「頭腦倒是非常聰明。」

「只是有那樣的姊姊，反而讓他成爲影子。」

回到主屋玄關，兩人打算進去打聲招呼，不小心撞到一個蹲在脫鞋處將鞋子擺整齊的男人。

「啊，抱歉。」

男人站起，狐疑地打量兩人。

「有什麼事嗎？」

「啊……」山科睜大雙眼。

（這是何方神聖？）

男人的外表像普通的銀行職員，穿深藍色細條紋西裝，頭髮偏長。

戴著淺色太陽眼鏡——年紀不大，頂多三十二、三歲吧。

儘管他的穿著打扮再普通不過，一看到站在昏暗玄關的男人時，山科警部補內心立刻警鈴大作。

首先，這男人有著稱爲美男子也不過分的容貌——秀氣的額頭、細緻高挺的鼻粱、輪廓清楚的薄唇，及纖細的下巴。

太陽眼鏡底下，眼角細長的雙眸綻放強烈的光芒，那是一種**不尋常**的氣質，像是名人、藝人或明星會有的——或者是藝術家，甚至是黑道人士。總之，一眼就令人留下深刻的印象。會給人這種感覺，或許要歸功於那雙瞳眸中異於常人的光芒。

那是年輕武士或軍官將校之類的表情。修長的身形不過瘦，有一股俐落的風情。男人朝兩人投來犀利的視線，再次彎身蹲下，拿起放在玄關高起處的黑色膠皮袋。那個直徑三、四十公分左右的圓筒型袋子，說大不大、說小不小。袋子附有提把，不知道裝著什麼。

山科與伊集院不禁互望一眼。

「哎呀，是彌三郎先生。」

打開走廊右側拉門現身的是多惠子，臉上微微泛紅。

「妳好，多惠。沒聽到三味線的琴聲，今天的練習結束了嗎？」

「沒這回事，只是剛好下一組人還沒來而已。咦，彌三郎先生今天帶了鼓？」

「是啊，少師傅打電話來說《二重奏曲》樂隊班的譜又改動一些地方，我就把鼓帶來了。」

「就是啊，真傷腦筋。」

多惠子皺起眉頭，似乎想說什麼，又覷了山科他們一眼。

「母親去外公那邊了，在她回來之前，我有些話想跟你說。」

「哦？好啊，我都可以。」

「老師，您特地來一趟，卻讓由紀夫休息了，真是不好意思。組長——」

「不，我也不是有事專程前來，沒關係。」

目送多惠子牽起男人的手朝屋內走去，兩人才步出門外。

（那位想必就是打鼓的左近彌三郎。）

山科暗暗思忖。

（原來如此，果然是美男子——至少，像大章魚的喜之助是比不上他的。）

「太太現在的『這個』叫左近彌三郎，是左近樂隊班裡打鼓的……」橫田的話聲浮現腦海。

（所以，多惠子才會說她知道喜之助今天爲何特別煩躁啊。）

讓妻子和小老婆友子住在同一宅院內，對女兒和兒子破口大罵「你們不是我的孩子」的喜之助。溺愛兒子，對丈夫毫不掩飾自己有俊美小白臉的八重，以及——

（多惠子似乎喜歡彌三郎。）

這出於長年累積而來的直覺。從多惠子望向那男人的眼神和說話的語氣，山科便能看出她潛藏的心思。

（母親的情夫……）

（「不曉得彌三郎叔叔會怎麼想？如果他知道菊姨曾說，在澀谷看到媽媽和彌三郎叔叔。」）

多惠子大概因此憎恨著八重吧，山科沒來由地一陣毛骨悚然。

（如果多惠子說的是眞的，八重就比誰都更有殺害喜之菊的動機。）

「那孩子總是喜歡亂講話——請別放在心上。」

儘管當時八重勉強皺眉如此解釋，多惠子沒說出口的潛台詞，已確實在山科心裡摻入一滴懷疑「這美麗的女人竟會殺人……」的毒液。

「組長，您怎麼了？在想什麼？」

「喔，沒有。」

山科一轉頭，恰恰對上身旁伊集院大介擔心的眼神。

「多惠子小姐應該是唬人的。喜之菊小姐真的說過那些話嗎？我總覺得並非如此……」

「你又有這種感覺了嗎？」

心不在焉地說著，某個想法忽然躍進腦中，山科停下腳步。

「組長？」

大介狐疑地湊過來。山科警部補凝視他那雙認真的漂亮眼睛，露出嚴肅的表情：

「老師，我有些事想跟你說。」

2

「請問是什麼事？」

「呃……是這樣的，站在我這個立場的人，或許不該說這種話……」

「究竟是什麼？」

兩人站在安東家長長的圍牆外。

天快要黑了。秋日天空下，豆腐店叫賣的喇叭聲悠長響起，又消失在附近國道上汽車轟隆作響的引擎聲中。

圍牆內突然傳出「噫呀——呀、碰」的吆喝聲與鼓聲，接著，是一個男人粗獷的歌聲。

「旅途中的衣裳是鈴懸衣，旅途中的衣裳是鈴懸衣，拂拭露水的衣袖，因淚水而溼透～」（註）

「這道圍牆簡直是銅牆鐵壁。」伊集院大介忽然漫不經心地說。

「欸，你說什麼？」

「不是啦，組長您沒想過嗎？我們佇立的這個地方，恰恰是過去與現在的邊界。牆內的是和服與長歌的世界，牆外的這邊則是汽車川流不息的現代世界──我想了想，總覺得這道牆內的人們，都像活在戲劇中的人物，您不認爲嗎？」

「…………」

「連年紀輕輕的多惠子小姐和由紀夫同學也一樣，怎麼說，大家都活得很戲劇化。原本能更輕鬆一笑置之的事，一旦進入這道牆內的世界，就變得嚴重起來，宛如愛恨糾纏的希臘悲劇。話說回來，我並不討厭。」

「伊集院老師，你眞是個怪人。」

山科笑了，同時也對接下來要說的話多了幾分信心。

「有些時候，我看起來或許也像中了屋內空氣的毒吧。不過，身爲現代警察，這種話原本不打算向別人吐露，只是，唯獨在這座宅邸裡……」

「您到底想說什麼？」

「我得先聲明，這並不是官方的意見。」

山科顯得有些猶豫。

「我說啊……你雖然是由紀夫同學補習班的老師，但除了他之外，沒有別的學生，不如乾脆當家教，每天來教他功課如何？」

「…………」大介睜圓雙眼凝視山科。

「難不成，你沒發現嗎？剛才那一幕──」

「您是不是想說，多惠子小姐愛上左近彌三郎，所以拚命想證明母親是殺害喜之菊的凶手？如果是這件事，我早就發現了。」

「…………」這次輪到山科張大嘴巴凝視大介，不過，他立刻回過神。「原來如此，我本來以爲你只是經常出現奇妙的感覺，沒想到眼力也很出色。這樣就更好了。」

「可是，我對長歌和這個領域的事物不是非常熟悉。」

「咦，爲什麼？不，我的意思是，爲什麼這麼說？」

「您不是希望我若無其事地潛入安東家，像通訊衛星一樣傳遞消息給您嗎？是這個意思沒錯吧？」

「呃——是沒錯。」山科清了清喉嚨。「可、可是，直接講這種話太露骨了。況且，要是傳入總部長或我們次長耳中，我一定會挨罵。只是，老師，打一開始我就認爲，這起案件和我們或本廳那些搜查員平常經手的種種殺人命案不一樣。如果用平時辦案的方法，大概什麼都查不明白，更別提破案。」

「…………」

「老師，我是這樣想的。這起案件，該怎麼說，就像一幅表裡相反的畫。我們現在看到的，不管是這個家的人的表情也好，彼此的關係也好，全是畫在背面的東西，包括案件本身。所以，直接進攻不可能查出結果。總之，老師，這起案件最大的特徵，就在於一片茫然，看不出清楚的形狀。光從

註——《勸進帳》歌詞，描述源平之戰後，源義經喬裝爲入山修道的山伏（修驗者）逃亡。「鈴懸衣」是山伏上半身穿的短衣，以不易沾濕露水的麻料製成。義經感嘆逃亡的命運而淚濕衣袖。

不在場證明這一點就知道，大家都好像有，又好像沒有。既無法清楚證明不在場，也無法清楚證明在場。提到動機更是如此，到底爲什麼死的是喜之菊？如果是其他人，比方喜之助、八重或友子，甚至是喜左衛門，當中的任何一人被殺，都還能明白爲什麼理解，也能從我至今經手的案件中找到類似的例子。然而，死的卻是喜之菊——聽我說這些，你會不會覺得很無趣？」

「一點也不會，我覺得非常有意思。」

「是嗎？那我就老實說了。其實我很相當焦慮，擔心會不會各種線索就在眼前，自己卻看漏。不過，我依據的理由，只有剛才說的表裡相反而已。當然，站在我的立場，也可把案子交給本廳或總部那些人去調查就好，但沒辦法。這種模糊的說法，總部的人不會接受，他們只會繼續這樣調查——查喜之菊的人際關係，查凶刀的來源，查指紋，查喜之助和喜之菊的關係……無論投入多少人力，最後還是徒勞無功，我就是有這種預感。」

「…………」

「很奇怪嗎？我似乎被你傳染了口頭禪，眞是的。所以，我……該怎麼說，想看看這個家，這群你口中活在過去世界的人私下的，只有他們自己知道的表情，那才是這幅畫的正面——我想看看他們眞正的正面是什麼樣子。但這件事我做不來，我穿不過這道牆，畢竟我只是一個現代的普通警察。但你不一樣，你是由紀夫的老師，八重夫人和老師傅都相當中意你，就算每天上門，誰也不會感到不對勁。」

「沒這回事。」

「並不是要你當間諜或我的手下，以我的權限做這種事是禁止的。老實講，連向一般民眾的你說這些話，要是被發現，我肯定會受到懲戒。可是……」

「組長，您認爲八重夫人不是凶手嗎？」伊集院大介問，依然是一派悠哉。「應該說，您希望她不是。」

「你只是有這種感覺，對吧？」

「是啊，談不上爲什麼。」

大介咧嘴一笑。「可以啊，反正我原本就這麼打算。況且，有一點我想不透。」

「哪一點？」

「沒什麼，只是非常無聊的小事，應該是我想太多而已。」

「是喔……好吧。這個提議你覺得如何？絕不是強迫，純粹是私人的請託。如果你不願意……當然不用勉強……」

「不，不是不願意，一點也不。我會跟多惠子小姐和由紀夫同學打好關係，只要能慢慢打探每個人的想法，找出喜之菊牽扯進去的原因就好了吧？」

「這樣說很不好意思，畢竟是我單方面拜託你，似乎只有我得到好處。所以，只要在能力所及的範圍內去做就行了。爲了方便老師行動，這邊能告訴你的情報，會毫不保留地告訴你。我想，應該不會有什麼危險。」

山科警部補頗過意不去，語帶顧慮地補充說明。然而，聽他這麼一說，大介卻輕笑起來。

「怎、怎麼？哪裡好笑嗎？」

「不，不是的。不過，不會遇到危險啦。就算有危險，應該也不會殃及我。」

「爲何這麼說？難道誰身上還會發生什麼事嗎？你是不是知道些什麼？」

「不，我什麼都不知道。眞的知道，我就不幹了。只是——」

「有這種感覺而已，對吧？」

「嗯，是啊，就是這樣。」

山科歪了歪頭，凝視眼前這個太過認眞老實，反倒顯得滑稽的纖瘦青年。

「伊集院老師，實際上你也眞的是個奇怪的人呢。」

山科笑著說，一邊心想，明明從事的是無法輕易相信別人的工作，爲什麼會如此中意這個高高瘦瘦的補習班老師，還把這麼重要的任務交給他？

「大家都這麼說。」伊集院大介又是一臉老實地回答。「不過，組長您也是個相當奇怪的警官。」

「其實我本來不是這樣的。」

見大介睜圓雙眼，山科警部補覺得自己像在做夢，如此回答：

「不過，如果眞的變成這樣……」

「如果眞的變成這樣？」

「一定不是我的問題，是這戶人家的問題。這個家裡一定有什麼發揮了作用，讓跟這個家扯上關係的人都變得**老派**，好似活在舊時代。我是這麼想的。」

沒來由地，山科和伊集院大介同時轉頭望向那道長長的圍牆，及聳立在牆後的漆黑宅邸。茂密的暗綠庭樹——後方隱約可見遠處鬧區霓虹閃爍。這座宅邸和華燈初上的熱鬧都會夜晚似乎一點關係也沒有，彷彿濃稠的闇夜化成一棟屋子的形狀盤踞在此。

宛如低音部的餘韻，激烈的三味線琴聲朝屋外流瀉。

「聽得見呢，還滿清楚的，即使是在外面。」大介忽然喃喃低語。

「咦，你說什麼？從剛才開始，你似乎就很在意聲音。」

「喜之助、八重、喜左衛門、多惠子、由紀夫、橫田，甚至包括友香——除了友香的兒子智、幫傭吉嫂，和八重師傅的情人左近彌三郎——不過他是樂隊班的，可能會一點。總之，除了前述三人之外，這個家的人都會彈三味線。」

「嗯？」

「您不覺得奇怪嗎……好像有某種……」

山科疑惑地注視伊集院大介，大介卻不再多說明，只是若有所思地仰望那道長長的圍牆。

此時，歌聲與三味線的琴聲變得比剛才更加激烈，再次飄揚出牆外。

3

不過，無論山科警部補與伊集院大介如何預測案件的發展——就算他們隱約察覺，這幾天只是如過場換幕般處於相對平靜的時期，也料到不遠的將來血跡斑斑的第二場戲即將拉開序幕，但肯定想不到這一幕竟會來得這麼快，而且是以這樣的形式發生。

隔天，爲了紀念喜左衛門八十大壽的大型演奏會，安東流在新橋包下場地，舉行公開彩排。當伊集院大介高瘦的身子如風中柳條，晃悠悠地飄進安東家大門時，平常總是縈繞著三味線琴聲的宅邸內鴉雀無聲，他才知道家裡的人幾乎都搭車去了新橋。

「哎呀，是老師。」出來迎接的吉嫂絲毫沒起疑。

「喔，是吉嫂，今天眞安靜。」

「大家都外出了。今天的預演，從下午一點開始舉行。」

「每個人都去了嗎？」

「沒有，由紀夫少爺身體狀況還是不太好。另外，大師傅也在家。千世夫人剛才趁他午睡，出門買東西了。咦，老師不是因爲這樣才來的嗎？」

「不是，昨天聽說由紀夫同學身體不適，我才想他今天一定在家。喜之助先生氣消了嗎？」

「是啊，當然。少師傅一大早就忙著叮囑伴手禮和便當的事，忙得不可開交。雖然臭著臉，但也就說『隨便你，我不管了』。今天的《二重奏曲》，少師傅會親自上台演奏。」

「這樣啊。」

「要我去叫由紀夫少爺嗎？」

「不用了、不用了，我自己過去就好。」

大介笑咪咪地揮手，對掛在牆上的海龜皺了皺眉才踏進屋內。飄散著霉味的走廊上瀰漫一股詭異的寂靜。

感覺就像住在這座古老陰暗宅邸中的一切，早在幾年前全部死滅。只剩下昔日的記憶與徘徊不去的幽魂流連其中，訴說著整座宅邸已沉入光陰深處，逐漸腐朽。隨之而來的是難以言喻的奇妙哀傷，隱隱闖入大介心底。

家裡昏暗蒙塵，秋日午後的澄澈明亮彷彿被拒於屋外，無法進入。大介恍若聽見鴉雀無聲的宅邸深處，傳出細微的三味線琴聲。

「由紀夫同學。」

來到由紀夫房門前，大介輕聲探問。

「由紀夫同學，你在睡覺嗎？」

沒有回應。大介把手輕輕放在拉門上，門滑順地開了。大介眼鏡底下那雙充滿好奇的圓亮瞳眸，睜得更大更圓，呆站在門口。

由紀夫躺在床上，背對著這邊。柔順的黑髮從後頸垂落臉頰，在拉上窗簾的昏暗房內，給人一種異樣的感受。那孤獨的睡姿令人聯想到冰冷的死，彷彿將所有看到他的人拒於千里之外。

或許是散落一地的衣服和無力垂落床邊的手，給了伊集院大介這種聯想。

大介悄悄後退，退到走廊上，不出聲地將拉門拉上。

「少爺看起來怎麼樣？」

廚房裡，吉嫂正在幫大介泡茶。

「睡得很熟。我說，吉嫂啊。」

「是、是。」

「由紀夫同學看過醫生嗎？我的意思是，有沒有接受心臟檢查之類的？」

「哎呀，老師。」吉嫂奇異地看著大介。「怎麼提這個，少爺看起來很不舒服嗎？」

「不，不是這樣的。」

「您別亂講話。就算沒事，太太一提起少爺就瞎操心。要是說了跟由紀夫少爺心臟有關的事，萬一成真怎麼辦？到時候可就人仰馬翻嘍。」

「是喔，她不太關心姊姊多惠子嗎？」

「…………」吉嫂草草瞥了大介一眼，試圖轉移話題。「唉，媽媽總是比較疼兒子。」

「也是。對了，吉嫂。」

「是、是。」

「那天——喜之菊小姐出事的當下，您在廚房裡整理東西吧？」

「是啊、是啊。」

「廚房就位在主屋和排練場中間——出事之前，您有沒有聽見喜之菊小姐彈三味線？」

「我想想，畢竟這個家裡一天到晚總是有人在彈三味線。不過，好像有聽見……對了，我確實聽見了。記得當時我還在想，她到底要彈到什麼時候？我得去鎖門才行啊。」

「請問……」伊集院大介露出嚴肅的表情。「那時，喜之菊小姐有沒有唱歌？」

「歌？」吉嫂皺起眉頭，「歌嗎？有沒有聽見啊……似乎沒聽見，應該沒有。」

「從頭到尾，您只聽見三味線的琴聲嗎？」

「是這樣沒錯。」

後來，大介一邊喝茶，又和吉嫂閒聊一會。

「哎呀，快兩點了，由紀夫同學不曉得醒了沒，我去瞧瞧。」

望向時鐘，大介站起。

「咦，眞的呢。『松村』那邊的預演應該快結束了。」

吉嫂起身收拾茶杯。大介回到走廊上，再次落入這個家的靜寂中。

由紀夫的房間依然安靜。

（還在睡嗎……）

沒想太多就拉開門，大介瞬間倒抽一口氣。

「老師！」

驚愕吶喊的是由紀夫。只見由紀夫和智紅著臉迅速分開，由紀夫絕望地低下頭，智的濃眉下目光爍爍，挑釁地盯著大介。

「打、打擾了……」

不過，最慌張的應該是大介。當他想也不想就要關上拉門時——

「老、老師。」

由紀夫顫聲叫住他。

「由紀夫。」

「智，沒關係。老師，請等一下。」

「抱、抱歉，我在想事情，不小心就……」大介不知所措地說。「不過，我不會告訴任何人……什麼都不會說，呃……」

「說出去也沒關係。」智發出怒吼。「我們又沒做壞事——由紀夫就像我弟弟一樣，疼愛弟弟有錯嗎？」

「智，拜託——」

由紀夫抬起頭，以眼神表達抗議，智才不滿地低下頭，不再說話。

「老師，請坐這邊。」

「喔，好的，謝謝。」

大介手忙腳亂地在床邊坐下。

「呃，我沒特別的意思，只是……智同學，你是從哪裡進來的？窗戶嗎？」

「是啊，我擔心由紀夫。」

智抬頭挺胸說完，刻意伸手環抱由紀夫的肩膀。

「智同學，你常這樣上來嗎？」

「…………」智狠狠盯著大介，似乎在猜測他的眞意。

大介紅著臉解釋：「我……我並不是認爲你們做了不好的事，也不打算跟你們的媽媽說……」

話雖然沒說完，看著望向自己、緊緊依偎的少年，大介的眼神頓時溫柔起來。

一個是猶如一朵稍縱即逝的白花，體弱多病的十六歲少年，一個是以保護對方爲己任，緊抿雙唇，黑亮眼睛宛如一匹不羈野馬，正要開始享受青春年華的少年。眼前這幅光景，就像被拋棄的小動物互相庇護，互相依靠，觸動了大介心中某種情感。

智緊擰的眉毛下，雙眸依然沒有放鬆對大介的警戒與不信任，但一看到大介微笑的眼睛，還在智懷裡的由紀夫眼底，也露出帶點猶豫又有些羞赧的笑意。

「我、那個……」

「比起這件事，我有些話想跟你說。」大介凝視著智。「能不能老實告訴我一件事？那天，喜之菊小姐遇害當時，智同學也來這裡了嗎？」

智瞪視大介，由紀夫居中緩頰。

「應該沒關係了吧，老師不會把我們的事告訴任何人。」

「可是，由紀夫——」

「沒關係的，好嗎？我只是想知道一件事。你或你的母親，還是横田先生，當時是否有誰聽到主屋這邊的三味線琴聲？」

「三味線？」智依然皺著眉頭。

「請、請等一下，這樣我很困擾！」

吉嫂慌張的話聲，伴隨著一陣粗魯的腳步聲，從走廊上傳來。接著，四個便衣刑警連聲招呼也不打，直接闖入房內。其中兩人智有印象，是代澤署的巡查部長左右田，和年輕警察倉林。

「我是喜之菊命案搜查總部的井上巡查部長，你是安東由紀夫吧？」

另一個目光犀利，像是四人當中帶頭的男人，懷疑地看智和伊集院大介一眼後說。

「是的。」

「有些話想問你，跟我們去一趟總部好嗎？」

「請問有什麼事？」

說這句話的是智。井上打量他半晌，轉移視線問：

「由紀夫小弟，可以嗎？」

井上凝視由紀夫蒼白的臉。

「你們到底有什麼事？」

智強硬地說，井上聳聳肩。

「用來殺害喜之菊的菜刀刀柄上，驗出了不是被害者的血跡。由於該血跡的血型獨特，我們就查了相關人士的血型，發現與由紀夫小弟的血型一致。」

「怎麼可能！」智起身吶喊。「這是欲加之罪……」

「不僅如此，剛才我們打過電話給由紀夫小弟的父親喜之助先生，他證實由紀夫小弟從命案隔天起，就忽然彈不了三味線，最後甚至因身體不適，無法參加今天的預演。請讓我們看看你的手臂，好嗎？」

「你們太失禮了！」

智大叫，伸手抓住由紀夫的肩膀，想將他藏在身後。然而，井上巡查部長的動作比他更快，隔著桌子抓住由紀夫纖細的手腕。

「啊，痛……」

由紀夫發出呻吟時，井上巡查部長已快速捲起由紀夫左手寬鬆的袖子。

「由紀夫小弟，這是怎麼回事？」

井上巡查部長溫和地輕聲提出疑問。由紀夫白皙的手臂上，纏繞著比皮膚更白的綳帶。井上毫不留情地拆除綳帶，由紀夫痛得發出哀號。

「太過分了——」

智氣得全身發抖，作勢撲上前。左右田迅速抓住他的肩膀，智雖然想甩開，無奈力氣敵不過刑警，只能爲自己的無能爲力懊悔。他緊咬雙唇，瞪著刑警，直到最後一圈綳帶掉落。

「由紀夫小弟，這傷是刀子造成的吧？」

未經日晒的白皙手臂上，一道看似受傷不久，血色怵目驚心的傷口，吸引了眾人的視線。

「這是……」

「由紀夫！放開他！放開由紀夫！」

「智同學，你冷靜點。」

「來，說吧，這道傷是怎麼回事？」

好幾個人同時開口。

「你父親說，他懷疑你身體狀況不好只是藉口，從彈琴的動作看來，似乎是左手受了傷。加上凶器附著了你的血液，有必要請你針對此事進行說明。跟我們到署裡吧，由紀夫小弟。」

「請問……」

刑警的大手抓住由紀夫的肩膀。

此時，智忽然失控地笑了起來。

「由紀夫，說出來吧！」

一邊大笑，智一邊發出怒吼，甩開制住他的刑警，站起身。眼中彷彿燃燒著熊熊火焰，全身散發電流般的精力。那宛如幼獸的淒絕野性美震懾了在場所有人，瞬間，井上放開由紀夫，其他人也啞口無言地望著智。

「說出來吧。你太傻了，有什麼好遲疑的？如果你不說，就由我來說。傻瓜，剛才這個**條子**的話你聽見了吧？你老爸那傢伙，竟向警方告密。你老爸跟警察說了什麼？說獨生子殺了他的情婦！他出賣了你，還有什麼好猶豫？你還要在乎父母的想法嗎？要是你不說，我就說了。我才不怕那傢伙，那種人怎麼想我都無所謂。沒錯，我要說了──」

「智！」

「智同學，你想說什麼？」

就在大介慌忙站起時──

「井上哥！」一個原本似乎留守警車的年輕警察跑進來，「總部傳來緊急聯絡。」

「什麼事？」

「又發生殺人命案了。地點就在安東流公開預演的場地，請盡快趕往新橋的包場表演廳。」

「你說什麼！」

井上臉色驟變。同時，大介跳了起來，智與由紀夫驚訝得面面相覷。

「誰被殺了？是喜之助，還是八重？」

井上不禁發出低吼，急忙看了孩子們一眼。

「這個嘛……」年輕警察有些不知所措。

「你沒問嗎？」

「我問了，聯絡的人說，是管家——一個叫橫田的老人，詳細情形我還沒……」

「橫田？喔，是那個老頭……」

井上露出訝異的表情，就在此時——

「怎麼可能！」

突然，有人狼狽大叫，打斷了井上的話。

大叫的是伊集院大介。只見他臉色蒼白，像是受到強烈的震撼，大驚失色。

「怎麼可能？不對啊，不應該是這樣。這簡直是……錯了，一定是錯了……」

「喂，你是誰？」

井上狐疑地望向大介。少年緊握彼此的手，詫異地睜大眼，注視鐵青著臉的補習班老師。一瞬間的安靜後——

「可是，爲什麼會是橫田那老頭……」

井上的低喃，道出了每個人內心的疑惑。

三 鼓歌（註）——班女

1

「請讓一讓。不好意思，借過，我們是警察。」

山科警部補提高音量，內心湧現一種類似憤怒的情感。

（搞什麼鬼……）

提供包場的「松村」，像捅了蜂窩似地鬧哄哄。

有人議論紛紛，有人暗自興奮，加上不久前盛大演奏的長歌餘韻——女人穿著各色和服，彷彿花園中爭妍鬥豔的繽紛花朵，要不是刑警將她們全請進後面的房間，場面肯定更是亂得無從調查起。

（搞什麼鬼……）

打通隔間的五十張榻榻米大的寬廣表演會場中，凹間前方放了一整排坐墊，其中左半邊的坐墊前方各放著一個淺色的木製譜架。

除了凹間外，沿著牆邊擺著好幾把只在琴身上罩著布的三味線。另外還有幾把立在能直接當琴架使用的琴盒上。

註——長歌樂曲中，只以鼓伴奏演唱的部分。

沿右側牆邊放的是太鼓、大鼓和裝在袋子裡的小鼓，以及裝著好幾把笛子的樂器盒等等。前方設置了幾張矮桌，上面有觀眾帶來的點心禮盒、一堆橘子和幾個茶杯。室內一角是堆成一座小山的坐墊，入口處拖鞋散亂，怎麼看都給人一種雜亂的印象。

「我是代澤署的山科，目前是安東家女徒弟命案搜查總部的成員。」

山科向「松村」所在轄區警員寒暄，那個頗爲精悍的男人轉過頭。

「哦，這次的案件果然和那椿命案有關嗎？我是新橋署的田島。」

「總部那邊應該正派人過來。」

「不過，這件事可眞……」田島甩了甩頭表示棘手，煩躁地說：「不好解決。」

不好解決——是啊，看起來眞的很棘手。山科暗忖。

從警署到位於新橋邊陲地帶的這個會場途中，在車上用無線對講機大致聽了事情發生的經過。今天的預演來的人實在太多，一次安排不完，所以分成上午和下午兩個梯次，在一樓與二樓設置座位，估計各有一百人左右。

上午安排業餘表演者，就是俗稱的「客座弟子」上台演出，由喜文治、喜三郎、喜代治等安東流門生負責指導，下午一點才加入喜之助和八重指導，表演者都是專業人士。

不過，不少上午梯次的人一直留到下午，因此案發前後，會場裡至少擠滿了超過一百人。

（眞虧凶手能逃過這麼多雙眼睛……）

橫田的遺體，暫且借放在二樓後面的房間裡。

「凶案現場是樓下的休息室。會場的人在那裡爲宗師家的人準備了一個小房間，喜之助等人在舞台上時，只剩管家橫田獨自待在那裡整理東西和記帳。凶手想必算準了這一點，行凶時也一刀斃命。」

「一刀斃命？」

「鑑識同仁說，從傷口研判，凶器不是菜刀就是短刀之類的器具。」

「菜刀……」

山科猛然倒抽一口氣。腦海浮現在雨夜裡摔出馬路的喜之菊，背上長出一把菜刀的模樣。

（那個多嘴又精神抖擻的老爹居然……）

對著覆蓋白布的橫田遺體雙手合十後，山科輕輕掀開白布。橫田睜大雙眼、死不瞑目，嘴角微開，西裝領子似乎被他抓得綻線——就是那件彷彿生來就穿在他身上的灰白西裝。看著這套堪稱古董的衣服，山科不由得心生同情。

（活到這把年紀了，卻以這種方式死去……）

「田島兄。」山科皺起眉頭問：「這是——被害者手中緊抓的這張紙是什麼？」

「喔，關於那個……」田島忽然露出嫌惡的表情，「被害者遭到刺殺後，似乎並未立刻死亡。在傷口流血的狀況下，朝放了各種東西的桌上伸手選了一本書，撕下其中一頁，緊抓在手中斷氣……從現場的狀況來看，只有一種可能。」

「死、死前留言？」山科大叫。「又來了嗎！」

「又來——你的意思是，前一起案件也有死前留言？」

「不，其實到最後仍無法確定……」

山科困窘地說著，使勁扳開橫田的手指，拿出那張捏得皺巴巴的紙，試著攤平。

那是近乎粗暴地用力撕下的一頁樂譜，寫有句子。

「之源次綱於九條羅生門，斬下鬼神之臂，武勇傳天下。」
「這是什麼？」
「聽相關人士說，是一首叫《綱館》的樂曲，最初第一小節的歌詞。」
「《綱館》？」
山科心想，總覺得在哪聽過。
「不過，這可留待之後再推敲。相關人士現在是什麼狀況？」
根據田島刑警的說明，目前將所有人大致分成了幾組。首先，那些來當客座弟子的貴婦集中在一樓後面的房間；安東流的入門弟子，也就是指導前述客座弟子的專業師傅，則和樂隊班一起待在隔壁房間，只有安東家的人被另外請到二樓的小房間。
「這樣啊，那等一下得做個誰原本坐在哪裡的座位表才行。」
「從這棟建築的格局看來，原本坐在二樓的人幾乎可說沒有嫌疑。因為踏進一樓玄關後，眼前就是通往二樓的階梯，上下樓時只能走那道階梯。由於一樓隨時有人進出，只要有人從二樓下來，絕對會被誰看見。」
「案發當時，安東家所有人都在一樓嗎？」
「是的。發現屍體時，多惠子和喜之助——是叫這名字嗎？那個漂亮小姑娘和安東流少師傅正好上台合奏。」
一陣引發暈眩的震撼猛地朝山科襲來。
「多惠子和喜之助合奏的時候？」
「對。這首合奏曲是發表會當天的重頭戲，不少人特地從二樓下來聽。因此，所有人的注意力都集中在他們的合奏上，階梯另一端的休息室拉門又是關上的，不知道是否被三味線的琴聲蓋過，形成狀況上的死角，居然沒人聽見橫田的哀號或與人爭執的聲音。」

「發現屍體的是誰？」

其實這個問題早該問了，甚至是一開始就非問不可，山科卻直到此時才緩緩問出口。

不過，或許他並不想知道答案，才會拖延著這個問題，遲遲不肯提出。

因爲，當田島不帶任何情感地說出那個名字時，伴隨著難以言喻的衝擊。毫無理由地，山科內心同時浮現早已知道的答案。

（搞什麼鬼——到底爲什麼會這樣？）

「是一個叫安東八重的女人。」

田島這麼回答。

「據說是宗師的女兒。」

2

「案發現場……就是這裡嗎？」

搜查總部成員浩浩蕩蕩趕到，再度爲「松村」帶來一陣騷動。

「唷，阿山哥。」

「怎麼樣，案情有譜嗎？」

山科默默搖頭，難以言喻的沉重氛圍籠罩著他。

從「松村」灑了水的玄關進入屋內，直走到底就是通往二樓的階梯。以階梯爲中心點，擦得光潔亮麗的走廊朝左右兩邊延伸。

「哇，這地板眞滑。」

不知是誰發出可笑的叫聲。走廊往右是五十張榻榻米大的表演會場，往左分成三個小房間。門口柱子上貼著以龍飛鳳舞的筆跡寫成的紙條，一間是「樂隊班休息室」，一間是「山藤」，最裡面那間則是「安東」。山藤一門的休息室與安東家休息室，也就是案發現場之間，又隔著一條細窄的走道。沿著這條走道直行到底，左邊是廁所，中央是茶水間，右邊則設有餐具櫃和瓦斯爐，可在此燒熱水。

「舉行發表會時，多半會訂附近的外送便當，但用餐前經常得熱湯或泡茶，還是得有個茶水間才行。」

「松村」的經理說明二樓也有廁所和茶水間。他是個五十歲上下，身材瘦削，看似性情溫厚的男人，表示和安東流是老交情了。

「案發前後的那段時間，樂隊班和山藤的人幾乎都不在休息室。」

當時，一樓正在演奏《獻給三絃的二重奏曲》，各種樂器都在此時加入。

同一時間，二樓在演奏《勸進帳》。這首樂曲也需要樂隊班，因此樂隊班的左近一門和瀨田一門成員，幾乎都在演奏場上。

每逢大型發表會，總會派人互相支援的長歌歌者山藤和東治門下，這次派出和吉、和孝、和五郎等人參加。眾人對當天重頭戲的喜之助新曲《二重奏曲》相當期待，早在演出開始前就到場上會合。

更不用提安東流的中堅樂手，更是齊聚一堂——唯一例外的是喜文治，當時他在二樓某個以學習長歌爲樂的大老闆身邊，指導對方演出《勸進帳》。

「八重呢？」

與其說是突兀，不如說山科是迫不及待地提出這個問題。

「八重當時在哪裡？」

「這個嘛……根據她本人的說法，原本她在場內最後一排聆聽二重奏，聽到一半想起要事，便悄悄離開，走進安東流的休息室。不料，一進去就看到仰躺在地上，朝桌子伸出一隻手的橫田。」

「請等一下，凶器呢？」

「沒有，至少她的說法是沒找到。不過，看到橫田胸前受傷流血，她立刻發出尖叫，接著眾人便急忙趕到——據說是這樣的經過。」

「聽起來滿合理的。」

「算是吧。然而，懷疑第一發現者是搜查的鐵則。況且，當時丈夫和女兒在演出，一直坐在場內的八重，為何偏偏在如此重要的演出之際想起待辦的要事，這一點也很可疑。另外，她說自己發出尖叫時，橫田的身體還有溫度，表示距離行凶時間不久。這樣看來，時機未免太巧了吧？總之，關於這一點，我們很想聽聽搜查總部各位的意見。」

山科心想，田島什麼都不明白。

田島認為，沒人會在丈夫與女兒合奏時忽然想起要事待辦。讓山科說的話，正因那是丈夫和女兒的合奏啊。

一個是從未愛過，又憎恨著自己的丈夫，一個是暗戀自己情夫的女兒——正因是這兩人的合奏，八重才會故意找個微不足道的藉口離開座位。

（不過，這只是我的想法……）

其他人未必會這麼想。實際上，像田島就對安東家的愛恨情仇毫不知情，自然會懷疑八重採取的行動，而這份疑心只會益發擴大。

「我明白了。」山科說。「我見過她幾次，不如由我再問她一次話吧。」

「到目前爲止，其他人的不在場證明雖然還不算明確，但也沒有可疑之處——只是，這也得等狀況更明朗，死亡時間更清楚才能確定。畢竟，二樓有些人趁曲子與曲子之間下樓離開，一樓有人從會場出來上廁所，出入情況相當複雜。舉例來說，若實際下手的時間是在《二重奏曲》開始前……或者，在前一首曲子結束時從二樓下來，假裝去上廁所趁機行凶——總之，八重發出尖叫後，樓上樓下都立刻有人跑出來，場面一陣混亂，要混在人群中遁逃並不難。」

「這麼看來，眞的有各種可能性。」

山科鬆了一口氣，如此說道。

「對啊，就算原本在二樓的人，也未必和案件毫無關聯。只不過，查起來可累人了，得將差不多一百個人的行動全部釐清。」

田島叫苦連天。

「幸好場地本身相當受限。」

「對，每個人隨時都可能被其他人看見——只有這一點是肯定的。再來就是動機……」

「動機啊……」

沒錯，這就是關鍵所在。山科警部補也這麼想。

安東流門下再次發生殺人命案。最初接獲安東流宗師家發生第二起殺人命案的通知時，待在搜查總部的山科腦中首先浮現的是——

（八重！）

他原本是這麼以爲的。

（八重死了，那個能面具般美麗的女人死了。）

（不，也可能是喜之助。）

或者，是老宗師？還是，那個漂亮又弱不禁風，彷彿吹口氣就會熄滅的蠟燭般令人擔憂的少年，由紀夫？

不可思議的是，山科怎麼也無法想像，宛如一朵緋紅色牡丹花絢爛耀眼的多惠子，衣袖凌亂倒地的模樣。這是因爲，那個性情激烈、總是緊抿嘴唇隱藏火熱戀情的少女，和「死亡」給人的陰冷印象實在太不搭調。

然而，死者卻不是他們當中任何一人。聽聞死者是橫田時，一股奇妙的感受自山科警部補內心油然而生，感覺像被誰欺騙了。

（死的是橫田——可是，爲什麼？）

之前也曾有這種感受，才這麼一想，他馬上憶起。

（如果是其他人，比方喜之助、八重或友子，甚至是喜左衛門被殺，都還能理解。然而，死的卻是喜之菊，喜之助眾多女弟子中的一人——爲什麼？）

（爲什麼是喜之菊？爲什麼是橫田？）

山科總覺得哪裡搞錯了。

這麼想很奇怪嗎？就算是圍繞著安東流這特殊一家子發生的案件，原因也未必出在安東家內部。喜之菊有喜之菊的生活，橫田也一樣。即使身爲安東流的管家，稱得上是安東家的一分子，他必然有自己的生活。誰知道裡面會不會有什麼私人恩怨？

然而——山科心想，話不是這麼說的。喜之菊非死不可的理由，橫田非死不可的理由，一定都隱藏在安東家內部。不知爲何，搜查隊如此確信，打一開始就將目光集中在安東家一族身上。

（一定看漏了什麼，只要能搞清楚那究竟是什麼，一切肯定就能聯繫起來……）

山科順了口氣，才下定決心，緩緩打開安東一族聚集的小房間拉門。

「打擾了。」

歷史悠久的人偶或佛像，往往散發著難以言喻的氣質，讓看到的人產生同樣的錯覺。

（這些佛像，其實直到剛才爲止都在室內到處走動，時而交談，時而發笑，露出不在人前暴露的一面。在沒人看到的時候，人偶才會恢復眞面目。明知如此，在我拉開房門的那一瞬間，僅僅幾百分之一秒的時間裡，它們又回到原本的位子，動也不動一下，帶著這種表情站在那裡。）

安東家的人們，當然不是人偶。

即使如此，當山科毫無預警地打開拉門，那幾十分之一秒的時間裡，這黑壓壓的一群人想必也立刻將面對自己人的表情，迅速換成在外界佩戴的面具，堅持奇妙而高壓的沉默，迎接在晚秋午後陽光中走入屋內的訪客。一股說不上是焦躁還是煩悶的失望，就這樣襲擊著山科。

（他們將會說什麼話，呈現怎樣的表情？）

並肩而坐的安東流三弦神色僵硬，看也不看彼此一眼。三人都穿和服，這樣的打扮莫名有種服喪的感覺。其中，喜之助那大章魚似的臉比平日多了幾分鐵青，直挺挺坐著，雙唇抿得不能再緊，像是用盡全身力量對抗著什麼。

坐在離他稍遠處的多惠子，穿的是草綠色底，上有橘色與紅色蝴蝶圖案的小紋和服，繫黑色腰帶，長髮一如往常用緞帶綁起後披垂在背上。多惠子雙眼通紅，不時輕聲發出唏噓，縱使如此，在整個房間裡，唯獨她身邊的氛圍比別人明亮，未失光彩。

不過，真要說的話，山科眼中完全沒有這群人。一走進來，山科就望向坐在正面的安東八重，眼裡只有八重。

八重穿著銀灰色底、竹子圖案的外出和服，繫著深褐色腰帶。原本就沒什麼血色的臉，今天更是蒼白得宛如能面具，卻又和平時有些不同。冷淡凜冽的姿態下，透著一股熊熊燃燒的火焰般淒絕灼白的嚴峻，令人爲之震懾。

山科甚至想將那種感覺形容爲淒豔。望著八重凝重的神情，山科將遠離女兒、與丈夫隔桌相對，挺著纖細肩膀獨自坐在位子上的她的形影，深深烙印在心上。

「一再麻煩各位——我們的事一再麻煩各位，真是不好意思。」

喜之助生硬地開口，解除了壓得令人喘不過氣的緊張氣氛。山科回過神，目光從文風不動的八重身上轉向其他人。

「忽然發生這種事，各位一定也受到驚嚇。只能說，幸好不是發生在正式公演當天。」山科尷尬地說。

「確實如此……只是沒想到，橫田會……像橫田這種從沒做過壞事的老人，到底是誰，又爲了什麼……」

「所言極是。」

「警官。」

一個刺耳的聲音響起，說話的是長歌歌者喜文治。

「這到底是怎麼回事？在發生這種事之前，警方難道都不能有所作爲，預先防堵嗎？上次的案件發生在安東家，或許無從預防起，那也是無可奈何，但這次難道無法在某種程度上預料到嗎？」

「不，這……總之我們會盡力及早解決。對了，喜文治先生，聽見八重夫人的尖叫時，您在二樓指導《勸進帳》吧？」

喜文治的嗓音如此尖銳刺耳，到底是怎麼演唱長歌的？每次聽到這個男人說話的語氣，總不難想像他的個性，恐怕一輩子都在嫉妒別人、怨懟別人、責備別人，把一切過錯都推到別人身上吧。一邊這麼想，山科一邊問。

喜文治露出不悅的表情，「沒錯，在那之前，連續好幾個我的弟子上台，所以我一直待在二樓。演出《勸進帳》的是跟我學很久的資深弟子川田，所以我在一旁指導。這位川田先生是K製鋼的副社長，在司法界人面也很廣。」

這個混帳東西——山科暗想，但沒說出口。

「樓下騷動起來時，那首曲子剛開始演奏嗎？」

「不，已進行到弁慶口說的階段，應該算後半段了。」

「那時聽見八重夫人的叫聲，你和大家一起往樓下跑，才知道出事了嗎？」

「不是，沒那回事。我有長年的神經痛毛病，不過爲了精進技藝，坐再久也能忍耐，唯有站起或坐下總會痛得受不了，應該算是長歌歌者的職業病吧。當時，弟子慌慌張張跑下去，我還在慢慢起身，等所有人都下樓，才扶著牆壁向前走。下樓後，眾人已聚在一起議論紛紛，我只是遠遠看著而已。」

「那麼，當時喜三郎先生——」

「我坐在一樓大會場的第一排。演奏《二重奏曲》前一首曲子的年輕人喜知郎，正是小犬。他演奏的是《浦島》，我在旁邊幫忙看著，順便討論是否在《二重奏曲》結束後，由我接著上台演出《石橋》。」

喜三郎以高傲的態度應答。即使身穿和服，彈奏三味線的喜三郎仍給人一種英國紳士的感覺，他本人大概也有自覺吧。

「喜之助先生，《二重奏曲》中斷時，接近演奏尾聲了嗎？」

「我想應該是在演奏了十五分鐘左右時的事，整首曲子總長是二十七分鐘。」

「這麼說來，算剛進入後半段？」

「可以肯定的是，絕對不是曲子剛開始演奏的階段。必要的話，我能回想看看中斷在哪裡，實際彈奏一次，確認需要花費多少時間。警方想釐清的，應該是他遭到殺害的確切時間吧？」

「是的。」

這傢伙今天真積極配合啊——山科心想。

「當時和您合奏的是多惠子小姐吧？樂隊班的成員是哪幾位呢？」

「打鼓的左近彌吉、彌三郎，打大鼓的左近彌兵衛，打太鼓的彌十郎，及吹笛的瀨田翠峰。正式演出當天，預定會加上幾個銅鉦奏者，今天先省略了。」

「樓上呢？」

「樓上的樂隊班有瀨田常峰、瀨田長聲、左近太左久、太喜彌、常佐等人。」喜乂治回答。

「這些就是樂隊班的所有人了嗎？」

一邊提問，山科一邊暗自讚嘆：欸，我也懂了不少嘛。

「沒錯，就是這十人。」

「案發前後的曲目，是按照預定排程進行的嗎？還是有跳過或替換？」

「預演和正式演出不一樣，只在休息時間時談妥下一場由誰演出，會配合每個人方便的時間不斷修改。」

「這樣的話，有沒有哪位方便整理成一張表，好一眼看出實際上每首曲子的順序和演出者。」

「我來吧。」

喜之助乾脆地說，山科再次感到奇怪。

（這傲慢的男人，怎麼今天這麼合作？）

「我最清楚狀況。從下午場的演出一開始，我就不曾離開，從頭聽到尾。」喜之助解釋。

「那、那我還不是一樣。」

說話的喜三郎似乎有些慌張，喜文治則忽然變了臉色。

「你想暗示什麼？我沒一直待在一樓，是得上下樓輪流指導弟子的緣故——」

「文治兄，我不是那個意思。」

喜之助的語氣強硬，奇妙的是，這麼一來，喜文治像是從喜之助的話中領悟了什麼，立刻乖乖閉上嘴巴，彷彿平時的陰險計較都是假的。

「那麼，麻煩您盡快幫忙製作了。」

接著，山科下定決心，轉向八重，直盯著她。

「關於夫人發現命案的當下，有幾件事想詢問，可以請您跟我下樓一趟嗎？」

八重無言點頭，全身依然散發藍色火焰熊熊燃燒般的，或許可用詭異來形容的壓倒性氛圍。

她站起來，率先走出小房間。山科回過頭，請眾人留在屋內稍等，眼光落在多惠子身上。

（仔細想想，她一句話都沒說。）

垂著肩膀，不知何時停止啜泣，低下頭雙手交疊的多惠子，宛如一朵被雨打得垂頭喪氣的牡丹花，看在山科眼中莫名魅惑動人。

與其說這是個十九歲的少女，倒不如說，連低垂的頭和哭腫的雙眼都掩蓋不了女人韻味。儘管年紀輕輕，她已完全是引人注目的成熟女人。

至今，山科從未用這種眼光看待多惠子，於是帶著震驚的心情，走出房間。

「橫田眞可憐。」喜之助清楚地說，「爲了安東流，他往往不惜粉身碎骨——橫田就是個多嘴的好好先生，也有可愛的地方。戰亂中失去家人，連獨生子都死於戰爭，眞正的孤家寡人。可是，只要與安東流有關的事，他全拚了命去做。我無法原諒對他做出那種事的人。雖然不知道凶手是誰，但絕不原諒。等查明凶手，不管對方是誰，我都不會善罷甘休。」

「喜之助先生。」

山科轉過頭。彷彿預告暴風雨即將來臨，雷雲籠罩著喜之助的雙眼。只見那有如不動明王般，燃燒著陰沉怒火的瞳眸緊盯著一處不放。山科不由得爲之顫慄。連喜之菊命案時也未曾見他露出如此憤怒的目光。而且山科發現，喜之助視線的前方，正是他美麗妻子離去的方向。

3

「很抱歉一再確認，不過這是最重要的一點，安東夫人。」田島刑警轉頭說。

下到一樓，來到案發地點的休息室，八重站在入口處，新橋署和搜查總部的員警圍在她身邊。

「安東夫人——這個稱呼似乎有點奇怪，說到底其實是流派的名字吧？」

山科苦笑道。田島一副「你在說什麼啊」的表情看著他，又對八重說：

「總之，雖然很麻煩，還是得請您配合重現當時的情形。」

八重微微點頭。

她依然一句話也不說。緊抿的薄唇與身上那襲看來價格昂貴，穿在她身上略顯樸素的銀色外出和服一樣，爲這個女人營造出女王般的威嚴。

（宛如斷頭台上的瑪麗安東尼（註一），又像大火中的淀君（註二）……）

那樣的女人自尊心強，性格冷淡，就算被士兵拉扯著往前走，表情也一定與此刻緊抿雙唇的八重相同吧，山科這麼認爲。

「那麼——您是案件的第一發現者，在那之前，您都待在那邊的大表演會場內……」

「是的。」

此時，八重才終於開口。銀灰色衣袖裡，她纖細如白蠟的手指藏在美麗的深紅色內襯下，握成小小的拳頭。

「您原本在大會場的哪個位置？」

「靠後面的位置——在那之前，都在前面的位置，直到快開始演奏《浦島》時，我才移動到後面。《二重奏曲》開始後就無法四處走動，所以曲子演奏十分鐘左右，我才趁著大家不注意走到外頭。」

「這麼聽來，您當初就打算在下一首曲子演奏時走出會場？」

「這個嘛……」

八重表現出不確定的樣子。

「爲什麼不能在曲子與曲子之間外出？尤其演奏這首曲子的是您的千金與丈夫。」

爲什麼不聽聽女兒的演奏？對田島而言，這是再理所當然不過的疑問。

八重咬了咬嘴唇，「曲子和曲子之間出去的人太多了，很麻煩。」

「這樣啊，所以您才在演奏時出去。您來到外面，也就是走廊上時，有誰在那裡嗎？」

「沒有，一個也沒有。」

「連正好從二樓走下來，或正好要上二樓去的人也沒有？」

「我沒看見。不過，二樓房間客滿，有些進不去的弟子待在階梯剛上二樓的地方。」

「那些人有看見您嗎？」

「這我就不知道了。」

「假設都沒人看見您好了——那麼，您究竟爲何要在曲子演奏途中離席？是去上廁所嗎？」

「不是。」八重的表情沒有絲毫鬆懈。「我去補妝，還打算找橫田商量給山藤家師傅謝禮的事。今天山藤家多來兩位年輕的師傅。」

「所以，您離席是去找橫田？」田島喜孜孜地問。

「是的。」

註一——Marie Antoinette，一七五五～一七九三，法國皇后，死於法國大革命。

註二——本名淺井茶茶，一五六七～一六一五，爲豐臣秀吉的側室。

「於是，您從階梯下方走過，來到這間休息室。當時，拉門開著嗎？」

「是關上的。」

「接下來，您馬上就打開了門？」

「對。」

這一瞬間，八重環顧這個六張榻榻米大的房間，像是想讓當時的情景重新浮現眼前。山科隨著她的視線環顧四周。

房間中央，有一張上了生漆的大桌子。桌上放著鐵製大菸灰缸、幾個茶杯和茶具。另外，和大表演會場裡一樣，有開封的點心禮盒和裝在竹籃裡的綜合竹葉包壽司，及裝滿食物包裝等垃圾的紙袋，顯得雜亂無章。

桌子周圍擺著幾個坐墊，桌下塞滿包包和紙袋、布包袱等看似八重等人的個人物品。桌上還有帳簿之類的東西，橫田死前應該正在記帳吧，裝在點心空盒裡的紙幣金額不小。

「看來裡面的錢沒被動過。」田島的部下說。

遇害前，橫田大概面朝桌子，正對走廊坐著專心算帳。在他原本坐的位置左邊，放著一排三味線琴盒，牆上掛著和服外套和用塑膠套罩住的西裝外套。橫田背後恰恰是和室凹間，與雜亂的室內彷彿兩個毫不相干的世界，凹間裡設置著高低櫃，水盤中插有菊花和彎曲的白枝，還掛著一個掛軸。凹間左側設有大型瓦斯暖爐，尚在熊熊燃燒，使室內充滿悶熱的空氣。

「這邊呢？」

山科小心翼翼地踏入室內，橫田倒下的位置畫了白線。他倒下時踢翻了坐墊，呈朽木般仰躺的姿勢，右手朝桌上伸去，幾樣東西被掃到地上。找到想要的東西，也就是那本樂譜後，橫田撕下一頁，樂譜掉落在地。坐墊另一面染出黑色不規則狀的圖案，是橫田老人飛濺的血。

山科留意著不要踩到那些東西，一邊橫越房間，將凹間左側的拉門完全推開，略略吃了一驚。

拉門外是一扇巨大的玻璃落地窗，剎那間映入眼簾的，是彷彿架在矮牆上的高架高速公路。對習慣和服人士與三味線樂器的眼睛來說，格外突兀。

這突兀的鮮明對比，讓山科措手不及，急忙再次闔上拉門。於是，拉門紙上深藍與白色的小鳥圖案再度遮蔽視野，一個純日本的小宇宙重回眼前。

山科轉身望向八重。或許光線有些刺眼，她微微瞇起眼，默默注視山科的一連串動作。

「您打開門，踏入室內一步。」

「我沒進去。」八重嚴厲訂正。「打開門時，看到橫田仰躺在地，我還在想發生什麼事。起初，我以爲是什麼病症發作，畢竟他上了年紀——想到這一點，我才急忙走進室內。」

「您怎麼發現他不是發病的？」

「胸前全是血……」

八重囁囁囁囁，田島爲她打氣似地說：

「我懂、我懂。那麼，當時您觸碰了被害者嗎？有沒有在他胸口或附近看到類似凶器的東西？」

「我應該沒看到類似的東西。」

「抱歉，我再問一次。眞的嗎？這是最重要的一點。」

「我沒看見。不過，當時沒想到這一點，也沒仔細找，況且房裡東西這麼多。」

「也是。那麼，您沒有觸碰被害者嗎？」

「是的。」

「爲什麼？沒想過扶他起來嗎？」

「是的，我聽說過不能碰。」

田島刑警等人面面相覷，似乎不認爲這個乍看柔弱守舊的女人，能夠做出如此冷靜與近乎可怕的沉著判斷。不對，山科暗自嘟噥。八重本來就是這種人。她並不是冷酷，或著說冷血的人。發現長年同住一個屋簷下的管家死於非命時，沒扶起他的遺體，絕不僅僅是厭惡弄髒那身昂貴的和服。

「您眞細心。」田島語帶弦外之音。「那麼，其他東西您完全沒碰？」

「是的。」

「您一眼就看出横田死亡了嗎？」

「我是……那麼覺得。還有，横田的臉……」

「被害者在府上任職多久了？」

田島忽然採聲東擊西的戰術，換了一個問題。八重緩緩板著手指數。

「四十……不，差不多五十年了吧。在我出生前，他就拜家父爲師，住進我們家。」

「恕我冒昧，不曉得令堂逝世多久了？這麼說來，您等於是横田一手帶大的？」

田島的企圖很明顯，山科心想。他想趁八重亂了陣腳時，出其不意地追問。不料——

「什麼？」

意外的是，八重露出疑惑的表情。

「家母？她還健在啊，只是住在別的地方。」

「什麼？」

這次輪到田島大吃一驚。不過，他隨即恢復鎭定。

「喔，這、這眞是太失禮了。那麼，再回到這次的案子吧。關於橫田遇害的原因，您有什麼看法？」

「沒有，他是個好人。」

「仇家呢？有沒有誰怨恨他？他的財產狀況如何？有親人嗎？」

「沒有。既沒有仇家，也沒有親人或財產。他在戰爭中失去妻子和兒子。對我而言，他就像家人一樣。對他來說，也只有我們是他的家人了吧。」

「請看，您知道這代表什麼嗎？」

田島小心翼翼地取出橫田抓在手中的紙片，然後攤平。

瞇起眼讀出上面的文字後，八重應道：

「這是《綱館》開頭的一段吧，怎麼了嗎？」

「被害者死前將這張紙握在手中——換句話說，被害者臨死前爬到桌邊，用盡最後一絲力氣從桌上找出這本樂譜，撕下一頁，爲我們留下暗示才斷氣。」

「換句話說，這就是所謂的死前留言。」

「這個？」

「這首曲子到底有什麼意義？我們想再……接下來，誰預定演奏這首曲子？還有，這幾句是什麼意思？爲何橫田非撕下這頁不可？」

八重似乎沒把田島的話聽進耳中。

「叮咚咚叮叮、咚鏘——咚……」

她望著那張紙片，喃喃低吟。

接著，八重不發一語，全身癱軟似地當場蹲下，一張臉完全失去血色，像一張白紙。

「八重夫人！」

山科叫喊著衝上前。不過，八重只蹲了短短幾秒，隨即自行起身，還微微喘著氣。

「怎、怎麼會？怎麼可能……」

看似受到某種恐懼襲擊，八重顯得恍惚無神，不知所措。奇妙的是，此時的她看來竟像個少女。

（到底發生什麼事？）

原本泰山崩於前也面不改色的她——連目睹自己出生前就成爲安東家一分子的管家死亡，也沒掉一滴眼淚，此刻卻判若兩人。面對突如其來的劇烈變化，在場刑警無不露出詫異的神色。

「安東夫人，您到底怎麼了？」

「八重夫人——」

「不要緊……不要緊的，那個……」

八重不斷喘息，蒼白的手指緊抓住衣領，漸漸鎮定下來。

「您想到了什麼，是嗎？」田島追問。

「對……是的。」

「是什麼？」

「實……實在沒想到會……」

「請說出來吧。」

「這個……」

八重嘴唇顫抖，試圖露出笑容。兩邊嘴角抽搐著上揚，表情就像眞正的能面具「小面」一樣詭異。

「《綱館》，是遇害的喜之菊預定演出的曲目。」她輕聲說。

如果八重說那是自己要演出的曲目，警方或許不會如此驚慌。

「什麼？」

「不僅如此……不僅僅如此……」八重神經質地抓緊衣襬，「或許是我多心，這種事……原本想說，最後還是沒提……」

「什麼事？」

「打開拉門走進室內時，我曾聞到一股強烈的香水味。我偏好日本香的氣味，不太喜歡外國香水，對那類味道很敏感。那香味很濃，濃到甚至蓋過血腥味——我就是在那時感到奇怪。要是沒記錯，那是喜之菊平常使用的香水……帶點藥味，沒錯……」

「………」

「於是我才想起，踏進室內時，我嘴裡喊著『橫田、橫田，你怎麼了！』，不經意望向窗戶，外面似乎有個披頭散髮的和服女人影子閃過……當時我沒太在意，以爲是自己的身影映在紙窗上。回想起來，我既沒披頭散髮，光源的方向也正好相反……」

（怎麼可能！）

（二十世紀的東京哪裡還會有這種鬼故事？）

（要是想騙人，至少該想個合理一點的說詞吧。）

然而，本應當場喊出這些話的刑警，卻像忘了自己原該是世上最頑固的懷疑論者，全默不吭聲。

這都要怪八重。剛才的八重是如此有威嚴，冷靜沉著到連頭髮都一絲不亂。這美麗得酷似能面具的女人，與窗外的現代世界呈現強烈的對比……然而，八重現在卻恐懼到失態。目睹這一幕，刑警像是撞見母親怯懦一面的孩子，嚇得安靜下來。

「怎麼可能會有這種事……」

田島低喃，但就連他也沒有繼續說下去的勇氣。

他們屏住呼吸，站在原地偷看彼此的表情，好似一群圍繞女王的家臣——也可說是崇拜巫女的庶民。

八重緊盯半空中的某一點，彷彿想用單薄的肩膀擋下肉眼不可見的惡靈。

就在這一瞬間——

遠處傳來警車的鳴笛聲。那聲音宛如從意識底層逐漸接近，最後停在「松村」大門外。

很快地，夾雜著交談的各種嘈雜聲響打破了咒語，玻璃落地窗咔啦咔啦地被人拉開。

「哎呀，抱歉、抱歉。高速公路塞得要命，花了超多時間。喇叭按個不停，車陣依然動也不動，想快也沒辦法。」

井上巡查部長的大嗓門傳入耳中，霎時，方才宛如結凍的這群人立刻恢復刑警的身分，原本充滿可疑白光的不合理宇宙，瞬間變回夕陽下的殺人現場。

「喔，井上兄，你好啊。」

「唷，阿山哥。不行啊，請不動那位老人家。」

來的人有井上、左右田、倉林——跟在他們身後的是臉色鐵青、相互依偎的由紀夫與智，再後面是穿著便服的友子。

看到這一幕，恢復冷靜的八重再度崩潰，不顧腳上只穿足袋就往落地窗外跳，緊緊抱住兒子，依附在他身上，像是絕對不願讓任何人奪走。

「由紀夫、由紀夫，大事不好了！橫田，他……」

「母親，這……」

由紀夫青白的臉頰瞬間紅了起來，難爲情地低下頭。

山科尷尬地別開視線，瞥見走在最後、恰恰目睹這一幕，但還來不及過來的細長身影——伊集院大介。山科內心湧現一股既懷念又溫暖的情感。

「伊集院老師，你也來了啊……」

正想這麼說，山科不經意望向智，頓時倒抽一口氣。

智雙眼異樣地睜大，狠狠瞪視緊抱由紀夫的八重。他身後的友子浮現一抹嘲弄世間的冷笑。

山科佇立原地，心生一股不祥的預感。

四　手事合方——火焰

1

「最後看見橫田的是誰，有人知道嗎？」

井上巡查部長雙手插腰，掃視眼前這群安靜華麗的人，問道。

新的援軍趕到後，「松村」裡吵雜的程度更上一層樓。

山科在二樓釐清安東家相關人士下午的行動，新橋署的員警一副差不多要將主導權交給搜查總部人員的樣子，不時在「松村」平面圖上寫下什麼，或讓他們四處拍照。

在井上與左右田面前的，是安東流門徒、山藤流歌者，及瀨田和左近的樂隊班，總計約三、四十人，宛如放學後被留在教室裡的學生，排排坐在大表演會場中。

「別看這麼多人，這已是盡量縮小範圍後的結果。」

看到井上走進來時厭煩的表情，田島趕緊小聲解釋。

這是一群年齡、性別參差不齊的人。不過，實際上聚在一起時又顯得莫名調和。大概是幾乎都穿和服的緣故，他們顯得雍容華貴，散發出成熟洗練的高雅格調。

女人多半有些年紀，穿著打扮有一定的品味，雖然當中也有幾個穿朱色或草綠色和服的年輕女性，整體來說，比全是年輕女性的集團更嫵媚，並且給人一種穩重大方的感覺。聚集在這裡的，沒有一個是與案件或安東家無關的客座弟子，全是專業的三味線和長歌師傅。正因如此，即使沒有珠光寶氣的裝飾，仔細一看就會發現，每個人都品味良好，身穿和服的姿態也很自然。

男人當中也有少數穿西裝的，但大抵是和服打扮。

井上一踏入屋內，立刻注意到其中一名男人。同樣穿黑色系和服，這名身材高眺的男人鶴立雞群，特別醒目，令人聯想到江戶時代淪爲無賴之徒的旗本武士。只見他獨自靠牆坐在離眾人稍遠處，雙手環抱胸前，俊美的臉上雙眼半睜半閉，彷彿無論周圍發生什麼都不感興趣，益發顯得與眾不同。

此人是什麼來頭——井上拉回差點被他吸引的視線。

「如何？有沒有人見到橫田生前最後的模樣？」

三味線師傅與長歌歌者互望，議論紛紛。

「欸，我們去上廁所時，那間休息室的門是打開的，老爹似乎在裡面做什麼吧？」

「對對對，正好場上在演奏《松之綠》。」

「小美，我站起來要妳去繳會費是幾時的事？」

「應該是剛吃完午餐沒多久。」

「喜六師傅，老爹是不是跟你說會費還沒繳，還開玩笑地催促『請快來繳稅』？」

「拜託，八千代師傅，其實我——」

「怎麼？」

「我到現在都還沒繳。」

「等等、等等，各位請安靜一下。」井上拚命想維持秩序。「按照順序說好嗎？」

「所以，我就說——」

安東流門徒中，看似最資深的八千代開口。她是個眼睛鼻子嘴巴都特別大的大嬸。

「大家一個一個來。最早看到阿橫的是誰？別搞錯，我說的『最早』，指的是下午場時段的『最早』。」

「應該是我。」

「喜世惠，是妳嗎？那是什麼時候的事？」

「約莫……一點多，我去繳費，順便跟橫田老爹聊了一下。」

「那我們去廁所，是之後的事了。」

「要是沒記錯，《松之綠》一點半前就結束了。」

「八千代姊，我回休息室的時候，看到八重師傅在和老爹交談。」

「咦，和吉，那是何時？」

「我想想……兩點左右。」

「咦，很接近案發時間。」

「《二重奏曲》是兩點多開始的嘛。」

「對，喜知郎演奏《浦島》時，我本來該在台上伴奏，但喜三郎師傅說『沒關係，和吉你連續好幾首都沒下台，讓和市來換個手，去休息一下吧。這種小曲子沒關係，等《二重奏曲》結束，再麻煩你回來幫我的《石橋》伴奏』，所以我就去休息了。」

「那時，你看到八重夫人和被害者交談嗎？」

「對。只是，我沒看到老爹，只看到八重師傅在門外跟他說話。」

「兩點、兩點……這麼說來，我記得當時八重說要去辦什麼事。」

「有人清楚目睹她離開時的情形嗎？彌三郎先生有印象嗎？」
「咦？」
突然被點名，端坐在牆邊的美男子抬起頭，一副從夢中驚醒的表情望過來。
「我……問我嗎？」
井上帶著好奇的銳利目光，盯著這個男人。搜查會議上，山科提過打鼓的左近彌三郎，說他可能是安東八重的情夫。
左近彌三郎那張清秀中摻雜幾許憂鬱的臉上，浮現苦笑。
「不，我什麼都沒看見。」
「怎麼可能看見？《浦島》演奏的當下，彌三郎根本不在。」
「不在？」
「我去了後門，想透透氣。」
彌三郎毫不猶豫地說。井上雙眼一亮。
「你一個人？」
「是的。」
「對啊，沒看到彌三郎，但下一首就是《二重奏曲》，我就問誰能去喊他一下。後來是誰去找他？」
「是我。」
「喜美里，是妳啊。妳在哪裡找到他？」
「彌三郎師傅在後門外頭。」

一個年輕卻穿著略顯樸素的小紋和服，長相不算漂亮的女孩回答。接著，她不懷好意地瞥向彌三郎。

「對了，那時跟彌三郎師傅交談的，是安東家的小姐吧？」

彌三郎狠狠瞪了喜美里一眼。

「沒錯，是多惠子小姐。草綠色振袖和服，而且一頭長髮，雖然刻意躲藏，但肯定是她。」

「啊，這麼一提，《二重奏曲》快開始前，我聽到有人在喊『多惠跑去哪裡』——忘了是誰在喊。」

一個狀況外的山藤流年輕徒弟大聲說，像立了大功般洋洋得意。彌三郎小麥色的臉上不為所動，八千代倒是變了神色。

「和助，你在說什麼？小里，妳也真是的，不要亂說話。」

「是真的嗎？彌三郎先生，您真的在後門和多惠子小姐交談嗎？」

井上高聲質問，彌三郎沉默不語。

「剛才不是說，只有您一個人？」

「那時我說『彌三郎師傅，《二重奏曲》快開始了』，師傅回我『馬上來』，一邊用身體擋住站在另一側的人。」

「小里，妳閉嘴。」

「彌三郎先生。」井上說：「待會另外找個地方，請您解釋一下吧。」

「我沒什麼好解釋的。」

彌三郎冷冷回答。井上心想，這男人長得雖俊，卻給人冷酷無情的感覺，像一把磨得銳利的刀子。得去找多惠子問清內情，不過稍後再說吧。

「姑且放下這件事。那麼，至少我們可以認爲，下午兩點左右橫田還活著，行凶時間應該在那之後，到兩點半八重發現屍體的三十分鐘之間。」

「聽起來是這樣。」

「彌三郎先生和多惠子小姐在門外待到什麼時候？」

「我是在《浦島》結束後去找他的……」喜美里揚聲回答。

「那應該不到兩點。好吧，只能再做個詳細的時間表。不過，向八重夫人問話時，她說自己直到兩點半前都沒離開大表演會場。」

「可能是八重妹子記錯了吧？」八千代說。

「你確定看到八重夫人跟橫田交談嗎？」

「嗯……這麼一問，我也不確定她有沒有走出會場了。可能只是走到最後面，朝外頭大喊『橫田、橫田，拿這個來、拿那個來，沒聽見我叫你嗎？』之類的……」

「所以，你也不確定嘍？」

「這個嘛……」

「這件事很重要。」

「就算您這麼說，我也沒辦法啊，注意力都被樂曲吸引了。」

「請您直接找八重師傅確認吧，我們無法給出明確的答案。」

「當時有聽到橫田回應嗎？」

「不確定。不管怎麼說，會場那麼大，三味線琴聲又響個不停。」

「好吧，算了。」

之後再找八重問清楚也行，反正這件事不算太重要。這麼一想，井上便放棄繼續追問。

「《浦島》結束後，有人見過橫田嗎？」

「《浦島》結束後我去了廁所。當時休息室的門關著，我沒聽見裡面傳出呻吟聲，也沒察覺任何異狀。話雖如此，那時大家都走了出來，一片鬧哄哄，或許有誰——」

「不，我沒看見。」

「畢竟下一首就是《二重奏曲》。」

「況且，橫田老爹本來就沒什麼存在感。」

「下午的預演開始後，他就一直在休息室裡專心數錢吧？」

「那本來就是他的工作啊。」

「我明白了，整理起來應該是這樣吧——直到凶案發生前，橫田都在那個房間算帳，沒踏出一步。兩點左右，有人聽見八重呼喊橫田，但無法確定他有沒有回應。總之，這就是大家的印象中橫田生前最後的情形。再過不久，八重夫人就發現了屍體。」

「啊，請問一下，有沒有哪位看見八重夫人離開大表演會場？」

突然，一個不是井上的聲音提出疑問，眾人都大吃一驚。

「喂，你做什麼？誰准你進來的？」井上生氣地轉過頭。

將紙門拉開二十公分左右，伊集院大介像小狗一樣探進頭，眼鏡底下圓睜的雙眸寫滿好奇，正在窺望室內的狀況。

「哎呀，不好意思。」

井上瞪向伊集院大介，他難為情地眨了眨眼，縮回頭。

「真是奇怪的傢伙。」井上不禁嘟噥。「不曉得他從什麼時候開始偷聽的。」

「說是補習班老師，那傢伙實際上到底是何方神聖？」左右田問。

「我哪知道……」

井上恨恨地啐了一聲，再度轉身，提高音量說：

「各位一定很累了，只要再一下、再一下就好。關於剛才的事……」

左近彌三郎依然半瞇著眼，一副就算周圍發生十起、二十起殺人命案都與他無關，望向井上的目光，彷彿在指責井上辦事不力。身穿黑色羽二重和服，配上那張直接上台扮演浪人也毫無問題的俊秀長臉，處於再度開始議論紛紛的一群人當中，唯有他顯得冷淡而清醒。

2

回頭談談伊集院大介吧。他搭了左右田等人的便車。

「哇，我一直很想搭一次警車。」

眼睛睜得又圓又大，一下打量車內，一下望著窗外一成不變的景色。當車子在「松村」玄關門旁停下，他又露出幾分沮喪的神情。

八重一走出來就抱住由紀夫，好不容易才勸她放開手。由紀夫和八重上二樓，友子表示想見橫田最後一面，跟智一起上了二樓，前往橫田停屍的房間。見刑警各自忙碌，無處可去的大介不知所措，後來大概覺得友子和智比安東家的人容易親近，即使一旁的刑警投來詫異的目光，他仍隨著兩人上了二樓。

「怎麼會……」

穿著樸素的毛衣和裙子，頭髮簡潔地綁成一束，一如往常散發少女氣息的友子，一靠近蓋在白布下的老人遺體，立刻戲劇性地屈膝跪下。

「橫田老爹，太可憐了……」

看到死者蠟黃如土的臉，友子放聲大哭，看起來既不刻意也不做作。

「太可憐了，這把年紀卻死得這麼慘……」

像個孩子、不顧一切號啕大哭，確實符合友子的性格，甚至讓她看起來有點可愛。

「好了、好了，您冷靜點……」

「要我怎麼冷靜！告訴你，老爹就住在我隔壁！雖然他口風不太緊，又有點囉唆，卻是親切善良的老爺爺，把我兒子當成自家孩子般疼愛。眞可憐，怎會遇上這麼慘的事……」

「老媽，拜託妳，夠了。」

智那連胎毛都還清晰可見的黝黑臉頰，脹得通紅。對鄰居老人的同情，與對周遭異樣眼光的在意，使他左右爲難，不知所措地垮下臉。

「智小弟，你們一家應該和被害者最親近了吧？」倉林刑警問。「被害者眞的沒有親人或仇家之類的嗎？」

「哪有可能……」

智的回答被另一道聲音掩蓋。

「老爹！老爹！」

嗚哇、嗚哇……友子放聲哭泣。

忽然間，哭聲倏地停止，後方紙門拉開。就像本能地嗅出敵人的味道，友子紅著眼睛和鼻子轉頭。

八重就站在那裡。急忙追上來勸阻的山科抓住她，喜三郎和喜文治也從敞開的拉門後方的房間追出來。

「什麼事？吵吵鬧鬧的。」

八重發出嚴厲的斥責，像是想將平日壓抑在心底，累積許久的忿懣一口氣發洩出來。

「還有，這是怎麼回事？這個人憑什麼出現在這裡？這是我們的家務事。」

銀灰色和服衣襬一甩，她修長白皙的手指以魔女般的架式，比向丈夫小老婆的胸口。

「妳說什麼！」

友子猛然站起。山科一臉緊張，示意倉林快把友子帶到樓下。然而，激動的友子擺脫倉林的手，連上前想制止的智也被推開。

「妳說那是什麼話！問我憑什麼出現在這裡？告訴妳，就憑我住老爹隔壁，怎能說我和他一點關係都沒有？少狗眼看人低。五十年來，老爹把妳這個千金小姐捧在手掌心帶大，現在他死得這麼慘，妳還能擺出一副無所謂的樣子——妳啊，就是這種女人。我很清楚，妳那張臉皮底下流的不是紅色的血。表面上裝成把老公讓給我也不在乎，其實嫉妒得要死，根本就很介意。連老公被人搶了都不敢正面迎擊，只顧端著高高的架子，早就失去身爲人類的一切情感了吧。老爹實在可憐，我眞的太同情他了。沒錯，妳太過分了。是妳——我很清楚，這件事是妳幹的，大家走著瞧！」

友子咄咄逼人，以誰也無法阻擋的氣勢回嗆八重，激動地指向白布下的屍體。

「老媽！老媽！」

智不斷喊叫，試圖阻止母親說下去，但每次都被友子推開。

「沒錯，上次發生那件事時，我就明白了，妳、妳是受詛咒的女人，是魔女——被那個乾枯老頭綁在那棟老房子裡的魔女，只會讓周遭的人窒息。接下來，包括妳的兒子、妳的女兒在內，大家肯定都會被妳殺死。沒錯……」

「好了，好了……」

自看到友子的那一刻，八重的冷淡與平靜就逐漸鬆動，這句激動的指控，終於令她崩潰。只見她文風不動地站在原地，一時無法回應。然而——

「妳、妳說我會殺死由紀夫？我？殺死由紀夫？」

八重發出歇斯底里的尖銳笑聲，緊緊摟住身旁的兒子。

瘋狂地緊抱住他。

「山科先生，這女人不就只是外子的小老婆嗎？各位，包括喜三郎哥和喜文治哥在內，連警察都袖手旁觀，任由這女人侮辱我，是嗎？這女人憑什麼這麼做？這個住進我家，偷走我丈夫的厚顏無恥的女人，憑什麼這樣、這樣侮辱我——居然說我會殺死由紀夫？」

八重發出異常的刺耳笑聲，每笑一次，就發瘋似地抱住兒子，不斷搖晃他的頭。

「喂，快想想辦法，倉林！倉林！」

山科束手無策地大喊，就在這時——

「八重，這樣一點也不像妳。」

「八重，冷靜點，別忘了這是什麼場合……」

喜三郎與喜文治上前勸阻。兩人架著八重，把她和由紀夫一起帶到隔壁房間。

「她是嚇壞了——話說回來，警方不該讓不相干的閒雜人等上來吧……」

喜三郎連珠砲似地說著，從內側拉上紙門。紙門關上的前一刻，喜之助彷彿沒聽見這場騷動，一副沒事人的樣子兀自板著臉，雙手抱胸凝視窗外，而多惠子依然低著頭，從剛才就動也不動——這一幕正好映入眾人的眼簾，留下詭異的印象。

「好了、好了，這邊差不多該將遺體搬出去了。不能再繼續磨蹭下去，以免耽誤大家更多時間。」

山科滿身大汗，指示倉林帶友子與智下樓。友子緊抓著智不放。

「你聽見了嗎？她竟用『這女人』來稱呼我！明明她才是殺人魔女。那個狐狸精，居然說我們偷走她老公，氣死我了。你不會不甘心嗎？媽媽被人講成那樣，你倒是說點什麼啊！」

在倉林和智的安撫下，鬧脾氣不走的友子總算離開。

「老師。」

山科看了一眼連存在都被眾人遺忘，睜大眼待在房內的伊集院大介。光是如此，大介就慌張地想趕快溜走。

「啊，不——」

山科想跟大介說句話，又不知該說什麼，還來不及想好，大介已離去。帶著類似不滿的焦躁心情，山科戰戰兢兢地踏進安東流門人所在的房間。

至於跟著下樓目送友子步向警車的大介，則是從一開始就沒打算在那裡等候。

「眞是的……」

遲一、兩步走出玄關的智，看著大介。

「煩死了，女人爲什麼每個都這樣？」

智露出老成的表情，皺著眉說。

「老師，我啊……我這輩子絕對不會結婚。」

丟下這句話，智追上母親。目送他離去後，大介心有戚戚焉似地甩甩頭，隨即轉身。

「喔……啊，這裡就是案發現場，原來如此。」

大介像小心翼翼四處嗅聞的瘦貓闖進現場東張西望，鑑識課的員警大喊：

「走開，不准亂碰！」

大介嚇得拔腿開溜，改去探查貼有「山藤」和「樂隊班」紙條的休息室，最後站在階梯下，露出讚嘆的表情往上看。發現階梯後方隔出的空間，又躡手躡腳地走過去。

「咦，站在這裡，就不會被房內的人看到了。」

大介自言自語，這邊瞧瞧，那邊鑽鑽，很快地，大表演會場就在眼前。

「當時彌三郎師傅在後門外頭。」

尖細又響亮的話聲傳入耳中，大介不由得伸長了脖子。

「對了，我還想起，跟彌三郎師傅說話的，應該是安東家的小姐吧？」

原本就不算短的脖子，這下伸得更長，耳朵也豎了起來。此時的大介，看上去就像長頸鹿或鹿之類的動物。他本人當然完全沒意識到這一點，只是豎著耳朵，漸漸朝大表演會場挪動，忍不住在門邊忘我地聽了起來。

這時——

「咦，前後說不通吧？」
「有點怪，聽起來有點怪。」
「太好了、太好了。」
大介嘴裡喃喃自語，聽得太入迷，不禁把紙門拉開了一點，探頭發問。井上惡狠狠一瞪，他又慌慌張張縮回來。轉頭一看，只見智在背後看傻了眼。
「哎呀，是你啊，智同學。」
「別叫我『智同學』，你在做什麼？」
「不是啦，他們在講的事情很有趣。」
「你在這裡偷聽，會被警察罵喔，怎麼像小孩子一樣……」
「哪有……」大介不以爲然。「對了，你怎麼回來了？」
「嗯，一名警察陪著我媽，暫時在『松村』老闆家休息。她做出那種舉動，眞是讓人見笑了。」
智皺起兩道濃眉。
「不會、不會啦。」
「沒辦法，她控制不了自己。你應該有聞到酒味吧？老媽是酒精中毒。」
「……」
「如果我在家，會盡量阻止她喝，但她在我去學校時偷喝，我就沒辦法了。跟我單獨在一起還好，在別人面前她總是那樣。其實我不想帶她來，可是她一直想來……眞丟臉。」
「沒那回事。智同學，你很懂事。」
面對這個照顧酒精中毒的母親，陪她一起被包養在情夫家中，看元配臉色生活的少年，伊集院大介由衷稱讚道。

「才怪。」智聳聳肩。「先不管那些，我有事想告訴警方。」

「我可以跟你一起去嗎？」

「可以啊，不是什麼怕人聽到的內容。」

智抬頭挺胸，率先走上階梯。

階梯很陡，擦得乾淨滑溜。走到一半，伊集院大介忽然停步。

「老師，怎麼了？」

「沒……」大介左右張望，「站在這裡，完全看不到一樓休息室的門口。」

「咦？」

「沒什麼，我們走吧。」

來到安東一族聚集的房門口，智準備拉開紙門。

「你說什麼？」

八重低沉卻清晰的話聲，帶著尚未平息的激動與亢奮，傳入兩人耳中。

「你說由紀夫怎樣？先是誣賴我，接著連由紀夫也要誣賴嗎？你們——你們簡直是惡魔！」

3

「好了、好了，可以聽我說句話嗎？夫人，請冷靜一點。」

山科警部補不假思索地傾倒出，所有想到的勸阻之詞。

這麼做時，他產生一種類似驚嘆的激動情緒。八重——到底誰說她冰冷如一張能面具？到底誰說她是冷酷如冰的女人？

（她是如此激烈，如此霸氣，恍若一團火焰……）

當今居然還有這樣的烈女——不，倒不如說，有生以來從未見過像八重情感這麼熾烈的女人。這個想法占據了山科的腦海。

她身上的寒冰，在慘白的憤怒冰火與逐漸熊熊燃燒的赤紅火焰中，融化得無影無蹤。起初是爲了自尊，現在是爲了另一個必須守護的珍寶——心愛的兒子。像女鬼般雙眼吊高的她，宛如化身大蛇，在眾人驚叫聲中煮沸日高川水，將釣鐘燒熔的清姬（註）。

多惠子激烈的情緒與強悍的個性，和八重相比，就像白熱熔爐前一根著火的稻草。這個女人——山科滿心震懾地想，這個女人只會以這種方式愛人與恨人吧。過去她是如此激烈地愛著多惠子他們已死的父親，現在也是如此愛著左近彌三郎吧。

「我兒子和喜之菊一點關係都沒有。」

八重激動吶喊，用身體護住由紀夫，不讓他受到任何人傷害。

「我兒子沒有任何理由，爲了那個無聊女人做出那種事。他什麼都不知道。這孩子身體虛弱，那晚早早就上床休息。從這孩子的房間要走去排練場，得先經過我的房間才行。不，就算不提這一點，這孩子也不可能做出那種事。你們到底在說什麼，是誰在抹黑他？」

「夫人，這不是抹黑。」

註——日本民間傳說故事，清姬愛慕寄宿家中的僧侶安珍，在遭到背叛後化爲蛇，將躲在道成寺鐘裡的安珍燒死。

山科要年輕刑警去請井上來助陣。

「簡單來說，凶器上沾到血液，驗出血型與令郎的血型一致，事實就是如此。請您先冷靜下來好嗎？我們並沒有要立刻做出結論，只是……只不過……」

「只不過怎樣？我是個母親，身爲母親憑本能就知道孩子做了什麼或沒做什麼。由紀夫沒做出那種事。」

「傷腦筋……不、不是這樣的啦。」

「阿山哥。」井上來了。「我不行了，每個人都在問什麼時候才能回去，十分躁動。畢竟人數實在太多。」

「現在沒空管那個……」

山科緊緊皺起眉頭。

「總之，事實擺在眼前，血型一致，加上由紀夫小弟又受傷了……」

「受傷？」八重臉色微微發青。「由紀夫，是眞的嗎？」

「所以，他才會說無法參加今天的預演吧──事情也可這樣看。總之，凶器就是凶器，這一點不能不承認。況且，由紀夫小弟手臂受傷，井上巡查部長剛才也確認過了。」

「如他父親所言，左臂有刀傷──」

井上說明到一半，八重噴火般發出低沉的話聲：

「原來是這樣啊！」

八重細長的雙眼蒙上一層驚人的輕蔑與憎惡，直視──應該說，是狠狠瞪視她的丈夫。

「原來是你說的？你對警察說了這孩子的是非吧？我早就知道你是這種人。任何事都無法親手解決，只會把力氣用來欺凌比自己弱小的人，仗著身分權勢囂張跋扈，一旦遇到擁有堅強信念與意志力的人，你就一點辦法也沒有。話雖如此，你還是會深深懷恨在心，絕不會忘記，爲了找到報復的機會，無論幾年都能等。卑劣的男人——明明如此卑劣，卻只會怨恨別人，而且絕不會放棄到手的舒適地位。有些人遭受再多侮辱和痛苦，也要保有無關利益的尊嚴，這種尊嚴在你身上是絕對看不到的。你一找到機會就出手報復，所以才會向警方密告由紀夫吧。果然很像你這種人的作風——眞的，果然是你會幹的事。」

「夫人！」

「山科先生，瞧瞧，那個人一語不發。明明長得高頭大馬，在比自己強大、比自己堅定的人面前，卻什麼都不敢說。毫無迎戰的氣魄，也沒有堅持信念的毅力，更沒種放棄安逸自由的舒適生活。他說由紀夫受傷了？對，這是密告。這個人——他當然會這麼做。這個人就是密告者，總是在揭人瘡疤！」

「八重，冷靜點。」

「八重……」

喜三郎和喜文治慌亂的勸阻聲，被八重清亮的嗓音蓋過。在這個地方，握有主導權的是八重。一直以來，八重總是能讓事態在最後一刻照她的意願走，只除了一次——屈服於父親的意願，嫁給喜之助。

至於喜之助，他仍一句話也不說，看都不看妻子一眼，僵硬地望著窗外。不過，對妻子這番激動的指控，他不可能無動於衷，整張臉宛若剛煮熟的章魚，從粗壯的脖子到頭頂都脹得通紅。

「由紀夫，媽媽不相信會有那種事。他們說你受傷，一定是騙人的。是騙人的，對吧？來，告訴媽媽，你今天爲什麼不來參加預演？身體不舒服嗎？」

八重轉向兒子，白皙的雙手捧著他的臉頰，急切地凝視。

看著兩人面對面，就會發現由紀夫眞的與八重相似到匪夷所思的地步——他就像鏡中的八重，只是少了她身上火焰般熾烈的意志，只是個淡淡的投影。山望向低著頭、動也不動的多惠子，再次驚嘆於這對美貌的姊弟與母親長得多麼相似。然而，兩人都遠不及母親。在論及美貌之前，八重擁有誰也戰勝不了的——受到上天特別眷顧，像女王般擁有與生俱來的強烈自豪與意志。

「母親……」

由紀夫垂下長長的睫毛，迴避母親的視線。

「他們是騙人的吧？」

「很遺憾，夫人，我親眼確認過了。」井上不悅地說。

「由紀夫？」

由紀夫的臉色益發鐵青，輕輕點頭。

「讓我看看？」

聽八重這麼說，由紀夫乖乖挽起袖子，拆下白色繃帶。

八重瞇起眼，一看到由紀夫舉起白皙的手臂，露出血紅的傷口，就像痛的是自己的身體，皺眉別過頭。

「怎麼會……太可憐了。怎會傷成這樣……沒好好療傷嗎？居然放任傷口惡化，萬一造成無可挽回的後果怎麼辦？有幸遺傳到你外公的卓越天賦，怎能這麼……很痛吧？手傷成這樣，怎麼彈三味線……來，告訴媽媽，你這手到底是怎麼弄的？爲什麼會受這種傷？血型什麼的，究竟又是怎麼回事？」

「…………」由紀夫低下頭。

保持沉默不回答，似乎是這清瘦少年對盲目溺愛自己的母親，所能做出的唯一反抗。只見他抿著唇，蒼白的臉上表情僵硬，毫無回應。

「由紀夫……喂，由紀夫！」

「由紀夫小弟，你不說話我們怎能明白？」山科開口幫腔。

「由紀夫小弟，總之，你今天一直待在位於若林的家中，在物理上絕不可能犯下命案，我們都是證人。所以，目前尚未斷定你是殺害喜之菊的凶手。兩起命案約莫是同一個凶手幹的，但你並沒有殺害横田，沒什麼好怕的。只是，不管怎麼說，殺害喜之菊的凶器上沾有你的血液，你又受了傷，希望你能老實告訴我們，到底發生什麼事。」井上放軟語氣。

由紀夫依然不答腔。

「由紀夫小弟！」

「由紀夫——」八重再次激動起來。

「警官。」一個年輕有力的話聲傳入眾人耳中。

「智！」

叫喊出聲的是由紀夫。智拉開紙門，帶著挑釁不遜的目光站在門口，眼裡同時滿溢著火熱的情感。瞬間，室內所有人，甚至連喜之助都嚇一跳，視線集中在智身上。這個膚色黝黑、高眺，即將成長為青年的少年，悲壯的表情與洋溢青春活力的修長肢體，使他如一股吹入凝重室內的冷風，充滿清新的美感，帶來了滋潤。

「我來說明。」

智的臉上浮現叛逆的從容微笑，步入房內。伊集院大介跟在他身後飄進來，無聲地躲進角落，就這樣被眾人遺忘，竟沒有任何人注意到他。

「智，不行！」

由紀夫雙頰泛紅，掩飾似地抓住受傷的左臂，拚命大喊。

「別說，不要啊。你答應過我的，不是嗎！」

「請各位看看。」

智滿不在乎地說著，隨意捲起左袖，露出晒得黝黑的結實手臂。

眾人再次倒抽一口氣。只見智的手臂上也纏著白色繃帶。

「你……智小弟，這是……」

智取下繃帶，平舉青筋浮突的胳臂，向眾人展示與由紀夫胳臂同一位置的刀傷。

「為什麼……」

「由紀夫太傻了。既然他無論如何都不說，只能由我來解釋。」智的語氣激昂。

「智，求求你！」

「這個傷——是我割的。由紀夫手上的傷也是。你們口中殺害喜之菊的凶器，是我去買的，店名也說得出來，店裡的人應該還記得我。畢竟相同的刀子買了兩把，對方一定覺得很奇怪。」

「兩把？」

「沒錯，一把給由紀夫，一把給我。」

「你、你的意思是，你們拿刀割傷手臂嗎？為何要這麼做……」

「這是儀式！」

智放聲吶喊，臉上寫滿驕傲，流露年輕公獅般的自信，八重無言以對。

山科暗忖，這實在驚人。

年僅十七歲的美少年，居然能壓制眾人——包括八重在內，所有人無不默默聽他說話，顯然他天生具有某種力量。即使是女王八重，也必須屏著氣，等待年紀只大親生兒子一歲的男孩說話。

智長著一層淡淡胎毛的臉微微發紅，繼續道：

「由紀夫眞的太傻了，被人知道有什麼關係？我們只是進行了結拜兄弟的儀式。這是正式的做法，在彼此的胳臂上，像這樣——」

智伸出左手，右手做出握著什麼的姿勢。

「割傷同一個地方，然後把血混在一起喝下。由紀夫的血就是當時沾在刀子上的，非常單純，沒什麼值得大驚小怪的。」

「可是……可是，爲什麼喜之菊會被那把刀……」

「沒什麼好奇怪的，因爲有人偷走了刀子。」

「偷走？」

「對，儀式結束後，我們不想丟掉特地買來的刀子，也不想用在其他地方。總覺得進行過神聖的儀式，不希望弄髒，所以我們討論過，決定藏起刀子，畢竟上面沾了血。於是，我自告奮勇接下藏刀的任務，在宅邸裡找一處掩埋。喜之菊遇害後，我覺得可疑，偷偷去檢查，果然不見了——而且，兩把都不見了！」

「兩把都不見？」

「一把插在喜之菊背上，另一把就是今天這起案件的……」

「智小弟，你剛才說的那個儀式，是什麼時候進行的？又是什麼時候把刀子藏起來的呢？何時，藏在哪裡！」

「儀式的話……應該就在喜之菊命案前不久……對了，大概是三天前。不，兩天前吧。是兩天前沒錯，隔天我就把刀子埋在庭院的燈籠下。」

「埋在石燈籠下嗎？」

「對。事情就是這麼簡單，什麼問題都沒有，由紀夫偏偏說這種事被人知道會產生不好的結果，無論如何都不肯洩漏。還有，請看我的手，傷口已開始長肉，他的傷口卻一直不好，似乎受到細菌感染，讓我很擔心。再說，要是能早點去看醫生，他今天也不會彈不了三味線。」

由紀夫從臉紅到耳朵，低下頭迴避眾人的視線——尤其是母親。智看似很想走到他身邊，但礙於八重在場，也只能按捺心情，用彷彿要包圍由紀夫的目光凝視著他。至於八重，像是不知該如何接受這件事，皺起細細的眉毛陷入沉思。

「可、可是，這到底又是怎麼回事？現在知道凶器的出處了，但這麼一來——」

「井上兄，這是重要情報。」山科亢奮地說。「這表示，凶手知道智小弟將刀子埋在庭院，也知道只要偷偷將刀子挖出來用，就不怕凶器暴露自己的身分，還可透過凶器上的指紋和血型嫁禍給由紀夫小弟。意思就是——」

「至少能確定凶手……」

「沒錯，是宅邸內的人。這麼說來，如果今天這起案件的凶器是另一把刀——」

「那把刀會在哪裡呢？阿山哥。」

「我也不知道。不過，搜查一下或許就知道了，凶手可能會找個妥善的地方丟棄。上次那把凶刀留在被害者背上，這次則不在案發現場，也可能是凶手想再使用那把刀一次。不管怎麼說，從這兩把刀曾被埋在庭院裡來看，我們或許可由兩點判斷，凶手只可能是住在安東宅邸內，或與宅內人士相當親近的人物。第一點，凶手曾看到或從智小弟口中聽過刀子埋在庭院裡的事，另一點，凶手有將刀子挖出來的機會。換句話說——」

凶手就在聚集於這個房間裡的人當中——第一起命案的凶手和第二起命案的凶手都在。山科不禁環顧在場眾人。

在山科梭巡的視線下，多惠子依然垂著頭不爲所動。八重用身體護著由紀夫，正面迎上山科的視線，由紀夫則低下頭。

喜之助露出厭惡的表情保持沉默，喜三郎與喜文治面面相覷，互相搖頭。智凝視著由紀夫，佇立在原地。

（這些人加上友子——幫傭或許可以剔除。啊，差點忘了，還有喜左衛門和喜千世。對了，左近彌三郎也可能靠八重或多惠子的關係進入宅邸……）

總共十一個人啊，山科扳著手指計算。雖然認爲智幾乎沒有嫌疑，站在警察的立場，仍得暫且抱持懷疑。

（就在這群人當中……）

山科想重新審視這群人時——

「啊！」

突如其來地，被遺忘在角落的伊集院大介高聲大叫，把所有人嚇了一跳。

山科發出抗議，大介恍若未聞。

只見他睜大眼睛，一副失魂落魄的樣子。

「老師？」

「是卡桑德拉！」

大介嚷嚷著，忽然跳起來，直接跑出室外。

一陣驚嚇中，眾人瞠目結舌，注視著大介離去。

3 CHAPTER 第三章

三下

──第一根弦調高一音階

沉靜的夜晚，再度籠罩這座城市。

白日的騷動彷彿一場夢，唯有這黑暗中的深沉才是世界眞實的面貌。人們各自回到棲身之處，過了十一點後，終於不再有人進進出出。

安東家廣大的宅邸迎來遲歸的主人，關上大門後，靜靜聳立在下著雨的夜空下。

橫田覆上白布的遺體搬上車運走後，警方持續到深夜的問話總算也告一段落。吉嫂煮了一大鍋的燉菜湯等著，說是至少吃個宵夜，只有喜之助和多惠子勉強吃了一些。

喜文治、喜三郎、八千代和樂隊班的左近彌吉、彌三郎等演奏會主要成員跟著回到安東宅邸，與安東家的人緊急開會討論，直到剛剛才結束。

討論的內容，主要集中在是否該向住在別館的喜左衛門報告今天發生的事。當然，報告是一定得報告，只是，聽到家中發生如此不吉利的事，年邁的喜左衛門恐怕會備受衝擊。

何況，橫田跟了他五十年──侍奉喜左衛門的日子比女兒八重還長，對安東家而言，更是不可或缺的管家。

八重主張暫時不將此事告知父親，只需報告預演已結束。

「可是，八重妹子啊，師傅一定已感到不對勁，畢竟我們這麼晚才回來。」

「要是無意間從報紙或電視新聞得知，豈不是會更驚動他老人家？」

喜文治和八千代都持反對意見。

橫田不只掌理安東流這一大門派的財務，也肩負管理各項雜務的責任。他在完全沒有交接的情況下死去，導致門下一切事務瞬間觸礁。

首先，即將來臨的大型演奏會該怎麼辦？橫田爲了這場演奏會多方奔走，大大小小的事項都由他一手包辦。現在這些重要工作該由誰接手，又該由誰來聯絡協助演出的各門派樂手師傅？此外，孑然一身的橫田葬禮是否舉行，其餘身後事如何處理？各種繁雜的問題堆積如山。

商量到最後，決定近日擇期再由主要人士聚首討論。眾人陸續搭車離開時，已超過十點半。

「八重妹子，我今晚留下來過夜好了。」

「沒關係啦，千代姊。」

「喜之助師傅，別什麼都攬在身上。若有需要幫忙的地方請別客氣，儘管跟我說。」

「謝謝您，彌吉師傅。」

突如其來的災難拉近了人與人的距離，眾人紛紛慰問一番才分頭離開，最後剩下彌三郎。

「請節哀……」

彌三郎低頭致意後，走出會客室。八重和喜之助一同到門口送客。

「好像要下雨了。」

烏雲遮蔽月光，街燈微微散發光暈。彌三郎俊美的側臉對著門燈，抬頭仰望黑壓壓的天空。那身影就像江戶劇場中，沐浴在舞台燈光下散發妖豔魅力的戲子。

「彌三郎先生……」

八重套上木屐走出玄關，情不自禁叫住他。

「嗯？」

彌三郎轉過頭。他有著和女人一樣紅豔的嘴唇、閃著冷靜光芒的鳳眼，儘管俊美卻莫名給人涼薄無情印象的面孔。八重凝視那張面無表情的臉，欲言又止，最後還是默默垂下視線。

「抱歉，拖到這麼晚……」

「沒關係，我先告辭了。」

紅豔的薄唇綻放一抹淺笑，彌三郎踏上地面的鋪石走出大門。

八重低著頭佇立在玄關門口，蒼白臉上浮現的表情，說明了她沉浸在某種深刻但不痛苦的思念中。不過，她倏地回神轉頭，接著皺起眉。

只見喜之助雙手交抱胸前，待在原地。他雷雨烏雲般的眼神，從剛才就一直盯著八重的後頸。

八重默默走進玄關，神經質地關門上鎖。

「喂——」

喜之助低聲喚道。仔細想想，整個下午他幾乎沒開口，晚上討論時也沒說太多話，只兀自思考著什麼。命案發生至今，他第一次向妻子搭話。

「怎麼？」八重皺起細細的眉毛。

男人凝視八重宛如白色瀨戶燒人偶的鵝蛋臉，過一會才垂下雙手說：

「我要睡了。」

聽來分明不是想這麼說的語氣，出口的卻只有這句話。八重蹙著眉頭，嫌棄地做出「隨你便」的動作。

喜之助再次盯著妻子半晌，忽然一個轉身，粗魯地拉開通往自己房間的走廊門，邁開大步。不知怎麼，他寬闊的背影竟流露一股挫敗者的寒傖。

八重不悅地朝那方向看了一會，甩了甩頭，像是想擺脫丈夫留在腦海的身影。回自己的房間前，她繞到廚房對吉嫂說：

「辛苦了，早點休息吧。」

「是。」

「我們今天不在家時，刑警來過吧？眞是勞煩妳了。」

「是啊。不會啦，我只是嚇一跳。」

「當時，那個……住後面的那孩子，在由紀夫房裡是嗎？」

「呃……」吉嫂呑呑吐吐，「對了，補習班的老師也來了。」

「伊集院老師？」

八重再次皺起眉頭，叮嚀吉嫂早點歇息，便走回自己的房間。

吉嫂已幫她鋪好床。自從不再與喜之助同房，她很久沒請吉嫂鋪床了。

然而，八重並未躺上床。她端坐在床緣，露出心事重重的表情，在冷入骨子裡的夜晚，許久不曾變換姿勢。

直到四下一片寂靜，安東家的人們終於進入夢鄉，她仍持續坐著。

承受著誰也看不見的操勞與煩惱，纖細的肩膀無力垮下。驀然間，她抬起頭。不知何時，啪啦啪啦打在屋頂的雨聲傳入耳中。

（下雨了……）

自半夜便醞釀著的雨，終於落了下來。喜之菊遇害的那天晚上，也是如此。

側耳傾聽慢慢變大的雨聲，八重始終端坐在床緣。

一　清搔（註）——旋轉舞台

1

不過，事實上，夜半雨聲包圍的家中，並非人人都已進入恬靜的夢鄉。如果古老故事中，那個遊走家家戶戶屋頂、偷窺人心的惡魔，今晚造訪的是安東家，肯定會感慨於人心之奇妙，並爲每個人天差地遠的想法發出嘆息。

在這個家裡，內心沒有一絲痛苦，也未陷入任何思緒，眞正睡得香甜的人，頂多只有老師傅喜左衛門的同居人喜千世和吉嫂吧。喜左衛門靜靜躺在床上，雙眼卻在黑暗中圓睜。

此外，與喜左衛門和喜千世住的別館之間，隔著主屋的兩幢長屋，其中一幢裡的人也還未能成眠。

「智……智啊。」

一被警方送回家，友子就把酒拿出來，一直喝到現在。開始下雨時，她已醉醺醺了。

「下雨了嗎？」

起初，智還在生母親的氣，躲進自己房間裡，由著她去喝。不過，漸漸地氣也消了，便從房裡出來，靠近窗戶往外看。

「這就是所謂的秋風秋雨愁煞人嗎……」

「什麼啊，別說那些文謅謅的話，以爲媽媽聽不懂嗎？」

「喂……」

智皺著眉，低頭看雙肘擱在矮桌上的母親，修長的雙腿一彎，在她對面坐了下來。

「妳喝太多了吧？不能喝這麼多啊。」

「哼。」友子咧開嘴，朝智扮了個鬼臉。「誰教你都不陪我，媽媽一個人很無聊。」

「在說什麼啊，還不是妳先做了害我那麼丟臉的事。」

「不是道過歉了嗎？我實在太不甘心了嘛。」

「妳啊……」智陰鬱地望著母親，「妳自己或許沒發現，但最近酒喝得愈來愈凶了。不僅如此，妳最近早晨喝、白天喝，晚上也喝，我討厭妳這樣。要是妳成了眞正的酒鬼，我就——」

「說什麼傻話，今天晚上和平常不同，你不懂嗎？我是在幫横田老爹守靈。」

「胡說八道。」

「難道不是嗎？根本沒人眞心替老爹著想，至少我們是和他隔一道牆壁生活的交情。」

「話不是這麼說，妳喝得醉醺醺，就能替老爹做功德嗎？」

「有什麼辦法，我就是不安心。今天早上還看到他爲了預演，興沖沖地出門，晚上就成了硬梆梆躺在靈堂裡的遺體，隔壁也空蕩蕩的……智，媽媽總覺得好毛。畢竟是那個不曉得心裡在打什麼主意的老爹啊。你說，他會不會跑來我們家？」

「笨蛋，我和妳又沒做過什麼讓他記恨的事。」

註—三味線的演奏類型之一。

「下起雨了，眞是討厭的夜晚，連你也對媽媽大發脾氣。」

「我沒生氣。」智不耐煩地說：「只是，如果妳眞的爲我好，就該多想想自己在人前是什麼樣子。我希望妳能有點身爲母親的自覺，今天妳當著警察和一堆人的面發瘋，我實在覺得很丟臉。」

「別生氣嘛。」友子吸著鼻子，「被你罵最難受了。我也不想害你丟臉，只是一看到那臭屁的狐狸精，我就一肚子火，什麼都顧不上。拜託，小智，別生氣了。」

「就說我沒生氣了啊，笨蛋。」

智嘆口氣，憶起從前。

從前，他一直相信世上的母親都是如此，對於有這樣的母親並不特別感到奇怪。直到四處去朋友家玩，見過別人的母親——尤其是和由紀夫的母親八重同住一座宅邸之後，智才不禁感嘆「有這樣的母親也無可奈何」。即使如此，他仍無法斬斷母子之間的血緣牽絆。面對這個孩子氣、酒精中毒的不中用母親，他只能夾雜著苦笑與無奈，心想「我不保護她，誰來保護她」。

的確，這就是智看來比實際年齡老成的原因，但同時也造成他始終保有孩子氣的一面。因此，智與友子的關係，時而像一對曖昧的戀人，時而又像兩個玩在一起的孩子。

「老媽……」

「嗯？」

「說正經的，要不要離開這個家？就我和妳兩個人。」

「怎麼忽然說這些？」

「我會去工作，只有妳一個人我還養得起。否則，妳一直住在這個家裡，恨著那女人，我覺得實在不行。」

「這種話不用現在說也沒關係吧?」

「有關係。仔細想想,妳會酗酒成癮,難道不是一邊憎恨那女人,一邊仍要靠她生活的緣故?以妳的個性,絕對沒辦法接受。我去找工作,妳別再放不下那男人了,好嗎?趕快和那種人分手,就不用再聽那女人的挖苦了啊。」

「智,你不要這麼說。」

友子甩甩頭髮,頂著一張醉臉,露出少年般的表情瞪視兒子。

「你這種小鬼懂什麼?我迷戀上你老爸了,要我眼睜睜把他讓給那女人,不可能!不是錢的問題,是爲了賭一口氣!搞什麼啊,那種女人明明無法讓你老爸幸福。」

「既然如此,妳繼續這樣從大白天就喝酒,每天除了等那個人來什麼都不做,一天一天老下去也好嗎?」

「別說這種話,我不想聽。」

友子猛地拍桌,震得酒杯一跳。

「但我恨透這樣的生活,我不想再被綁在這種地方!」智扯開嗓門大吼。「要是妳不願意,我就一個人走!」

「智!」友子睜大雙眸,瞬間,大顆大顆的淚珠滾出眼眶。「你要拋棄媽媽?」

「我剛才不是說,兩個人一起走嗎!」

「媽媽就這麼讓你丟臉?媽媽是上不了檯面的酒鬼,你受不了?一有機會就想逃離媽媽身邊,你一直在找機會嗎?所以,你才會跑去主屋,和那兩個討人厭的孩子混在一起!」

「喂,妳聽我說……」

「不要！」友子吶喊著，突然粗魯地抱住兒子。「小智，不要離開媽媽。媽媽只有你了。沒錯，我是個沒讀過書又愛喝酒的媽媽，或許你很討厭我，可是如果沒有你，媽媽就活不下去了。你卻總是——總是丟下媽媽……媽媽好寂寞，才會喝酒……如果你不喜歡，我就戒掉。所以……好不好，小智……」

「傷腦筋……我不是說了嗎？不是那個意思！」

友子緊抓著智搖晃，他一臉困擾。

「我哪有說要拋棄妳，或是離開妳！不管怎樣，妳都是我老媽，剛才不就說了我會養妳嗎？」

「真的？」友子用淚濕的面頰摩挲兒子的臉，忽然錯愕地尖叫。「哇，討厭，你的臉刺刺的。」

「什麼啦……」

「好討厭，居然長鬍子。明明還是要媽媽幫忙擦屁股，整天哭哭啼啼的小鬼！」

「笨蛋，妳……」

「還有，總覺得……」友子再次湊上來，「嗯哼，有男人味了？」

「妳有完沒完……」

「媽媽最喜歡了，男人的味道。」

「妳這個笨蛋。」

「哼……不過，也對，你都十七歲了。啊啊，時間怎會過得這麼快？」

「再提尿布或幼稚園的事，我就揍妳，眞是的。」

「哇，我好怕。話說回來……」

「什麼啦，少用那種詭異的眼神看我。」

「你啊，眞的很帥，眞的。」
「嘖，夠了。」
「別難爲情，你眞的長得很好看，不輸左近彌三郎。不過……」
「…………」
「我在『松村』看到左近彌三郎了，確實是美男子。感覺很討喜，有武士的架勢，玉樹臨風。穿上黑色的羽二重和服，繫個獻上紋的腰帶，一副要上台演勘平（註）的樣子。」
「現在又換成提這個……」
「眞不知道他到底看上那隻狐狸精的哪一點，怎會跟她搞在一起？你老爸不曉得知不知道？」
「喂，夠了。」
「我去跟你老爸告狀，讓他們分手，再把彌三郎搶過來好了。」
「笨蛋，好了、好了，還不去睡覺嗎？」
「有什麼關係，酒還沒喝完，而且今天是守靈夜。」
「哪來這麼臭的守靈夜？夠了，快去睡覺吧，快點！」
「好啊、好啊，這麼嫌你媽礙事。什麼嘛，小鬼。臭智，囂張什麼，哼！」
「眞是的，醉成這樣……」
最後，智總算勉強說服母親把酒收起來，再扶著全身癱軟的她上床時，已過十一點。替醉得不省人事、沉沉睡去的友子蓋上棉被，熄燈走出房門，智才筋疲力竭地嘆了口氣。

註——歌舞伎戲碼《忠臣藏》中的角色。

（眞拿她沒辦法……）

智輕聲嘟噥。

回到自己房間，鋪好被子，他隨意走到窗邊，打開一小縫。外面下著秋天的細雨。

（多麼折騰的一天。）

友子一定會說今天是凶日吧。藝伎出身的母親，總說聽到烏鴉叫就是不吉利，早晨無預警看到蜘蛛出現，則會有好運。她很在意這種事。

（我是還好，就怕由紀夫……）

對由紀夫來說，今天肯定是多災多難的一天。他大概累壞了吧，是否已入睡？可是，主屋那邊一直到剛剛才安靜下來。

（他一定對我很失望……）

說出誓言保密的事，或許惹由紀夫生氣了。

智暗自思索著，不禁非常想去由紀夫的房間。

（可是在下雨……）

猶豫片刻，他悄悄窺探母親的寢房，拿出黑色塑膠雨衣穿上。

躡手躡腳走出後門，他不經意仰望天空。圍牆外的街燈旁，一圈淡淡的光暈中，看得到不斷飄落的銀色雨絲。

智緊抿雙唇，留心避免在濕滑的石頭上跌跤，偷偷溜出家門。毫無一絲恐懼，踏上宅邸後方圍牆內那塊漆黑的空地。身上的塑膠雨衣被打溼，水滴在街燈下發光。他看起來就像背負著「年少」的哀愁與憧憬，踏上未知的領域，一隻既孤獨又高傲的小狼。

2

同一時間——

喜之助也還沒入睡。

雖然躺在床上，棉被蓋到肩膀，黑暗中他仍睜著眼，發出犀利的目光。在粗重的呼吸聲中翻身，他身下的床伊呀作響，像是發出呻吟。

喜之助閉眼嘗試入眠，嘴唇卻微微翕動。滿腦子都是充滿激情的和樂旋律，他的雙手伸出棉被，舞動左指，彷彿試圖將旋律記到明天。

擁有優異作曲天賦的男人，眾人口中國樂界百年難得一見的天才，這是喜之助。

備受宗師期待，迎娶暗戀已久的美麗大小姐爲妻，成爲眾人欣羨的對象，父母口中「多麼幸運的人」——這也是喜之助。

躺在冰冷的被窩裡，腦海不斷湧出旋律。然而，此刻充塞他心中的，卻是如狂風暴雨般無處宣洩的憤怒與詛咒。

他伸出手，打開枕邊的檯燈，拿起總是放在那裡的線裝筆記本和粗鋼筆。

（鏘——叮咚、叮啷……）

按著腦中的旋律，寫下數字與三味線旋律的擬音。一般人看了恐怕一頭霧水的內容，就算是稍微學過長歌的人，大概也無法理解他寄託在曲中的心意。

行雲流水般不斷寫下腦中旋律的手，驀然停止，他緩緩轉頭。

檯燈的光線映出他的臉。總被形容為赤鬼或大章魚的這張臉，粗獷又有威嚴，和他內心那些纖細的旋律毫無相似之處。

喜之助當然知道，這張臉再客氣也稱不上美男子——事實上，說是醜男也不為過。然而，身為男人，他從未在意過長相，也不在乎別人對他容貌的評語。直到——他暗戀許久的，師傅那美麗溫婉的獨生女，成為他的妻子後，聽到妻子惡毒咒罵「被你這麼醜的男人碰，我寧可去死」。

夜深了，今晚想太多了吧。喜之助暗忖，目光再度回到筆記本上。他趴在床上，長滿黑毛的手依然拿著鋼筆，思緒沉浸在曾努力遺忘的苦澀記憶中。

（我一定會改，請告訴我哪裡做得不好！）

（去照照鏡子吧！）

當時八重還很年輕，和現在的多惠子差不多大，（在他的心目中）比多惠子美上好幾倍。身為喜左衛門寶貝的獨生女，八重體內流著尊敬的師傅的血。在喜之助這個剛從鄉下出來的魯莽小伙子眼裡，幾乎等同古代的衣通姬（註）——散發的光彩連衣服都遮掩不住的耀眼公主。

然而，隨著喜之助在安東流門下頭角崢嶸，被譽為天才，娶了眾人嚮往的恩師千金為妻後，等待他的卻是師兄們猛烈的嫉妒與各式各樣的惡整。同時，美麗妻子對他展現的，只有強烈的輕蔑與嫌惡。

（這傢伙平步青雲了啊。）

（這樣肯定能成為下任宗師。）

（不要碰我！）

與妻子之間的爭執，侵蝕了當年喜之助的心——

（妳是我的妻子！以前怎樣我不管，現在妳是屬於我的！）
（我……我不是你的物品！噁心透頂！）
乍看冷靜端莊的八重，其實心底暗燃著比任何女人都熾烈的火焰。喜之助最大的不幸在於，她愛人如火般熱情，拒絕也如火般酷烈。
（八重！）
妻子的拒絕，在喜之助胸口放了一把憤怒之火。他試圖馴服八重高傲的心，逼迫八重在肉體上服從他。然而，受他凌辱後，八重非但不屈服，反倒吐出「我瞧不起你！」等毒烈如火的言語。接著，八重生下孩子——長得一點也不像喜之助。那是早在喜之助第一次用暴力征服她前，便珠胎暗結的孩子。
得知第二個出世的孩子和多惠子一樣皮膚白皙，是個體弱多病的漂亮孩子時，喜之助內心有什麼斷線了。
此後，他再也沒碰過八重，轉而對女徒弟下手，包養藝伎，成爲酒店俱樂部的常客。然而，每當他這麼做，身邊又會出現這樣的聲音：
（看吧，就知道。）
（這傢伙果然被老婆嫌棄，沒辦法只好花天酒地。）
（那隻大章魚哪配得上美麗的千金小姐？會這麼想的人簡直是傻瓜。）
師兄與門人帶著各種嫉妒、怨恨、惡意在背後指指點點，竊竊私語，他都聽見了。

註—日本允恭天皇之女，因其美貌而得名。

現在，他對自己的長相恐懼到想死的地步。要是可以，眞想拿把烙鐵燒爛這張醜不堪言的臉。每一次看到八重，看到多惠子，看到由紀夫，甚至是看到左近彌三郎時，他的內心都會升起一股絕望。尤其是看到由紀夫與彌三郎，更令他怒火中燒。

由紀夫那白皙溫柔，宛如一朵花的姿態，連走在路上都會被誤認爲美少女，教人忍不住回頭。喜之助認爲，由紀夫的柔美正是八重溺愛他的原因。

對於由紀夫，喜之助從未有過一絲爲人父親的心情。不僅如此，眼見年幼的兒子出落得愈來愈貌美，也漸漸知道他天生體弱多病，並且得到八重盲目的溺愛，喜之助當眞將他視爲一個男人嫉妒。憎恨、詛咒——不，正因如此，喜之助始終無法對八重死心。

還有彌三郎——秀氣的長相，令人聯想到歌舞伎演員的外貌，喜之助恨透這個鶴立雞群的美男子。不單如此，有些流言也傳進喜之助的耳中。

（總覺得由紀夫少爺的長相，和左近家的彌三郎頗爲相似……）

愈多人這麼說，喜之助愈是起疑。彌三郎比八重年輕十歲，就年齡而言不太可能是由紀夫的父親，然而，喜之助仍像莎翁筆下的奧賽羅，病態地懷疑起這件事。

安東家的每個人都美得異乎尋常。喜之助拜入安東流門下時，老喜左衛門剛過五十歲，憑著獨樹一格的美貌，被稱爲「無與倫比的紳士」。八重的母親藤野——那個背叛老宗師與前任管家私奔的藤野，在當時的少年喜之助眼中，堪稱世上最美的女人。到了現在，兒子、女兒和不時來訪的彌三郎，也都有著非常吸引人的美貌。

在纖細柔弱、皮膚白皙的家人包圍下，喜之助直到兒子滿十六歲，依然覺得自己是闖入這個美麗家族的入侵者。他不過是一頭鄉下來的，土裡土氣的醜陋野獸。這種找不到容身之處的感覺，至今仍折磨著他。

（藤野夫人啊……）

停在半空中的鋼筆再次動了起來，然而，喜之助內心已不再有旋律湧現。他粗魯地將筆記本翻到下一頁，畫下這樣的關係。

藤野
　├──八重
喜左衛門　├──喜之助

喜之助想了想，又在「八重」的名字上重重打一個×。

（師徒兩代的老婆都跟人跑了，戴綠帽的安東流宗師，就這樣成爲眾人口中的笑柄。）

藤野拋棄八重和丈夫離家出走時，喜之助只個剛入師門的少年。這件事在師兄之間是不可言說的禁忌，直到現在喜之助仍不清楚八重母親與人私奔的細節。喜左衛門和他不同，並不是醜男，雖然有人背地裡說喜左衛門「那方面很弱」，但一想到喜左衛門過了八十歲還能納妾，謠言或許不能盡信。

藤野是否想逃離這座幽暗陰森，每到夜晚總覺得有三味線琴聲從走廊傳來的古老宅邸？這座宅邸或許受到詛咒了吧，使人發狂或命運失控的詛咒。

（淫亂的女人——八重身上也流著淫婦的血啊。）

喜之助緊咬下唇，動起筆來，密密麻麻塗掉「八重」的名字。

這時，他又聽見了。

有人緩緩走過走廊。

這不是錯覺。在安靜的深夜裡，有人放輕腳步，幾乎不發出聲響地穿過走廊。

喜之助立刻熄滅檯燈起身，將紙門悄悄拉開一條縫，凝神窺望。

外燈微微照亮走廊，對方身上的衣服因摩擦而沙沙低響。緩緩經過的，正是剛才喜之助在想的人。

（八重。）

藍染的睡衣上繫著紅色獨鈷紋樣的簡易腰帶，強調了纖細的腰肢。正因平日姿態端莊，此時她的模樣更散發一股驚人的妖豔。纖細的肩膀披著黑色天鵝絨領的襖袍，聚攏衣襟的雪白纖手，在黑暗中特別醒目。

八重輕輕移動穿白色足袋的腳，穿越走廊，打開盡頭的木板門，筆直朝玄關走去。

不知不覺中，喜之助已將房門完全拉開，跟在妻子身後緩緩穿過走廊，通過木板門，踏進玄關對面的另一扇門，鑽入孩子們住的那棟屋子。

走廊昏暗，腳下地板咿呀作響。秋天的夜晚寒冷，他無意識地發抖。

然而——

（八重！）

看到妻子如他的預測，行經走廊，悄悄拉開某間房的門時，喜之助不禁用力咬著下唇。

那是由紀夫的房間。

八重的手一放在拉門上，門就像等候已久般滑開。接著，八重迅速進入兒子的房間，門重新緊閉。

確認過這一幕，喜之助匆匆返回自己房間。身體明明已徹底發涼，他卻不鑽進棉被，只在床上盤腿而坐，凝視半空中的一點。

那雙眼裡，閃爍著近乎發狂的光。喜之助一動也不動，持續等待那腳步聲再度經過房門前。

然而，不管等多久，這個晚上腳步聲再也沒回來。

3

不過，八重走進溺愛的兒子房間，爲的並不是喜之助想的那種事。

「由紀夫……由紀夫，你睡了嗎？」

反手關上拉門，八重低聲問。過了一會，傳來安靜地回答：

「還沒，是母親？」

「是啊，你睡不著嗎？」

「沒有……早就昏昏沉沉了。」

「這樣啊……你原本就不容易入睡，今天又遇上那些狀況，我想過來看看你。」

「母親，您會感冒的。」

由紀夫轉開檯燈的開關，抬頭望向浮現在淡黃光暈中的美麗母親，神情像在做夢。

「要進來這裡嗎？」

「謝謝。」

由紀夫騰出位置，八重很快脫下襖袍鑽入被窩，伸出一隻手環住兒子的脖子。

「會冷嗎？」
「不會。」
「好久沒和母親一起睡了。」
「誰教你不喜歡。」
在相同的光暈中，八重直瞅著兒子不放，露出心滿意足的微笑。那是父親、丈夫、山科和左右田等人——甚至恐怕連情人都沒見過的微笑。這個彷彿女王的女人，只有在兒子面前才會毫無防備地露出融化般的笑容。
「有沒有發燒？」
「沒事的，母親。」
「你只要一累就會發燒，媽媽很擔心啊。明天跟學校請假，安穩睡一覺吧。」
「好的，母親。」
由紀夫眨著那雙與母親相似得可笑，有著纖長睫毛的眼睛，百依百順地回答。這個少年和智不一樣，對母親不會發出不知該說是苦笑或嘆息的「眞拿妳沒辦法」批判，相對地，他也不曾如智那般對母親展現無處可排遣的濃烈情感。由紀夫不只與父親關係疏遠，受到母親、智與姊姊盲目溺愛的少年，在面對他們任何一個人時展現的都是困惑，像人偶般寬容地完全接收對方的愛。或許正因由紀夫這種不堅定的、反應薄弱的表現，令深愛他的人們更加心癢難熬，深陷不安，不得不付出更強烈的情感。
「嗳，由紀夫。」
做母親的，看著這個血的溫度像比別人低了幾度，又像生來比別人少了點什麼的病弱兒子，撩起他額前滑順的頭髮，輕聲說：

「你什麼都不用擔心。就算家裡兵荒馬亂的，你也不用在意任何事。不要打亂生活步調，一如往常該用功就用功，該練琴就練琴，趕快成爲一個好琴手，繼承安東流宗師的地位就好。這是媽媽唯一的期待，我活著只爲了此一目標。所以，麻煩的事媽媽都會替你處理，你什麼都不必擔心。」

「是。」

「媽媽啊，只要有你在就夠了。以前也想過，如果你是女孩多好……不過現在不同了——如果你是女孩就得嫁人了。由紀夫，你哪裡都別去。」

「…………」

「只要是爲了你，媽媽什麼都願意做。」

把聲音放得更輕，八重低語。霎時，那張典雅的臉上似乎冒出白蛇般的火焰，轉瞬消失。

「所以，由紀夫，別忘了，什麼都要跟媽媽說，只跟媽媽說就好。不管你做什麼媽媽都不會生氣，絕對不會。」

八重逐漸逼近正題，察覺這一點，由紀夫不禁渾身緊繃。

八重柔聲細語：「媽媽滿腦子想的都是你的事，你應該明白吧？媽媽做的一切都是爲了你……懂嗎？」

「是……」

從由紀夫口中吐出的回答，輕得像是自己都害怕聽見。

「是嗎？那很好，你很懂事。告訴媽媽吧，由紀夫……白天那件事——那到底是怎麼回事？」

「沒什麼，什麼事都沒有啊，母親。」

由紀夫臉孔蒙上一層陰霾，露出困擾的表情。然而，八重立刻用力抓住由紀夫的手臂，隔著重新纏好的綁帶撫摸。

「媽媽沒生氣，只是想聽你告訴我而已。」

棉被裡的由紀夫因強烈的羞恥與抗拒，縮成小小一團，敏感的睫毛開始顫抖。

「我……什麼都……」

「你和住後面那個男孩——那個……住在後面的男孩，你們到底約定了什麼？」

「沒什麼……眞的……」

「告訴我，由紀夫，就算你成了哪個男人的情人，媽媽也不會生氣——這並不是什麼不正常的事，尤其是在歌舞伎的世界。媽媽看過許多這樣的演員，何況比起那些演員，由紀夫漂亮多了。我不會爲了這種事責備你，畢竟你外公……年輕時……」

八重倏地噤口，不過，她又接著說：

「所以，我不是要說這種事怎麼樣，只是那男孩——住在後面的男孩，你應該知道他是什麼身分吧？」

由紀夫嘴唇顫抖，像是想反駁什麼。終究，他還是什麼都沒有說。

「那女人——他是那種女人的兒子，父不詳的孩子……」

（我還不是一樣！）

如果由紀夫那激動到發亮的雙眼會說話，肯定是這麼說的。

（我還不是一樣？我不是父親的親生骨肉吧？難道不是一樣？）

不過，由紀夫依舊什麼都沒說。

「那女人……那女人整天盤算著取代媽媽和你們。你卻和那男孩——噯，你該不會被那男孩花言巧語騙了，打算和他一起離開這個家吧？由紀夫，你們是不是做了這種約定……？」

由紀夫不由得渾身一震。八重心頭一驚，緊盯著兒子。

「你沒有吧？」

「沒……沒那回事……」

「眞的嗎？」

「是的，母親。」

「你待在這個家裡，媽媽才會留下來，懂嗎？」

「是……」

「你說什麼媽媽都答應，所以，千萬不要離開媽媽。」

「是……」

「只有你，媽媽絕對不讓任何人奪走。」

八重緊緊抱住由紀夫，由紀夫只能默默忍耐。

八重閉上眼，臉頰摩挲著由紀夫。奇妙的是，在這樣的舉止中，看不到她平日的堅毅與高傲。此時的她，像是爲了不被拋棄而拚命攀在男人身上的愚蠢女人，非常不安。

「由紀夫！」

伴隨呼出的溫熱氣息，八重低喊。溫熱的淚水緩緩沾濕臉頰。

「你——要是沒有你，媽媽該怎麼辦才好？」

由紀夫默默躺在母親的懷抱中，聽她低聲嗚咽。

這時，另一個人看著悄然落淚的八重。

那就是智。

他站在雨中，身體靠在窗邊，從窗簾縫隙專注地窺望房內的情形，緊緊握拳的手發疼。他來找由紀夫，想將可能大受打擊的好友擁入懷中。沿著後門圍牆走來，他一如往常想敲敲窗框，八重恰巧潛入由紀夫房內。

智咬著嘴唇，用力到幾乎出血。黑暗中，他的眼眸發出異樣的光芒。他和八重是受嫉妒之火折磨的一對情敵，爭奪著同一個人。

八重一再撫摸由紀夫的頭髮。臉上的表情與其說是個母親，不如說充滿戀愛中女人的羞赧，愈來愈顯得嬌媚溫柔。無視打在身上的雨，智始終盯著這樣的她。

八重一直不回自己的房間，智也一直站在原地，一動也不動，任憑風吹雨淋。

同一時間，隔壁房間裡的人也還醒著。

往可愛的粉紅色檯燈蓋上一件襖袍，以防燈光外洩，多惠子躲在棉被裡趴著，連垂落臉頰的黑髮都忘了撥開，專注對著一張信紙寫了又擦掉，寫了又擦掉。

（只要一次就好，只要您願意跟多惠子見一次面說說話，多惠子就會得到救贖。多惠子已十九歲，不是從前您常說的那個幼稚又想裝大人的孩子。多惠子什麼都知道，打一開始就什麼都知道。可是，我不想爲此隱瞞內心的情感，也不想爲此改變自己。如果您要我離家，多惠子也可離家出走……）

（離家出走。）

多惠子凝望寫下的字，雪白貝齒咬著朱唇。

（在這個家裡，沒人真正愛我。）

像是怕自己改變主意，多惠子很快將寫好的信折起，放進信封，並寫上收件人——

「左近彌三郎先生……」

明天一早就寄出。她喃喃自語，忽然聽見隔壁房間傳來輕微的交談聲。

（智又來了嗎？這孩子真纏人。）

多惠子仰躺在床上，拉起棉被，側耳傾聽打在屋頂上的雨聲。她伸出手，關掉檯燈，閉上眼睛。

這時，不遠處的代澤署中，山科警部補總算整理好隔天搜查會議要用的資料，打算在值夜室小睡一下，剛鑽進散發霉味的棉被。

（下雨啦……）

他想起當初喜之菊命案發生前，那場下個不停的雨。當時也還說過，最好不要發生什麼案件。不知怎麼，他總覺得今晚和那一晚很像。

（那座古宅裡的人們，都在各自的房裡安睡嗎？由紀夫、多惠子、喜之助、老喜左衛門——還有，八重。）

他的腦袋莫名清醒，黑暗中，八重雙眼圓睜的白淨臉龐浮現腦海。

（美麗的女人——）

在雨聲的伴奏下，山科暗想。想著她的事，內心既甜又苦。這個可能是殺人凶手的女人。

（落差強烈的女人，似火又似冰，恨得激烈，也愛得激烈。）

與醜陋的丈夫和英俊的左近彌三郎之間，愛欲交織的情感狀態，令她異常妖豔。山科想把腦中的八重身影甩掉，那薄唇卻恍若帶著古老微笑的佛像，嘴角上揚如一抹弦月。

（爲什麼世上，爲什麼現今這世上還會有這樣的女人——奇蹟般的女人……舉世罕見的女人……）

山科著迷地想著。不過，眼前八重的臉仍逐漸晃動模糊。由於整晚熬夜，他很快就筋疲力盡地睡著，連一個夢也沒做。

奇怪的是，最後浮現腦海的並非強烈吸引他的八重，而是年輕的伊集院大介瘦削的身影和咧嘴微笑的模樣。

此時的伊集院大介，在因掛上「伊集院升學補習班」招牌而打不開窗戶的破公寓住處。電燈整夜沒關，他的雙眼炯炯有神，房裡混亂得像才剛搬完家。

「眞奇怪……沒有？跑去哪裡了……喂，快點出來，不要浪費我的時間。請快點出來，好嗎？」

嘴裡念念有詞，大介不斷推倒宛如一座座小山的舊書堆，找尋著什麼。

明明是這麼寒冷的夜晚，他的額頭卻滿是汗珠，鼻梁上的眼鏡因太專注而歪了一邊。

怎麼也找不到他想找的東西，但他毫不灰心，一而再、再而三地翻攪那些書堆。

人們的心思與情感，一切都被塞進夜晚的黑暗中，而夜晚似乎不打算對此表示什麼。

二一　中掛（註）——會議謾舞

1

半夜下起的雨，一到早上就停了。天空呈現水洗般的清爽藍色。山科警部補站在警署窗邊，俯瞰通勤的人們避開地上的水窪，魚貫前行。

「早安。」

左右田向他打招呼。

「早安，你來得眞早。」

「不是啊，到了我這年紀，早起一點也不辛苦。」

「是九點開會吧。」

倉林端來熱咖啡。山科警部補啜飲咖啡，摸摸下巴想著：鬍碴都長出來了。

（昨天又來不及洗澡。）

昨夜，睡著前似乎突然想起什麼，記得那時他還告訴自己，早上起來別忘記了。明明記得有這麼回事，傷腦筋的是，醒來後竟完全記不得到底是什麼事。

註——規則同「謠掛」。

（是什麼呢？明明有印象，但到底是什麼？真可恨。）

左右田的閒話家常全部從左耳進、右耳出，山科拚命想記起到底是什麼事，腦中忽然浮現由紀夫的家庭教師那張傻呼呼的臉。

（對了，伊集院老師。）

山科想起，那件事似乎和這名青年有所關聯。

（沒錯、沒錯，可是，到底有何關聯？）

依稀記得是伊集院大介說了什麼，得去確認他提起那件事的理由——應該是這樣。

問題在於，這件事最重要的核心部分，完全從山科腦中消失。儘管他依依不捨地戳了幾下那片空白，終究只能心不甘情不願地放棄思考。

「組長，本廳的人來了。」

聽到部下催促，山科抬頭一看，快九點了。

「知道了。」

點著頭站起，山科再度望向窗外。

「那麼，如各位所知，很不幸地，這起案件正式由發生在安東家的女弟子命案，發展成以安東流爲中心的連續殺人案了。」

寬敞的會議室中，塞滿本廳搜查一課的刑警、從代澤署加入搜查總部的刑警，及參與共同搜查的新橋署田島刑警等人，擁擠混亂，悶得教人喘不過氣。

「因此，將從針對第一起命案進行的方式，改爲第一、二起命案同時並進的方式，希望以全新的角度找到破案的曙光。這是展開搜查工作非常重要的一環，今天才會召集與此連續殺人案有關的工作人員，一同重新檢視兩起案件的輪廓。」

哎呀呀，山科心想。又來了，老掉牙的「非常重要」。

「各位手邊有剛才發下去的資料，主要是第一起命案的相關內容。」

負責主持會議的搜查一課三上警部，不急不徐地繼續說明。

「第二起命案發生於昨日下午兩點至三點之間，因此，目前掌握的線索尚不足以印成資料提供。請各位先參考第一起案件——也就是安東喜之菊命案資料上必要的部分。採取這種方式進行會議的主要目的，也就是關於第二起案件，安東流管家橫田政次郎命案的討論。」

橫田。山科心想，原來橫田叫這名字啊，橫田政次郎。

正經八百的名字，和那個乾巴巴的小老頭一點也不相稱，然而同時，這名字卻又莫名適合他。以安東流管家身分結束一生的橫田，自從在戰爭中失去妻兒，直到壽終都是孤家寡人。從今以後，永遠無法再次聽見橫田沒完沒了的叨叨絮絮。

（有可愛的一面，教人想恨也恨不下去的老爺爺……）

雖然橫田老是管不住嘴，但他待人親切隨和。比起安東家及周圍的其他人，這個老人是最好相處的，究竟誰會恨到非殺死他不可？

「首先，在安東喜之助的協助下，製作了一份命案發生前後的時間表，請看這邊。」

幾個年輕刑警攤開一大張紙。等他們拿圖釘將這張紙釘上黑板後，三上警部接著說：

「時間表就如大家所見，不過，我姑且從頭到尾念一遍。」

井上指著時間表上的各項標記，逐一讀出內容。所有刑警一起動著手中的鉛筆。

「這天，由於即將在國立劇場，舉行宗師安東喜左衛門八十八大壽的紀念演奏會，安東一門半年前便預約了案發現場的『松村』，舉行預演，也就是彩排。

彩排分爲上午和下午梯次。安東家成員和横田老人前往現場的時間，是中午十二點半過後，因此，上午其他人的行動在此略過不提。

十二點三十分，安東喜之助、八重、多惠子與喜四郎，與横田一同來到會場。

下午梯次的彩排預定於一點開始，前來觀賞彩排的安東流門徒約一百人，但『松村』無法一次容納這麼多人，於是採輪流入場。不過，雖然分成兩個梯次，還是有些上午來的人沒離開，或是明明屬於下午梯次卻提早在上午來的人。只能說一整天下來，共約一百多人進出『松村』。

下午梯次於一點多開始，第一首曲子是《松綠》。負責演出的是長歌歌者安東喜千米、山藤和津代，與彈奏三味線的安東喜久花、安東喜壽等四人。

這首曲子非常短，不到十五分鐘就結束。之後上場的是安東喜知郎，他是『三弦』之一安東喜三郎的兒子，演奏的曲目是《浦島》。曲子與曲子之間有人上台，有人下台，加上樂器需要調音，花了約莫五、六分鐘。差不多同一時間，横田在安東流的休息室裡收會費。下午一點多，一名年輕的徒弟安東喜世惠前往繳費，和他聊了一會。根據她的證詞，被害者看上去並無異狀。

《浦島》的表演時間約莫是一點二十五到三十分，演出者包括安東喜知郎、山藤和市郎——補充說明，原本預定上場的應該是山藤和吉。再來是山藤和二郎，彈奏三味線的安東喜太郎、安東喜久彌及安東喜一，加上樂隊班的瀨田翠峰、左近彌吉、彌兵衛、太左久等四人。

《浦島》在一點五十分左右結束。這時，二樓的表演會場內，安東喜文治等人開始表演《勸進帳》。實際上，二樓這群人應該不必列入考慮，因通往二樓表演會場的樓梯，恰恰位於一樓表演會場與命案現場的正中間。許多人待在一樓表演會場入口附近，案發前已在二樓的人，要避開這群人的眼目，偷偷下樓潛入案發現場行凶，極爲困難。」

「我有問題，二樓沒有安全逃生梯之類的其他階梯嗎？」

「沒有，各位等一下看二樓與一樓的平面圖，便可得知通往二樓的只有一道階梯。

接下來，一樓會場於兩點左右演出《獻給三絃的二重奏曲》。曲子開始前後的這段時間，山藤和吉看到安東八重從會場後方離開，走到休息室前與橫田交談。這是確認橫田還活著的最後一個證詞。據八重說，她是去請橫田幫忙拿書，但橫田回答『抱歉，手邊不巧沒空』，於是她留下一句『那等會再說吧』就轉身離開。她沒走進休息室，只聽見橫田的回應。」

「意思是，實際上和吉與八重都沒親眼見到橫田？」

「是的，也可能有第三人，就是凶手模仿橫田的聲音回答，製造橫田還活著的錯覺。

不過，這些細節稍後再討論，請各位先掌握大致的時間表和與會眾人的動向，再繼續深入。

那麼，關於《獻給三絃的二重奏曲》，這首曲目沒有歌者，只有演奏。彈奏三味線的是安東多惠子和安東喜之助，加上樂隊班。負責鼓的左近彌三郎、彌吉，大鼓的左近彌兵衛，太鼓的左近彌十郎，及笛子的瀨田翠峰，總共是以上這些人。

除了這幾個演奏者之外，還有在場內聆聽——當然也觀賞了演出的觀眾，全部加起來是三十八人。若把二樓《勸進帳》的演出者算進去，就是四十人。

演奏進行一段時間後，兩點半左右，安東八重如之前供述的，爲了去做早先沒空做的事而離席，走出會場，穿過階梯下方來到休息室，打開案發現場的門後，發現死者。」

「我有問題，確認八重離席辦什麼事了嗎？」

「據八重說，她是去補妝。然後，這天山藤多派兩個師傅來，她得和橫田商量支付報酬的錢夠不夠用，是否需要另外準備，但兩件事都無法確認了。」

「八重一離開會場，就發現命案了嗎？」

「不，她先在背對階梯的地方補妝，才前往休息室。按照她的證詞，之後她打開休息室的門，發現屍體時，橫田似乎剛斷氣。換句話說，如果她沒先補妝及整理和服，直接打開休息室的門，或許會直接撞見凶手。」

「凶手是從窗口逃離嗎？」

「不……」井上答得嚴謹。「窗戶有一層玻璃和一層紙窗，兩層都是關上的，上面並未清楚留下誰的指紋或血跡等跡證。」

「這麼說來，不就等於凶手沒有離開現場，卻從現場消失了嗎？這是怎麼回事──難道現場是個密室？」

說著，刑警們忍不住失笑。

「不是這樣的，窗戶──」井上有些憤懣地說，想反駁什麼，卻又吞吞吐吐。

「窗戶怎樣？上鎖了嗎？」

「關……關於這點，必須再確認一次，只是……總之，紙窗確定是拉上的，八重說……」

井上吞吞吐吐地解釋，八重表示看到紙窗後方有女人身影，及聞到香水味。

這下，刑警們更是忍不住大笑，井上一陣狼狽。在光天化日下的上午時分，又是聚集一群警察的地方，八重以端莊又具有魔力的口吻敘述時散發的詭異感，在此完全消失無蹤，只讓人覺得突兀，滑稽可笑。

「變成鬼故事了？接著，她該不會說那女鬼就是安東喜之菊吧？」

三上警部和大迫警部都笑了。

「又不是我說的。」井上鬧起彆扭，往椅子一坐。「這是她向山科兄和田島兄說的啦。」

「山科，你怎麼看？」

矛頭突然指向自己，山科嚇一跳。

「我……我覺得那不完全是一件可笑的事。」

「山科兄自命案發生後就常在那個家走動，已變成『不可知論者』（註）了。」

有人隨口扯了個玩笑，會議席上的氣氛瞬間緩和。

山科站起，腦中拚命思考。

「我並非神祕主義者，不過，我認爲不全然是胡說八道，視爲破案的線索會比較明智。比方，不要想成是被殺的喜之菊化爲女鬼來復仇，而是將所謂女鬼的說法，當成拼湊出凶手的線索之一……」

「換句話說，凶手可能是女人？是這個意思嗎？」

「我的意思是，這也是一種可能性。之所以說這與不在場證明有關——假設八重的證詞無誤，凶手確實在兩點半前犯案，則所有關係人當中，只有一人沒有不在場證明，而此人正是一名女性。」

「是誰？」

「江島友子。不論男女，與第一起命案有關的安東家人，在第二起命案發生時碰巧幾乎都有不在場證明，而且全是滴水不漏的證明。舉例來說，案發當時，喜之助和多惠子在將近四十雙眼睛注視下

註——一種哲學觀點，主張人類無從得知來世、鬼神等形而上問題是否存在。

彈奏三味線。安東八重的不在場證明雖然有點可疑，但至少兩點半以前，她做的所有事都在眾目睽睽下發生，而自她離開會場到走進休息室，也都有目擊者看見——一個叫山藤和孝的男人，當時正從階梯走上二樓。案發時不在『松村』的安東家成員，包括安東喜左衛門、喜千世、由紀夫和江島母子。其中，喜左衛門一直在他居住的別館睡覺。根據喜千世的證詞，兩點半來了一通電話。喜千世接起電話，再轉給老人家，講了大概三分鐘。打電話來的，是老人家的主治醫生松宮，內容是討論隔天到府定期檢查的事。詢問過松宮醫生，他表示確實曾分別跟喜千世和喜左衛門通話。

接著，是由紀夫與智。關於他們的不在場證明，請井上兄說明可能比較快。」

山科促狹地笑了笑，井上則有些難爲情，說明他與左右田等四名刑警，兩點半前往安東家，要求由紀夫到警署自首，跟智和吉嫂等人起了一番爭執。

「沒想到事實會是那樣，眞是鬧笑話了。」

「別這麼說，至少我們釐清了凶刀的來源。」大迫安慰道。

「也是啦。對了，當時跟到案發現場來的家庭教師，是姓伊集院嗎？他也在場。阿山哥，那男人是個怪傢伙，他到底是何方神聖？」

「何方神聖……不就是家庭教師嗎？」

「只知道他是家庭教師或補習班老師，其他就不知道了。昨晚他又突然跑掉，還說些莫名其妙的話。」

「他說了什麼嗎？」

「就是個奇怪的傢伙啊，說一直很想搭一次警車，嘗嘗搭警車的滋味之類的。長得那麼高，人卻像個孩子。」

「原來如此。」山科忍不住笑出來。「不過，他不是壞人。」

「是嗎……」

「滿可愛的青年，只是有點怪。」

「有點怪的人未免太多了。」

井上發出抗議，隨即言歸正傳。

「抱歉，請繼續。」

「不會。所以，就像剛才講的，這次幾乎安東家所有人，都有複數目擊者提供的牢固不在場證明，唯獨江島友子沒有。她說那天下午，一直獨自待在安東宅邸後方的住處。案發後，新橋署在兩點五十三分接獲報案，兩點五十六分以無線電通知在安東家的井上兄，於是，井上兄等人立刻就要趕往案發現場。這時，智堅持要一起去，還到屋裡找母親。沒錯吧，井上兄？智帶母親過來，剛過三點十分。因此，若真有嫌疑，江島友子必須在兩點半前行凶，接著立刻離開去搭公車或地下鐵，才可能在四十分鐘內回到安東家。不用提，這風險不下走鋼索。」

「可是……」大迫警部插話：「果眞如此，橫田不過是她的鄰居，爲何一定要置橫田於死地不可，而且是選了這麼驚險的方式？要殺橫田，隨時都能到隔壁下手吧？」

「那樣一來，江島母子就會成爲頭號嫌犯。況且，以動機來看，橫田和江島友子未必是單純的鄰居。反過來說，正因是鄰居，才有理由非置橫田於死地不可。只是，到底是什麼理由，得逼問她本人才知道。」

「可是，這樣和喜之菊命案很難扯上關係。」井上說。

「不……」山科提高音量，「恰恰相反，或許正因友子殺了喜之菊，她殺害橫田的動機才得以成立。在第一起命案中，跟這次相反，友子是唯一有明確不在場證明的人——橫田不算在內的話。別忘了，證明友子不在場的不是別人，正是鄰居橫田。他證實當時友子在看電視大笑，還說聽見她呼喚兒子。換句話說，實際上，橫田並未親眼看到友子，只聽到聲音。然而，只要事先打開電視，屋裡也可能根本沒人。現在還有錄音機這種方便的工具，僞造說話聲也挺容易。友子事先錄好笑聲和呼喚兒子的聲音，和電視一起播放，橫田自然會以爲友子在家。」

「可是，友子不是和兒子住在一起嗎？」

「沒錯。不過，兒子不一定是共犯。從前幾天的割臂騷動可知，智與住在主屋的少年由紀夫關係親密，他經常……正確來說，是幾乎每天晚上都爬窗到由紀夫的房間。依我所見，友子可能先確認兒子不在家，才故意播放『智、智，過來一下』的錄音。」

「那麼……」

「如此一來，在橫田的證詞下，友子的不在場證明得以成立。然而，橫田由於某種緣故——可能是碰巧再次聽到那段錄音，或從其他地方察覺友子不在場證明的機關，於是友子無論如何都得解決橫田，這就是殺人動機。簡單地說，喜之菊命案正是橫田命案的殺人動機。」

「原來如此，很有意思的看法。」三上警部說。「問題是，若這個假設成立，友子殺害喜之菊的動機又是什麼？」

「當然是嫉妒啊。」

「爲了喜之助？」

「沒錯。或許有人會說，小老婆如果要動手，應該先殺元配。不過，實際上安東八重一點也不愛丈夫，夫妻感情跌到冰點，兩人只是表面夫妻。丈夫養了小老婆友子，妻子則和情夫左近彌三郎私會。搞不好，友子根本沒把八重放在眼裡。」

「可是，喜之助說，他和喜之菊只是上過兩、三次床的關係。」

「這自然是他嘴上說說而已吧。」山科用力拍桌。「不僅如此，友子非常……怎麼形容才好，她是個衝動又好強的女人，也可說她孩子氣。加上近年酗酒，漸漸走上酒精中毒的路，無法控制自己。難保她不是一氣之下，抓起菜刀就砍死對方。」

「不對。」井上反駁：「如果是衝動行凶，表面上聽起來合理，但這起命案使用的凶器，是先前由紀夫和智在那個『儀式』上使用的道具。凶手必須從埋藏處挖出刀子，計畫分成兩次使用，不太像是衝動行凶的人的作風。以錄音機製造不在場證明也一樣。最重要的一點，當時在『松村』的人，或許都知道橫田獨自在一樓的小房間算帳。可是，專程搭電車或公車到新橋的友子，如何馬上得知橫田一個人在哪個房間？而且，友子還得進屋找他，行凶後再不慌不忙逃離。說起來，八重當時從房門外呼喚橫田只是巧合。若友子在不知情的狀況下，正好開門想從玄關離去，或者，八重沒補妝就直接打開小房間的門，一切就無法成立。」

「所以，我只是說有這樣的可能。」山科有點不高興，隨即振作起來，做出反擊。「那麼，井上兄的意思是，八重目睹的女人身影，果然是喜之菊的鬼魂？」

「不，別開玩笑了，哪有這麼蠢的事？抱歉，不過，我打一開始就不相信那種事。」

「不相信鬼魂？」

「不相信八重的證詞。那女人一定是信口開河，想誤導我們。八重什麼都沒看見，也不可能有誰從窗戶進去。沒必要啊。在小房間的門前耽擱的時間也一樣，換個角度想，可說是故意的吧。如果凶手是八重，一切不就能輕易得到解釋了嗎？況且，那些小手段、冷靜的算計，怎麼看都比較符合八重的個性。」

「……………」山科想反駁，卻找不到足夠的論證，只好猛抽菸。

三上警部出面緩頰。「好了、好了，山科和井上說的都有道理。不過，現在只是討論細節，不用急著做出結論。還是該拉回原本的主題，逐一釐清問題的癥結。」

「是。」

「非常抱歉。」

「不需要道歉。對了，剛才進行到哪邊？」

「我看看，大致的時間表和不在場證明。」

「很好。那麼，關於第二起命案，有什麼沒提到的要點嗎？」

「有。」

說話的是新橋署的田島。

「是什麼？」

「有三點，我先從小事說起。第一點，在這次的命案發生稍早前，有人看到樂隊班的左近彌三郎，也就是安東八重的情夫，與八重的女兒安東多惠子，單獨在『松村』後門交談。提供證詞的是安東流的年輕弟子喜美里，她表示是去找彌三郎，恰巧看見兩人。時間上，當時演奏的曲目是《浦島》，因此，這件事未必與命案直接相關。只是，這個叫彌三郎的男人，就某種形式而言，似乎和安東家的人關係斐淺。我們認爲，若是從他下手調查，或許可找到兩起案件的殺人動機。這麼一想，就不能說他與命案完全無關。

第二點，是關於凶器。聽剛才兩位的討論，我在想如果凶手是江島友子，她從外頭來到『松村』，殺人後直接帶走凶器，這樣就沒問題。可是，按照井上兒的說法，凶手是八重，或者凶手不是八重，而是當時在『松村』內部的人，凶器的下落就變得非常重要。八重發現屍體後，沒有任何人離開『松村』。此外，表演會場的內部、周圍與之後出現在附近的人，我們都徹底調查過。根據部下的報告，沒找到任何可能是凶器的刀刃。以『松村』爲中心，我們也找過附近可能丟棄凶器的地方，包括下水道內。表演會場內有許多鼓、三味線之類的樂器，也有各種樂器盒，這些全部搜索過，最後仍未尋獲凶器。不管怎麼想，只能推斷凶器沒留在那裡。」

「有沒有可能是，凶手在下手後把刀拋出圍牆外，掉到碰巧路過的卡車貨櫃上，直接被運走？或者，牆外有共犯帶走刀？」

聽了這番推理，眾人不禁笑出來。

「持田，這未免太碰巧了。」

聽到對方的調侃，本廳來的刑警持田不滿地歪了歪頭。

「會嗎？」

「我們也考慮過這種情況，昨天和今天早上一直在表演會場周遭尋找目擊者，不過……」

田島將話題拉回自己要說的內容。

「最後一點，是關於那本樂譜，也就是死前留言……」

翻了翻紙袋，田島拿出一本薄薄的黃色線裝書。

「橫田抓在手中的樂譜，已做爲物證送到科搜研（註）。這是我請部下買來的，跟案發現場的樂

註——科學搜查研究所，負責科學搜查的研究與鑑定。

譜一模一樣。這本樂譜的正式名稱是《渡邊鋼館·曲舞之段》。」

揚了揚手中的樂譜，田島接著說。

「橫田從桌上好幾種書籍中，特地找出這一本，撕下最初的一頁，抓在手裡才斷氣。只是，如大家所見，第一頁的內容是說明文，從被害者特地撕下這一頁的舉止看來，他似乎有特殊的意圖，可能是想指出凶手，或指出與凶手相關的重要事實。我們已將這一頁按照人數影印，等一下會發到各位手邊。現在是否能請各位，針對死前留言的部分進行討論？」

「就這麼辦吧。」

三上說完，眾人便等待田島部下的新橋署年輕刑警分發資料。

山科鑽研起發到眼前的紙。上面只印著五行大字，那莫名古典的字體吸引了他的注意。每一行字的左側，都印著不明所以的數字或線條。山科仔細盯著開頭的幾個小字「本調子」。

「如各位所見，這是一首叫《渡邊鋼館·曲舞之段》的曲子，俗稱『鋼』。下面標示的作曲者，是明治二年（一八六九）的大薩摩絃太夫。總長二十八分鐘，算是頗有陣仗的曲子。爲了幫助我們解讀被害者的死前留言，已請教過長歌歌者的山藤和吉。」

說著不熟悉領域的東西，新橋署的這名巡查部長難爲情地摸了摸額頭。

「由於流派不同，長歌樂譜的標記方式有微妙的差異。此外，不同流派……呃，簡單來說，就是各有擅長的樂曲或祕傳樂曲。儘管如此，這首《綱館》卻是非常大眾化的名曲，幾乎所有門派都會演奏。這份樂譜稱爲『諸住本』，是流通最廣泛的樂譜。大致上，除了松山派之外，其餘流派都使用這份樂譜。至於松山派使用的，則是該門派自行發明的『青本』樂譜，採西洋音樂的橫書標記法。」

他低頭看了一眼教學筆記。

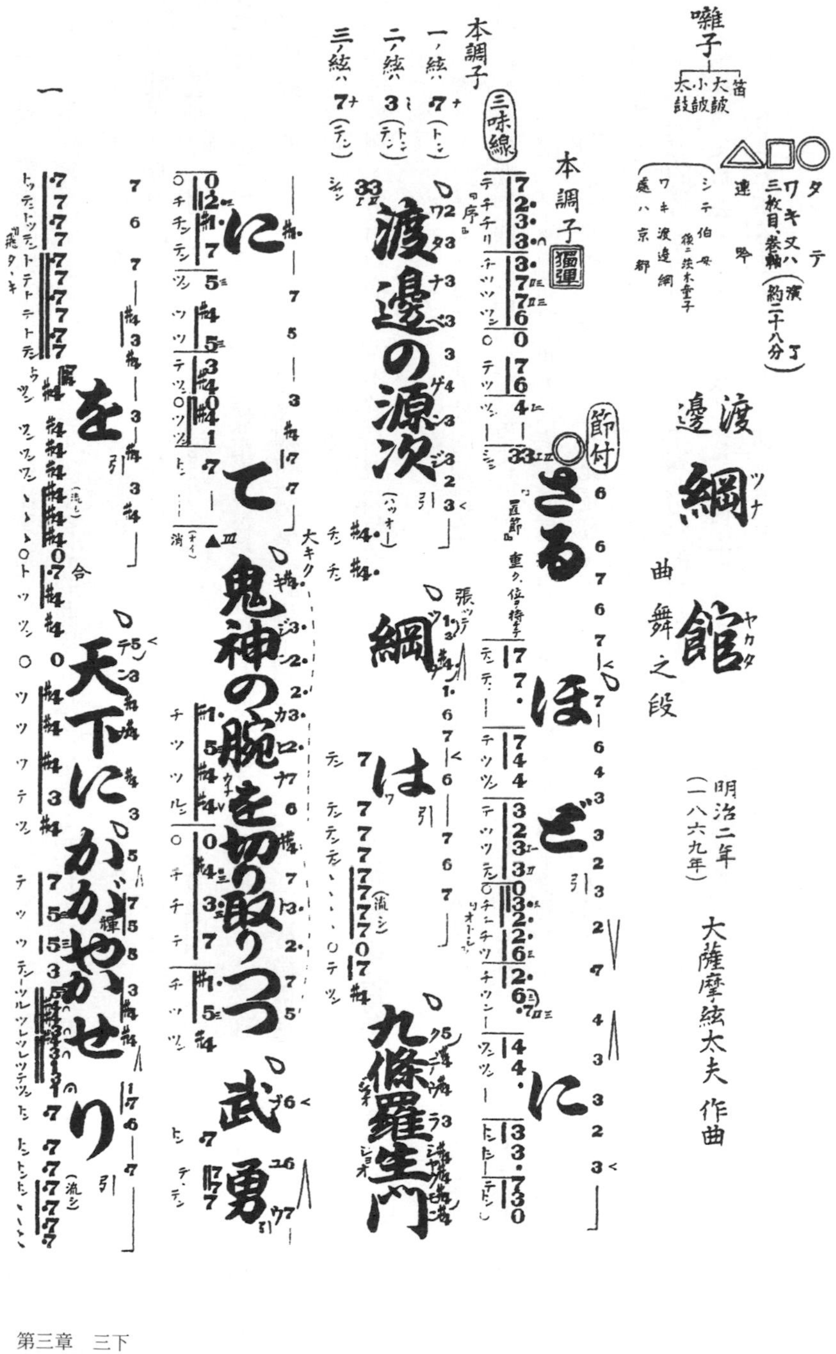
渡邊綱館
曲舞之段
明治二年
（一八六九年）
大薩摩絃太夫 作曲
囃子
笛
大皷
小皷
太鼓
タテ
ワキ
三枚目、巻軸
連吟
シテ 伯母 後ニ茨木童子
ワキ 渡邊綱
處ハ 京都
本調子
三味線
一ノ絃ハ
二ノ絃ハ
三ノ絃ハ
節付
さるほどに
綱は
九條羅生門
渡邊の源次
にて
鬼神の腕を切り取りつ
武勇
を
天下にかがやかせり

「然後，安東流就不用說了，包括山藤流和喜之家等流派，使用的都是這份樂譜。只要是大型演奏會，幾乎都會表演《綱館》，就是這麼有名的曲子。以俗稱的『語物』或『歌物』來分，長歌屬於『語物』（註一）。至於曲子的內容……」

他翻了一頁筆記。

「這裡的『綱』是人名，指的是渡邊家的綱。此人是個英雄，迎戰名叫茨木的惡鬼，並砍下對方的手臂。這是平安時代（註二）的故事，就是大江山有酒呑童子的那個時代，然後，故事中綱把那條手臂帶回家便閉門不出，惡鬼化身綱的姨母，誆騙了綱，進入屋內搶回手臂後逃逸。」

「這是很有名的故事。」大迫說。

「這樣啊，可惜我從小就不擅長古典及古文……真沒想到，這把年紀了還得學習古文。」

田島舉了白旗。

「總之，還是靠我臨時惡補來的知識繼續說下去吧。故事就是剛才說的那樣，演奏中會加入一段『山盡』，在歌詞裡穿插山名，這是故事中姨母的曲舞部分，所以才叫『曲舞之段』。和吉師傅表示，『山之段』是曲中的祕曲，我也不懂是什麼意思……那麼，接下來我念出橫田撕下的那一頁。

《渡邊綱館．曲舞之段》，『如此這般，渡邊家之源次綱——於九條羅生門，斬下鬼神之臂——武勇傳天下——』

這個部分的背面也有文字。橫田想暗示的也可能是背面的內容，所以我也念一念。

『雖揚長而去，此惡鬼必於七日之內上門尋仇，承陰陽師晴明此言——綱齋戒七日，誦讀仁王經，閉門不出，亦不見客——』，到這邊第一頁和第二頁就結束了。」

田島喘一口氣。

「不過，剛才念出的內容，橫田撕下的紙片只從『之源次綱』這邊開始，不清楚是刻意還是不小心。背面則從『綱齋戒七日，誦讀仁王經』開始。然後，問題在於，橫田究竟想藉此傳達什麼？首先想到的是專有名詞，出現了『渡邊』這個姓氏，及『源次』、『綱』、『九條羅生門』、『晴明』等名稱。如何？有沒有對應上什麼人？」

「你是指，嫌犯或關係人士的名字嗎？請等一下。」山科急忙翻開資料，「看起來……沒有。」

「案件相關的範圍內，有沒有姓渡邊的人？有沒有人叫綱島，或是綱川、綱木、道綱之類的？還是，有沒有義綱、高綱等名字？像是源次或元二（註三），漢字寫法不同，給人留下的印象也不同。九條或晴明，有嗎？」

「安東家的人，包括喜之助、八重、多惠子、由紀夫、喜左衛門，及江島友子、智……都不是。」

「這些全是本名？」

這麼一問，山科不確定地抬起頭。「不，這要確認才知道……」

「『安東』是藝名吧？若沒記錯，第一起命案的安東喜之菊，本名應該叫……」

「她叫田能倉幸江。」

山科忽然興奮起來，激動得傾身向前。

註一——歌舞伎主要使用的三味線音樂，分成長歌、義太夫、常磐津、清元。這四種又可區分為以演唱為中心的「歌物」（長歌），和以口說為中心的「語物」（另外三種）。

註二——約為西元七九四到一一八五年。

註三——日文發音同「源次」。

「那麼，喜之助的本名是什麼？那男人是入贅的女婿……差點忘了這件事。」

「是意外的盲點吧？」田島得意地說。「調查看看，搞不好安東喜之助的本名，是渡邊元二或某某晴明之類的。」

「立刻去查。」山科指示倉林著手調查。

「剩下的歌詞裡，還出現『茨木』一詞……如果這是橫田撕下此頁的目的，後面歌詞裡有一句『如何啊綱，俺正是茨木童子』。」田島看著筆記說。「另一個可能是，安東家那兩名男孩胳臂受傷——和歌詞裡惡鬼上門奪回胳臂的情節類似，或許是一種直接的暗示。話雖如此，他們有明確的不在場證明，幾乎不必懷疑。」

「是沒錯啦……」井上露出不悅的表情。「除非有人認爲，連我當著他們的面，跟他們說過的話都不值得信任，無法構成不在場證明，就另當別論……」

「不、不、不，別這麼說，井上兄。」

「總之，我們——我、松村、左右田哥和倉林，四個警察在兩點半前抵達安東家，要求安東由紀夫到署裡一趟，跟和那兩個孩子起了一番爭執。當然，除非他們有超能力或分身術，可瞬間從若林移動到新橋，便無法排除嫌疑。」

「好了、好了，井上兄，田島兄又不是那個意思。」

「不管怎樣，歌詞的內容確實提到受傷的胳臂。」

「不過，也可能是想暗示某個叫渡邊或源次之類的人吧？」

「當然。」

「總之，不可能——這起案件中，不可能犯案的嫌疑人未免太多。兩點半還在澀谷前跟刑警面對面，兩點半左右又跑到新橋殺人，在四十人的注視下彈三味線，同時把手伸到隔壁房間拿菜刀殺人，到底哪種聽起來比較有可能發生？還是，其實是臥床許久的八十歲老爺爺，在新橋和若林之間往返殺人？拜託，根本不用講這些亂七八糟的推論，眼前不就有個再合理不過的嫌犯嗎？那個全身散發可疑氣息的女人，安東八重。那女人說的話，全都混淆不清，像在試圖隱瞞什麼，不是嗎？」

「安東八重……」這次換山科跳腳。「那你說說，喜之菊也就算了，安東八重殺害橫田的動機是什麼？橫田幾十年來喊她『大小姐』，把她帶大。對她而言，橫田比父母還親，彼此像是一家人，怎麼可能毫無理由就——」

「你怎麼知道是毫無理由？況且，所謂『像是一家人』、『比父母還親』，是安東八重本人說的嗎？我就是認爲那女人不可信。相較之下，脾氣暴躁、容易衝動的女人更值得信賴。對八重那女人不能掉以輕心，我在搜查一課待這麼久，看得太多。那種臉色蒼白、面無表情的女人，往往會不顧一切，冷酷地殺死丈夫和孩子。」

「可是，這次又不是殺夫命案。」

井上就是看八重不順眼，對她懷有敵意。山科這麼想，卻沒發現自己不分青紅皀白，一心只想包庇八重。

「從動機和沒有不在場證明這兩點來看，將江島友子視爲頭號嫌犯，應該最爲合理。」

「恕我失禮，所謂的動機也不過是山科組長的推測罷了。」

井上和山科都起身，瞪著對方。

大迫警部無奈地伸手制止。「喂喂喂，你們是怎麼了？別鬧小孩脾氣啊。」

「抱歉……」

「你們別忘了，現在只是討論案情發展的可能性和搜查方針。」

三上警部也開口，兩人才不甘願地坐回位子。只是，雙方內心都益發確信自己認定的眞凶。

倉林帶著寫了什麼的紙匆匆回來，「打擾了。」

「怎麼樣？有查到任何名字嗎？」三上問。

本廳警部一問，年輕的倉林緊張得滿臉通紅，報告：

「不行，沒有結果。」

「不行？你說說看，別這麼緊張。」

「是，我打電話去問……安東家的那個……本名，安東——這是本姓。」

「下面的名字也是本名嗎？」

「八重、由紀夫、多惠子，這三人是本名。」

倉林緊張得全身緊繃。

「安東喜左衛門的本名是安東三津雄，一二三的三，津津有味的津，英雄的雄。喜之助的本名是安東秀之——入贅前的姓氏是酒井，所以叫酒井秀之。安東喜三郎本名松田亮三郎，安東喜文治本名雨宮重幸。」

「你沒查到左近彌三郎吧？」

山科認爲倉林沒這麼機靈，隨口一問。

不料，倉林紅了臉，自豪地回答：

「不，我查了。左近彌三郎的本名是淺井徹。」

「沒想到你如此細心。」

年輕部下辦事周到，山科很高興。倉林的臉更紅了。

「第二起命案的關係人士我幾乎都查了，跟樂譜上提及的名稱相關的，只有一個叫渡邊英雄的男人。」

「他是誰？」

「他是——藝名安東喜一的徒弟，彈三味線。不過，應該不需要懷疑他。他是最近才拜入門下，是個二十四、五歲的菜鳥。」

「這樣看來，確實沒問題。不過，姑且仍得查一下他的不在場證明。只是，這起案件的大前提是，凶手知道由紀夫和智藏起刀子，並且有機會挖出來。換句話說，只限安東宅邸內的人。」

「那個……我也查過渡邊英雄的不在場證明。我問了當天坐在他身邊的人是誰，已向對方取得證詞。」

倉林紅了耳朵。這次，所有人都相當意外。

「你居然能在短時間內做這麼多事。」三上佩服地說。

「不……那個……。」

「對，沒什麼好害羞的。山科，你有個好部下，眞教人羨慕。」

「沒有啦……」連山科都跟著臉紅。

這時，制服員警匆匆進來，在三上耳邊報告。

「什麼？」

三上點點頭，開口宣布：

「各位，兼任搜查總部長的佐川一課長來了。等一下預定要開記者會，到目前爲止，針對在第一次聯合搜查會議上提出的意見即可，大家有什麼要補充的地方嗎？請儘管發言。」

眾人沉默下來，陷入思考。

只見身材高大的佐川一課長精神抖擻，邁著大步進來。

「大家好。」

佐川一課長動作俐落，態度卻不冷淡，帶著微笑向齊聲起立的刑警親切致意。

「如何？各位，案情整理得怎麼樣？聽說是密室殺人案件，記者手都開始癢了。」

「咦？」

見刑警們面面相覷，佐川一課的面露錯愕。

「難道不是嗎？可是剛才新橋署的……你是田島嗎？是從你們那邊傳來的消息。你們署裡的年輕人正爲了這消息鬧得沸沸湯湯。」

「這……我今天沒進署裡，直接過來這邊……」田島顯得有些狼狽。

「這樣啊。不過，聽說確實是密室。玻璃窗從內側上了鎖，房間又只有一個出口，門外隨時都有人，不是這樣的狀況嗎？新橋署的人說，是從一個怪傢伙那裡聽來的。」

「怪傢伙……是誰啊？」

「唔，好像是……詳情我不太清楚，說是那個宗師外孫的家庭教師，不知爲何正好來到命案現場。田島署裡的人也不太清楚那個男人的背景，只知道密室的事是他先提起的，說什麼『這就怪了。那間房應該是密室，不是就奇怪了。應該是密室沒錯，我就是有這種感覺』。」

「**那傢伙**又來了。」

井上不禁大喊，佐川課長回頭望向自己的部下。

「怎麼啦，井上？」

「不，就是那傢伙啦。他叫伊集院大介，是個纏人的傢伙。不管在哪裡，都會看到他晃晃悠悠地探出頭來。」

「他的口頭禪就是『我有這種感覺』。」山科補充道。「該怎麼說……大概是第六感很強吧，老是有這種感覺、有那種感覺地嚷嚷，到處向各種人打探消息。」

「哦，原來是個福爾摩斯。」佐川語帶嘲諷。

「課長，您也見過他。那個青年，上次您在安東宅邸前遇過一次。」

「是喔。」佐川瞇起眼睛，像是想喚起記憶。

這時，剛才那名刑警又走進來。

「新橋署的田島巡查部長，有您的電話。」

「知道了。」

田島站起來，接起會議室角落的電話。

「好，明白了。」

聽著聽著，他的表情愈來愈凝重，接著浮現異樣的緊張感。

放下話筒時，他已皺緊眉頭。

「是案件嗎？」佐川問。

「不，關於橫田命案，發現了新的事實。從昨天晚上起，我的部下就一直在『松村』附近向居民問話。今天早上，壽司店的店員剛來上班時說——」

「…………」

「昨天下午稍早時，他出去外送，看到有個女人從『松村』後門走出來。那個女人——」

「怎麼樣？」

「他只看到綰起髮髻的背影，對方又用披肩包住頭，所以沒有看清楚長相。只是，對方穿黑色和服，繫茶色底有白花圖案的腰帶——多方打聽後發現，安東喜之菊遭到殺害的當天晚上，正是做此打扮。」

好半晌，在場沒人開口。

像是實在不知道該如何接受這個訊息，刑警全都安靜下來，面面相覷。

三　琴歌（註）——十一月

1

砰、砰——啪啪砰砰、啪、砰！響徹萬里無雲晴空的清透鼓聲，戛然終止。

「是警方的人。」

聽見來應門的少女在裡面這麼說，井上巡查部長與山科警部補不經意地看了對方一眼，又各自看了一眼這棟位在明治神宮外苑附近，與傳統鼓聲毫不相稱的清幽西式公寓。

戶外終於是進入秋冬之際的景色。窗外的樹梢上，可窺見黃綠色的樹葉，襯著後方的青空，顏色益顯鮮豔。這一帶靠近森林，鼓聲不可思議地融入以路燈和高速道路爲點綴的風景中。要不是門上掛著以堪亭流字體寫成的「左近彌三郎」名牌，從時髦又明亮的室內裝潢，實在很難看出這是什麼地方。然而，鼓聲更爲這裡平添一股奇妙的魅力。

「請進，久等了。」

彌三郎走了出來。原本預期身爲傳統樂器奏者的他會穿簡式和服，出乎意料地，他穿著質感良好的白色毛衣，領口翻出毛料的格子襯衫領子，搭配合身的燈芯絨長褲。請兩人坐上沙發，自己也坐了

註——規則同「鼓歌」，是長歌樂曲中只以三味線伴奏演唱的部分。

下來後，他先拿出一個dunhill香菸的扁盒子。

彌三郎令人著迷的纖細手指和帥氣的動作，取出一根菸挾在指尖，朝桌面敲幾下，再迅速叼著香菸，拿桌上的金色打火機點火。他吐出一口煙圈，掀起眼皮朝刑警們看去。這一連串舉止如跳舞般優雅，令人聯想到電影場景。

眞是個討人厭的傢伙。不知爲何，山科對這名英俊鼓手湧現一股厭惡。

「兩位是來問八重的事？」

「對……」

幫傭的少女端來裝在漂亮碎花茶具中的紅茶，還附上裝有白蘭地的玻璃瓶和銀色的檸檬罐。從少女端茶過來到離去之間，沒有一個人開口。

直到少女身影消失在會客室門外，腳步聲也逐漸遠去後，彌三郎低下頭望著色澤美好的高級紅茶，毫無預警地開口。

「你們是想問我和八重之間的事，沒錯吧？」

「你的事也可以——或者，至少告訴我們，她是怎樣的女人……」

井上小心翼翼地遣詞用字。彌三郎做出不耐煩的手勢，制止他繼續往下說。

「不必遮遮掩掩，我是八重的情夫，你們早就知道才來的吧？」

討厭的男人——山科忽然又冒出這個念頭。

「反正大家都知道，連她老公也知道。以她的狀況來說，被蒙在鼓裡的只有老宗師而已。」

「爲何你這麼肯定？」

「請別套我話了，不用搞得這麼麻煩。」

彌三郎捻熄香菸，看似神經質的淡紅色薄唇微微顫抖。

「其實我……我內心也滿震撼的，那個……那個橫田老爹居然死了。過沒幾天，你們說要找我問話時，我就知道了。殺死老爹的果然是那女人吧——除此之外，也讓我想起許多事。」

「關於凶手是誰，其實尚未有定論……」

井上囁嚅著回答，彌三郎又聳了聳肩。

「無所謂，怎樣都好——怎樣都沒關係，要是能就此脫離那女人的魔掌，我還得感謝橫田老爹呢。你們想問什麼？八重是怎樣的女人？你們想知道她的性格，是否符合殺人凶手的形象嗎——好啊，我什麼都說，什麼都說。」

「不，請等一下。」山科內心燃起幾分怒火。「要是你以爲我們已認定安東八重是這次連續殺人案的凶手，我們會很困擾。你應該看過報紙了，我們正在尋找的重要人證，是案件發生前後，有人在『松村』附近看到的和服女子。一個很像安東喜之菊的女人。」

彌三郎嘲弄地皺起眉頭。山科再次暗想，眞看他不順眼。然而，山科不得不承認「多麼矯揉做作啊——沒有一處不完美的男人」。只是，在身爲男人的山科眼中，這個有著冷淡態度與俊美長相的鼓手，只不過是「像人偶一樣沒有感情」的人。

然而，在女人眼中——尤其是與丈夫感情不睦的盛年女子，這男人的一切肯定都發揮了魔法般的魅力吧。同樣冷淡又美麗的八重，是如何愛著這個男人的呢？一思及此，山科胸口便一陣刺痛，不由自主地想像起兩人站在一起的樣子，會多麼像是一對女兒節人偶。既妖豔又端麗的一對。

「呃……」

眼看這樣下去不行，井上大聲啜了幾口紅茶，屁股往前挪。

「既然這麼說，我們就恭敬不如從命，請教您一些失禮的問題——您和安東八重女士是情人的關係嗎？」

彌三郎猶豫片刻，似乎不知如何回答。沉默半晌後，他簡短回應：

「沒錯。」

「從什麼時候開始？」

「最早是……十年前。」

「十年前？」

「對，我剛從大學畢業，決定要靠這行吃飯的時候。」

「恕我冒昧，那怎會……？」

「你想問我怎會和八重交往嗎？說來也沒什麼，是對方先表示意思的。」

混蛋，山科心想。

「你當然知道她已爲人妻了吧？」

「當然啊。哎，也沒什麼好隱瞞的，我就直說了吧。二十二、三歲時，我的日子過得很頹廢。反正現在已過追溯期，說出來也沒關係，我連結婚詐欺之類的事都做了。由於無法在鼓手和大學生活之間取得平衡，幹了一堆壞事。使壞的結果就是落得技不如人的下場，最後只能吃女人的軟飯。」

彌三郎唇邊不經意浮現一抹陰影般的微笑，山科與井上看得瞠目結舌。彌三郎的微笑——正因長相俊美，這抹微笑更令主動暴露墮落過去的他震懾人心。轉瞬即逝的表情，使他即使待在舒適明亮的室內，仍給人一種昔日流氓武士般放浪形骸的印象。

「所以，老實講，當時我只想著來得正好。一開始，她就表現得像垂手可得的獵物——殊不知根本不是那回事，我才是獵物。」
彌三郎再次拿起香菸，緩緩在桌面上敲了幾下，然後點火。
「這話怎麼說？」
「就算要我說明，也不是能跟你們說明清楚的事。」
「安東八重勾引你了嗎……」
「怎麼可能？」彌三郎再次淺笑。「你們就是這樣才傷腦筋——只有這種老掉牙的想像嗎？如果只是這種程度也嚇不了我，我沒那麼嫩。」
「…………」
「你們應該也多少聽過類似的狀況，我就不賣關子了。簡單來說，我就是個——人肉祭品。爲了撫慰過著無聊苦悶生活的安東家公主，懂了嗎？告訴你們，起初安排我跟那女人私會的，不是別人，就是橫田老爹。」
（就在這時，碰巧出現跟她初戀情人長得一模一樣的男人……）
許久以前橫田口無遮攔的話語，忽然在山科耳邊清晰響起。
（橫田先生，我們當然只會在這裡聽聽就好。）
（這樣啊，那我就說了。太太現在的『這個』叫左近彌三郎，是左近樂隊班裡打鼓的，眞的非常英俊……）
「沒錯，橫田全都知情。他找我出去時是這樣說的，『如你所知，八重小姐沒能嫁個好丈夫。她很可憐，要是你願意，就不時跟她見個面，安慰安慰她吧』。」
彌三郎繼續說著，彷彿想趁著橫田死去的機會，將長年埋藏心底的屈辱與苦悶盡皆吐露，不管對象是誰都好。

「我從橫田那裡拿了錢。男娼、男妾、寵物……想怎麼說我都行，總之就是這麼回事。每次都是橫田安排的，而八重對我——」

說到這裡，他才語帶躊躇。不過，他立刻又揚起眉毛，自嘲著說了下去。

「八重總是用那種態度對待我，換句話說，我只不過是葉卡捷琳娜大帝（註）寵愛的小狼狗。那女人大概從沒拿我當人看吧，只因我的這個——」

他纖細的手指點了點額頭。

「我的長相、我的身材，正符合那女人的喜好。不管這副身體裡裝的是誰的心、誰的靈魂，對那女人來說，只要能跟這種長相的男人上床就好了。過去，每次和那個女人幽會後我就——該怎麼說，幾乎快發狂，只得馬上出門，搭訕第一個遇到的女人拚命蹂躪，我沒有辦法不這麼做——八重那女人，就是能讓人變成這樣的女人。」

（所以，我覺得太太也很可憐。）

山科驀地垂下視線，現在回想起來，橫田口無遮攔大談特談八重有個叫彌三郎的情夫時，語氣其實帶有幾分得意。

除了天生大嘴巴的原因外，對橫田而言，八重的不幸或許是他最無法忍受的事。遭丈夫背叛，被迫接受妻妾同居生活，還要忍受丈夫在外玩女人。看到八重成爲如此可悲的妻子，照顧了她四十多年的橫田或許怎麼也無法接受。

八重必須是女王——必須是高高在上的女皇帝。在橫田心目中，喜之助才是那個遭妻子背叛，受到不當對待，匍匐在她的腳邊，爲了報復而包養小老婆或和女徒弟勾搭的人。喜之助做的一切，不過是可悲的反擊罷了。八重有權利厭惡醜陋的丈夫，也有權利找個和她站在一起如女兒節人偶般登對，又對她百依百順的美男子。橫田如此堅信，並從中牽線。正因如此，即使對警察說出女主人的不貞情事，橫田也絲毫未顯露罪惡感，反倒洋洋得意，邀功似地迫不及待讓人知道八重的眞面目。

爲什麼我能理解這種事？山科心想，而後忽然發現——

這是因爲，山科內心對八重情夫的嫉妒，及對八重本人的幻滅等沉重苦悶的心情，在聽了彌三郎的剖白後已完全消失。

八重愛上彌三郎這個小十歲的美男子，受他玩弄，不惜在額頭上烙下「通姦」的紅字——帶給山科一股莫名的不悅與焦躁。然而，其實那只是橫田爲她找到的，與初戀情人外貌相似的美青年。八重命令橫田安排，給了金錢，將彌三郎這樣的男人玩弄於股掌之間，只爲了沉浸在對初戀男人的追憶中，完事後便頭也不回地返家——對此，山科一點也不會感到不快。這才是八重該有的樣子，甚至可說，八重有這麼做的權利與義務。

（宛如女王的八重——美麗的壞女人……不動如冰，卻又如火般燒熔一切的女人。）

「我一次都不認爲自己是八重的戀人。好幾次，朋友或左近的同事勸我別談那種『不倫之戀』，我都在心裡大笑。聽到『不倫之戀』這四個字，我眞是傻眼了。其實被當成玩具的是我，被用錢打發、被玩弄的人也是我啊。只有那女人希望時才會被找去——事情辦完了就攆走……這就是無可救藥的壞男人、靠女人吃飯的左近彌三郎，簡直太好笑了。」

「既然如此，爲何持續了十年……」

註—即凱薩琳大帝，一七二九～一七九六，爲俄羅斯在位最久的女沙皇。

井上疑惑地問。彌三郎隨手捻熄香菸。

「這說來更好笑了。你們聽到一定難以置信——我啊，迷戀上那女人了。用錢買下我，盡情玩弄我，連一次都沒把我當人對待的——那女人。」

「……………」

「那女人一定很愉悅吧。既有錢拿，想怎麼玩就怎麼玩，又不會牽扯不清，有主動送上門來的好事，像我這種壞男人當然樂意投入這段關係。沒想到，這男人過了兩、三年卻開始耍賴，一下說迷上她，一下要她跟丈夫分手嫁給自己——聽到這些話，那女人總是發笑。聽見什麼可笑至極的事，放聲大笑。無論告訴她多少次我是認眞的，她還是搖頭，我都想乾脆殺死她算了。你們知道最後那女人怎麼說嗎？你們能想像嗎？她居然說『因爲我是由紀夫的母親』。只有這句話，沒別的了。讓我迷戀她到求婚的地步，卻只給我一句『因爲我是由紀夫的母親』！哪有人這樣的。後來，大概嫌我太煩，她去跟橫田抱怨了吧。橫田來找我，教訓了我一頓。要我站在太太的立場想，還說：『這和當初的約定不一樣，沒人希望事情變成這樣，要是你再繼續任性下去，寧可不要好不容易穩定的關係，我會再找別人，跟你從此一刀兩斷。』意思是，人偶乖乖聽話才有價值。沒辦法，我只能死心。那女人就像毒品，一旦上癮，不管旁人話說得再重都不能沒有她。忘了那是幾年前的事——由紀夫還在上小學，大概是七、八年前吧。從此以後，我就什麼都不再提了。有時實在太火大，我會隨便找個女人四處帶著走，再狠狠甩掉洩忿。不過，現在連這種事都不做了。値得慶幸的是，有更像樣的獵物主動送上門。」

彌三郎再度露出震懾人心的微笑。

「這話怎麼說？」

「那個家的女人代代淫亂。」

彌三郎站起來，拿出裝在小型信封裡的信，往刑警們面前一丟。攤開水藍色的信紙，上面是年輕女孩娟秀的字體。

「只要一次就好，只要您願意跟多惠子見一次面說說話，多惠子就會得到救贖——您一定明白多惠子的心意。如果您願意見我，下次來家裡時，請看著我點一下頭。那麼，我會將寫有旅館名稱和日期時間的信寄給您。如果您要我離家，我也可離家出走……」

山科與井上迅速互望一眼。彌三郎發出滑稽的笑聲：

「眞是大淫婦的血統呢，想不笑都忍不住。」

「有那麼好笑嗎？」自認是道學家的井上完全被激怒了。

「難道不好笑嗎？我被那邊玩弄了十年，擺布了十年，折磨了十年，最後那邊卻主動送上一張強力王牌，這可是張超級鬼牌。要是我和多惠子結婚，掌握了安東流下一代的實權，女王陛下不知會有何感想？反正由紀夫那樣的孩子活不久，就算活得下去也無法一肩挑起門派對外的重擔。就連現在，他依然像一顆被八重抱在懷中孵的蛋。無論如何我都想看看，到時那女人會露出怎樣的表情。多惠子太可憐？說什麼傻話，那女孩是自願投入我的懷抱，她都這麼表白了啊。和迷戀的男人修成正果，還有比這更幸福的嗎？爲了八重那女人，我到這把年紀仍單身，遭人從背後指指點點，說我誤了自己一生。幸好拜此之賜，我才能以自由之身成爲安東多惠子心愛的丈夫——這幾天我一直笑得跟傻子一樣，連鄰居都擔心得跑來關切。」

彌三郎放聲大笑。然而，他的眼中毫無笑意，唯有笑聲像高燒夢囈般高亢得詭異。

刑警們無言以對，面面相覷。片刻後，山科才清了清喉嚨說：

「這……這事先放一邊吧，談談此次的案件……」

「我原本就在想，橫田差不多該死了吧。」彌三郎收起笑聲，繼續道：「那男人知道太多，也做了太多。他總是揣摩著別人內心深處的想法，就這麼活了五十年，差不多該受到報應了。」

「如果我說，是你為八重的事向橫田下手──」

「我？」彌三郎雙手一攤，像洋人般誇張聳肩。「如果是我，橫田這種人之後再處理就好，要殺就先殺由紀夫。」

「由紀夫？」山科與井上同時大叫。

「是啊。若是為了報復八重，直接對她下手沒用。那女人──就算掐住她的脖子，在斷氣的瞬間，與其被我掐死，她寧可抓住我的手用力掐死自己，也不會向我屈服，而我死也拿她沒辦法。無論做什麼都沒用。殺了她丈夫，她只會樂得開心。即使死的是多惠子，她連眉毛也不會動一下。橫田死的時候，她也不當一回事啊。只是，往後沒了橫田的安排，她會主動找我嗎？我在賭這一點。她想必認定我會主動聯絡，事實上我也無法不這麼做。只是，至少要忍到出現戒斷症狀為止，畢竟我也有自尊啊，警官。」

「喔……」

「所以，要讓那種女人──如果魔女也有拿什麼沒轍，唯一的弱點就是她的兒子。要是那孩子身體不這麼虛弱，而是像多惠子那樣強悍，她恐怕看都不會看由紀夫一眼。正因由紀夫是連自己都保護不了的孩子，對女王陛下來說，這個孩子沒有她什麼都做不了──一個不注意，吹了風就會死掉，如花朵般嬌弱的孩子，就是她唯一的弱點。坦白講，我認真考慮過趁放學擄走那孩子，將他千刀萬剮，直到出了這口氣為止。做到這件事，八重一定會認輸、會屈服。要讓那女人真正認輸，只能拿由紀夫開刀。」

「…………」

「你們似乎很驚訝。對我這種男人來說，十年太漫長，或許導致我變得有點不正常……尤其是和那女人在一起的十年。不過，關於橫田的命案，我不認爲是八重做的。女王陛下不會特地動手去殺不滿意的家臣，只需揮揮手說『以後別出現在我面前』就行。殺死橫田這種事，八重大概想都沒想過。不管是橫田、我，或是最初那起案件的——對了，喜之菊也好，甚至是她的丈夫，在那女人眼中全跟蟲子沒兩樣。就算我們做了什麼，只會被她當成礙事的蒼蠅。我若是眞的哄騙多惠子，跟她結婚進了安東家門，八重頂多輕蔑地看著我，把我當成骯髒的東西，絕不會嫉妒吃醋，更不可能做出拿刀刺殺我這麼可愛的舉動。要是她眞的願意這麼做，我還比較開心。」

「那麼，你認爲凶手會是誰？」

「怎會問我……」彌三郎笑出來。「這跟我有什麼關係？那是你們的工作吧？不管誰在哪裡、殺了什麼人，我都沒興趣知道。只是橫田不在了，下次幽會不曉得是何時，乾脆趁機和那女人斷個徹底吧。我只對此有興趣。」

約莫十五分鐘後，刑警們離開左近彌三郎的住處。感謝他合作，起身告辭後，彌三郎並未特地起身送客。山科在門邊回頭，只見彌三郎閉起眼，微微抬起下巴靠在沙發上，似乎非常疲倦。

那模樣宛如被抽走軸心丟棄的癱軟人偶，看起來非常孤獨、非常空虛，甚至可說非常脆弱。正因有著俊美的長相，此時的他令山科心生一股類似憐憫的情緒。

「阿山哥。」

搭電梯下到一樓，走在晚秋明朗的陽光下，井上終於開口。

「該怎麼說……」

井上向來自詡爲具有常識的人。他露出難以言喻的表情，轉頭望向彌三郎家的窗戶。

「那要如何理解才好？」

拿出香菸，井上爲難地說：

「又是一個戲劇化的傢伙。」

「是啊。」

不過，那正好符合彌三郎散發的江戶頹廢黑暗氛圍。

（總覺得這道牆內的人們，都像活在戲劇中的人物，您不這麼認爲嗎？該怎麼描述……大家都活得很戲劇化。原本能輕鬆一笑置之的事，一旦進入這道牆內的世界，就變得嚴重起來，好似愛恨糾纏的希臘悲劇——我就是有這種感覺。）

山科想起許久以前，伊集院大介說的話。

左近彌三郎也是住在「那道牆內」的人。那是帶著溫柔心境過平凡日常生活的人無法承受的黑暗、熱情與扭曲，像詛咒般束縛著他。

位於那種熱情與黑暗中心的就是八重，山科暗想。八重掌握一切的核心，人們皆受到八重的引誘，才會進入那異常的時間。

「要怎麼形容……是個像眠狂四郎（註）的傢伙。」

井上仍心有不滿地嘀嘀咕咕。

「沒錯，就是眠狂四郎。不管凶手是誰，不管身邊發生多少殺人命案，那傢伙只關心自己的感情事，開什麼玩笑啊。這次的案件眞是的，無論哪個傢伙都脫離常軌，沒一個正常人。」

山科沒答腔。事實上，他純粹是不知如何回答，一心想著要把這些事——彌三郎說的話、多惠子的信，及看到筋疲力盡倒在沙發上的彌三郎時想到的事，毫不保留地告訴伊集院大介。山科就是有這種感覺，簡直像前往告解室的信徒。如果眞的這麼做，伊集院大介恐怕也不會露出任何困惑的表情，只會坦率說出感想吧。

在所有事情上，伊集院大介的反應才是正常的，才能讓人認同。只要能和大介看到一樣的景象，產生一樣的「感覺」，就是正確的——這個奇妙的念頭，在山科警部補心底生了根。

（終於連我也中了那群人的毒嗎？）

山科甩甩頭。然而，唯有那股想跟伊集院大介見面談話、想找人取暖的感覺，怎麼也無法甩開。沿著斜坡慢慢往下走，刑警們沒察覺的是，當他們各自沉浸在思緒中邁步向前時，背後公寓的窗戶被悄悄推開，窗簾後方出現一張白皙俊美中帶著幾許狂亂的男人臉龐。那正是彌三郎。

彌三郎動也不動地站在那裡，目送刑警們的背影直到看不見，才浮起奇妙的表情。

既像是惡意，又像是嘲笑，或者說是侮蔑——甚至可說是自嘲，各種不同的表情紛紛出現在他臉上。白皙臉龐浮現微笑，宛如飄過月亮的不祥烏雲，爲他蒙上一層昏暗凶惡的陰影。

確認來訪者的身影消失在視線外，他關上窗戶。很快地，天空放晴，一陣急促的鼓聲再次響起。

註——柴田鍊三郎小說中出場的劍客，生性殘虐，殺人不眨眼。

2

山科來到安東家大門前時，左右田帶著本廳的年輕刑警出來。

「喔，阿山哥。」

左右田眼角擠出魚尾笑紋。

「事情十分棘手。」

左右田這麼說，山科停下腳步看著他。

「怎麼了？」

「還怎麼了——就是那兩把刀遭人偷走的事啊。哎呀，眞是……」

「什麼都查不出來嗎？」

「不管怎麼說，畢竟是這種宅邸，每個人都表示一無所知，說都在房間裡做自己的事，誰會曉得哪裡發生了什麼事。這就沒轍了啊。花費最多力氣搜查的是隔壁房間，也就是多惠子的房間，另一個重點是父親喜之助，可是……」

「都不行嗎？」

「兩人硬是不開口。」左右田聳聳肩，「住在後面的男孩，名叫智嗎？原本想等那孩子放學回來，問他有沒有把自己和由紀夫的事告訴別人，是不是有別人知情。不料，剛剛安東家的人嫌我們礙事，趕我們回去。等一下所有人會聚集在老宗師那邊，不知道要做什麼。我想著至少要問由紀夫話，那孩子態度不差，但總低著頭，扭扭捏捏，什麼也不說。」

「其實，我正要去加入他們的聚會。」山科應道：「正確地說，是對方要向宗師報告發生命案，但不知道能透露到何種程度，於是我主動要求出席。」

「這樣啊。」

「不過，關於偷走刀子的是誰，只能說是毫無進展吧？」

「刺殺橫田那把刀的下落也一樣。」

「還有密室的問題。」

山科難爲情地摸摸下巴，轉移話題。

「對了，伊集院老師在嗎？」

「你是指，由紀夫的家庭教師嗎？不清楚，沒看見他。不過，爲何問這個？」

對上左右田疑惑的目光，山科狼狽地打馬虎眼：

「那男人也是個怪傢伙。」

不知山科內心眞正想法的左右田說：

「不管發生什麼事，那傢伙總會晃進這個家，上次連命案現場都跟去。說是家庭教師，臉皮挺厚的。算了，反正應該不是壞人，只是眞的有種說不出的怪。」

感嘆一番後，左右田甩甩頭。

「年紀輕輕也不好好工作，光是當家庭教師怎麼養活自己？在我們看來，這種生活實在難以想像。該怎麼說，那男人一副漫不經心的樣子，搞不懂他在想什麼。最近這種類型的年輕人似乎愈來愈多。」

「喂，開始講這種話就證明你老了。」

山科試著營造輕鬆的氣氛。

「那就晚點見。」

他點點頭，往前走。

「我們會先回新橋，重新再找一次凶刀的下落。」

「辛苦了。」

目送左右田等人離去，山科緩緩走進安東宅邸。

（我又來到這裡了。）

他已對這棟古老昏暗的宅邸非常熟悉，每次一踏入散發霉味的幽暗空間，都會感到一股懷念的悵然氛圍籠罩，彷彿遠離現代的喧囂，走入往昔的平靜與悲劇氣息中。不可思議的是，他由衷感到愉快。

「歡迎光臨。」

八重出來應門，一看到山科便露出優雅的微笑，表示歡迎。

「您好，抱歉，提出無理的要求。」

「別這麼說，是我們給各位添麻煩了。」

八重一身黑色有龜甲圖案的大島紬和服，繫黃色系腰帶，梳著一絲不紊的髮髻，佇立在安東家昏暗的玄關，益發襯托出臉龐的白皙。山科警部補暗想，他確實看過好幾次這樣的瞬間。

從待在玄關仰望八重那天至今，再次站在這裡，看著女王般的她，山科感覺流逝的時間只是短暫的夢境，無足輕重。

「請往這邊。」

八重直接套上放在脫鞋石上的木屐，帶領山科走向別館。

「大家都在那邊？」

「是的，陸陸續續到了。」

「這陣子很辛苦吧？」

「不會、不會，橫田的喪事，後天會由這個家的人幫他辦。等遺體從解剖單位送回來就立刻辦——只會舉行簡單的守靈，畢竟出了這樣的事，他又沒有家人。葬禮也打算只邀親近的人參加。」

「這樣啊。」

八重走在前方，木屐踩在鋪石上，發出響亮的聲音。

「夫人。」山科開口。

「怎麼？」八重回頭，抬眼看他。

「那個……」

腦海中浮現左近彌三郎扭曲的微笑，及筋疲力盡靠在沙發上的可憫模樣。不過，山科怎麼也無法為此批判八重，更無法責怪她的出軌與悖德。

看著八重，山科想起彌三郎口中的「魔女」、「玩弄男人的女人」等非難之詞。他說的那個女人，與眼前美麗高貴的安東八重是同一人嗎？無論如何，山科都沒辦法這麼認為。然而，同時——

（就算她眞做了那些事又何妨？八重有權利那麼做。）

這句話差點從山科喉嚨裡冒出來。

「最近，伊集院老師有來嗎？」

「咦？是，有的，昨天他也來探望由紀夫。由紀夫手臂的傷勢復原得不太理想，為了安靜修養，暫時請假沒去上學。」

「這樣啊，您一定很擔心吧。」

「是啊……」

八重白皙的額頭罩上一層陰影。

「在這邊，請進。」

「好的，謝謝。」

鞋子脫到一半，山科像忽然想起似地問：

「八重夫人……您會讓橫田知道多少私人的事？」

「什麼？我不明白你的意思？」

「不，是這樣的，我想知道橫田是單純處理財務和雜事的管家，還是您視他爲接近家人的存在，或者，根本將他當成家中的一員？」

「怎麼說，應該是當成家人吧。我沒思考過這個問題，但橫田或許是對這個家……他應該是最熟悉家裡每個成員和每件事的人吧。」

八重不帶感情地說，率先走上階梯。豐滿的喜千世熱情地出來迎接，橫田的話題到此結束。

樓上，安東一門全數到齊。喜左衛門一襲正式的綢織和服，罩著無袖和服外套，捧著茶杯端坐。他的左邊依序坐著喜三郎、喜文治、多惠子、由紀夫。等八重與默默行禮致意的山科也入座，彷彿一路尾隨兩人，喜之助才慢條斯理現身，帶著不太愉快的表情坐在稍遠處。

眾人沉默不語，似乎都在等別人開口。不過，約莫是早有共識，最年長的「第一弦」喜三郎跪著向前移動。

「發生了必須向師傅報告的事。」

一如往常，喜三郎仍一身英國紳士的西式裝扮。今天他的鷹勾鼻看起來更嚴肅，傲慢的態度消失無蹤。看來，一旦到了師傅面前，他仍緊張得像個孩子。

喜左衛門頻頻點頭，看著大弟子，彷彿催促他繼續往下說。

感覺受到鼓勵，喜三郎繼續道：

「是這樣的，全怪我們不中用，竟讓那種醜事在慶祝師傅大壽的表演會前發生，眞不知該如何向您賠罪……」

「聽說，橫田被殺了？」

然而，或許是打算爲不知如何啓齒的徒弟解圍，喜左衛門打斷他，主動拋出這句話。眾人瞬間如觸電般渾身僵直。

「那是……您聽誰說的？」

當中以喜三郎最受衝擊，驚訝地問：

「那種事是誰說的？」

「你們似乎想排擠我，卻忘了我會看報。」

「師傅，不是那樣的……」

「我知道你們是顧慮我的心情，也很感謝，不過完全不知情也很困擾。八重只告訴我彩排順利結束，其他一句都不說。我一直在等，看你們什麼時候才要來告訴我。」

「師傅，我們絕對不是——絕對不是沒把您放在眼裡……只是，橫田跟了您這麼多年，我們擔心您的身體，那個……」

「好了、好了，你冷靜點。」

老宗師這麼說，像是反過來安慰他們，對弟子和女兒點了好幾次頭。

「我很清楚你們的顧慮，不過，這不是光靠顧慮就能解決的吧。不知現在調查進行得如何？橫田和秀之那個徒弟……叫什麼來著？殺死那女人的凶手，還沒抓到嗎？」

他最後幾句話是對著山科問的。不知不覺間，山科也挺直身體。

「是，我們正在努力搜查！」

語氣鄭重得像是對警視總監答話。喜左衛門身形雖小，老得發皺的臉上依然精光四射，與八重相似的雙眼炯炯有神——這些令他全身散發一股不可思議的威嚴，讓面對他的人不由得恭敬起來。

「別這麼說，接連發生這種事，刑警們都忙得沒空休息了吧？要是我家這些不成材的做錯了什麼，才眞是過意不去。」

「我……我們也沒想到，安東流周遭會發生這麼可怕的事。」喜文治說。

「可是，既然事實如此，就得想辦法解決才行。」

喜三郎出言制止，喜文治不悅地板起臉。

喜之助一語不發，始終維持雙手交抱胸前的姿勢。山科想起，爲了處理第一起命案的後續，「安東流三弦」聚集在安東家會客室時，及警方在「松村」二樓房間裡向眾人問話時，喜之助都低頭沉默不語，無視身旁滔滔不絕的師兄，逕自躲在自己的殼裡。

這男人爲何不說話？確然他不算多話，但山科不認爲他是能用「沉默寡言」來形容的類型。

話雖如此，喜之助更不會因自己排行最小，就讓師兄發言，低調退在一旁。不，正好相反，在他被稱爲「少師傅」，下任宗師地位十拿九穩的現在，無論是不是排行最小的弟子，他大可擺出領導者的派頭。至少老喜左衛門一定會認同，也樂意傾聽女婿的判斷。

不知是不是與美麗冷淡的妻子，及連膚色都不像他的孩子們坐在一起的緣故，他明明站在可發表意見的立場，面對一連串案件，卻只開了兩次口。第一次是很久以前，只發生第一起命案時，喜之助指出妻子可能是凶手。另一次是橫田死後，以控訴的目光望著妻子背影，說「等查明凶手，不管對方是誰，我都不會善罷甘休」。僅有這麼兩次。

（爲什麼他始終保持沉默？）

簡直像碰到死也不開口的牡蠣，只能捧著團團轉，什麼也做不了。山科一陣焦躁。

山科的目光轉向怎麼看都是來湊人數，盡可能縮起身子靠在一起的多惠子與由紀夫姊弟。由紀夫的左臂似乎重新接受過診療，用一大塊三角巾吊著，垂下蒼白的臉，依舊宛如不引人注目的影子。

再望向多惠子，只見她長髮披在背上，臉頰透著幾分紅潤，緊咬著嘴唇。今天她穿有白色領子的樸素連身裙，披著白色開襟針織衫。或許是一身清純打扮，她比平常更有少女味，幾乎像個小女孩。多惠子的脖子和肩膀如此纖細，竟寫那麼大膽的情書給左近彌三郎，還刻意提到她願意離家出走，實在教人難以置信。

「好了，不要再吵那些了。」

喜左衛門強硬地說，所有人正色望向他。

「不要再說什麼安東一門裡不可能有凶手，或把責任推到誰身上。既然事情已發生，也無可奈何。辦案的事就交給警方，他們會負責查出凶手，我們要考慮的是之後怎麼辦。決定了嗎？我得先問清楚，發表會還要不要辦？」

「當然要辦。」喜三郎大聲主張。「無論發生任何狀況，一定會按照預定計畫舉行。雖然對橫田過意不去，但這畢竟是慶祝師傅大壽的紀念演奏會。況且，橫田雖然是管家，但對安東家來說終究是個外人。爲師傅祝壽的盛會，怎能爲了一個外人取消或延期？就算按照預定計畫舉行，想必也沒人敢在背後指指點點。橫田侍奉師傅五十年，您的心情我們自認能夠體會。只是，這是兩回事，安東流還有我和喜文治、喜之助，絕對不會砸了安東流的招牌……」

原本想繼續說下去的喜三郎倏然噤口，只見喜左衛門緩緩舉起右手，制止了他。

喜左衛門眨了幾次眼睛，彷彿在深思。過了一會，他仍像一尊佛像般舉著右手，緩緩點頭後開口：

「所以決定照常舉行，對嗎？」

「師傅，您認爲可以嗎？」

「既然你們都決定了，就這麼辦。」

「當然我們……如果師傅不贊同，或認爲不妥當……」

「不。」

喜左衛門嘴角微微上揚。乾癟的雙唇揚起老賢者般沉靜忍耐的微笑。

「只要你們認爲那樣做最好……」

「父親大人。」八重低沉地應道：「我能理解您的心情，可是我們認爲，要是爲此取消演奏會，反而會落人口實。」

「我明白。」

喜左衛門轉向女兒。山科心頭一驚，不知爲何，總覺得很像盲人只憑聲音摸索交談對象的動作。老人目光對準的方向，與八重眞正的位置也有些許落差。

（不過，仔細想想，他已八十歲，身體再怎麼硬朗，視力衰退也是正常的。）

山科立刻這麼說服自己。

「父親大人……」

八重跪著移動到父親身邊，鼓舞似地抓住他的手。

「我們會辦一場盛大的演奏會，您什麼都不必擔心，否則會拖垮身子。」

「雖然妳這麼說……」

「比起這些，更重要的是得盡快找到接任管家的人。橫田在這個家中一手攬起的事，似乎比我們想像中多。」

「橫田的喪禮什麼時候辦？」

喜左衛門問，八重彷彿受到驚嚇。

「暫定是後天，您該不會打算外出吧……」

「我當然要去。橫田照顧我的時間，可是比妳母親久。」

「父親大人，」八重皺起眉頭，「這樣不太好。」

「妳該不會想阻止我去弔唁橫田吧？」

與其說是發怒，喜左衛門更像是驚訝。八重抿著嘴唇。

「非常抱歉，可是考慮到您的身體……」

「妳怎麼開口閉口就提這一點，我又不是生什麼重病。」

「但出門太久您會累壞，況且，離發表會沒幾天了。」

「她就是這樣。」

喜左衛門朝山科露出苦笑。像受到母親斥責不得不放棄，又想表達叛逆的頑皮少年。同時，笑容中摻雜著對女兒的愛。

「如果您堅持，等遺體送回家中，再請您去上香，這樣好嗎？」

「知道了、知道了。話說回來，眞是太可憐了，橫田啊……」

此時，老人眼中終於閃現淚光。眾人靜默不語，各懷心思地看著老宗師眼中的淚水。

四　樂之合方——過去之旅

1

山科警部補一直在找伊集院大介，並不是眞有什麼事，只是非常想把所見所聞和自己的想法告訴他。伊集院大介有一種特質，會讓人產生這種心情。

話雖如此，搜查上的機密不能隨便洩漏，山科也不想這麼做。他想告訴大介的只是——舉例來說，像是左近彌三郎扭曲的笑容，或是那如外國人般輕輕攤手的姿勢，又或是安東多惠子用什麼顏色的信紙，那天的多惠子特別像個小女孩，甚至令人湧現一股疼惜之心等等……還有，空氣的味道、誰手上拿著的書名、安東喜之助爲何沉默……山科很想沒完沒了地把這些微不足道的小事告訴伊集院大介。

既然沒有特別找他的理由，山科只能一直等伊集院大介主動出現。然而，過了好多天，大介始終沒現身。不僅如此，山科試著打電話到他家，完全沒人接。山科莫名失落，只能告訴自己，其實也沒什麼事找他，要自己忘了這件事。

不過，此時，伊集院大介的名字也出現在安東宅邸內的某人口中。

「他最近都沒來。」

「誰？」

「伊集院老師。」

「嗯，如果沒記錯，他星期一來過。」

「那是好幾天前的事了吧，不曉得他怎麼了？」

「你擔心嗎？」

「倒不是，那傢伙又不是我的家庭教師。不過，他有固定來的日子嗎？」

「沒有，每次上門才決定下次哪天來。」

「我知道他不是壞人，只是搞不懂他在想什麼。」

「智，你好奇怪，爲什麼這麼介意老師？」

「我不是介意。他幾天沒來了？三天，還是四天？之前明明那麼常來，突然不來了，不覺得奇怪嗎？喂，別誤會，我不是在吃醋，你不要想太多。」

「我沒那麼想，只是……」

「只是？」

「總覺得智……你最近怪怪的。」

「我？哪裡怪？」

「我也說不上是哪裡，不過……嗯，像你之前提到自己時，遣詞用字不會這麼粗俗……」

「這又沒什麼大不了，我也不是刻意的啊，自然而然就這樣了。」

「還有……」

「什麼啦，你說清楚。」

「最近，我會有點害怕智。」

「怕我？」

「因爲……」

「爲什麼要怕我？」

「……」

「我有什麼可怕的？你說啊。」

「不要這樣，別這麼凶……」

「誰教你要說我可怕。哎，由紀夫，你不明白嗎？我對你——我有多擔心你……」

「我當然明白……」

「我一點也沒變，無論何時都在你身邊，不是嗎？不管發生什麼事，我都會保護你……所以……別離開我，好嗎？」

「……」

「你的臉色眞蒼白，最近身體狀況似乎不太好，我……我很擔心。」

「我沒事。」

「留在我身邊——只要你在我身邊就絕對沒問題，無論發生什麼都不用害怕，我會保護你。不能離開我，好嗎？懂不懂？」

「嗯……」

「眞的？」

「……」

焦躁、不安、恐懼與激動的情感交織，隱約聽得見彼此的心跳。智搖晃由紀夫纖細的肩膀，強忍著不去訴說不斷湧上的思緒，只是焦慮地凝視由紀夫。別人是別人，我們是我們，我們和別人不同——這種無奈的悲哀脹滿智的內心，幾乎要撕裂他這幾個月來迅速成長的強壯胸膛。

「由紀夫……」

智不斷反覆低喃著這令人惆悵的名字。

這時，他們提及的那個人物，其實兩天前已不在東京。

他所在之處，是信州山中某幢遺世獨立的房子。

雖然不到四周都是深山幽谷的地步，但也遠離國道兩公里以上，得沿著一條細細的森林小徑走進去。鳥拍著翅膀從冬季的枯木間飛起，隱約聽見遠方國道傳來車輛怒吼般的喇叭聲。一尊埋在枯草中的小石佛出現在意想不到的地方，上坡路愈來愈陡。

爲了找到這個家，伊集院大介花了整整兩天。不過，按照打聽到的地圖看來，目的地已不遠。明明是彷彿即將進入深冬的寒冷日子，在國道旁的公車站下了公車，走到現在的伊集院大介，已是全身大汗，連爲防萬一帶來的防寒外套都脫掉了。

左手抱著大紅色的防寒外套，右手提著塞滿東西的帆布袋，踩著疲軟步伐往前走的他，終於停下腳步，發出歡呼。

眼前是寫著「村上旅館」的老舊招牌。

雖然遠離國道，卻是一棟頗爲乾淨漂亮的建築，不過並不是很大的旅館。伊集院大介恐怕是少轉一個彎，走到建築物的後方了。

思索片刻，大介戰戰兢兢地從看起來很容易滑倒的紅土坡往下移動。

就像這種地方隨處可見的房屋，旅館後面有堆滿薪柴與一袋袋木炭的柴房，雞隻在雞舍裡咕咕叫。往前走就看到了晒衣處，桿子上晾著長褲和圍裙等衣物，都不是年輕人穿戴的東西。

伊集院大介小心翼翼地從晾晒的衣物之間穿過，來到旅館正面。他望著玄關及大門前擺放的成排盆栽暗自讚嘆時，玻璃門忽然打開。

站在那裡的是一位老婦人。

年紀約莫七十多歲，不過，她的背一點都不駝，目光也很清明。

不——在談論這些之前，任何人只要看她一眼，想必都會明白她不是普通人物，對她留下強烈的印象，認為她不該是隱居在這種深山僻壤的女人。

一頭豐盈的白髮整齊梳成髻，黑色和服上罩著圍裙，上身是無袖的毛織和服外套，爲了保持領子的筆挺，還夾了黑色領片。此外，伊集院大介不知道的是，這身絹織和服拿到市面上可能值好幾十萬圓。

散發驚人的堅毅，刻畫出強大意志力與精神力的五官，端正得不像超過七十歲的老婦人，甚至可用美麗來形容。事實上，現在她依然很美，十年前一定是毋庸置疑的美女，二十年前、三十年前的她或許有著無與倫比的美貌。

不過，除了美麗的外表，連在如此荒僻的地方，令人一見就忘不了她的原因，還是在於那雙眼睛。

即使活到這把年紀，那雙眼睛仍未受到歲月的侵蝕，充滿耀眼的光芒。那是一雙不接受任何容忍與妥協，卻並不冷漠的眼睛。

那雙眼睛筆直盯著伊集院大介。伊集院大介站得直挺，等待那雙眼睛打量他的結果出爐。很快地，老婦人瞇起眼，笑了起來。

「歡迎遠道而來，等您很久了。」

老婦人這麼說，伊集院大介眨著圓滾滾的雙眼，打從心底鬆了一口氣：

「我叫伊集院大介，請多多指教。您就是安東藤野夫人嗎？」

「不是。」

老婦人——安東喜左衛門那與人私奔的妻子、安東八重的母親、多惠子與由紀夫的外婆，以溫和但不容質疑的語氣訂正：

「我叫村上藤野，請進來吧。」

2

「您想必累了吧？」

藤野領著大介來到二樓房間。一名五十歲左右的女子端出茶點，一句話也沒說就鞠躬告退。

「話說回來，幸好今年的雪下得遲。上個月下了幾次，只是都不到積雪的程度——要是再過一個月，不熟悉這一帶的人恐怕走不過來。」

「您一直住在這……」

伊集院大介隨意環顧清潔舒適的室內。在做好充分保暖的房間裡，坐在暖爐桌邊，兩人如舊識般互相微笑。

「請在這裡好好休息吧。」

「謝謝您。」

如果不是由衷認同的事，藤野大概絕不會說出口。她總是不躲不避，直視著對方。即使已在信州住了幾十年，開口依然是道地的江戶腔。

「橫田的事，眞令人遺憾。」

「您知道消息了？是報上寫的？」

「不，前天接到電話通知，才託人找了報紙來看。」

「您和橫田……」

「完全沒碰面，將近三十年了吧。我離開那個家，差不多是四十一歲，算算也三十年了。安頓下來後，橫田找過我，又是罵又是勸，我都放著不管。一年多後，他就不曾再出現。」

「他是怎樣的人，您還記得嗎？」

「當然。」藤野露出微笑。「是愛講話的大嘴巴，喜歡管閒事，彷佛生來就爲了當管家。他比我小一、二……七歲，當時眞的是毛頭小子。他來找我時，一下跟我講做人的道理，一下說要爲那個家著想，倒挺像個老頭子。我對他說，不想聽他那些自以爲是的話。」

「當時您是四十一歲吧，那麼，令嬡是幾歲？」

「八重……」藤野忽然望向遠方，「她是我二十……對了，是二十八歲生的孩子。」

「所以，當年她十三歲？」

「應該吧。八重今年也過四十歲了……」

拋棄女兒的母親瞬間沉默。伊集院大介有些期待老婦人說出「時間過得眞快」之類的感慨，藤野卻只是伸出不見半點黑斑皺紋的纖纖玉手，拿起茶杯喝了一口，直到最後都沒說出那樣的話。

「要不要吃一些？」她溫柔地笑著問。「在這種鄉下地方，雖然買不到什麼好東西，但客人都喜歡買這種落雁餅當伴手禮。」

「哇，謝謝。」

伊集院大介開心地打開和菓子的包裝紙。看著他，藤野忽然想起什麼似地說：

「您是伊集院先生吧，想問我八重的事嗎？可是，在她十三歲時，我們就分開了……」

「不。」大介塞了滿口的和菓子，努力擠出話聲。「不是這樣的。」

「那麼……」

「我想問的，是關於您的事。」

「我的事？」藤野微微皺眉。

「是。」大介喝了一大口茶，嚴肅地望向藤野。

藤野沉默半晌，才緩緩點頭。

「我明白了。您這麼說，表示我的事有值得參考的地方。我什麼都可以告訴您，這是爲了……解開這起殺人命案吧？」

「是的。」

「我該說什麼才好？」

「嗯，那麼，就從您離開安東家的原因說起吧。」

「關於這個……首先，還是從我嫁給喜左衛門的經過開始說比較好。

我和安東喜左衛門結婚，是喜左衛門二十六歲、我十七歲時的事。我的父親安東喜十郎是前任宗師——喜左衛門在當時年輕一輩琴師中被譽爲第一把交椅，人又長得十分好看，眾人都說他是業平

（註）再世，非常受藝伎歡迎。當時我畢竟還是十七歲的小姑娘，對那個人也很著迷。」

出乎意料地，藤野露出嫵媚的笑容。

「很多人反對我和他交往，其中最多人持的意見是，這男人太花心，和他在一起肯定會爲女人的事傷心。話雖如此，我仍太年輕了，嚷嚷著非和這男人在一起不可，否則就要去死——由於我這麼大吵大鬧，家裡看了看，周遭能繼承下任宗師的只有喜左衛門，事情也就這麼成了，還說不如早點定下來，所以就結婚了。」

「這麼說來，反而是您先……」

「是的，是我先愛上他。總之，爲了他在外頭的女人，我眞的哭過很多次，又有將近十年生不出孩子。那人對這一點有所不滿，在外頭玩得更凶，也曾和我打打鬧鬧，但這些我在嫁給他前都有心理準備——我那時還年輕，幾年後父親過世，喜左衛門三十歲左右就當上安東流的宗師。在那之前，大家都說像喜左衛門這樣的三味線琴手百年難得一見——正因有這麼好的評價，他在成爲宗師這件事上倒是沒引起太多爭議。

不久，八重出生，眾人都認爲這麼一來，安東家也該萬事太平了吧。」

「那又是爲什麼？」

「該怎麼說，我不曉得能不能說得讓您明白……是啊，眞的沒什麼特別的原因，一個都沒有。」

「…………」

「十七歲結婚，在三十二、三歲之前，只能不顧一切地埋頭過日子。丈夫愛玩女人，父親去世，

註——在原業平，日本平安時代有名的美男子。

我沒有孩子的事被弟子們說得很難聽，很長一段時間，我對誰都抱持敵意。直到八重出生後，喜左衛門非常疼愛那孩子，漸漸斷絕了和外面那些女人的關係，專注於精進技藝。畢竟當時他也過四十五歲了，開始產生追求專業表現的欲望。不可思議的是，他一變成這樣，在我眼裡，喜左衛門這個人就一點也……我再也無法把他當成丈夫看待了。」

「………」

「這種事情，別人是無法理解的。不管別人怎麼說，我都無法反駁。然而，我想成爲喜左衛門的妻子，就是迷上他的才華——我愛上的是那個人彈奏的三味線。現在的年輕人或許不能明白，喜左衛門的三味線，和其他人彈的三味線完全不一樣。嗯，該怎麼形容，可說是風情萬種，也可說是嬌柔嫵媚。當時他很年輕，完全不去思考藝術或國樂地位之類的事情。討厭他的三味線的人，常說安東喜左衛門的三味線粗俗，比不上高雅脫俗的喜十郎。但我就是愛上這樣的琴聲，他年輕時彈的《御國》，眞是精彩得不得了。至於平時的他，總之就是對女人下手快，又不夠專情。不過，我認爲這跟他彈的三味線一樣。年輕的姑娘迷上花心壞男人，不是十分常見嗎？其實，就是這麼回事。所以，不管那個人讓我傷多少次心，我都無所謂，應該說根本不以爲苦，直到他開始收斂。」

「………」

「我第一次對他說『怎麼了？你最近彈的三味線一點意思都沒有』，也曾調侃他『又還沒到清心寡欲的年紀，怎麼變成這樣了』之類的話。

於是，那個人將技藝磨練得更上一層樓——整個人都變了，變成一個好爸爸、好丈夫。不可思議的是，到了這個地步，他彈奏的三味線琴聲魅力盡失，令我大失所望。

不曉得沒聽過的人是否能夠理解，從前那個人彈的三味線，眞的是能讓胸口……緊緊地揪起來。

即使連《鷺娘》這種人人都會彈的普通曲子，他彈起來就是與眾不同。他年輕時彈的《鷺娘》啊，若您聽過就知道，從第一個音開始，彷彿就讓舞台完全暗下來……我也難以說明清楚，總之，一聽到那音色，自然而然產生站在黑暗深淵旁的心情。一個垂著頭窺望深淵的白鷺精就站在那裡，只有那雪白的身影周圍有些微亮光——很可怕的。然而，那音色又非常嬌媚，你會感到柔美的事物與可怕的事物之間，距離原來那麼近。到了合方的曲段，只能用神技來形容。即使彈相同的曲子，和其他人一樣快速撥弦，或許撥得比他快的人要多少有多少，可是，只要聽過他彈的合方，就看得見眞正的地獄。根本無法呼吸，直到『請垂憐多舛的我』這一段，才總算能喘一口氣。聆聽樂曲的當下，我彷彿坐在江戶時代的戲台下，身穿黃八丈和服——那時我還眞的是穿著黃八丈，梳少女髮髻的姑娘。該怎麼說明才好？簡直就像那片黑暗深淵從江戶時代延續到現在，而我就坐在深淵旁……長歌就是這樣的藝術，令聽者寒毛直豎，全身顫慄不已。如今，無論是誰演奏，都再也聽不到那樣的曲子，到處都找不著。現在的演奏者技巧精湛，彈出的音色也很美，但無論三味線彈奏者或演唱的歌者，全像做體操一樣自由伸展。喜左衛門總是為山藤的和東治師傅彈三味線伴奏，不是現在的和東治師傅，是這一代的父親、上一代的和東治師傅。提到山藤和東治，他和喜之家常山，並列為昭和長歌名人，人稱『和東治師傅』。昔日的和東治，一直沒能遇上合適的三味線演奏者，和我父親搭檔很長一段時間。可是，眞要說的話，父親的三味線格調高雅，擅長《秋色種》之類的曲子或獅子物（註）。相較之下，和東治師傅比較喜歡軟性一點、挑逗一點的曲風，所以注意到二十八歲的喜左衛門時，立刻上門邀他伴奏。當時大家都很意外，父親差點跟和東治師傅絕交。然而，這兩人搭檔演奏的樂曲，只能說是前無古

註—長歌中有很多最後以「獅子」作結的曲名，曲風相近，統稱「獅子物」。

人、後無來者。當時錄製的唱片，剩兩張留存至今，您之後再聽聽看吧。六十多歲的和東治師傅和二十八歲的喜左衛門，眞是不得了的組合。

和東治師傅的歌聲明明稱不上美聲，硬要說的話，是帶點粗獷味的聲線，但歌聲極爲出色——唱到高音的地方，連Si的高八度那種不可能唱出的高音都拉得上去，性感得教人忍不住嘆氣。

然而，和東治師傅卻因中風倒下，臥床五年後去世。那是八重剛上小學時的事——是的，兩人實際上只搭檔不到十年。

喜左衛門消沉好一段時間，老是感嘆再也找不到想伴奏的歌者。不過，和東治師傅的長子，以前我們都稱呼『常雄弟』的和太郎先生——說是『常雄弟』，其實也快三十歲了。他繼承和東治師傅的家業，成爲現任和東治。您應該也知道，後來喜左衛門與常雄弟搭檔，只是表演時，長歌和三味線雖然是五比五的比例，但就如淨琉璃中說的，三味線終究是賢內助的角色——無論彈得多麼出色，要是沒有好歌者，再出色的琴手都無用武之地，喜左衛門的情況正是如此。上一代的和東治師傅逝世後，他的琴聲漸漸失去光彩。」

「原來還有這樣的事。」

「就是啊。只是，現在的時代不一樣，或許只會被當成笑話。琴藝中展現的媚態與琴藝帶給人的恐懼感，如今都沒人講究了。

所以，因著這樣的緣由，我本來是迷上安東喜左衛門的琴藝才嫁給他。可是，他的琴藝漸漸失色走偏，相較之下，我寧願他在外面玩女人。即使如此，我也不會說是喜左衛門的琴藝變差才離家出走，太裝模作樣了，我並不是聖潔貞女。我……我也是彈三味線的啊，看到格局萎縮、琴藝失去韻味的那個人，忽然一陣恐懼。我當然知道自己的實力和他的等級有差距，於是放棄表現自我，甘心成爲他的妻子，就算被他外面的女人傷透了心也努力過下去。但那時我思索著，會不會是這樣，才造成無可挽回的後果——生下女兒，組織和樂的家庭，是不是反倒扼殺那個人三味線的才華，扼殺能讓人看見地獄深淵的音色。

於是，我無法忍受繼續目睹那個人的格局愈縮愈小。既然到了這地步，撇開男人與女人、丈夫與妻子的身分，以彈三味線的安東喜左衛門與安東藤野，一對一相比，我彈的三味線說不定都贏過他了——我甚至不禁這麼想。私奔的對象其實誰都可以，總之，看到失去稜角、變成凡人，技藝日趨圓熟的喜左衛門，我就無法不背叛他。您知道我和誰一起私奔嗎？」

「要是沒記錯，是前任管家。」

「對，是姓吉村的男人，大家都叫他『阿稔』，比我小十七歲。說是管家，其實很無能，是個無聊的男人。只有臉長得好看，像浮世繪裡的歌舞伎演員，他也為此沾沾自喜，就是這麼無可救藥。我們逃離那個家沒多久，我就對他厭倦了。不過，唉，畢竟是我選擇拋棄安樂的生活，無可奈何，只得當起三味線老師來養家。但那男人改不掉游手好閒的毛病，一同生活了好幾年，我們過得愈來愈差，終於落入谷底。只租得起堀切一帶的半地下小屋，過著避人耳目的生活。帶出來的錢都花光，唯一值錢的只剩下三味線——連這也隨時可能被吉村拿去典當。擔心遇到安東家的熟人，我總是偷偷摸摸地走小巷子——是過著這樣的日子。剛才提到，最初的一年橫田經常來找我，希望我能回家，一下說師傅的生活過得很糟糕，一下說小姐變成一個不會笑的姑娘，想盡辦法試圖說服我。我只是打馬虎眼回答：在電台廣播中聽到師傅的演奏，比以前好多了啊。我這麼一說，橫田就生氣了，再也沒上門。

事實上，之後我和八重見過幾次面。我淪落到堀切一帶不久，家裡的老媽子就帶她來見我。當時她只知道哭，一被喜左衛門發現，就是一頓責罰。但直到她十六歲，每年老媽子都會帶她來看我兩次，給我送錢和食物。見我連過年也沒像樣的衣服穿，就趁她爸爸外出拜年時送夾綿的衣服來。有給我的小紋和服，還有給吉村的紋付和服。不過，吉村那套馬上就被他拿去當掉了。在八重那個年紀的小姑娘的想法中，我拋棄丈夫和年輕男人過著那種生活，反倒是一樁美事。她從來不曾責怪我，也沒要求我回家。只是，她似乎以爲我是眞的愛吉村才離家出走，感到很滿意。在那之前，她比較親近父親，我不太懂她在想什麼。但或許是一年只見兩、三次面的關係，她變得會對我撒嬌，表現出崇拜母親的樣子。姑且不論吉村的內在如何，長得像畫中的英俊男人，在八重眼中，一切自然如戲劇般浪漫了吧。

這樣的八重，在老媽子死後，再也沒來過。」

「那是幾歲的時候？」

「我四十四或四十五歲，和現在的八重差不多大。至於我和吉村，只在一起五年就分手了。」

「分手了？」

「對，我忍受他五年，只是爲了贖罪，畢竟是我先勾引他，誤了他一生。但這男人不僅無趣，還認爲我養他是天經地義。養這種人五年也夠了，況且，吉村那時才三十歲左右，不像女人一輩子背負這種污點就毀了。他還年輕，只要願意，人生隨時能重來。我告訴他，當彼此做了個惡夢，就此分手吧。不過，後來費了好大一番工夫才眞的斷乾淨。想想也難怪，站在他的立場，吃軟飯比較輕鬆嘛。我和那男人分手後，在料亭當包吃住的女侍，打算重頭來過。可是，之後的四、五年，吉村仍會來找我要錢。有一天突然不再來，才聽說他和流氓起爭執被打死，死時不到四十歲，我一點都不同情他。後來，我繼續當女侍，認識現在的丈夫村上。他問我要不要一起來信州生活，那時我也累了，不想再和往昔的事有牽扯，也不想再遇到從前認識的人，心想所有的失敗就讓它都過去吧。村上比我小十歲，卻相當老實可靠，小孩也都大了。我在江戶出生成長，不曾想過會在信州山中老死。話雖如此，這是個好地方，對老人非常友善，居民重感情，環境又清幽。搬來將近二十年，我從未彈過三味線，手邊也沒有三味線。差不多到五、六年前爲止，我偶爾仍會打開廣播，在播放國樂的時段偷偷聽那個人的演奏，發現他的三味線音色依舊清澈就很高興。說來愚蠢，我甚至因此認爲離家出走是正確的決定，默默感謝上天。不過，現在不那麼做了。對方這些年也不再上廣播，我……我還會想那些事，終究是放不下心中的執著吧。明明是三十年前的事了，如今到底有什麼好放不下——放不下又能怎樣？生有一天忽然想通，從此之後，無論是成爲安東喜左衛門的妻子，還是背叛了他，我都當成一場夢。生下八重也是一場夢，我把一切都當是做夢。

無論是那麼堅持精進技藝的過去，或住在堀切破爛小屋時的怨嘆——這些都是好事。雖然我說是夢中的夢，但都是好事。伊集院先生，聽到您說想談關於殺人命案的事情時，我心想：唉，那裡的人還沒脫離煩惱嗎？在那個人世間，他們還沒察覺只是身處夢境嗎？不管是那個人、女兒八重、從未見過的外孫及女婿，仍在那個家裡痛苦悲傷，無法脫離嗎？思及此，我就會感到非常不可思議。」

「您不會想見他們嗎？」

「誰知道呢？如果命中注定會相見，就見得到吧。我並沒有逃避，也不認爲必須請人居中協調讓我們見面。雖然曾爲那個人的花心煩惱，又離家出走，剛才也提過和他之間曾打打鬧鬧，但從來沒眞的打算拿刀殺死他。一切的一切，套句現代人常說的，人類便是因此才得以成爲人類吧。如此一想，就覺得實在有趣。」

「您知道誰是凶手嗎？」

「誰知道呢……我想都沒想過。伊集院先生，您才應該知道吧？」

「我？」伊集院大介驚訝得睜大眼睛。「哪、哪有這回事，您怎會這麼認爲？」

「很多事我都看得明白，才會毫不保留地全盤托出啊。」

村上藤野的臉上，浮現不可思議的笑容。

「我也不知道原因，總之和世間一般人不同，我看得見各種事。我迷上喜左衛門彈的三味線時也一樣。當時我對父親說明，三津雄一彈起三味線，四周就會暗下來，眼前會出現黑暗的深淵和站在一旁穿白色和服的女人，所以我才喜歡他的三味線。我這麼一說，父親笑著回答，明明只是個小丫頭，竟講出這麼裝模作樣的話。父親在宗師當中稱得上是名人等級，卻沒想過一個二十多歲的年輕男人彈得出那樣的三味線。正因我看得見——或許正因我是看得見那種事的人，才會成爲安東喜左衛門的妻子，也才會非與他分手不可。或許對他而言，眞正幸福的是與看不見那些東西的女人結婚，生下許多小孩。

可是，我就是這種女人，所以我明白。明白你想問什麼，也明白必須告訴你什麼——你是能把別人告訴你的事，和別人沒告訴你的事拼湊串連起來，看出眞正模樣的人。我看得出來，你也是能看到什麼的人。你看到的景象，恐怕比我們看到的更大、更重要——所以，我才會把一切毫無保留地告訴你。我說的話能當成參考嗎？你還想知道其他的事嗎？」

「呃……」伊集院大介白皙的臉龐脹得通紅，囁嚅半天才說：「那麼，請讓我再問一些事。您認爲橫田不該被殺嗎？」

他小心翼翼地提出問題，藤野笑了。

「不，一點也不。聽到這個消息固然嚇一跳，但想想就覺得，啊，原來是這樣。你知道『狡兔死、走狗烹』這句話嗎？」

「知道。」伊集院大介喜孜孜地點頭。「您認識令嬡的夫婿，安東喜之助先生嗎？」

「是的，不過只是短暫的接觸。當時他還是十幾歲的孩子，幾乎在他剛拜入門下不久，我就離家出走。現在就算站在我面前，也認不出來了吧。我記不太清楚是怎樣的孩子。」

「那麼，您聽過喜之助先生寫的曲子嗎？」

「沒有。我是老派的人，不怎麼喜歡最近流行的新曲，連寫出那種曲子的人也不太喜歡。從我們那個時代起，只有標新立異的人才做那種事。你也聽過吧，什麼《獻給琴與三絃的合奏曲》或《三絃協奏曲》之類的，連標題用語都頗粗俗不是嗎？我喜歡的是《二人椀久》、《吉原雀》這種曲名。」

「您眞的一次也沒見過外孫嗎？」

「沒有。連有外孫這件事，感覺都很不眞實。」

「您最後一次見到八重夫人，是什麼時候？」

「我想想……」藤野思考片刻，「十六、十七，應該是她未滿十七歲的時候吧……」

「咦？」伊集院大介一陣錯愕，上半身往前探。「您該不會之後就沒見過她了吧？將近三十年，不會眞有這種事吧？」

「爲什麼？」藤野望著這名青年，微笑反問。「在那之後就沒見過了。」

「眞……眞的嗎？」

「是啊。」

「可、可是，像是向您報告結婚，還有外孫出生……當時您或許已搬到這裡，但八重夫人與喜之助先生結婚，連一句話都沒說嗎？至少寫封信……」

「完全沒有。」

「…………」

伊集院大介瞠目結舌，彷彿想徹底看清這對母女的宿命，直盯著藤野。

「這樣啊……那麼，就算請教您八重夫人是怎樣的女性，也是徒勞了……」

最後，大介終於無力地說。

「是啊，我認識的八重，只到那孩子十三歲……頂多十六歲，而且十三到十六歲這三年，一年也僅見上兩、三次面。她現在是怎樣的女人呢？」

藤野反問。大介露出認眞的目光，拚了命思考。

「是一位美麗的女性。」半晌，大介才怯生生地回答。「和您長得很像，不過還是不一樣。」

「當然，那孩子不是我，我也不是那孩子。」

「我很怕她，但也認爲她是値得同情的女性。我只是有這種感覺而已……」

「這樣啊……」

藤野陷入沉思。過一會，她忽然環顧四周，發出驚呼。

「哎呀，怎麼這個時間了。」

二樓客房有一扇正對群山的玻璃落地窗，映出橘紅夕陽。耀眼的日晃環繞著遍布紅葉的莊嚴山頭。

「您遠道而來一定累了，我卻一講起舊事就講個沒完。」

「請別這麼說。」

「洗澡水馬上就燒好了，沐浴後就會端上餐點。鄉下沒什麼豪華的料理……您討厭吃鯉魚嗎？」

「不，我最愛吃了。」

「有很不錯的佐久鯉，還有這一帶最出名的蕎麥麵。哎呀，我眞是的，說了那麼多話。」

「請等一下。」

藤野正想起身，大介喊住她。

「什麼事？」

「不用馬上也沒關係——有些事想請教您。此外，如果方便讓我帶走，想向您借個東西……」

「可以啊，想知道什麼我都會告訴你。」

「突然跑來，給您添麻煩了。現在又說這種話，眞的非常抱歉。」

「別這麼說，從秋天到春天，這一帶的旅館全是有名無實的設施。要不是偶爾有旅客上門，家裡的人都快忘了這是旅館。」

藤野發出銀鈴般的笑聲，以看不出年紀的敏捷動作剛要站起，外面傳來聲響，一個男人走進來。

「哎呀，你做什麼？不打聲招呼就跑進來。」

藤野彎著身子嗔罵對方，伊集院大介不禁睜圓眼。

那是五十快六十歲，頂多六十出頭，身材高大的中年人。一張臉黑得像舊鍋子，粗獷深邃的五官，不是用鑿子精雕細琢，而是大刀闊斧砍出來的。厚實的肩膀、粗壯的脖子，戴一頂毛線帽，下巴滿是鬍碴。上身穿厚毛衣與夾克，下身是條燈芯絨褲。

右側腋下緊緊挾著一把拐杖，相較於他的身形顯得特別小。然而，即使他有魁梧精壯的身材，右膝以下卻只剩一條空蕩蕩的布袋。

不過，這張黝黑的臉，表情開朗，清澄的雙眼宛如點著一對亮晃晃的燈，打量著大介。

「請原諒我僅有一條腿，只能站著打招呼。」他啞聲說道。「我是這裡的主人，村上壯平。」

「我叫伊集院大介，抱歉在您外出時打擾了，請多指教。」
大介看起來很開心，咧嘴一笑。就是令山科警部補都拿他沒轍，沁入人心的純眞笑容。
村上藤野的第三個丈夫，望著高高瘦瘦的青年和他臉上的笑容，很快地，也跟著咧嘴一笑。
「歡迎你來。」
接著，他在妻子的協助下落坐。
「從東京來的？」
「是。」
「我不是告訴過你，安東家發生命案，有人要來問一些從前的事情？」
坐在單腳的丈夫身旁，藤野看起來就像依偎岩石的百合花。只見她溫柔地笑著說明，一邊爲丈夫斟茶。
「那麼，你是警察？眞是人不可貌相。」
「不是警察，是安東家孫子輩的家庭教師。」
藤野解釋。看來，至少這對夫妻之間沒有任何需要隱瞞對方的事，也不需要多餘的顧慮。
「這樣啊，是家庭教師，眞厲害。」
「不，我不只是家庭教師，其實還經營升學補習班。」
刻意不提只有一個學生，大介這麼說。
「喔。補習班——那得稱你一聲『老師』了，老師。」
「不……嘿嘿。」
大介難爲情地搔搔頭，藤野悄悄走出房外，再回來時，手裡端著一個裝滿野澤菜的小碗。

「總算能醃出跟土生土長的人一樣的滋味——這配茶很好吃。」
「哇，我最喜歡這個了。」大介立刻伸手抓了一些。
「今晚當然會住下來吧，老師？」
「老師，別只住一個晚上，多住幾天好嗎？」
「偶爾有人來時，我眞的都很高興。今晚就請你陪我喝兩杯嘍。你還年輕，一定再多也喝得下吧？」
「沒、沒這回事，我不會喝酒。」
「什麼，居然不會喝，太沒用啦。內人不僅是女人，還七十多歲了，連她都能輕易喝乾三、四合酒。別看她外表文文靜靜——況且，這一帶出產很棒的酒，除了當地居民，幾乎沒人知道。老師趁機喝一點吧。」
「不，可是我……」
大介笑嘻嘻地看著夫妻倆。
藤野表情柔和，彷彿訴說著這位著了某種「魔」，度過波濤洶湧一生的女性，終於來到得以棲息的地方。那就是眼前只有一條腿，說話大聲卻有雙明亮眼睛的壯漢身邊。
（八重何時才能找到如此安心的歸宿？）
神賜的平安遠勝所有人的意念——伊集院大介輕輕低喃。彷彿聽見這句話，藤野忽然望向遠方說：
「奇怪的是，在這裡住了二十年，我有時仍會夢見自己出生的那個家——那個在若林的家，連在戰爭中都沒燒毀，眞的有將近百年的歷史了。如今還有那麼多人住在那裡，在昏暗的屋內彈奏三味線，生活其中。一思及此，我就……老師，您去過在若林的那個家嗎？」

「是啊，我常去拜訪。」

「剛進玄關的地方，牆上不是掛著大海龜的標本嗎？那是先父從香港買來掛上去的。那個人就是有這種莫名孩子氣的地方。我記得八重三或四歲時，非常害怕那隻海龜，一心認定海龜會動起來。明明很害怕，她卻一動也不動地盯著，等著看海龜動起來的那一刻。真是個奇怪的孩子，每次挨罵就躲進儲藏室不出來。她也不哭，就是躲起來而已。我在那個家出生，在那個家生下八重。那座老房子——老舊、陰暗、瀰漫著霉味……有時我還會夢見那條走廊……」

藤野不再開口，大介和村上也沉默不語，沉浸在她遙遠的思緒中。

夕陽緩緩西下，將群山染成炫目的顏色。鳥從金黃色與橘紅色的雲彩之間飛過。

像是被某種惆悵的思念與感傷包圍，三人靜靜凝視著信濃的暮色。

4 CHAPTER 第四章

重回本調子

——第三根弦調高一音階～加入樂隊伴奏

「老師！」

突然，有人大聲喊——這充滿活力的年輕聲音一喊，伊集院大介倏然停步回頭。

眼前出現江島智的笑臉。原本令人聯想到年輕小狼的長相，如今更增添幾分剽悍。儘管透著一絲憂鬱，但在年輕單純的光彩彌補下，現在的他看起來非常俊美。

智似乎剛從學校回來，還提著書包。他的制服釦子沒扣，直接披在肩上，從安東家那道長圍牆轉角處走過來。

「好久不見，你上哪去啦？」

起初，智雖然對大介表現出不信任的態度，但得知大介認同他與由紀夫的事，加上大介天生吸引人的特質，已沒有負面觀感。那燃燒著黑暗火焰的有神雙眼望著大介，智說著話走近。兩人隨即並肩前行，智的身高幾乎與大介差不多。

「你原本就這麼高嗎？」大介睜大眼問。

「最近好像又長高了些，我大概處於發育期吧，體重也增加了。」

「哦……」

大介打心底羨慕，上下打量著智。的確，智比上次見到時，體型似乎大了一、兩圈。不過，這不只是多了幾公分身高，或多了幾公斤體重的問題。

捲入這種案件後，智產生非保護由紀夫不可的心情，始終旁觀著大人之間糾纏的愛恨情仇——他原本就是私生子，和成爲喜之助小老婆的母親一起住進安東家，被喜之助收養。在這樁命案之前，他的生活只有痛苦和悲哀，但那些或許成了肥料，讓他在遇上當下的狀況時破殼萌芽，迅速成長，壓抑不住的青春活力不斷迸發。

江島智這個孩子，肯定不會庸庸碌碌過一生，見到他的人一眼就能明白。雖然會往好的方向，還是壞的方向成長，端看他接下來的際遇發展，不管怎麼說，他將來必定會是鶴立雞群、非同小可的人物。身在不斷展開驚人變化的案件中，他正陸續拋掉身上最後的一點少年氣息，及孩提時代的怯懦膽小。

「老師，如果你是來教由紀夫功課，今天不方便。」

智斬釘截鐵地說，隨意指向圍牆內。

「明天就是紀念演奏會，今天客人不停上門，由紀夫也一直在和大家一起進行最終的排練。」

「喔……」

原來就是明天了嗎？大介略感意外地抬起頭。在藤野夫妻的挽留下，他又在信州多住幾天。這段期間，東京似乎什麼事都沒發生。兩樁命案的搜查毫無進展，呈現膠著狀態，也沒聽到任何讓他必須趕回東京的新聞。

這麼一提，圍牆內確實傳出如細浪翻湧的三味線琴聲，伴隨著聽不出到底在唱什麼的歌聲，不間斷地迴盪在耳畔。

「智同學，你會去嗎？」

「是啊。」智露出挑釁的目光，「很多東西需要幫忙搬運，況且——」

「……」

「況且，我放心不下由紀夫。」

「噢……」大介發出有些錯愕的滑稽聲音。

智警戒地瞥一眼大介，思索片刻，才忽然想起似地問：

「老師，關於我和由紀夫的事，你怎麼想？」

丟出這個直球，智小麥色的臉頰染上一層紅暈。

「什麼怎麼想……？」

「老師，告訴我眞心話吧。我好愛由紀夫，又好擔心他，擔心得受不了——你覺得我很奇怪嗎？像我和由紀夫這樣，是異……異常的嗎？」

智皺起兩道濃眉，眉下炯炯有神的雙眼，求助般凝視著大介。大介露出認眞的表情。

「不——不，至少我不那麼認爲。」

大介拚命找尋適合的詞彙。

「其實我從來沒想過，你們是那個……同、同性戀之類的。不是這種關係早就存在世上的緣故——我跟你說，智同學。」

大介注視著智，以有所顧慮但熱切的口吻說：

「如果由紀夫同學像他姊姊一樣堅強，脾氣不好，身體健康——不，暫且不管這些好了。如果由紀夫同學是平凡人家裡的普通小孩，就算長得再美，你恐怕也不會瞧他一眼。畢竟就一般而言……很抱歉我這麼說，但站在你的立場來看，他本該是令人憎恨的元配的小孩，你們互不理睬才是理所當然的吧。只因由紀夫同學體弱多病，又夾在父親、母親與姊姊之間，想說的話一句都不能說——他如此柔弱，才會觸動你本能的保護欲。更準確地說，智同學，你無論如何都需要一個『不能沒有你』的對象。這樣的事實讓你心動，由紀夫同學又恰巧在你眼前，加上你從小旁觀大人之間的情愛糾葛，認爲女人是不潔的動物，一點也不想和她們有所牽扯——少年潔癖推波助瀾，於是你選擇由紀夫同學爲戀愛對象。這是非常自然的事，眞要說的話，是少年時期常見的事。你一點也不異常，實際上，你本性是非常直率單純的男孩。現在你應該已發現，女性並非一生下來就是不潔的低級動物，而是男人讓她們變成那樣。既然察覺這一點，未來你一定能好好喜歡上女孩。」

「老師，我打算守護由紀夫一輩子。」

大介的話明顯影響了智的心情，智仍挑釁地回應，彷彿不願聽到別人質疑他對由紀夫的忠誠。

「當然，這個——」

「聽我說，老師。我啊，才不管這些噁心殺人命案的凶手是誰，更不在乎凶手的動機，就算凶手是老媽也一樣。不過，要是那傢伙下一個目標是由紀夫，要是那傢伙敢動由紀夫一根手指，要是讓我知道那傢伙是誰……」

「……………」

「到時候，我一定會去殺了那傢伙，我發誓。老師，無論如何我都會這麼做，我……」

智忽然閉上嘴巴，轉過頭，仰望那座不斷傳出樂聲、黑壓壓聳立眼前的大宅。這房子吞噬了本該無緣的藝伎私生子，將他所愛所恨的人皆封閉其中。對過去的智而言，這是巨大的怪物。智望向大宅的眼神中，醞釀著幾近憧憬的熱意，熊熊悶燒。

「我會離開這個家，帶著老媽和由紀夫——由紀夫根本一點也不想繼承這個家。他喜歡天文學，長歌宗師什麼的，讓想當的人去當就好了。所有人，這個家的所有人都說由紀夫活不久。說他這樣、說他那樣——簡直像希望由紀夫早點去死。所以，我要帶他走，快點帶他到別的地方，讓他做眞正想做的事。至於老媽，如果她想留下，只能讓她留下，沒辦法。我當然不願意，但無可奈何。等紀念演奏會結束，反正我快畢業了，我會去工作養活由紀夫。在那之前，不管任何人打什麼壞主意，說什麼話想挑撥我們……」

智似乎懷疑大介的那番話，是爲了拆散他和由紀夫的讒言，狠狠瞪著大介。於是，大介急忙清了清喉嚨：

「不是的。當然，那個——」

伊集院大介說的話，智當成耳邊風。他的視線穿透大介，望向爲了明日的紀念演奏會，聚集眾人忙碌練習的宅邸。

「智同學，既然你都這麼講了，我就直接問嘍？你是不是經常在夜裡溜進由紀夫同學的房間，跟他說話？」

「沒錯。」

大介小心翼翼地問。智皺起眉頭，不悅地回答：

他的意思是，那又怎樣？

「那麼，那天晚上呢？你記得嗎——就是……喜之菊遇害那時，正下著雨……」

「我記不太清楚，應該去了吧。對，我去了——啊，我想起來了，由於聽到『有人被殺了』的嚷嚷聲，我趕緊去找由紀夫，多惠子那冒失鬼也跑進來，所以我們才一起去會客室。」

「等、等一下，你剛才說，是先聽到疑似有人被殺的騷動聲，才去由紀夫同學的房間。那麼，喜之菊遇害時，你還在自己的房間，這是眞的嗎？」

大介忽然非常激動，話聲高亢了起來。

「你聽到誰喊著『有人被殺了』、聽到警車的鳴笛聲，在騷動中前往由紀夫同學的房間，沒錯吧？」

「是啊。怎麼了嗎？難道你想說，我沒有不在場證明？當時，我在自己的房間念書。由紀夫總是吃過飯就先睡了，就算我要去，也得等過了十二點。」

「那天晚上——」

「我應該是十一點去的。叫醒由紀夫時，他睡得正熟。」

智懷疑地盯著大介。

「老師，不要爲了莫名其妙的理由懷疑由紀夫。」

「不是的，我只是有件事想問。智同學，你說案發前後待在家裡，當時你有沒有聽見被害者彈奏的三味線琴聲，或她的歌聲？此外，發現屍體的目擊者表示，被害者跑出大門之前，她曾聽見撥子的刷弦聲，你有沒有聽見那種聲音？」

「不，我沒聽到。老媽在隔壁看電視，連她對著牆壁喊『這很好笑，你快來看』我都沒聽見了。」

「你沒聽見啊，原來如此。」伊集院大介陷入沉思。

「怎麼了嗎？」

「沒有，我只是有點好奇。畢竟站在這裡，從馬路上也能聽清楚宅邸內的聲音。」

接著，大介再次仰望天空。智彷彿受到感染，也抬起頭。十一月已過一半，鳥發出鳴啼，飛過快要暗下來的天空。像是要掩蓋那道鳥鳴，三或四人合奏的三味線琴聲，響徹晚秋的天空。接著，琴聲倏地中止，一個清朗的男性歌聲，在沒有伴奏的情形下響起。

「雨啊，下吧下吧，若是風就別吹。

我家老爺是撐船，

風若是會說話，就替我帶個話吧。

吹遍諸國的風～」

此時，三味線琴聲再度響起，爲散發莫名哀愁的歌聲添上伴奏。

「眞不錯。」

大介毫不保留地表達感動，智正想回應——

「老師！這不是老師嗎？你到底雲遊去哪裡了啊！」

熟悉的大嗓門衝入大介的耳朵。排練場旁，圍牆上的木門打開，就像那天晚上喜之菊衝出來時一樣，山科警部補忽然從門裡衝出來，笑得臉皺成一團。

「喔，你好。」大介開心地笑了。

「你上哪去了？明天就是紀念演奏會，現在宅邸內忙得人仰馬翻。算了，總之，老師不在的期間發生了各種事，我有好多話想跟你說……」

山科喜不自禁，笑著拉起大介的手。

智目送兩人走進木門，瞇起的眼裡多了幾分險峻之色，透出陰鬱的思緒。高揚的三味線琴聲，再度如波浪般湧起。

一　大薩摩（註）——暴風雨前

1

隔天，十一月二十五日。

慶祝安東流宗師——安東喜左衛門八十八歲大壽的紀念演奏會，就在這天舉行。

以國寶級大師爲首的一大門派，近來接連發生兩起殺人命案，在新聞媒體上喧騰好一陣子。然而，這是號稱全國共有三萬門人的巨大流派，暌違多年才舉行的演奏會，不可能輕易取消。

這天早晨，出現以十一月來說並不常見的晴空，湛藍得幾近可悲。藍天下一切無所遁形，看得一清二楚。就是一個這麼晴朗的天氣。

「就是今天了。」

這天終於到來了嗎？山科警部補在警署窗邊，俯瞰著東京街頭喃喃自語。

不知爲何，山科總覺得，安東喜左衛門八十八歲大壽紀念演奏會這天，正是一連串暗潮洶湧案件眞正落幕的時刻。

（不……）

註——指的應是「大薩摩節」，是古淨琉璃的一種，曲調豪爽壯闊，後爲長歌吸收。

說落幕或許太過，不如說是高潮。

（案件的眞相尚未出現，一切正要開始。）

忘了伊集院大介什麼時候說過這句話，似乎已是很久以前的事。

（伊集院大介到底釐清了什麼？）

他消失一陣子，又帶著一派輕鬆的表情與頎長的身軀，像一根隨風飄動的蘆葦再次出現。

（在演奏會的前一天……）

不管是這些事也好，那些事也好——之前發生的一切，似乎都只是爲了告知今天即將發生非同小可的事。山科警部補就是有這種感覺。

（九點半——）

此刻，安東家上上下下一定忙得不可開交吧。昨天造訪時，演奏會的諸般準備事項已完成，畢竟是重要的演出，管家橫田又不在了。

響個不停的電話、進進出出的汽車、前來幫忙的人——

（千代姊，妳先去國立劇場那邊吧。要麻煩妳帶去的有這個、這個、那一袋，這樣就行了。）

（等等，**伴手禮**只有三百份，夠嗎？那邊箱子裡的拭手巾有兩百條，這邊的有五百條吧？）

（怎麼現在才來說譜架不夠？哎呀，眞是的，既然所有人都要上台的只有《花見踊》一首曲子，不夠的部分先跟和吉師傅借就行了吧。）

（大姊還沒從美容院回來嗎？）

（拜託，誰去接個電話！）

（「蔦家」打電話來，說便當會遲些才準備好，大約一點送到休息室。）

（八重呢？去哪裡了？真是的……）

那座死氣沉沉的大宅，久違地充滿蓬勃的朝氣，一大清早便熱熱鬧鬧，擾亂了近鄰的安眠。

（爲了今天——）

第一起命案的被害者安東喜之菊慘死當日，便是在練習預定於這場演奏會上表演的《綱館》。第二起命案的被害者橫田，則在爲了今天這場演出而舉行的預演當天，死於會場中的一間休息室。他遭到刺殺時，緊握的也是從《綱館》樂譜撕下的一頁。當天的預演因而中斷，幾天後，放棄將所有門人集合起來預演的形式，改爲找各自的師傅排練，期間既沒有人殺人，也沒有人被殺。

（一切都是爲了今天嗎？眞教人意想不到。）

在不斷向前流逝的時光中，偶爾會忽然出現這種宛如分歧點的一天。其他人不知道，但對以安東八重或「安東三弦」爲首的安東流門人而言，這天才是他們期待已久的高潮。不惜犧牲一切，就爲了這神聖祭典般的一天。

能夠平安度過今天嗎？山科暗忖。不可能——聽見內心立刻發出如此堅定的反駁，他嚇了一跳。看來，我終於成爲一個貨眞價實的神祕主義者——儘管試著自嘲，那份確信依然揮之不去。

（伊集院大介現下不知在哪裡，又在做些什麼？）

雖然不曉得大介之前去了哪裡，既然趕在這天來臨的前夕返回，表示他有相同的預感。

山科警部補出神地思考著伊集院大介與安東八重的事，一邊俯瞰窗下踩著匆忙腳步通勤的男男女女。這時，左右田抱著一大疊資料走進來，看到山科便大喊：

「阿山哥！」

「啊……喔，什麼？」

山科赫然回頭，表情像是撞邪。

「不就是今天嗎？你忘了啊，安東流的演奏會。」

簡直像是讀出山科內心的想法，左右田刑警說道。

「啊，是嗎……」

「你不過去？」

「唔……」

山科雙手交抱胸前，裝出一副猶豫不決的樣子，其實心裡想去得要命。

「你不去嗎？」

左右田反倒十分訝異。

「你覺得呢？我去比較好嗎？」

「當然，本廳那群人可能也會去觀察狀況。總之，這次是聚集多達五千人的場子，之前又發生那樣嚴重的事，我以爲阿山哥一定會去。」

「不是啦，畢竟這已歸總部管轄……」

「話雖如此，一開始可是我們轄區內的案子。」

「所以，長叔，你認爲我應該去比較好嗎？」

「我是這樣想。」

「也對。」

山科按捺住雀躍的心，露出爲難的表情。老實說，他很想去。一方面想去見安東八重，另一方面也擔心會再出什麼狀況。此外，有一部分是像孩子一樣，對盛大的演奏會充滿好奇。

不過，更重要的是，原來連左右田都感受到了。山科心想，那不可思議的、蠢蠢欲動的預感「今天不可能平安度過」，如芒刺在背，這位老練的刑警肯定也有一樣的感覺。

「長叔，」山科警部補換上嚴肅的表情，「是在國立劇場吧？」

「是啊，上次去的時候，應該有拿到節目單，放到哪裡去了……」

「幾點開始？」

「請等一下。有了、有了，在這裡，找到了。十一點開始。滿早開始的——也對，畢竟要演奏這麼多曲子……那群人應該正忙亂吧。」

左右田仔細端詳著節目單。翻開第一頁，印著安東喜左衛門的大頭照，蒼老的臉上滿是皺摺，下面是他「致詞」的內容。

山科抬頭望向牆上的時鐘。

「十一點開始啊，現在九點半……」

只要處理一些公文，大概十點多就能從這裡出發。

「幸好今天這邊沒發生棘手的案子。」

左右田看了看黑板和電話，嘴上嘟噥，似乎也很想去。山科挺直背脊，內心一陣振奮，想起遙遠的昔日，第一天値勤的早晨，也曾有相同的興奮。他對左右田點點頭：

「長叔也一起來。不管怎麼說，最初接手這起案子的可是我們。」

同一時刻，在離警署不遠的若林，安東宅邸內兵荒馬亂的準備工作恰恰告一段落。

「多惠子小姐——多惠子小姐，請不要亂動，不然太鼓結會歪掉。」吉嫂氣喘吁吁地嚷著。

「好啦。」

一如往常束起頭髮，繫上大大的蝴蝶結，盛裝打扮的多惠子撐在衣櫃上。吉嫂正在幫她用力繫上雙層的**太鼓**結。

多惠子身上穿的，是絞染成鮮豔大紅色的和服。

「好，可以了，小姐。」

吉嫂退後一步，打量繫好的腰帶，一臉心滿意足。

「哎呀，都是老爺子那裡亂了一陣，只好最後再幫小姐梳妝打扮了。」

「沒關係，反正我下午才上場，就算提早去，也只是在那裡忍受拙劣的演奏罷了。」

原本這幾天，多惠子總是顯得說不出的沮喪，現在看來，她似乎把那些情緒都拋到腦後了。

朝鏡中自己美麗的身影迅速望一眼，滿意地揮舞衣袖，她已完全回復成山科第一次見到時，忍不住讚嘆的那個宛如初綻牡丹的驕縱美少女。

這時，八重打開更衣室的門，走了進來。

「多惠子——多惠子，還沒準備好嗎？車來了。」

「準備好了。」

看見母親的瞬間，多惠子的眼底浮現奇妙的熱氣。那是一種既像贏得勝利，又像心懷歉疚的異常高昂的情緒，然而，這目光只與帶著由紀夫站在昏暗走廊的八重擦身而過，隨即消逝。

八重已打扮整齊。今天師傅統一穿著稱為「床著」的黑色和服。安東門人穿的是黑色的羽二重紋付和服，腰帶上有安東家的桔梗家徽圖案。八重穿的則是黑底上有青海波織紋的紋付和服。

一身黑的打扮，讓清瘦的她顯得更老，看起來更難接近。看見八重的瞬間，多惠子眼中浮現的，或許是判別出自己勝過母親，產生女人之間的優越感吧。

不過，八重絲毫未察覺女兒的心思——至少，表面上是如此。
「走吧，動作快。妳父親一定不高興了。」
「爸爸去國立劇場了嗎？」
多惠子提起縮緬材質的手提包，匆匆將錢包和手帕塞進去。在這昏暗的家中，只有她的周圍彷彿燃燒著緋紅的火光。
「是啊，所以要快一點。」
八重等不及似地回望由紀夫。由紀夫躲在母親背後，一襲紋付袴像是借來的，不太合身。
「走吧，我們先上車。」
八重環抱由紀夫的肩膀，朝走廊小跑著離開，身上的衣服發出沙沙聲。目送兩人遠去的多惠子，恨恨地叨念：
「急什麼啊，眞煩人。」
「不能怪她，今天是大日子。」
吉嫂替多惠子披上橘紅色和服外套。
「快去吧，別讓人家等。」
「我知道啦……」
驀地，多惠子做夢般望向遠方。
連吉嫂再次催促也恍若未聞，她踏出走廊一步，就失了魂般佇立不動。
（彌三郎先生……）
多惠子低聲吐出，誰也沒聽到的低喃。

「小姐？」

「好——噢，我出發了。」

方才那嬌媚忘我的神態轉瞬即逝，多惠子快步走向玄關。這時她已搖身一變，露出趕赴戰場的堅毅表情。

「妳在搞什麼？」

八重和由紀夫已坐上停在門前的黑色禮車。八重不耐煩地出聲斥責，不等多惠子回應，一看到她坐上車，立刻搖下車窗。

「吉嫂，麻煩妳顧家了，幫我多留意爸爸。」

「好的，路上小心。」

禮車向前駛出。安東家門前停了好幾輛同款的禮車，排在後面的那輛往前滑行，一在門口停好，司機立刻開門跳下車。這次從玄關出來的是智，穿著比平常正式一點的長褲和毛衣，雙手扛著一個大箱子。

「這個……他們忘了帶。」

吉嫂進了廚房又走出來，拿著小保溫瓶和一個紙袋。

「這是什麼？」

「由紀夫少爺的藥，和太太的藥草茶。麻煩你拿到休息室給他們。」

「只要交給由紀夫就好了，對嗎？」

智搭上車，而後是昨晚留下幫忙的年輕弟子，搬著堆成小山高的物品上車。

「我瞧瞧，應該沒有其他要帶去的東西了。」

唯一穿著日常圍裙的吉嫂也被匆忙的氣氛感染，坐立不安地搓著手。

「這些就是全部了。」

看著堆在玄關和旁邊小房間裡的袋子和箱子都搬光，吉嫂才鬆一口氣。

「哎呀呀，這下總算告一段落。」

「可以了嗎？要關車門嘍？」

碰地一聲，車門關上。

「大家要到晚上才能回來了吧。」

吉嫂話還沒說完，最後一輛車已駛離安東家門口，掀起漫天塵埃。

「哎呀、哎呀，得去泡茶了。」

目送眾人離開後，吉嫂大大呼出一口氣，捲起圍裙下襬走回屋內。安東家大門再次緊閉。

然而，彷彿正等著這一刻，後面那扇供住在兩棟長屋裡的人進出的木門悄悄打開。不用說，吉嫂當然沒聽見。

從門內走出來的是友子。她穿著毛衣、喇叭褲和短大衣，身上散發著酒味。走到已看不見車影的圍牆前，她略顯不安地回望了幾次，嘴裡嘟噥：

「智這傢伙，總是嫌我這個媽礙事，別忘了我也是名正言順的安東流門生。這個臭智，實在太奸詐，找了個去主屋幫忙的好藉口，就混進去了——對啦、對啦，每次都丟下老媽。可是，人家也很想去瞧瞧你爸重要的演出，就算只能站在舞台內側也好。雖然臭智不准我去……要生氣就生氣，我才不怕你。就算是老媽，也有資格看你爸的演出……哼，我才不怕你罵。」

友子踩著踉蹌的腳步，憤憤不平地抱怨根本不在眼前的兒子，跌跌撞撞地往前走。這時，正好對面開來一輛計程車，她趕緊招手攔下。

「請到國立劇場。」

司機面無表情，連聲回答也沒有，直接發車。友子向後靠在椅背上，用力呼出一口夾雜酒臭味的氣。不知爲何，她的表情非常落寞無助，像迷了路、無依無靠的孩子，令人爲之心痛。

無論如何——

幾輛車紛紛前往同一個目的地，車上的人各懷心思。於是，隨著向前奔馳的汽車，幾顆糾纏、牽扯的心，終於即將再度聚集在同一個地方。

2

「哇，好像開始了。」

載著山科與左右田的計程車停在國立劇場前時，劇場入口附近已滿是盛裝打扮的人潮。

「眞不得了。」

左右田看傻了眼，抬頭仰望立在入口左側的大看板。上面龍飛鳳舞地寫著：

「三世安東喜左衛門傘壽紀念
安東流長歌演奏發表會場」

兩人往前一步，踏入鋪著蓬鬆柔軟地毯的大廳，裡頭已熱鬧得像在舉辦祭典。

到處都是盛裝女子興奮如麻雀般吱吱喳喳交談的身影，將四下妝點得華麗非凡，宛如變成一個特別的世界。有年輕姑娘，也有上了年紀的婦人。有人穿著低調樸素的和服，也有人穿著光彩奪目、顏色鮮豔的振袖和服，頭上高高梳著日本髮髻。所有人看起來都很興奮，拿著捲起來的節目單，在大廳內外進進出出。雖然季節不符，感覺簡直像來到繁花盛放的山中。

她們走到哪都能遇見熟人，或者四處找尋自己的師傅，寒暄、交談聲如潮水一波波襲來。不時有穿西裝或紋付和服的男人，興沖沖地在爭妍鬥豔的女人之間穿梭走動。演奏廳入口附近擺滿花籃，甚至有知名的重量級女星送給安東喜左衛門的花。

「請拿一本節目單。」

兩名刑警想直接走進流瀉出三味線琴聲的演奏廳時，櫃檯接待的女孩攔下他們，遞出小冊子。左右田出示先前拿到的節目單，婉謝了她。

「不曉得現在表演到第幾首了？」

山科這麼問。他打算有時間的話，先繞到休息室向八重打招呼。

「才剛開始。現在是這首，《梅之榮》。」

負責接待的姑娘也穿著和服，看來是某位師傅的徒弟。她指出節目表上正在進行的曲目。這首曲子安東八千代也會上台，表演者大概是她的徒弟吧。

「可以去休息室嗎？」

「可以，請自便。」

問了休息室的位置，兩人並未立刻前往，而是先到演奏廳內查看目前的狀況。入口前，站著看似今天也要上台表演的年輕女孩。一旁的中年婦女可能是她的母親，兩人恭恭敬敬地和熟人交換手中的包袱，語氣誇張地互相道謝。同樣的景象，廳內隨處可見。

演奏廳內燈光偏暗，入口附近站了不少人，坐在位子上聽表演的人倒是不多。比起好好聆聽演奏，大家似乎都把精力放在走廊上的交際活動。

舞台上打著聚光燈，將金屛風及鋪在前方的紅地毯照得相映成輝，一個身穿華美和服的女孩以高亢尖銳的嗓音演唱著長歌。才剛踏入演奏廳，樂聲瞬間如浪潮般湧入耳中。雖說大廳裡的擴音器同步播送演奏廳內的演出，但幾乎被人們交談與進出的嘈雜聲浪掩蓋，一點也聽不清楚。

除了正在演唱的女孩，與三味線行列中坐在第二個位子演奏的女性外，舞台上的其他人一律穿黑色紋付和服，繫上白色系腰帶。坐在演唱者旁邊彈奏三味線的是個熟悉面孔，正是安東流的大師姊八千代。

悠閒地聽了一會演唱後，山科才和左右田步出演奏廳。兩個身穿紋付袴，拿著大扇子的姿態宛如武士帶刀的男人對他們投以一瞥。來到大廳，由於人實在太多，混濁的空氣加上花籃散發濃烈的香氣，使他們差點喘不過氣。

這時，左右田忽然用力抓住山科的手，山科猛地停下腳步，也嚇了一跳。

迎面走來的，是一群穿和服的男人。四處都有人向他們打招呼，他們也不停向人寒暄。這群人不是直接抓著手鼓，就是提著太鼓繩，也有拿笛子的。連身上的和服，都和一般表演者不同。

「今天要麻煩各位了。」

一個就站在山科左邊，穿淺色和服、貌似藝伎的女人，恭謹地對那群男人低頭致意。

「您是演唱《島之千歲》的歌者吧？請多多指教。」

彎腰行禮，再緩緩抬起頭，提著鼓的男人，原來是左近彌三郎。

山科警部補不願去多想自己爲何心驚，只犀利地盯著彌三郎。這群樂隊班的師傅，在擁擠的人潮中莫名醒目，顯得與周遭格格不入，大概是在將大廳擠得水洩不通的演出者及其家屬、友人、賓客中，只有這群人早熟悉這樣的場合，身處其中再自然不過的緣故。

其中尤以彌三郎最爲沉著冷靜，陰翳的表情與平常毫無區別，使他更加吸引眾人目光。不得不承認，他確實是個美男子。明明與周圍同伴一樣穿黑色紋付和服與仙台平袴褲，這套衣服卻像爲了突顯他而設計。

周遭盛裝打扮的女孩中，不少以陶醉眼光偷看他。

彌三郎注意到山科。山科還不知該如何是好時，他已露出有些扭曲的微笑，穿過樂隊班的師傅們，走向兩名刑警。

「連這樣的日子也得工作，眞是辛苦兩位了。」

「好說、好說。」

「今天聚集這麼多人，場面又如此混亂，爲了兩位著想，希望今天千萬不要有誰企圖殺人啊。」

「眞的，我也這麼希望。」

強忍內心的幾許不悅，山科應道。彌三郎看了看兩人，又問：

「兩位要去休息室嗎？無論是想殺人，或想被殺的傢伙都在那裡……目前上台演出的只是**雜魚**，大頭們全在休息室裡吃壽司喝茶，悠閒得很。還有許多美食喔。」

「哈哈哈，眞傷腦筋。您今天心情似乎很好？」山科露出尷尬的笑容。

「當然，光是今天的收入就能抵半年的工作。對了，八重也在休息室。剛剛她還在那裡爲了打招呼的事、照片和便當之類的，歇斯底里地發脾氣，才告一段落，應該在喝茶喘口氣吧。」

「………」

特別強調八重的名字，大概是這男人特有的諷刺方式。顧慮到周遭的感受，山科強忍內心的憤怒，什麼也沒說。彌三郎一扭頭就向前走。

「眞是討人厭的傢伙。」

盯著他的背影，左右田這麼說。然而就在這時，彌三郎忽然一個轉身，又走了回來，害左右田差點被口水嗆到。

「告訴你我今天心情好的原因吧。」

嘲弄地說完，彌三郎揚起嘴角，直勾勾地抬眼望向山科。彌三郎那張端正的臉上，浮現非常可厭的神色。

這個打鼓的傢伙，硬是將山科拉向角落，朝四周快速瞥一眼，確認沒人聽見才說：

「警官，我抓到了喔，那隻小鳥。」

彌三郎咧嘴，露出殘忍的微笑。

「什麼？」

「聽不懂嗎？我吃了那個小ㄚ頭。她是第一次呢。」

倏地，山科感到又熱又冷的血液凝聚在身體表面，無言地望向彌三郎。

「她還說，要我跟她結婚。不過，該怎麼講——女人的好壞啊，跟年紀未必相關，不是年輕新鮮就什麼都好。像八重那種程度的女人，果然不是隨便就遇得上。」

「彌三郎先生。」

山科不禁發出嚴厲的話聲。只見俊美的鼓手，再次展露陰慘的笑容：

「不過，這麼一來，王牌就在我手上了。什麼時候告訴那女人這件事比較好？總之不是今天，我想再享受一下……反正，這都不關你們的事了。今天，我會在那首《二重奏曲》和八重表演的《鳥羽戀》中打鼓。《鳥羽戀》可是傑作，全名是《鳥羽之戀塚》，講的是袈裟御前的故事。被遠藤盛遠暗戀的她，代替丈夫遭到殺害，可說是貞潔烈女的模範。然而，在舞台上演出這位貞潔烈女故事的，卻是歷代罕見的大淫婦。如何，很特別吧？請好好欣賞。」

忘我地一口氣說完，彌三郎便匆匆推開左邊的門，走進一間休息室。

「那傢伙說了什麼？」

站在稍遠處的左右田靠過來問，表情凝重。山科不自覺地皺著眉頭，提不起勁回答。

「可憎的傢伙！」

山科忍不住啐了一句，左右田驚訝地望向他，若有所悟地沒多問。兩人繼續撥開相互寒暄的人群，朝休息室的方向走去。

這時——

「啊！」

聽見左右田忽然大叫，山科轉過頭。

「是那個家庭教師。」

「咦，伊集院老師？在哪裡？」

「就在那扇門後面，應該是他沒錯。剛才那些話，他是不是聽到了？總覺得那傢伙鬼鬼祟祟的……」

左右田似乎對他有很多意見。

山科很想見伊集院大介。不過，既然他都來了，等一下馬上就能在場內碰面吧。這麼一想，山科便放棄尋找他，決定直接前進。

正好這時台上的女孩結束演唱，演奏廳內傳出一波掌聲，門口開始有人進出。走到休息室入口時，結束演出的師傅們提著三味線回來。

「唱得很好呢，松田小姐。」

「眞的，嗓音很嘹亮，畢竟年輕嘛。」

「我的腳都麻了。」

爲了讓七嘴八舌交談的這群師傅通過，兩人緊貼著牆壁。左右田忽然說：

「對了，這種時候是不是該帶個伴手禮或賀禮、紅包之類的才符合禮儀？怎麼辦？」

「不知道，但我們是爲了工作，應該不用吧。反正也不知道這業界的行情。」

正當兩人竊竊私語時——

「哎呀，你們來了啊！難道可能會再發生命案嗎？」

伴隨一道開朗的聲音，兩人差點被一個華麗的——在這片繁花齊放的森林中特別絢爛，宛如燃燒般的色彩漩渦呑沒，不由得倒抽口氣。

站在那裡的是安東多惠子。

尤其才剛聽完左近彌三郎說「奪走她的貞操」，山科不免心頭一驚。不過，多惠子倒是完全沒察覺他的心思。

「大家都在裡面，如果你們是來問話，那就正好。對了，還可以給你們伴手禮，也有蛋糕喔。」

她雀躍地呼喊，一邊拉著兩人進入休息室。

兩人戰戰兢兢地隨多惠子踏進門上貼有「安東休息室1」紙條的橫長房間。第一眼的印象是吵吵鬧鬧的，很多人在放鬆休息。

不過，相較於華麗的大廳和演奏廳，這裡樸實低調，甚至可說雜亂感更強烈。或許是聚集著專業師傅，女性都穿黑色紋付和服、繫一樣的腰帶，男性都穿紋付袴，清一色做黑色裝扮的緣故。進門處，鞋子、木屐和拖鞋散亂一地，連山科和左右田不自在地簡單寒暄時，也不斷有人推開他們進進出出。

在吱吱喳喳的交談聲，與頻頻響起的三味線調音聲中，忽然有人「哇」地發出慘叫。

「誰來幫個忙，把《梅之榮》刪掉？替小米的《雛鶴》伴奏的人上台了嗎？」

「舞台已掀幕了。」

「這樣啊。拜託幫個忙，再去告訴大家一次，輪到自己上台的前三首曲目前，就要到休息室門口集合，好嗎？明明早就交代過……」

這個哇哇大叫的人聲音還在室內迴盪，就被另一個興奮高亢的聲音蓋過，令山科又吃了一驚——比見到彌三郎和多惠子時更驚訝。

「哎呀，是山科先生。巡查部長也來了，勞您專程跑一趟眞不好意思……」

八重半彎著腰，撐在放了各種東西的桌上準備起身時，發現兩人到來。同時，微笑立刻取代嚴峻的神情。

「請進，請上來坐。雖然亂七八糟的……」

桌上放著從盒子裡拿出來的西點。托盤上是堆成小山的橘子，籃子裡有竹葉包壽司，八重指著這些食物，高聲發號施令：

「來人啊，泡兩杯茶，快點。」

「不，在各位這麼忙碌的時候來打擾，請別顧慮我們……」

山科手忙腳亂，發現自己似乎跑進女師傅的休息室。

「這麼盛大的演奏會──」

「託您的福，一切順利進行，要是父親身體沒出狀況，實在沒有比今天更令人開心的日子了。」

「咦？宗師……這麼一提……」

「身子不太好。一直到剛剛都吵著無論如何要上台演奏，說什麼是最後一次，偏偏他從昨天起似乎感冒了，而且終究也上了年紀。今天早上我拜託了他好久，好不容易讓他放棄。人上了年紀就會變成小孩，脾氣拗得很，眞傷腦筋。」

「那麼，他現下在家嗎？」

「是的，他留在家中。父親一定很遺憾，我們也覺得可惜。」

「眞是難為您了……」

「總之，先請坐吧。喂，不是要你們端茶上來嗎？簡直不像話。」

「不，不用了。」

「這陣子爲了我們家的事，實在太麻煩警方。不過，託各位的福，總算撐過來。」

這番交談之際，房門仍不斷開開關關，陸續有人進出，其中一半是來找八重的。在這種狀況下，實在不宜久留。趁八重起身對不知哪裡的哪個太太打招呼，感謝對方百忙中撥空前來時，刑警們向八重點個頭，快步走出休息室。

「請慢慢欣賞，下午場從三點開始。第一首曲子我就會上台，不過主演的是我的徒弟。之後是我家孩子們的《二重奏曲》，再過一陣子才輪到我上台演出。」

「請務必讓我們洗耳恭聽。」

踏上走廊，直到出了演奏廳，兩人才鬆一口氣，感覺就像差點捲入巨大的漩渦。

這時，忽然有人拍了拍山科的肩膀。

二　勢掛(註)——第三起殺人事件

1

這次山科眞的嚇得跳起來。

起初是被場內興奮緊張、非同小可的氣氛壓倒，下一瞬間，又陷入不知即將暴發什麼狀況的不安與悸動中。猛地轉身想撂倒拍他肩膀的人，才發現站在眼前的是江島友子。她朝山科咧嘴一笑。

「搞什麼，是妳啊，嚇我一大跳。」

「什麼叫『搞什麼』，是我不行嗎？我問你，有沒有看到我家臭智？」

「臭智？喔，妳是說智小弟。不知道，他來了嗎？我沒看見。」

「那傢伙想把我一個人丟在家，我跟著他來，卻跟丟了，完全不曉得他跑去哪裡。」

友子做出假哭的表情。

「到處都是花枝招展，互相哈腰鞠躬的臭婊子。」

「友子女士，妳是不是喝醉了？」

急忙想讓她閉嘴，山科皺起眉頭。

「什麼嘛，連你也要說教嗎？跟我家那個囉唆的小鬼臭智一樣。」

「我沒那種打算，所以妳在這邊乖乖看表演就好，別給周圍添麻煩。」

「哼，什麼嘛。大家都一副自以爲了不起的樣子，囂張得要命。只有那個人對我最好，就是那個——補習班老師，身材高高瘦瘦，不太帥但很溫柔……他要是能教臭智多孝順一點就好了。」

「伊集院老師？」山科追問。

「嗯，我忘記帶錢包就跳上計程車，下車時正在傷腦筋，那個老師就飄過來幫我付錢了。」

「這麼說來，妳剛才見到那個老師？」

「嗯。」

「他在哪裡，妳知道嗎？」

山科問得有點激動，但友子只恍惚地看著他說：

「不知道。」

「聽好，我如果見到智小弟，就會帶他來找妳，妳乖乖待在角落看表演。」

領著友子在場內角落的位子坐好，如此叮嚀後，山科才離開。

「那女人很快就會酒精中毒，自取滅亡了吧。妻妾同居果然不符人倫，不是應該做的事。」左右田憤慨地說：「那個家裡，是不是人人都有點異常啊。」

不是這樣的，山科心想。不只那個家裡的人——嚴格來說，友子母子住在宅邸後方的空地上，彌三郎和橫田也不能算是住在安東家的人。

（應該說，是和那女人扯上關係的人。那女人能令他人的命運失控。）

不過，這句話山科並未說出口。對左右田說這種話有點難爲情，更重要的是，剛才在休息室裡見

註——規則同「謠掛」。

到的八重身影還在眼底縈繞不去。

（第一次看到那樣的八重。）

事實上，今天的她並不慌亂，總是一絲不苟的頭髮依然梳著整齊的髮髻。在黑色的床著和服襯托下，那張蒼白的鵝蛋臉更顯益發出色。和彌三郎一樣，在身邊那群相同打扮的女人當中，唯有她最引人注目。

（那麼，今天的八重，爲何看起來如此令人心疼？）

可用來形容八重的詞彙很多，可怕、美麗、高貴、豔麗、冷漠、如火焰一般——但無論如何，絕對不會用「可憐」或「可悲」來形容她。

她是冷淡的，高高在上的，愛人如火一般熾烈的女王八重。可憐或可悲，是最不匹配她的詞彙。即使如此，在這晴日裡的熱鬧休息室中，看在山科眼中，安東八重卻莫名顯得非常可憐，非常不安，非常渺小。

（要是八重知道那件事，她會有什麼想法，又會有什麼反應？與初戀對象外貌相似而被她挑上，用金錢買下，簡單來說就是豢養的美男子——明明只是她手中的傀儡，卻奪走女兒的心，甚至奪走女兒的貞操。若是八重得知此事，又或者彌三郎娶了多惠子，那個充滿愛恨糾葛的家恐怕將更加錯綜複雜，糾纏不清……）

話說回來，多惠子在母親情夫的手中成爲女人才不過幾天，從她身上卻完全找不到純眞無瑕的少女如花朵盛開，長成一個女人的證據。

倒不如說，前陣子的鬱悶——彌三郎對她不屑一顧，使她在空虛的心情中掙扎——與憂愁彷彿已隨風飄散，現在的多惠子活得朝氣蓬勃，連雀躍的模樣也沒有一絲過度或不自然。逐漸重拾第一次見到她時，宛若盛放緋紅牡丹的絢爛高傲。剛才她通知母親刑警們到來時，聲音裡也聽不出一絲罪惡感，反倒比平時活潑開朗。

（女人啊，完全就是魔物。）

儘管彌三郎的所作所爲，原本就是爲了報復八重，然而，一想到八重對於情夫被女兒奪走一事毫不知情——在山科眼中，此刻的八重自然顯得渺小無力，甚至可悲可憐。此外，還有友子。

（難怪智小弟會對女人產生不信任感。）

換成是我，也會像他一樣。山科看著滿大廳的女人，有年輕的、有上了年紀的，穿著形形色色的服裝做各種打扮的女人，感覺自己被那股脂粉味嗆得呼吸困難。

「阿山哥，你有沒有在聽？」

「啊？喔，你說什麼？」

「你是怎麼啦？發什麼呆……該不會中了那女人的毒吧？我剛剛說的，你沒聽到嗎？」

「抱歉，你說什麼？」

「既然連友子和智都來了，想必又是所有演員齊聚一堂的大戲。總覺得不妙，希望不要眞的發生第三起命案才好。」

「別說這種話，太不吉利了。」

「可是，我就是有股不祥的預感。」

「不是說伊集院老師也來了嗎？不曉得他在哪裡？眞想跟他聊聊。」

「看這狀況，要找也無從找起，畢竟來了這麼多人。不過，連阿山哥特別欣賞的那個瘦高老師也來了。不是開玩笑，這下眞的是全員到齊，該來的都來了。」

「…………」

「喜之助那隻大章魚不知道在哪裡？」

「應該是休息室吧，男師傅的休息室。」

「安東流的三弦之一，正在舞台上表演——是叫喜三郎吧。不過，上午場一個大牌人物都沒有。」

「是啊。」

「上午場剩兩首曲子就結束了，到時候所有人都會出來吧。」

「對啊。」

「得先打電話回署裡才行。」

「嗯。還有，我們去吃個飯吧。」

剛抵達時山科覺得未免太熱鬧了吧，現在才知道那還只是小意思。

此時，仍不斷有私家車、計程車和接送禮車前仆後繼地抵達。車內沒完沒了地吐出各種盛裝打扮，提著三味線大型樂器盒，或捧著花束禮品到場的人。只見他們有的氣喘吁吁在場內東奔西走，詢問「現在到第幾首了？」，有的才剛進大廳就陷入不停寒暄的漩渦不得脫身，也有人一下車便直奔歌聲與琴音交織的演奏廳內。

和今天的群眾相比，前些日子那場預演的熱鬧喧嘩，不過是自己人的小圈圈罷了。今天的場子甚至可比擬爲一座小型都市，來場者就像進駐這棟巨大建築的移民，而且超過半數的男女身上穿的都是和服。

三味線琴聲流瀉，四面八方都有人搧扇子，還有人一副不耐煩的樣子。周圍衣袂翩翩，不時有白色足袋掠過山科的視野。

受邀賓客與上台演出者站在一起拍照時的快門聲，坐在大廳椅子上打開便當包裝紙時的沙沙聲，及每當一曲終了時，擴音器裡就會傳出歡呼與掌聲。

「借過！請讓一讓，借過。」

「抱歉，我遲到了！眞是的，不知道爲什麼爬不起來。」

「好討厭喔！」

「你是第幾首？」

「哎呀，是喜作師傅。來、來，我幫您介紹，這位是喜作師傅，還很年輕。」

「欸，有沒有看見『松屋』的人？」

「製作三味線的松屋嗎？應該在休息室。」

「我不用去跟師傅打招呼沒關係嗎？」

「咦，你要回去了嗎？」

嗡嗡、嗡嗡——只要腦袋一放空，那些聲音就變成單純的蜂鳴湧入山科耳中。若是仔細傾聽，所有人的片段對話又會一口氣衝進來。

不單如此，還有那些映入眼簾的色彩漩渦。花、和服衣袖、腰帶、包袱巾、地毯的紅、足袋的白，及倒入濃墨般流動的烏黑——那是安東流與前來助陣的山藤流師傅，及樂隊班的樂師等專業人士。

這眞的是我所在的地方嗎——山科重振暈眩的腦袋，努力站直身子思考。這裡確實是我所知道的、熟悉的，生活的時代裡的東京嗎？

肯定有許多人不知道，也難以想像，現代的東京竟還存在這樣的世界——一如他們不知道，這世上有那樣的一家人，父親在同一座宅邸內坐擁妻妾，母親與女兒搶奪同一個男人，全家人彼此激烈憎恨又深刻相愛。

「三味線就是好聽。」

「今天宗師還是不能到場……」

「真可惜，我一直想再聽一次宗師的三味線。總覺得只要能再聽一次就了無遺憾，我才特地前來。」

「自明治（註）的初代宗師常山之後，能有這種程度的大師不到三人。」

「喜之助師傅作曲的天賦或許很高，但在演奏技藝上還是差得遠了。」

山科身後，兩個就像昔年歌舞伎名演員尾上多賀之丞扮演的老婦，穿著古意盎然的和服，打著低調的腰帶結。一副坐在名勝古蹟裡的樣子，頻頻發出感嘆。

「您聽過初代的演奏嗎？」

「是啊，當時我還是個閨女，就聽過那麼一次。」

「很厲害嗎？」

「那才稱得上是藝術啊。相較之下，現代人的琴藝只能說是廉價淺薄的東西……」

（藝術啊……）

山科警部補心想，又是個正在不斷死去的詞彙。或者說，就像是某種自然遺產，必須裝進玻璃盒，放在特別的人手中才能加以保存，有如標本般的存在。

（不過，眼前活生生就有一個這樣的人，擾亂周遭所有人的秩序。這裡也有懷抱著與外面世界完全不同情感的人，發生著完全不同於外面世界的悲劇。）

我究竟迷途闖入了怎樣的世界——這個念頭充塞著山科警部補的胸口。那既不是他所熟悉，也不是他習慣的情感。

在不知不覺中迷了路，闖入陌生的城市，再也回不去。山科警部補此刻的心情就像這樣，不安又徬徨。看著四周那些美麗的、彷彿從明治時代跳脫出來的女人，和那些身著紋付袴、手持扇子的男人，明明這裡的每一個人都和他一樣，毫無疑問是現代人。

山科茫然佇立。忽然間，一陣掌聲響起，接著所有的門一齊打開。

大量人潮一口氣自門內湧出，山科忍不住驚嘆「這裡竟擠得下這麼多人」。每一張臉上都帶著興奮，每一個人手中都拿著節目單，嘴上討論個不停。山科在人群裡確實看見戴著銀框眼鏡的伊集院大介，不由得發出驚呼。

然而，來不及確認是不是他，那身影就被人群推擠著消失了。光是不和左右田走散，山科已用盡全力。好不容易解脫，山科用力呼出一口氣。一張又一張的面孔從眼前漂過，上午場的演出就此告一段落。

2

二十五分鐘的休息時間過後，由專業師傅演出的「下午場」比表訂時間慢了幾分鐘，於三點十五

註—日本天皇的年號，約爲西元一八六八到一九一二年。

分開始，演出順序仍按照節目單進行。

下午場第一個上台的是安東喜之助，代表安東流致詞。身穿紋付袴，氣勢威嚴的喜之助，對著設在舞台布幕外的麥克風，向觀眾傳達這場演奏會的旨趣，感謝前來為岳父——也就是身兼國寶大師與藝術院會員的三世安東喜左衛門，慶祝八十八歲大壽的來賓，同時為喜左衛門因健康問題無法親自出席的憾事致歉。

喜之助說明，原本為喜左衛門準備的曲目，節目單上的最後一首《寒山拾得》，將由他代為演出。此外，他也傳達了喜左衛門本人「只要健康與壽命允許，有朝一日定會再次為當天到場的觀眾演奏同一曲目」的意願。

感動的掌聲響徹演奏廳。不過，喜之助似乎還想說什麼，察覺這一點的觀眾停止鼓掌。

「那麼，請容我再說一件事。」

喜之助那張總被戲稱為大章魚的臉，沐浴在舞台燈光下，更是紅得像燙熟了似的。

「畢竟在世間引起如此大的騷動，集結眾多門人的今天，不提這件事未免太奇怪。」

「等等……」

站在舞台內側的多惠子心頭一驚，隨即轉頭看身旁的由紀夫。

「這段話不在預定的內容中，爸爸到底打算說什麼？媽媽呢？」

「她在舞台上。」

「好討厭，她一定不高興了。」

「如各位所知，不到一個月，與我家有關的人當中，已有兩人成為命案這種異常事件的被害者。」

在布幕後方等待開演的八重一僵，連在她身旁的八千代都感覺到了。

「八重妹子。」

八千代迅速而鎮定地低喚。

感到驚訝的，不光是喜之助的妻子和孩子。由於暫時不用上台，坐在觀眾席上的「安東三弦」另二弦喜三郎和喜文治，也在轉暗的觀眾席上凝神戒備。

無視相關人等的驚訝與戒備，喜之助繼續道：

「我想過要中止今天的演奏會，並討論是否該爲發生醜聞負起責任。最後，考慮到八十八歲大壽是一生只有一次的喜事，決定依原訂計畫進行。這也是岳父喜左衛門的意思。」

「這人究竟想說什麼？」

多惠子嘟噥，由紀夫低聲回應：

「不用擔心，不就是致詞嗎？」

「這起案件中著實有許多令人難以理解的部分，身爲外行人，不管我怎麼想，都無法不得出凶手是近在身邊之人的結論。」

「喂！」

「喜三郎兄！」

「三弦」的第二弦和第一弦，紛紛從位子上驚跳起來。

多惠子抓住由紀夫的手。

場內一陣嘩然。

「但仔細想想，辦案就該交給警方，彈三味線的我，專注於三味線即可，這是我最後的結論。發生這樣的悲劇，給大家帶來這麼大的困擾，還一連發生了兩起，我實在是德不配位，非常羞愧。然而，這和表演是兩回事，無論世間對此投注多少好奇與議論，我該做的只有辦好今日這場盛會──我認爲這也是對兩位逝者的供養，才會在此提及。儘管接連發生不堪的狀況，還請各位不要放棄安東流，今後也請多加鞭撻指教。」

「起初眞是聽得提心吊膽，最後倒是收得不錯。」

看到觀眾席從一開始的困惑，逐漸響起掌聲，多惠子才鬆了一口氣似地低喃。

「也是啦，我想應該會是這樣。不管怎麼說，那個人不可能有勇氣，在眾人面前做出爆炸性發言。」

「………」

由紀夫悲傷地抬眼望向多惠子。今天，這名少年比平時更像一個淡薄的影子，彷彿轉眼就會消失。或許是他穿著跟平常不一樣的和服，又或許是總像強大的守護神般陪著他的江島智不在身邊的緣故。

喜之助朝觀眾席一鞠躬後走下舞台，雖然看見兩個孩子，但什麼也沒說，板著臉從他們面前經過，逕自走入休息室。舞台上幕已升起，隨著八重嘹亮的「唷咿」聲，下午場最初的曲目正式開演。觀眾席後方，喜三郎與喜文治表情凝重，皺著眉面面相覷，交換一個眼神後，匆匆走出演奏廳，奔向休息室。走廊上的弟子恭恭敬敬地問候，他們卻激動得幾乎沒注意到。從彎成「へ」字的嘴巴也能看出，他們迫不及待要當面向喜之助提出抗議。

不料，來到休息室才發現，喜之助被大批賓客包圍，根本不是向他抗議的時候。今天喜之助將代替喜左衛門上台，換句話說，他就是宗師的代理人。忙碌自不必提，更重要的是，他的心境不知產生何種變化。這個總被妻小譏諷為「高頭大馬卻膽小如鼠」的「卑劣」男人，今天像是下定某種決心，表情堅毅肅穆。

隔著人群望向匆匆趕來想抱怨兩句的師兄們，喜之助流露挑釁的眼神，彷彿在說「想抱怨就放馬過來啊」。

喜文治與喜三郎怒火中燒，但只能折返大廳。對他們而言，打從喜之助壓過兩個師兄，成為八重之夫——換句話說，即將成為下一任宗師——那一刻起，喜之助就成為可恨的存在。當他們得知喜之助遭八重嫌棄時也曾大呼快哉，然而，看見今天喜之助表現出屬於宗師的格調與自信，內心又不由得充滿憤怒。

這一幕的小插曲，山科與左右田無從得知。他們外出用餐，並忙著聯絡警署，遲了許久才回到會場。

回到會場時，看到大廳和門口與他們離開時一樣，滿是衣著華美的人群，又聽見空間裡飄揚著三味線的琴音，老實說，山科鬆了一口氣。

「請問現在進行到哪裡？」

詢問櫃檯接待人員，她指著節目單上的下午場中段，說明由喜文治擔任主唱的《勸進帳》已開始。

「勸進帳……」

好像在哪裡聽過這名稱，稍微一想，山科就想起來了。

在橫田遇害的「松村」舉行預演的那天，凶手行凶的當下，喜文治與弟子在二樓演出的，不就是

《勸進帳》嗎？

一陣詭異的顫慄，竄過山科的背脊。

他連忙翻開節目單，迅速瀏覽前後曲目。在《勸進帳》之前，是喜三郎之子演奏的《浦島》。《勸進帳》之後，則是清一色由女師傅演出的《大原女》，再下一首，是喜之助彈奏的《水》。

《水》這首曲子的標題上方，以小字寫著「新曲」，旁邊還註明「安東喜之助作曲」。

再下一首，是《獻給三絃的二重奏曲　安東多惠子　安東由紀夫》，這首也註明了「安東喜之助作曲」。接連兩首，都是那隻大章魚寫的曲子啊，山科心想。

這首曲子之後，插入三、四首弟子的演奏，然後才是《鳥羽之戀塚》。八重主演的曲目。

（眞想看看這首。）

不，應該說想聽才對。山科一邊暗自苦笑，一邊催促左右田再度入場。

節目表上已有不少曲子結束，離開的人應該也很多，只是，爲了聆聽師傅們演奏留下的人大概更多吧。場內坐滿觀眾，剛才他倆離開前還有幾個空位，現在幾乎都沒了。

無奈之餘，山科和左右田只能站在門邊的位置遠望舞台。《勸進帳》差不多接近尾聲了。

在歌者和三味線演奏者前方，坐著一排樂隊班的樂師。山科忍不住尋找左近彌三郎的身影，可惜他不在，打鼓的是另一個年長的男人。

噫呀——咔碰！鼓聲伴隨著渾厚的吆喝聲，笛手將笛子舉到嘴邊，鼓手重新快速擊鼓。

裂帛般的鐵笛聲加快節奏，三味線也愈撥愈急，奏出狂野的合方樂段。並排而坐的幾個三味線琴師手中的撥子同時往上再往下，左手快速遊走於琴桿，上上下下，令人目不暇給。

喜文治彎身撿起放在面前的大扇子，敞開後立於膝前。接著，歌者們發出橫掃草木般的歌聲，再次唱了起來。

至此，樂曲似乎來到高潮處。笛聲、鼓聲、大鼓聲輪番而上。觀眾席一片安靜，其中更有人向前探出身子，專注欣賞。

連門外漢的山科也知道，這首曲子說的是弁慶用計助義經順利脫逃，守關的富樫明知故縱的故事。

「心情就像踩上虎尾，

逃過毒蛇之口，

一路南下陸奧之國～」

撥子發出刷刷聲齊落，舞台布幕由上往下緩降，同時，場內響起盛大的掌聲。

山科不禁讚嘆，這就是所謂的長歌啊。

幕一降下，場內燈就開了。周圍一亮，人們彷彿從夢中醒來，又開始聒噪交談。

像是剛從江戶時代被拉回現代，帶著幾許扭捏的表情，又像從故事中回到現實生活的難爲情——

於是，人們再次展開一連串寒暄與交換禮物的社交活動，不時有人進出演奏廳。

等了幾分鐘，場內燈光再次暗下，舞台上開始演出《大原女》。這首曲子幾乎引不起山科的興趣。一方面是沒有認識的人上台，另一方面是聽不懂歌詞，不知道現在唱的是戲曲裡的哪個場景。再說，擔任演奏的安東流入門女弟子年紀都很輕，就算山科這個外行人也聽得出功力不佳。

不過，曲風倒是和前一首《勸進帳》完全不同，聽來頗爲**輕快**。

「唔，眞是不可思議。」

「阿山哥，你指的是什麼？」

「沒有啦，我是說長歌。我從來沒好好品味過……」

「不然，等這次案件告一段落，你就拜入安東八重師傅門下吧。」

左右田開了個玩笑。不過，山科想的是另一件事。

只是，這件事怎麼也無法好好用言語表達出來，內心充滿模糊不清的黑影。

（這就是所謂的藝術嗎？）

眞想聽聽八重彈的三味線——山科忽然這麼想，接著開始納悶自己爲何沒早點動念。

八重、喜之助、孩子們、「三弦」——全是彈三味線的人。彌三郎是打鼓的。這些事太理所當然，山科甚至連想都不曾好好想過。

（喜之助、八重、喜左衛門、多惠子、由紀夫、橫田，甚至友香——這個家的人，全都會彈三味線。）

忘了是什麼時候的事，山科回想起很久之前，伊集院大介嘟噥過一樣的話，此時異常鮮明地浮現腦海。

或許，伊集院大介想表達的是不一樣的事——他一直堅持想釐清有沒有人聽見三味線琴音。即使如此，那個不可思議的青年，早在那麼久以前，就已察覺今天山科這奇妙的發現。

好像快知道些什麼了——沒錯，山科這麼想。還差一點，還差一點就會有什麼從那團不明究裡、模糊不清的黑影中浮現。

然而，山科還來不及分析這個感覺，側腹就忽然被左右田輕輕撞了一下。

「咦？」

沉浸在思考中的他抬起頭，才發現《大原女》不知何時已結束，舞台上早就換幕，現在正掀起

《新曲 水》的序幕。

安東喜之助站上舞台。

兩把三味線，一個長歌手，整體而言，舞台上冷冷清清。喜之助右手緩緩一刷，彈出第一個音符。

山科心頭一驚，只是，連他自己也不知道這心驚所爲何來。不過──

（只要聽了喜之助的三味線，再聽了八重的，一定能明白什麼，絕對沒錯。）

他沒來由地確信。

一股完全不同的熱切籠罩內心，山科重新坐直，全神貫注地側耳傾聽。

曲調和緩，帶有幾分近代風格。聽著喜之助演奏自創的曲子，山科忽然想到──伊集院大介想必也在場內，默默聆聽這首樂曲。

3

稍早前──

休息室周圍依然人來人往，一片鬧哄哄。

結束演出的入門弟子大手大腳地坐了下來，有的扒著便當，有的盡情享用滿桌的點心與橘子，一邊吱吱喳喳地高聲交談。

舞台上的樂音，透過擴音器傳進休息室，不過眾人並不太在意，只當成輕鬆的背景音樂。

唯有負責掌控流程的年輕弟子，緊張得坐立不安，跑出跑進。每結束一首曲子，他就拿麥克筆把牆上那張巨大節目流程表上的曲目畫掉，並寫上結束的時間。

「欸，小松妹子，還有幾首？」

「師傅，還有十五首。」

「十五？哎呀，得再拚一下。」

「辛苦您了，八千代師傅。」

「不會啦。」

年輕的入門弟子，有的忙著打點伴手禮、收賀禮，有的爲了準備下一首曲子進進出出忙得不可開交，只有八千代、喜千米幾個師姊級的弟子泰然自若。

「八重妹子，妳別忙了，要是勉強撐著，怕是明天就倒下臥床了。」

「是啊，過來喝點茶，壽司很好吃喔。」

「好，這就去。」

八重露出爲難的笑容，嘴上這麼應著，依然套上拖鞋就往走廊跑，再回來時，那張精緻小巧的臉上難掩疲態。

「多惠子搞什麼，跑到哪裡去了？誰去找她一下好嗎？要她快點回來。」

「沒問題的，多惠子和外頭的門人徒弟不一樣，她很清楚演奏會的流程。」

「也是……」

八重焦躁地環顧四周，嘖了一聲。

由紀夫早已回到休息室，把裝撥子的袋子放在一旁，悄悄走到角落坐下。四周都是女性長輩的空間，似乎讓他感到有些不自在，只能鐵青著臉。

「由紀夫就一點都不用我操心……」

八重兀自嘀咕。八千代對由紀夫說：

「由紀少爺，你的三味線弦有好好壓開嗎？」（註一）

「有的。」

「『松屋』的製琴師傅幫忙換過弦了。啊，我的三味線，今天回去時，可否幫我帶回去看看？琴桿有點彎了，彈起來不順手。」

「好的。」

「由紀少爺，琴借我瞧瞧。阿姨幫你把弦壓開。」

「由紀夫。」八重拖鞋套到一半，忽然皺起眉頭。「你是不是不舒服？」

「沒有。」

由紀夫簡短回應。與其說他乖巧得像隻借來的貓，不如說像被人摘下的花，每次有誰好意向他搭話，他都只是細聲細氣地回答。

「在害羞吧。」喜千米哈哈一笑。「由紀夫就是太內向了。」

「才沒那回事。我們由紀少爺啊，別的事我不知道，唯獨上舞台不會怯場。這孩子三歲就上舞台，當時還是我替他伴奏。水調子（註二）的《兔與龜》。」

「又來了，八千代姊的獨角戲。」

註一——三味線彈奏前通常會先用力壓弦，確保琴弦已上緊且保持彈性。

註二——用綳得較鬆的三味線琴弦，彈出音色偏低的曲調。

眾人笑成一團，八重卻沒看一眼，眞的很擔心似地脫掉穿一半的拖鞋，繞過地上的三味線、書、伴手禮等東西，走到寶貝兒子身邊。

「由紀夫，你怎麼了？要是不舒服，不用勉強。媽媽會幫你跟爸爸說。」

由紀夫露出無力的笑容搖頭，八重把手放在他額頭上。

「沒發燒。哎呀，怎麼流冷汗？」

八重拿出手帕擦拭，望向由紀夫的臉上寫滿擔心。

「由紀夫，吃過藥了嗎？」

「嗯，中午吃了。」

「這樣啊，再來就等晚上才能吃藥。由紀夫，媽媽不是有帶藥草茶來嗎？就在那邊，你喝一點會比較舒服。」

「嗯。」由紀夫笑得很寂寞。

「放到哪裡去了？」

「應該……在那個袋子裡。」

「來，給你。」

八重拿起保溫瓶，將顏色類似紅茶的液體倒進隨手拿的茶杯，在一旁看著由紀夫喝下去。

「輪到你上台前就不要亂跑了，在這邊休息比較好。」

八重溫柔地捧住兒子的臉頰，點點頭。

「哎呀，《水》開始了。眞是的，那孩子呢——多惠子、多惠子！」

忽然又想起這件事，八重匆匆忙忙跑到走廊。

「真拿她沒轍，這種個性很吃虧。人啊，要讓自己活得悠哉點，否則累壞身子怎麼受得了？我總是這麼跟她說，她就是聽不進去。」

八千代搖搖頭。

「來，由紀少爺，這樣就行了。你雖然是男孩，力氣倒比阿姨還小。我幫你把琴弦壓開了，可以放心用力彈。」

八千代一邊說，一邊將三味線交給他。

「嗯……好……」

由紀夫試圖微笑。然而，笑容忽然在他臉上凍結，眼神變得空洞。原本就蒼白的臉龐完全失去血色，白得像紙。

「由紀少爺？」

「…………」

過了一會，察覺由紀夫的異狀，八千代皺起眉頭問：

「你怎麼了？要不要再多喝點水？」

由紀夫搖頭，想說什麼又說不出來，只是緊咬著嘴唇。

「喂，由紀少爺，你不舒服嗎？等等，這孩子不對勁，怎麼連嘴唇都發青了！」

八千代慌了，低頭去看由紀夫的臉。

「我不要緊。」由紀夫好不容易說出話。「只是有點貧血，休息一下就會好……」

「你在說什麼，年輕人怎會貧血？」

八千代急了起來。

「誰拿個墊子來？笨蛋，坐墊就行了，讓這孩子躺下。頭是不是墊高一點比較好？還有一首曲子才輪到你上場，再休息一下。」

八千代說著，回頭一看。

只見由紀夫眼神渙散，發青的眼皮漸漸閉上，像發條轉完的人偶，身子一橫，倒在三味線和坐墊上。

「由紀少爺！喂喂，由紀少爺，你怎麼了！誰來看一下？這孩子不對勁。去叫八重妹子來，快點、快點！」

看一眼由紀夫的臉，八千代驚慌地叫喊。

幾個歌者手忙腳亂地跑出去。

「由紀少爺，你是怎麼了？怎麼了呀！振作點，是發作了嗎？有帶藥吧？藥在哪裡？在哪裡啊！」

八千代搖晃由紀夫的身體，急急抓起他的手，平時身爲大師姊的鎭定都拋到腦後，驚慌失措地揉捏他的手。就在這時，由紀夫舉起雙手，痛苦地抓住自己的喉嚨。

由紀夫全身僵硬。這個像長在陰影下的花朵般柔弱的少年，嚥下最後一口氣。

爲了找尋多惠子，八重走向後台，這時台上傳來她丈夫作曲並親自演奏的樂曲。

這首曲子雖是新曲，但也寫了好幾年。曲風沉鬱，帶著一股說不出的激烈，雖說曲名爲「水」，傳達的卻不是潺潺小溪或青青海原的意象，而是反映作曲者的憂悶心境，時而令人聯想到冬天裡狂風暴雨下波濤洶湧的日本海，時而令人想起沉積淤塞，長滿青苔的深深沼澤。

八重心不甘情不願地停下來，傾聽那高低起伏的音調，又忽然露出厭惡的表情甩頭，通過舞台後方。

男師傅的休息室隔壁，就是樂隊班的休息室。

還沒走到那裡，八重心頭一驚，停下腳步。

「那種事我很清楚……」

傳來一陣話聲。那壓低聲音說話的，正是她在尋找的多惠子。

「那種事我一點也不在乎。我不在乎，所以才請求彌三郎先生娶我爲妻啊，你應該也明白這一點。」

八重再度吃了一驚。

男人窸窸窣窣地回答，但音量太低，聽不清楚。唯一能確定的是，那是她的情夫。

多惠子拔尖的聲音蓋過了他。

「那時也是——抱了我那時，彌三郎先生連一句喜歡我，或稱讚我可愛都沒有。那些事我全都明白，即使明白還是願意，爲什麼你反悔了？」

「可是——」

這次聽得很清楚。彌三郎也有些激動，提高了音量。

「可是，我沒要妳離開那個家吧？如果知道妳會這麼做，我根本不會和妳……」

「是那女人吧？」

當多惠子惡狠狠卻又拚命壓低話聲時，傳來清脆的巴掌聲。

「我都知道，**你**的目的只有那女人，只爲了這個目的和我上床。說什麼跟我結婚也可以，爲的也是成爲我的夫婿後，隨時都能跟那女人見面。不過，我也有自尊，如果要和我結婚，就得帶我離開那個家，否則我不要。我想去你……我想去彌三郎先生那裡，要我明天就去也行。」

「等一下，妳爲什麼都不聽別人說話？」

八重無聲無息地彎過轉角，若無其事地出現在兩人面前。多惠子與彌三郎就像活人畫《驚愕》一樣僵在原地，但八重看也不看他們一眼。

「多惠子，妳在這裡做什麼？妳爸爸的曲子快結束了——不是吩咐過妳，要在上場的前三首曲子就到後台準備嗎？快點來吧。」

說完，她正想朝舞台直接走回去——

「等一下。」

多惠子尖銳的聲音制止了她。

「剛才的話，妳都聽見了吧？站在那裡偷聽了吧？妳倒是說點什麼啊。爲什麼一點也不激動？妳大可拉走情夫，也可揪起我的領子，妳倒是做點什麼啊！什麼嘛，假裝什麼都沒有的樣子，妳還眞辦得到。簡直是冷血動物——狐狸精！」

「多惠！」

「你閉嘴！」

看到八重不把自己放在眼裡，轉身就要離開，多惠子更加憤怒，甩開彌三郎抓住她的手，繞到八重面前。那張年輕的臉龐抽搐，眼角高高吊起。

「拜託妳，冷靜點。」

八重一臉不悅地說。

「拜託好不好——別在這種日子、這種時候胡鬧，有話之後再說，曲子開始了。」
「**妳——妳**這女人每次都這樣！」
多惠子氣得跺腳。
「家最重要，世人的想法最重要，妳永遠滿腦子只有這些。爸爸就是因此才痛苦得要命。妳身上流的根本不是人類的血。妳知道自己的態度讓爸爸有多痛苦嗎？妳知道他就是因爲妳，最後才會變成那種人嗎？我和由紀夫是多麼的……是啊，無論何時，妳都只想用自己的想法和愛去束縛由紀夫，連一次也沒察覺到由紀夫實際上多麼悲傷痛苦。這也是理所當然啦——畢竟妳眼中只有自己，其他人不過是妳的傀儡罷了。妳一直都是這樣，一直都是……」
「由紀夫……」
八重喘著氣，正想舉起手時，彌三郎的動作卻比她更快。
「閉嘴！」
彌三郎的聲音犀利如鞭，像是要保護八重，擋在多惠子面前。
「彌——」
多惠子按住紅腫的臉頰，呆立不動，孩子般哭喪著臉。那模樣就像遭到全世界最悽慘的挫敗，只能拚命忍耐。
「多惠子，妳是不是搞錯了什麼？」
八重瞬間重拾冷靜。
「回家再好好談談吧。如果哪裡沒做好，媽媽願意改——所以今天，現在，請妳做個好孩子快點回舞台。這不是爲了媽媽的面子，也不是爲了爸爸。想想看，妳是安東多惠子，出生於演藝世家，生來就是三味線宗師的女兒——妳是安東喜左衛門的外孫女啊！丟下舞台上的演出不管，算什麼藝人？只會成爲**下三濫**。妳可知道，在妳外婆跟人私奔一個小時後，妳外公依然按照預定上廣播節目彈奏《鳥羽戀》，那演奏是多麼出色——我說，多惠子啊。」

「我才不要！」

多惠子以連八重都驚訝的憎恨語氣，斬釘截鐵地說：

「我才不要上舞台。我才不彈什麼《二重奏曲》。琴藝怎樣都無所謂，我最討厭三味線了——我恨自己生在這種家，一直憎恨著。爲什麼我們家和普通人家不同？我恨得不能自己。只想趕快長大成人，和不彈三味線的人在一起，組織平凡的家庭，脫離我們家。爲什麼只有我和由紀夫非得生在這種……我們只不過是碰巧出生在這個家，爲什麼非得過那種日子不可？我才不要，恨死了！這輩子再也不彈三味線，不上什麼舞台。誰要上那種舞台、誰要上那種舞台……」

「多惠子！」

彌三郎與八重都拿任性耍賴的多惠子沒轍，不禁面面相覷。

這時，潮水般的掌聲從舞台傳來。

八重用力咬住嘴唇。

「結束了，怎麼辦？看是由紀夫和他上台就好……還是我也上台？可是……」

「八重，這樣吧，跟多惠約定就一次，只能這麼做。多惠一定也能體諒。」

說著，彌三郎凝視八重。

「也是。多惠子……」

「結束後要怎樣都行，妳想來我這裡，或是想離開家都可以，所以今天——」

彌三郎溫柔地把手放在多惠子身上，哄小孩般這麼說。

這時，傳來十萬火急的呼喚聲：

「八重師傅！八重師傅！」

「有人在叫妳。」

「咦……」八重立刻撫平頭髮，整理衣裝。「我在這裡。這麼大聲，有什麼事？」

「怎麼了，在吵什麼？」

喜之助正好從舞台下來，提著三味線，臉紅得像剛煮熟的章魚。

看到在場的三人，不知他想到什麼，眉頭緊緊皺起。只是，在他開口抱怨之前——

「八重師傅、八重師傅，大事不好！」

一個女弟子匆忙跑來，一看到八重就說：

「啊，您在這裡。太好了，請快點……快點來，麻煩您了。由紀夫狀況不對勁，他……」

「由紀夫怎麼了？」八重變了臉色，一邊呼喊著，跑了出去。「他怎麼了！」

「他暈倒了……」

「暈倒？」

「那《二重奏曲》怎麼辦？」

喜之助大聲問，但誰也沒聽見。每個人都察覺異狀，似乎發生非同小可的事。

八重手忙腳亂地率先跑回休息室，其他人跟在她的身後。一進入休息室，只見八千代一臉茫然。

「八重妹子，由紀少爺他……」

「死了……」

「死了？」
一時之間，八重不明白這句話的意思。
接著，她便失去意識，當場昏厥。

三　狂舞——火之終焉

1

「啊……」

在激烈晃動中，八重睜開雙眼。

瞬間，一切彷彿一場夢，好不容易才從夢中醒來——像是在說「好長又好不舒服的一個夢啊」，八重露出平時絕對不會在她臉上看到的，幾乎可說是稚嫩的不設防表情，環顧四周。

幾張臉擠過來，緊張地望向她。

喜之助、彌三郎、多惠子、八千代——她的丈夫、情人與女兒。

人人臉上寫著不安，意想不到的是，連喜之助也一樣。真教人難以置信，他臉上竟出現如此擔心緊張的表情。

這一幕，就像諸神找到躲在天石窟的天照大神時，小心又緊張的模樣。

「八重妹子……」

「我不要緊，不好意思。」

八重對八千代勉強微笑，自行起身，看了看周遭。眾人在休息室中間鋪了幾個坐墊，她就躺在上面。

房間後面有另一處同樣鋪了坐墊，上面躺著一個人。

看到那個人，八重掙脫四周慌忙伸過來的手，跪著爬了過去。一件不知道是誰的紫染外套，輕輕將那個人從頭蓋到胸口。八重掀開那件外套。

那張蒼白的，彷彿轉瞬即逝的臉出現在眼前。和八重相似，但比八重更纖細；和多惠子相似，但只有多惠子一半血色，宛如她倆的影子般蒼白柔弱的臉。

「由紀夫……」

睫毛在臉上投下濃濃的陰影，由紀夫嘴唇微張，帶著奇妙的安詳表情，纖細的雙手交握在胸口。

在眾人默默守望中，八重試圖擠出一點笑容，小心翼翼地伸出手，又像不敢碰觸心愛的兒子，還沒碰到由紀夫就停住。

「由紀夫……你怎麼了？」

溫柔地，非常溫柔地，八重低喃。

「由紀夫、由紀夫——是媽媽，是媽媽啊。沒關係，不要緊，媽媽來了。由紀夫、由紀夫、由紀夫……」

「八重妹子！」八千代發出撕心裂肺的吶喊。「八重妹子！」

「由紀夫、由紀夫——」八重的上半身忽然傾斜。

「啊！」

幾隻手同時伸出去扶她，其中意外地包括喜之助。他的手和彌三郎的手在八重纖細的肩上相觸，隨即觸電般收回。

「糟糕，她又要昏倒了。誰去拿點水來！」

像是認爲至少自己得堅強起來才行，八千代盡力壓抑內心的慌亂，摟住八重的肩膀大喊。然而，八重睜開眼睛說：

「不用、不用，我不要緊。不必拿水，請給我平常喝的藥草茶就好。我沒事，我自己可以……」

八重推開八千代的手，拿起茶杯，仰頭喝下。

「觀眾會覺得奇怪的。」

她顫抖著說。眾人沒來由地心頭一驚，凝視著她，彷彿懷疑眼前是夜叉或修羅。

「誰去向觀眾說明一下？請下一場演出的人先上台。」

「好、好，我們知道了。八重——」

站起來的是喜之助。

「不，少師傅留在這裡陪她吧。小米，妳去叫喜三，請他說明好嗎？」

「好……好的！」喜千米急急忙忙跑出去。

「沒問題，不要緊，觀眾那邊會好好處理。別再爲這種事煩惱了，八重——八重——」

喜之助從來沒有這麼溫柔過。

那張嚴峻的臉，如今綻放著無法言喻的愛憐與溫柔，像要融化，又像無法呼吸。他的雙眼始終只凝視著妻子。那是長久以來一直壓抑在內心，禁止流露，埋藏在胸中不斷灼燒他的業火。此刻，他對妻子的所有執著與愛意，總算能一口氣對失去力量的八重釋放。

八重的手無力地垂落。彌三郎握住她的手，像捧著高貴的寶物。他的眼中也始終只有八重。

「八重，妳要振作。八重……」

簡直像忘了兒子的遺體還躺在一旁，喜之助摟著八重纖細的肩膀，不住輕聲低喃。

「由……」

休息室入口，傳來一個異樣的，分不清是野獸呻吟還是吼叫的聲音。

「誰——你是誰啊？不可以進來，裡頭在忙……」八千代說著起身。

「由……紀……夫……」

發出野獸般像「嗚」又像「啊」的低吼，還來不及阻止，那個人影已奔進休息室，一個箭步往前，趴在由紀夫身上。

是江島智。

他伸出雙手，扶起由紀夫孱弱冰冷的身體，不斷以臉頰摩挲。

「你——你——」

聽見智發出動物般的號泣，每個人都愣住了，什麼事也無法做。

「呆子，你眞的太傻了。爲什麼那時不跟我一起離開？要是那時跟我一起走，就不會遇上這種……遇上這種事……我不是早就告訴過你了嗎？我就害怕會這樣……我就是害怕會這樣啊……」

流不出眼淚，痛苦狂亂的智一邊低吼，一邊搖撼由紀夫的身體。

「我說了那麼多次——你這笨蛋，由紀夫是笨蛋……」

眼淚好不容易落下，再也停不下來。智放聲哭泣。

「智——」

「你……」

就在彌三郎站起，試圖讓他鎮定一點，忽然——

「八重！八重！」

喜之助發出可怕的哀號。

「八重！」

「啊——啊……啊……」八重吐出異樣的呻吟與嗆咳。

她在喜之助懷中的身體弓起，凌亂裙襬中伸出的白色足袋前端彎曲，在榻榻米上一陣亂踢。

「八重！」

「叫醫生，誰去叫醫生……」

「八重妹子！」

所有人都站起來。他們恐懼的悲號如雷，掩蓋了八重的呻吟。

「八重——八重！妳怎麼了？很難受嗎？八重……」

「啊——」

安東八重那眼尾細長的雙眸，如鬼女面具般用力睜大，眼角高高吊起。然而，她已什麼也看不見。

沒有喜之助，也沒有彌三郎。

兩人分別於兩側抱著八重，她的身體後仰得更厲害，呈現僵硬狀態。和剛才的由紀夫一樣，她的雙手徒勞地緊抓黑色和服領口。

「啊啊——啊……」

八重的臉嚴重扭曲變形，體內像是有火燜燒般激烈疼痛，全身冒出冷汗。連喜之助與彌三郎兩個大男人，都幾乎快壓制不住蝦子般扭動的她。

就像是在這個嬌小的，甚至被人認爲冷漠如冰的女人心中，悄悄熾烈燃燒，等待將一切毀滅殆盡的令人畏懼的生命力——對生的執著，正在她熱烈如火的心中，與毫無慈悲且毫不留情的死亡浴血奮戰，瘋狂抵抗。

周遭的人們呆若木雞。雖然有人哀號嘶喊，卻都忘了去找人來幫忙，忘了一切能做的事，只是著了迷般站在原地，用力捏緊自己的手。連智都不再哭叫，多惠子摀著臉，喜之助和彌三郎已放開八重的手，愣愣待在一旁。沒有一個男人敢接近八重這團火球，教人不禁懷疑到底是誰說她冷如冰。是不是她激烈熾熱得超乎常識，才會誤認為她呼出的是冰冷的氣息。

眼前是這團熊熊燃燒的火球，最後的亂舞。她的——這個稀世罕見的女人的肉體、精神、思想……一切的一切都在奮戰，為了不讓生命從世上被摘除而抵抗。一如她抗拒不愛的男人，一如她愛上誰時那般激烈，安東八重不斷掙扎，瘋狂對抗死亡的威脅。

然而，即使是八重也無法與死亡為敵。八重的抵抗是如此壯烈而徒勞。為她痴狂的臣子目睹這一幕，無能為力地屏住呼吸站在一旁，看著她慢慢虛弱力竭。雖然和她那放棄任何抵抗，轉眼死去的兒子不同，然而，八重還是沒有翻轉這個結果的力量。

見八重再次弓起身子，眾人慌忙撲上前。這時，他們都聽見八重發出一點也不像她的可怕嘶啞聲，但一字一字是那麼清晰，令所有人嚇了一跳。

「啊——啊啊……親愛的、親愛的、親愛的……」

八重如此不斷反覆。

喜之助魁梧的身體像得了瘧疾般抽搐。他向前一撲，想用雙手抱住臨終前的妻子。

然而，此時從八重咬緊的牙根裡洩漏出來的，是這樣的話語：

「親愛的——稔哥、稔哥、稔……」

喜之助當場有如世界末日臨頭，雙腿像是生了根般僵在原地，手也不再往前伸。

沉默籠罩著所有人。八重的身體彷彿不是這世上的東西，在一片寂靜中漸漸停止動彈，鬆開原本僵直弓起的姿態，橫躺在地。在丈夫、情夫、朋友與女兒面前，在試圖伸出手爲她分擔一點苦楚的眾人面前，直到最後的最後她仍拒絕這一切，寧可獨自一人走上與死亡奮戰的道路。

沒有人說話，在恍若永恆的沉默當中，安東八重死了。躺在眾人面前，躺在她唯一愛過的男人的孩子——心愛的兒子屍體旁。過去，彌三郎曾形容她是「死也拿她沒轍」的女人。不容侵犯，不容撼動，誰都應付不了的女人。

能夠打敗安東八重的，除了死亡別無其他。

橫躺在地，睜大雙眼一動也不動的八重，與身旁宛如死亡群像的人們——此時，像是有一把錐子刺穿了這片靜寂，房間外的喧囂如海嘯般湧來。

2

舞台布幕升起，從演奏者彈出第一個音符的瞬間，異樣的亢奮與感動就奪走了他的心。對於這一點，山科自己也難以置信。

他做夢也沒想過，會從這種傳統藝術中，感受到興奮與感動的要素。

倒不如說，不管是藝術或音樂，一直以來，他都與這類東西無緣。連長歌、淨琉璃和清元都分不清楚，即使有機會聽到三味線，也頂多只是電視上的歌唱比賽有人演唱民謠，或是浪花節時樂師的演奏罷了。

經手這起命案後，山科自然而然接觸到這個領域的人，同事談話之間也常提起相關話題，得知許多以前不知道的事。不過，這些充其量只是知識，當成案件背景補充的相關知識而已。

舉例來說，假設這起案件不是發生在三味線流派的安東家，而是在日本舞、茶道或花道的任何一位宗師家，山科肯定也會在認識那些以平日無緣接觸的傳統藝術爲生的人後，和現在一樣對種種新知感到驚奇。

山科的妻子說結婚前學過兩年古琴，但山科從沒看過她彈，家裡也沒有琴。倒是兩人年幼的女兒，從今年開始學鋼琴了。

假如妻子讓女兒學的不是古琴或鋼琴，而是讓她去向鎮上某個安東什麼的師傅學習長歌，偶爾在發表會上演出，山科就算嘮叨抱怨浪費錢也不奇怪。然而，山科內心對長歌逐漸產生的奇妙讚嘆，和這種——說起來非常理所當然的感想，又是完全不同的兩回事。

（這個男人⋯⋯）

在這之前，與其說是喜之助本人有哪裡不好，不如說是個性鮮明的妻子散發過於強烈的光芒掩蓋了他。姑且不提山科怎麼想，在其他刑警眼中，安東喜之助只是個無用的贅婿。

此外，在那巨大沉鬱的宅邸中，長得像隻大章魚的喜之助總顯得無處容身，只是虛張聲勢，從未看過他展現充滿活力、流露自信的模樣。

然而——山科看著判若兩人的喜之助，內心暗忖。

（原來如此，這就是所謂的才華嗎？）

即使還沒有自信以「藝術」來形容，對山科而言，這已是值得驚嘆的發現。

先前聽過喜文治演唱的《勸進帳》，雖然歌唱和三味線是兩種截然不同的表演，但山科也聽了其他專業師傅、**客座弟子**和入門弟子或彈或唱的幾首樂曲。再來就是喜三郎了，他會在八重之前上台。

沒有全部聽完可能不知道，不過——

（不知爲何，那隻大章魚看起來偉大得可怕。）

再說，他確實彈出了美妙的琴聲。儘管聽來厚重、昏暗又激烈，但每一個音都沉沉地與丹田共鳴。心情宛如隨著日本海上的大浪翻滾，時而高騰，時而墜落。這是聽其他曲子，聽其他那些不重要的人演奏，甚至是聽喜文治演唱時，都不曾有的感覺。更別提，作曲者就是彈奏者喜之助本人。

（唔，眞不得了。）

「什麼？你剛才說什麼？」

「沒有啦……」

（自明治時代以來，再也不曾出現那樣的大師……）

（喜之助師傅作曲的天賦或許很高，在演奏技藝上還是差得遠。）

剛才在大廳無意間聽見兩個老婦人的對話，此刻浮現在山科的腦海。

（很厲害嗎？）

（那才稱得上是藝術啊。）

山科認爲，喜之助已很高明。至少，連他這個外行人的耳朵，都聽得出喜之助與喜文治等人的差異。既然連山科都聽得出差異，可見喜之助一定很厲害。然而，即使作曲的才華受到肯定，喜之助演奏的技藝卻被認爲**還差得遠**。

（只要能再聽一次宗師的三味線，我這輩子就了無遺憾……）

所謂的藝術，到底有多高深？這麼一想，不由得毛骨悚然。從報章雜誌或口耳相傳中，也曾聽過不少大師的傳說，但說得直白一點，山科通常認爲那些傳說過度誇大了。

然而現實卻是，有人認爲只要能再聽一次喜左衛門的演奏藝術，這輩子就死而無憾。一生只聽過一次的明治時代大師演奏，也能持續傳頌至今。

（喜文治、喜三郎，及其他許多演奏者和演唱者，他們跟喜之助究竟有什麼不同？喜之助與喜左衛門或那個什麼大師之間，又到底差在哪裡？明明用同一種方式演奏同一種樂器，一樣是拿撥子彈出琴音，甚至彈的是同一首曲子，不是嗎？究竟是哪裡不同？藝術——所謂的藝術，到底是什麼？）

只要搞懂這一點，或許能更接近安東家每個人的內心。喜之助激昂壯闊的琴聲即將迎來最高潮，山科陶醉在雄渾有力的旋律中，一邊這麼思索。

同時，他也再次急著想聽到八重彈的三味線，等不及節目單上的節目慢慢進行。如果有機會，眞希望也能聽聽老喜左衛門，當今世上最後一位國寶級大師的彈奏。

（難道我終於開竅了嗎？竟聽得出三味線的音色好壞——這未免太戲劇化，部長聽了一定會笑我吧。）

這時，四周爆出一陣喝采與掌聲，打破山科的沉思。

「很不錯的演奏嘛。」

左右田一副內行人的表情說。

「比起上次聽到的什麼二重奏曲，我更喜歡這首。那首太現代化了，這首比較有傳統長歌的感覺。」

「感覺你也精通了不少。」

「沒有啦，嘿嘿嘿。」

「下一首就是《二重奏曲》。」

「是啊，由安東姊弟演奏。」

「眞想趕快聽到。這還是第一次有機會從頭聽到尾。」

「阿山哥，你才是眞的成爲長歌迷了吧？」

兩人頓時沉默下來。

一閉起嘴巴，周圍的喧囂立刻湧上，吸引了他們的注意力。

和其他人一樣，在舞台布幕升起前無所事事，不是毫無意義地翻閱節目單，就是環顧周遭找尋認識的人，完全融入現場觀眾的氣氛。

幕一直沒有升起，也沒有要升起的跡象。

每一首曲子結束，布幕後方都會傳出撤樂器、換譜架或調音等聲響，曲子與曲子之間總要花上一番時間重新準備，對經常欣賞這類演出的觀眾而言，並不特別奇怪。

聽見竊竊私語，並且範圍愈來愈擴大，是在始終不見那片銀色布幕升起，也沒聽見幕後傳來調音的聲音，只看到一個年輕男人一下將寫著「獻給三絃的二重奏曲　安東多惠子　安東由紀夫」標題的紙拿出來，一下又收回去，虛度十分鐘左右的事。

「這次等好久。」

「那位小少爺身體不好，該不會有什麼病症發作了吧？」

「不會吧……也可能是樂譜不夠用？」

「這種演奏會怎麼可能……」

窸窸窣窣、窸窸窣窣，起初人們只是低聲閒談，漸漸地聲音愈來愈大。

「………」

內心湧現一股詭異的不安，山科與左右田交換一個眼神。

他們身後的門忽然打開。

「喜三郎師傅、喜三郎師傅……」

一個女人以低調不引人注意的聲音如此呼喚。看到喜三郎似乎不在附近，又把門關上。

「阿山哥。」

「長叔，不太對勁。」

兩人都是在第一線工作多年的警官。

再次交換的視線中，原本那種類似預感的不安，一口氣膨脹為確信，兩人腦中同時閃過一個不願成眞的直覺。

「阿山哥。」

「我們去休息室看看，如果沒事就好。」

那些平時不會湧現的，關於藝術的念頭，與喜之助樂曲帶來的稍嫌激動的餘韻——這一切瞬間從手中滑落。山科和左右田無視觀眾席上一邊抱怨一邊耐心等待布幕重啓的人們，悄悄地鑽出門縫，走向大廳。採取這些行動時，也不停回頭看布幕是否升起，熟悉的樂曲是否已開始演奏，可惜那片垂至地面的布幕，除了隨不知何處吹來的微風飄動外，完全沒有要升起的意思。

他們一走出大廳，對面就傳來呼叫聲。

「喜三郎師傅！有沒有人看見喜三郎師傅？」

若無其事地高聲呼叫，其實內心一定很慌亂的喜千米，從兩人眼前跑過。

「阿山哥。」
「看來，這下一定出了什麼事。」
「又是——」
命案嗎？爲了避免壞兆頭，老練的刑警左右田硬生生吞下這句話。
「動作快！」
正當山科想衝進休息室時，一個聲音叫住他：
「山科先生。」
他嚇一跳，回頭一看，找了半天的伊集院大介身影映入眼簾。
「老師，你……」
「我們走吧，情況不對勁。」大介的表情也變了。
山科什麼都沒說，用肩膀頂開左右田與大介，率先走向休息室。入口莫名擠滿人，原本想推開他們，但當中有人認出山科，爲他讓了路。
（果然是命案。）
走到休息室入口附近，一種驚心動魄的異常靜默，如變形蟲伸出的觸手，纏繞住他們。然而，就算沒有這種感覺，山科也確信自己聞到熟悉的氣味了。
（是誰——這次，是誰？）
（第三個人……）
撥開雕像般無言站在休息室入口的幾個人，山科勉強朝宛如時間暫停的休息室內探頭。
「八重！」

襲向他耳邊的，是一個淒厲的，近似野獸受傷時發出的哀鳴。

「八重！」

3

於是——

冰冷的死亡之手，第三次伸向與安東家有關的人。

不，不是第三次，或許該說是第四次。只是，對人們而言，由紀夫的死去只是預告了八重的死亡，就像一場大型悲劇的前導——當然，江島智除外。智無論如何都不肯離開由紀夫身邊，就像喜之助與彌三郎無論如何都不肯離開八重的遺體一樣，智和他們一起被默許陪伴在兩具遺體身邊。

智緊握由紀夫冰冷的手，伴隨著嗚咽，不斷在他耳邊輕聲低喃。儘管最近智像是忽然老成了幾歲，但當心愛的少年死於眼前時，他又像倒退了幾歲，哭泣的臉龐滿是掩不住的孩子氣。

喜之助那張酒糟紅臉變得鐵青，低著頭一語不發，與哭泣的智完全形成對比。

由於只能用現場暫時找到的布蓋住八重與由紀夫，因此，蓋住這對母子亡骸的碰巧是用來鋪在舞台上的紅毯備用品。那燃燒般的緋紅，簡直就像在慶祝什麼喜事。

然而，姑且不論由紀夫如何——之所以沒有人指責這麼做對死者不敬，或許是在所有人眼中，安東八重這烈火般的女人走到生命的盡頭時，再也沒有比這更適合她的顏色了。

接下來，山科警部補著手執行，不知執行過多少次的熟悉程序。

聯絡本廳、說明案情，苦思如何處理演奏廳內的幾千名觀眾，拉出禁止進出的區域，在休息室門口安排警官站哨，詢問相關人士案件發生前後的狀況。

這麼一來，即使是安東八重這個無與倫比的女人，也只成爲世上千千萬萬的屍體之一。

不過，面對突如其來，令人措手不及的結局，在感到茫然的同時，不可思議的是，山科一點也不訝異。

（這天終於來了。果然，終究……）

打一開始，山科內心就一直有個聲音：一定有什麼事搞錯了。安東喜之菊、橫田管家——雖然接連發生的兩起命案，被害者喜之菊與橫田都是與安東家有關的人，卻不是重要的角色。當中一定出了什麼差錯。

山科當然明白，身爲刑警不該有這種近乎危險的想法。然而，他仍無法克制地認爲，最適合擔綱「命案」這齣激烈戲碼主角的只有安東八重，別無他人。之所以會這麼想，或許是受到不知怎地始終被默許待在這裡，像個影子絲毫不受矚目的伊集院大介說的話影響。

（終於——）

如女王般始終活得那麼激烈，那麼冷漠又高貴的女人，現在已無法再愛也無法再恨，只能躺在地上一動也不動。

或許沒有比這更適合她的結局。那種躺在榻榻米上受到家人和朋友守護，握著子孫的手安享天年的死亡，一點都不適合她，也配不上她。

（和比誰都溺愛的兒子一起，也很有八重的風格。）

女王需要**殉葬**者。

茫然坐在那裡的彌三郎，垂頭喪氣的多惠子，鐵青著臉、一句話也說不出口的喜之助——這一切看在山科眼中，就像日落之後失去夢幻光彩的褪色風景。山科心想，八重這樣的女人以往不曾有過，未來也不會再有了。

（直到最後，我都沒能聆聽這女人彈奏的三味線。）

負責驗屍的科搜研同仁趕來了。儘管詳細情形還需要等待解剖報告，但初步判斷殺死由紀夫和八重的是同一種毒物——推測屬於砷化合類。

「看來，凶手是把毒物加在裡面。」

山科留意著不要抹去指紋，一邊舉起綠色的小保溫瓶。

「裡面裝的只是普通的茶嗎？怎麼聞起來有點藥味？」

「是特地熬的藥草茶，八重妹子平常只喝那個。」

哭得眼睛鼻子都發腫的八千代回答。

「這件事大家都知道，所以誰也不會去動那個保溫瓶。啊啊，要是我能早點發現就好……由紀少爺就是喝了那茶才忽然不舒服。我們看到由紀少爺不能呼吸時太驚嚇了——這裡都是女人，大家又都慌了手腳，誰也沒想到與藥草茶有關。那孩子身子弱，經常會發病，這也是大家都知道的，當時還以為是心臟麻痺之類的。八重妹子一回來就暈過去，誰也沒對那茶起疑，她說要喝茶就給她喝了。啊啊、啊啊，要是我能稍微察覺不對勁，八重妹子就不會……八重妹子……」

八千代終於忍不住放聲大哭。

「各位還記得，這個——這茶是誰倒給八重女士喝的嗎？」

八千代搖頭，她的一名徒弟哭著回答：

「我記得。八重師傅說要自己來，是她自己倒出來喝的。」

「被害者親手……」

之後從搜查總部趕來的三上警部與井上巡查部長，都是一副「怎麼又來了」的不耐表情。畢竟上次預演才剛出事，今天正式演出又發生一樣的事，也難怪他們會這樣。要是傳到記者耳中，難保不會被寫成一篇「受詛咒的安東流」的報導。

「那麼，第一個被害者的情況又是如何？是誰要他喝下這茶的？這是被害者母親的茶，由紀夫小弟平常不會喝吧？」

「要他喝的人，是八重妹子。」八千代擦乾眼淚應道。「由紀少爺身體不適，八重妹子就說，喝了這茶會舒服點，倒給他喝……那時就快輪到《二重奏曲》，兩個孩子該準備上台了，八重妹子急著出去找多惠子，由紀少爺是在她離開後狀況才不對勁的。」

「所以，是八重夫人把這茶拿給由紀夫小弟喝，後來又自己喝下去？」

井上如此確認。

「那是八重女士來休息室後，第一次喝那瓶茶嗎？」

「這個嘛，總之她一直忙進忙出的……不過，她平常總會喝這茶，遇到重要場合，怕身子撐不住時尤其會喝。況且，今天一大早就過來，吃了便當，也吃了點心，我想她應該喝了幾次。沒錯，我確實看見八重妹子從保溫瓶裡倒茶喝。」

「這麼說來，毒藥就不是來休息室之前放進去的。」井上繼續追問：「這是誰拿來的？」

「那孩子……」八千代朝趴在由紀夫遺體旁的智努努下巴，「那個叫智的孩子。」

「喔，是他——」

井上立刻指示部下打電話去位於若林的安東家，詢問幫傭太太泡藥草茶時的狀況，及將保溫瓶交給智，讓他帶來時的前後情形。

「保溫瓶一直放在這邊？放在這個休息室？」

「是的，沒錯。八重妹子就是從那一堆紙袋的其中一個裡，把保溫瓶拿出來。」

「這樣啊。」

喜千米忽然想起什麼，補充道：

「當時八重妹子問了茶放在哪裡，是由紀夫告訴她，放在那邊的袋子裡……咦？」

喜千米忽然發出錯愕的聲音，所有人圍了上去。

「怎麼會這樣？有兩個相同的……」

「哎呀，眞的，到底是哪個？」

八千代皺著眉想站起，田島刑警制止她。立於牆邊的三味線琴盒之間，有兩個相同的茶色紙袋。

「這是隨處可見的紙袋——」

田島話才說到一半，忽然略顯得意地打住，眾人意外地望向他。

「看看我發現了什麼。」

田島喜孜孜地說著，提起其中一個紙袋，伸進去的手再次伸出來時，竟握著一個似曾相識的綠色保溫瓶。

「這個紙袋是空的。」

出示另一個紙袋後，田島很快將手中的保溫瓶放在桌上各種雜物之間。

彷彿雙胞胎，旁邊是另一個一模一樣的保溫瓶。兩個綠色瓶身、銀色瓶蓋的保溫瓶，並排在桌上。

個。」

「這是怎麼回事？」三上警部困惑地問。「相同設計的紙袋有兩個，相同款式的保溫瓶也有兩

「很簡單啊，這是十分初級的偷天換日手法。」

田島得意洋洋地將新找出來的保溫瓶，交給鑑識人員。

「這麼一來，就知道八重——被害者爲何毫不懷疑地要兒子喝下這茶，以及她爲了振作精神而喝茶的原因。畢竟在那之前，她早就喝過好幾次，一點問題也沒有。」

「現在剛拿出來的這個保溫瓶裡，只剩下一半左右的藥草茶，沒發現曾被下藥的痕跡。」

鑑識人員報告毒物測試的結果。

「另一個原本就在這裡的保溫瓶，則摻有多得可怕的砷化合類毒物。這種毒物不太散發氣味，加上藥草茶本身味道較濃，喝的人幾乎不會發現。」

「那麼，凶手應該是打一開始就準備兩個外觀一模一樣的保溫瓶，在其中之一下毒。」三上說。

「大概就是這麼回事。現場如此混亂，沒人會發現有兩個一模一樣的紙袋，畢竟這種袋子市面上太常見。凶手趁無人察覺，若無其事地將裝有下毒保溫瓶的紙袋往前放——就是往靠近八重的位置放，再將之前八重喝的保溫瓶往三味線琴盒的方向放——也就是剛才找到時的位置。只要這樣交換就行，眞的是非常簡單又確實的手法。」

「請等一下，我以爲從家裡帶來的是完全沒下毒的保溫瓶，凶手是來會場後才趁隙在瓶中下毒，可是照你這麼說……」三上甩了甩頭，「如果按照我原先的推測，在一片混亂中，任何人都可能進出休息室，根本無法釐清誰曾進來又出去。而且，包括外面的觀眾在內，人數多得相當於一座小城，調查起來非同小可。可是——若打一開始，就像田島說的，凶手事先準備好，只要找機會調包……狀況

自然又完全不同。」

「是，正如您所說。智小弟，抱歉打擾一下。」

田島走到智身邊，把手放在他的肩膀上，毫不留情又帶著幾分嘲弄地說。智緊握由紀夫的手，已不再哭泣，只是一臉恍惚。他像是不明白周遭發生什麼事，被田島一拍嚇了一跳，抬起空洞的眼神。

「智小弟，這個紙袋是你帶來的？不過——你帶來這裡的，**究竟是哪個紙袋？**」

田島戳了戳智，再指向兩個紙袋。

「我……」智失魂落魄，望向說話的田島，似乎不明白對方的意思。「不知道，我不知道，我什麼都不知道。由紀夫……」

「你的答案可能讓事情變得更簡單，也可能更棘手。到目前爲止，你是唯一被指認出確實碰過這個紙袋，還拿在手上一段時間的人。搭車過來的途中，只要把紙袋放在腿上，你就有機會趁人不注意下毒——有沒有人能證明，八重喝了茶卻沒事的保溫瓶，是從你帶來的紙袋裡拿出的保溫瓶？」

「我不知道。吉嫂跟我說，先出發的三人忘了帶，要我帶來，於是我就帶來放在這裡。」

智依然顯得恍惚失神。

「不過，等等，不會吧？你說我殺了由紀夫——我殺了他？」

智忽然失去自制力，發出駭人的笑聲。

「凶手的目標是八重夫人，不是由紀夫小弟。」

山科斬釘截鐵地說。智回過神，收起笑聲。

「對了，原來是這樣啊！」井上興奮起來，「阿山哥，多謝提醒。沒錯，我差點糊塗了……直到八重拿茶給由紀夫喝之前，都沒人知道她會這麼做！會喝這茶的人，本來只有八重。凶手打一開始想殺的，就是八重！」

「是不是跟由紀夫小弟交往的事遭到禁止，你對八重懷恨在心？」

井上忽然抓住智的肩膀，狠狠逼問。

智想甩開他，井上卻不放手。

「是你在車內偷偷下毒，再裝成若無其事的樣子，跟之前準備好的保溫瓶調包了吧？」

「我……」

智露出詭異的眼神抬頭望向刑警們，似乎想笑。然而，那雙眼眸隨即湧現淚水。

「如果你們這麼想，就當是這麼回事吧——我什麼都不在乎了。由紀夫死了，**被我殺死了……**」

「你們聽見了嗎？」井上大喊。「這可以當成自白了，江島智。」

「等一下！」

一道聲音從門口傳來，江島友子目露凶光站在那裡。

「你在說什麼鬼話？無能的刑警，再蠢也該有個限度！你說智殺了那女人？他有什麼理由非這麼做不可？想殺死那女人的是我！」

「誰讓這女人進來的！」

三上怒吼。友子從想制止她的警官手中掙脫，闖進休息室，一把抓過兒子，將他的頭護在胸口。像是不讓任何人或陰謀奪走智，友子緊緊擁住他，噴火的眼神狠狠瞪視周遭。

「是誰？誰想用那種無聊的言論誣賴我家的智？智才不會做那種事。誰想做那種事啊？沒錯，智是體貼母親的孩子，我們母子一直都是相依爲命，辛苦地活過來。誰敢說那種話，我絕不會善罷甘休。你們想聯合陷害我家的智，還配當警察嗎？居然敢說自己是刑警！你們的眼睛都長到哪裡去了？

智做了什麼？說他下毒，證據在哪裡！爲什麼這孩子非被說做了那種事不可？哼，無聊透頂！」

「智小弟招供了。剛才智小弟說『我殺了他』，在場所有人都聽見了。」田島憤怒地反駁。

友子的臉脹得更紅，改朝懷中的愛子發飆：

「你也眞是的！明明什麼都沒做，幹麼講那種話？你沒殺那個女徒弟，也沒殺橫田老爹，當然更沒殺這女人，媽最清楚了。你何必講那種傻話？你應該很清楚，這些傢伙是怎樣的人——他們滿腦子只想立功，爲了搶一點功勞就殺紅了眼。你明知道，又何必故意講那種話？告訴我，告訴媽媽就好，你不是說過嗎？不是答應過我嗎？任何事一定老實告訴媽媽，只告訴媽媽。無論遇到多難受、多討厭的事，也絕對不會騙我，不是嗎？智、智、智！」

他們也是——

肯定也是，另一團火。

和並排躺在地上，包著熾烈燃燒般火紅布毯的母子一樣，這個哭喊的母親，與毫不抵抗地待在她懷中的兒子也是另一種極端。

友子呼著酒氣，每哭喊一次智的名字，智的腦袋就隨母親的手晃動。虛脫的智，連逃避的力氣都不剩。

「智、智、智！你倒是說點什麼啊！不快點說清楚，這些人會聯合起來陷害你，把你捏造成殺人凶手！快說點什麼！快說啊，智……」

「友子女士，請節制一點。智小弟，有話到署裡來說。你願意跟我們一起去吧？」

「不能去！他們會刑求你！會揍你，誣陷你爲凶手！要是沒有你，媽媽該如何是好——智！」

「吼，夠了！」八千代雙手摀住耳朵，高聲尖叫。「拜託，說夠了吧！我們還在往生者的面前！

還在往生者——八重妹子……」

八千代「哇」地一聲，低頭哭了起來。

一團混亂中，智恍惚地開口。

「我——怎樣都無所謂，我什麼都不知道，也不相信了。想把我當成凶手，請便。要判我死刑也沒關係，怎樣都行。如果你們眞的想讓我揹這條罪，我就……我已……」

「聽到了嗎？」

井上回望三上。

「嗯，看來，請他自願同行比較好。」

「智小弟，站起來。有話到署裡說吧。大家請讓開，還要搬**那個**。」

眾人讓出通道，方便擔架進來，出神地看著穿白衣的男人們隨手拿開緋紅布毯，將兩名死者搬到擔架上。

八重與由紀夫身上重新蓋了白布。喜之助始終如凍結般，凝視著八重冰冷的軀體，直到她被白布覆蓋。途中，看似喪失氣力，只是不斷喃喃低語的智，似乎驚覺要永遠和由紀夫分開了，忽然發出淒厲的叫聲。智鼓起少年特有的叛逆，重拾原有的力量，掙脫周圍試圖壓制他的手，撲上前緊緊抓住擔架。

「由紀夫！由紀夫！由紀夫……」

聽到他用令人心碎的聲音如此吶喊，連看慣各種衝突或哀傷場面的刑警，也按捺不住內心的悲嘆，別開臉不去看這殘酷的一幕。

「別帶走由紀夫！由紀夫、由紀夫、由紀夫！」

「智小弟。」

強迫自己狠下心，井上走向前，在田島的協助下，一起把智從擔架旁拉開。於是，安東八重與由紀夫，被搬出人們的視野外，再也看不見。

簡直就像從咒語的束縛中獲得解脫，終於能展現霸氣，井上朝三上看了一眼，等他點頭。

「好，我們要離開了。智小弟，有話到警署說吧。好好告訴我們，爲什麼你要殺害八重，又爲什麼要對那兩人下手。」

「等一下，可是……」山科忍不住開口。

「什麼事，阿山哥。」

「不……」

「沒關係，你說說看。」

「好，是這樣的。其實，我的轄區也有很多案件要忙，照理我已退出搜查總部，不該多嘴才對。可是，至少在第二起命案中，少年江島智有確切的不在場證明，而且證人就是井上兄，你本人不是嗎？關於今天的命案，根本不必事先下毒，要在休息室內調包保溫瓶，多的是機會下手。憑這一點就認爲他是凶手，證據未免太過薄弱。」

「可能有共犯啊。」

井上擅自做出結論，用力抓住智的手臂。

「不管怎樣，很快就會知道了。走吧！」

井上催促智起身。友子正想上前拉住智時——

「可否請大家等一下呢？」

傳來一個悠哉的，與現場劍拔弩張的氣氛有點不搭調的滑稽話聲。

「老師！」山科的臉皺成一團。

伊集院大介忽然輕飄飄地現身。

「請各位等一下，稍待一會。我已明白案件的眞相——不過，只是有這種感覺而已啦。」

他帶著慌張不安的表情這麼說。

四　早笛之合方——伊集院大介的推理

1

「你說什麼？」

「你這傢伙，不要隨便亂說。」

「這男人怎麼回事？」

在一陣令人錯愕的沉默後，刑警紛紛發出激動的話聲。

「我記得你，你是由紀夫的家庭教師吧。」

井上巡查部長似乎已恢復記憶。

「之前辦案時就經常看到這傢伙闖進現場，剛才也到處走來走去，原本要趕走他，但想想他也算相關人士。不，正因是相關人士，才睜一隻眼、閉一隻眼。」

田島憤憤不平地說。

「現在又自以爲是名偵探了嗎？不過我告訴你，現實沒有小說那麼容易。好了，別再說傻話，快點讓路。」

「田島兄……」

山科往前一步。一時之間，他猶豫起是否得幫大介辯護。

（老師終於釐清一切了嗎？老師覺得自己都懂了嗎？既然他這麼說，一定沒錯。）

不知爲何，打一開始，不論伊集院大介這個頗有小聰明的青年說出什麼或做出什麼，山科都相信，名符其實「就是有這種感覺」。

伊集院大介似乎完全沒發現自己說出多重大的事實，也沒發現刑警有多生氣，只是睜著圓滾滾的眼睛，站在休息室門口，手足無措地看著屋內的人。那副模樣，讓人聯想到小鹿之類的草食動物，從草叢中抬起頭，睜大眼睛凝視人群的模樣，有些滑稽，教人不禁莞爾。瘦高的身材、偏長的脖子，他整個人都有種說不出的討喜。

然而，在刑警們的眼中，大介這難能可貴的特色一點也不討喜。田島刑警放開智，大步走向伊集院大介。

「你快點讓開，我們趕時間。」

田島粗魯地說著，不客氣地作勢要推開大介。

山科不禁踏出一步。然而，就在這時——

「等一下，請看看這個。」

伊集院大介在口袋裡摸索，小心翼翼拿出一樣東西，朝田島面前一遞。田島措手不及地向前踉蹌了幾步。

那是一小張舊照片。

「你要我們看什麼？這不是那男人嗎？左近彌三郎。」

田島蹙起眉頭說。山科、三上和井上，都忍不住探頭窺望。

那是一張手冊大小的照片。泛黃的照片裡，抬頭往上看的男人十分俊美，簡直像是大明星。

細長臉，寬額頭，長長的眼尾，帶著嘲弄的眼神——人們的視線，不禁聚集於坐在休息室角落的鼓手身上。

「不是的。」

伊集院大介不急不徐、從容不迫的語氣，打破了無聲勝有聲的尷尬沉默。

「這不是左近彌三郎先生的照片。雖然非常相似——說起來，眞的就像兄弟或雙胞胎。不過，這是二十幾年前的照片，是我大老遠到信州借來的。照片中，這位叫吉村稔，曾是安東流的管家，也是跟八重夫人的母親、喜左衛門先生的妻子安東藤野——現在她叫村上藤野，私奔的男人。他已去世，大約十六年前，因一場意外受傷身亡。

另外，這張照片裡的人，也是安東多惠子小姐與由紀夫同學的父親。」

忽然間，一個驚人的低吼，把聽見意外的事實而忘了動彈的人們，嚇得跳起來。

眾人回頭，朝聲源處望去。

只見安東喜之助趴在榻榻米上，雙手抓住頭髮，宛如一頭受了致命傷的獅子，不住發出嘶吼和哀號。

八重臨死前最後喊出的話，在人們耳邊復甦。

（親愛的、親愛的——稔哥、稔哥、稔……）

此時，休息室內響起另一個哀痛的低號，雖然比喜之助微弱許多，卻令聽者爲之心痛。那是彌三郎。

彌三郎雙眼空洞，那張清秀俊美的臉龐比死人還要蒼白。他舉起修長美麗的手，用指甲抓著與死去的吉村如出一轍的臉，彷彿想破壞殆盡。

接著，彌三郎身體後仰，發出抽搐似地可怕笑聲。刑警們差點以爲他瘋了，試圖上前制止。半晌，沒有任何人動彈，甚至發不出聲音。人人屏氣凝神，聽著喜之助的哀號與彌三郎悽慘的笑聲——一個是直到最後都被妻子拒於千里之外的綠帽男，一個是被心愛的女人找來當眞正喜歡的人的替身，他們苦悶的吶喊，令人忍不住想摀住耳朵。

漸漸地，彌三郎歇斯底里的笑聲，轉變爲斷續的啜泣，喜之助的哀鳴也微弱下來。

「八重、八重、八重……」

失去堅持，失去尊嚴，甚至像是失去一切，喜之助只是虛弱地低喊她的名字。

「妳就這麼討厭我？我眞的讓妳這麼討厭嗎？既然如此，妳爲什麼要跟我結婚，爲什麼不把我趕走？爲什麼一直維持名義上的夫妻，不從我面前離去？八重、八重……我寧可妳像岳母那樣跟人私奔——八重……嗚嗚……八重……」

「私奔這種事，八重夫人是做不到的。就算她想，她也做不到啊，喜之助先生。」

伊集院大介低著頭，語帶同情。

「要是做得到，八重夫人一定也想那麼做吧。如果眞能做到，八重夫人和您——還有多惠子小姐和由紀夫同學，或許都能獲得救贖。即使那樣會帶來更多難受痛苦的事。

安東八重是一位可畏的女性。即使現在回想，也能明白她的性情是一般女人好幾倍的激烈，意志力和自尊心都不是普通的強——無論是愛是恨，她都表現得像個女王。只是，八重一輩子仍吃了兩次敗仗——第一次，是無法違抗父親喜左衛門的命令，無論如何只能嫁給喜之助先生。另一次，是她打算拋棄一切，即使必須將多惠子留在安東家，也要投奔吉村。然而就在那時，吉村卻捲入無聊的爭執，在打架中受傷，很快就死了——回溯時間，當時八重夫人已懷了由紀夫同學，這是她與吉村的第二個小孩。」

（至今您從未想過要殺了誰嗎？有的，只有一次。）

（如果您願意回答，那是誰呢？）

（是家父。）

過去與八重的對話浮現在山科的腦海，字字句句鮮明得可怕。

這麼說來，女王般君臨天下的八重，年輕時也未能反抗父親的意思，在父親面前敗下陣，無法實現想做的事。然而，八重漂亮地報復了這一次的失敗。就算結果令一切失控，更重挫了自己，她也不放棄復仇——始終不接受那個爲了流派，爲了維持演藝世家生命，而由父親許配的丈夫，持續偷偷與眞正心愛的男人幽會，還爲對方生下兒子。

（這十六年來——）

過了四十歲之後，看似已爲人妻、爲人母的八重，在臨死之際，情不自禁呼喊的依然不是丈夫，不是情夫，不是父親——甚至不是她溺愛的兒子，而是十六年前早已死去的，唯一愛過的男人。

（多麼激烈的性情——多麼執著的意念……）

「我也認爲你的發現非常驚人，不過……」

未曾察覺山科近乎詠嘆的嘆息，態度有幾分軟化的三上警部將照片還給伊集院大介，一邊問：

「就現狀來看，這張照片似乎無法成爲解決案件的線索——畢竟只是十六年前的男女情事。雖然有參考價值，但我不認爲與眼前的問題有關，你的看法呢？」

「不，不是這樣的。」

伊集院大介的語氣帶著莫名的歉意。

「之所以這麼說，是因我一開始就認爲——這一連串案件，其實是安東家的悲劇。說到底，悲劇不是一天、兩天造成，而是某種不幸的宿命多年來一再重複，不知不覺中交織出的一套模式。

不知道各位有沒有看出，在這個從江戶時代相傳至今，保有古老傳統技藝的家族中，有幾個重複發生的悲劇模式。舉例來說，安東喜左衛門安排小老婆喜千世在家中同居，他的女婿喜之助也在宅邸後方的長屋裡包養友子，形成妻妾同居的狀況。喜左衛門的妻子藤野夫人與年輕男人私奔，他的女婿喜之助也被左近彌三郎這個年輕男人奪走妻子——很抱歉我這麼說。此外，驚人的是，不，應該說正因彌三郎長得和那個姓吉村的男人一模一樣，八重夫人才會選擇他，所以，或許沒什麼值得驚訝的。」

一片安靜，沒有人阻止伊集院大介。連喜之助似乎也忘了心痛，迫不及待聽伊集院大介繼續說下去。

「請再思考一次——事情不是現在才發生的，甚至不只是十年或二十年前。一切得回溯到三十年前，安東藤野——這又是一位了不起的女性，看到丈夫因組織家庭日漸安逸，技藝變得小家子氣時，內心感到相當痛苦。或許可說，她會離家出走，都是源自於愛。」

大介簡單扼要地說明去信州的經過，及藤野告訴他的，關於她對喜左衛門琴藝的想法。

「對生於電視時代的各位來說，『技藝』或『藝術』只是浸泡在福馬林裡，不再具有生命的詞彙。各位一定也認爲，這是什麼時代了，怎麼還會有人爲了守護丈夫的琴藝，甘願拋家棄子？然而，藤野夫人是明治時代的女性，更重要的是，她是八重的母親，性情和她一樣剛烈。看到丈夫技藝退步——眼睜睜看著安東喜左衛門，這個歷代罕見的三味線奏者的技藝從世間消失，她認爲是無可言喻的損失。她苦惱不已，決定就算必須捨棄人生，也要守住這份技藝。於是，藤野夫人離開了家。當時八重才十三歲，就算藤野夫人將堅毅的決心告訴八重，解釋這麼做是爲了成就藝術，是出於愛才將丈夫推入苦惱深淵，當年的八重想必也無法理解。

十三歲，還是充滿浪漫情懷的年紀。藤野夫人爲了『藝術』做出的犧牲，在八重眼中都是爲了『愛』——爲了吉村這個窩囊的俊美情夫。當年，八重一心認爲這是眞愛，也對此懷抱無限的憧憬吧。事實上，藤野夫人與吉村只同居五年。大概是從那時起，八重對吉村就懷抱著熾熱戀慕。」

伊集院大介悄悄環顧室內。

在專注得幾乎忘了呼吸的眾人當中，只有一個人悄悄地、不引人注目地一點一點移動。

大介發現了，但始終裝出不知情的樣子。

「吉村受到藤野夫人誘惑，意亂情迷地跟著她私奔。日後冷靜下來，他才發現自己失去工作，無顏面對世人，後來藤野夫人又拋棄了他。走投無路的吉村原本就膽小無用，只有臉長得好看，沒有靠自己做點小生意的毅力。起初，他靠著跟藤野夫人要點小錢過日子，但這種生活撐不了多久。當他將一切都怪罪到藤野夫人頭上時，正値十八、九歲，出落得美麗動人的八重，在與母親的競爭意識作祟下，試圖奪走母親的情人，竟跑來向吉村示愛，表白迷上他了。對吉村而言，這就像一場及時雨，於是兩人發生關係——不管怎麼想，安東家的每一位女性，愛恨都比別人激烈，似乎是天性使然。比起受男人寵愛庇護的幸福生活，她們寧願自行選擇生存之道，簡直像亞馬遜女傑族——此外，安東家原本就是母系家族。藤野夫人和八重夫人的丈夫都是贅婿。要是安東家能早點誕生繼承家業的男孩，或許就不會發生這種悲劇——不過，現在說這些也於事無補。只能說這就是安東家的宿命，前面提到的模式就依著這樣的宿命形成。

這套宿命的模式，並未在八重夫人這代結束。多惠子小姐愛上左近彌三郎，向他示好，並且與他發生關係。女兒愛上母親的情人，父親陷入孤獨，詛咒世界——完全相同的模式，在三十年後鮮明地重現。不單如此，左近彌三郎是八重夫人爲了追尋死去的吉村身影，所找的替身。或許一開始，多惠子小姐在彌三郎先生身上找尋的是親生父親——不是喜之助先生——的樣貌吧。同時，就像八重夫人對藤野夫人抱持的心態，多惠子小姐也以女人的身分，對母親產生競爭意識。年輕的她，一方面嫉妒母親擁有年輕俊美的情人，一方面自認比母親年輕貌美——多惠子小姐認爲，比起大對方超過十歲的母親，她和對方更匹配，無論比年紀還是比愛情，她都勝過母親。同時，一如遭藤野夫人拋棄的吉村詛咒全世界，彌三郎先生也因得知自己對八重夫人而言，不過是替代品，始終鬱悶不樂。在十九歲女孩的想法中，母親殘忍過分，是可恨可厭的女人，只要換成自己就能撫慰對方，帶給對方幸福。她會這麼想，可說是理所當然。」

「你想說什麼……」

有人這麼問，伊集院大介完全不受影響，繼續道：

「十九歲正是最痴情的年紀。如果八重夫人在愛上吉村的十九歲那年就離家出走，投奔到吉村的身邊——當然，她說不定很快就會發現吉村是窩囊廢，爲此感到後悔，對他的熱情逐漸冷卻，日子反而會過得更不幸。可是，八重夫人是個自尊心強的人，能按照自身的意願做出選擇，她就心滿意足，至少不會留下遺憾。然而，八重夫人——即使是八重夫人，最後還是做不出離家出走的決斷。與其說她無法反抗喜左衛門，不如說是生在安東這個演藝世家，身爲繼承家業的女兒，一旦離家就會斷了安東家的血脈，這個嚴峻的事實束縛了八重夫人。藤野夫人爲了成全技藝離家出走，八重夫人則是爲了成全技藝留在家中——一切，仍得歸結於這個家。『藝術』太沉重，被套上這個沉重的項圈，碰巧誕生在這個家的人，封閉在一個與外面廣大群眾完全不同的世界，連結的是與其他人完全不同的過往歷史，就像活在一個獨立的小宇宙中。這些並非出於自願，卻不得不誕生在這個家的人，各自遵循自己的性格而活，有人與這個家對抗、戰鬥，有人叛逆、拒絕，也有人願意爲這個家獻身。只是，就算戰勝得了『家』，卻沒有一個人打得贏『藝術』——『藝術』就像暗自站在『家』的後方，一個看不清眞正形影的怪物。牠毫不留情地吞噬了幾百、幾千個人，要求人們不求回報地奉獻一切，一味貪婪地掏空人們的一切，沒有一個人能戰勝這巨大的怪物。沒錯，如果這些事只是發生在其他普通小市民家中，背後沒有這麼噁心的神聖歷史桎梏，充其量只會是一樁平凡的家庭醜聞，絕對不會逼人踏上悲劇的絕路。」

從剛才就一直偷偷移動的那個人，似乎終於移動到想去的位置，再次蜷縮在原地不動，伊集院大介以眼角餘光看見了這一切。他稍微提高音量，無預警地轉換話題。

「今天的案件說來簡單，由於實在太簡單，反而誰都沒發現其中的機巧。那個紙袋是誰拿來的，又是在什麼時候，用什麼方式下毒——這些其實都不是問題……爲什麼？姑且不論毒藥何時加入保溫瓶，在追究這件事之前，吉嫂對智說『把這個帶去給太太』時，交給他的紙袋形狀與外觀，及裝了關鍵藥茶草的保溫瓶的顏色與外觀——不，眞要說的話，連保溫瓶是由吉嫂裝入紙袋這件事，都得預先知情，才能準備另一個一模一樣的紙袋和下了毒的保溫瓶。能夠做到這件事的人，必須是在今天早上，從那個家出發來到這裡前，能進廚房看到吉嫂準備紙袋與保溫瓶的人——平常就知道八重有喝藥草茶的習慣，爲了將有毒的茶裝入保溫瓶（用來毒殺八重的保溫瓶）走進廚房也只會被認爲是來幫吉嫂的忙，只有這樣的人辦得到。

請各位聽仔細，吉嫂不一定會把保溫瓶裝進紙袋，她可能拿包袱巾裹著，或是跟便當裝在一起才拿給智同學——至少在當天早上或頂多前一天晚上之前，沒人能預測到吉嫂要怎麼裝。既然如此，彌三郎先生或住在宅邸後方的智同學，如何預先準備調包用的保溫瓶和紙袋？連喜之助先生都不可能。無論廚房裡有多忙，看到喜之助先生進去，或探頭問保溫瓶要用什麼裝，都非常突兀，肯定會有人起疑心。」

「………」

「另外，進入今天的命案現場——休息室時也一樣。由紀夫同學是男孩，原本一直待在男師傅的休息室，直到《二重奏曲》即將演出前，才過來母親所在的女師傅休息室。各位別忘了，是由紀夫同學、多惠子小姐和八重夫人上了車，往劇場出發後，吉嫂才發現他們忘了帶茶，於是將關鍵的紙袋交給比他們晚出發的智同學，讓他帶過來。

請各位回想一下——根據八千代的說法，八重夫人問『茶放在哪裡』之後，是由紀夫同學指著紙袋告訴她『在那裡，那個紙袋裡』的。可是，智交付紙袋的對象是八重夫人，由紀夫同學比他先出門，又一直不在女師傅的休息室，怎會知道母親要喝的藥草茶放在哪個紙袋？另外，儘管小心翼翼地放在三味線琴盒之間，但裝了無毒保溫瓶的紙袋並未藏起來，事實上，就一直擺在原處。爲什麼由紀夫同學能毫不猶豫地從兩個紙袋中，指出被調包的那一個呢？就算他出門前在家中看過類似的紙袋，當兩個一模一樣的紙袋放在一起時，爲什麼不覺得奇怪？還有，由紀夫同學和智同學都一樣，在智同學將紙袋交給八重夫人後，他們都沒有進過女師傅的休息室。其他男人當然也沒進去，畢竟隨時可能有女人在更衣。這麼說來，智同學或許有機會在搭車時對保溫瓶下毒，但最重要的步驟，也就是在休息室中調包這件事，他卻無法執行。從早上起，八重夫人已喝過好幾次茶，由此可見，調包的時間應該是中午吃過便當不久——在八重夫人喝了最後一次調包前的茶之後，到她要由紀夫同學喝**那裡的茶**之前。調包的時間點，只可能落在這段時間內。

這段時間內——只要召集目擊者，就能整理出更詳細的時間表。總之，凶手是無論進出休息室，或動手整理休息室裡的東西，都不會令人起疑的人——同樣地，是主動表明要幫忙，走入安東家廚房也不會令人起疑的人。能將紙袋調包的事，偷偷告知後來才進休息室的由紀夫同學的人，只有將八重夫人視爲情敵、視爲眼中釘，無論如何都想除之後快的——」

「住口，你說夠了吧！」

忽然，一個淒厲的尖叫，粗暴地打斷伊集院大介的話。

「惡魔，你這個混帳！我早就知道了，打從一開始就知道了！你——你總是在偷偷摸摸調查什麼，以爲我沒發現嗎？我早就知道會這樣。夠了！囉唆！給我閉嘴！」

「啊……」

這是第三次，眾人再度化成那幅名爲《驚愕》的群像畫。

張大嘴巴，瞠目結舌，看著那個不斷發出歇斯底里尖叫的人。

「愚蠢透頂——由紀夫那傢伙笨死了，居然會犯下那種失誤。我才不會被捕——才不會爲那種女人……爲那種女人……」

從剛才開始就以**那東西**爲目標的手，閃電般迅速朝**那東西**伸去，一把抓起——接著，那個人將內容物一口氣吞下去，動作快得連匆忙上前的刑警也來不及阻止。

那東西——殺死由紀夫與八重的綠色小保溫瓶。

喝下瓶中物的嘴巴，發出近似野獸的叫聲，聽不清內容究竟是什麼。咕嘟、咕嘟……雙手緊抓住咽喉，拚命嚥下什麼的可怕聲音在空間裡迴盪。

接著，在深陷劇烈恐懼而全身僵硬，不斷打冷顫的眾人環視下，那個人像巨大陀螺般團團轉了幾圈，而後應聲倒地。

「怎……怎會有這種事！」

刑警中有人喊出聲，彷彿發揮了解開咒語束縛的效力，大家衝向倒下的那個人身邊。鑑識人員將僵直倒下的身體翻過來，先嘗試催吐，再翻看瞳孔，最後搖搖頭。

「不行了。」

恐怖的沉默籠罩。

人們在那難以名狀的——如果要形容，眼前的情景太過沉重悽慘，令人難以承受，於是沒人發出聲音，只能聚焦在那一點上。

視線的中心，是一片鮮豔的——眞的就像在熊熊燃燒的鮮豔大紅色。

又像一汪血海，耀眼而鮮明地攪亂每個人的心。宛如溺斃在血海中的女子，黑髮流瀉一地。就是如此不可思議，可能烙印在每個人眼底一輩子的激烈臨終情景。

「怎麼會——怎麼會這樣……」

突然間，有人「哇」地一聲撲向那片血海，抓住包裹在血色衣裳——那件豔麗絢爛的大紅振袖和服下的身體，大聲慟哭。是喜之助。

「妳這孩子、妳這孩子、妳這孩子啊……」

像是忘了曾懷疑她並非親生孩子而痛苦憎恨，喜之助抱著毒殺了妻子與兒子的凶手屍體，不住以臉頰摩挲。

那是——

十九歲的安東多惠子睜大雙眼，死不瞑目的容顏。

2

「要是我們能早點發現就好了。」

從安東家紀念演奏會那晚下起的雨，持續兩天才終於停歇。

那天晚上，在安東家舉行只有至親家屬參加的密葬。老宗師喜左衛門因命案造成的衝擊，及一口氣失去女兒和兩個外孫的打擊而臥床不起，相關人士很早就離開，守靈夜留在家中的，只有喪主喜之助、山科警部補和伊集院大介三人。

「智帶著友子，離開後面那棟屋子了。」

一臉憔悴，彷彿一夜老了二、三十歲的喜之助，露出自嘲的寂寞微笑。

「也罷，智是個可靠的孩子，友子只要跟著他，就沒什麼好擔心的——要是可以的話，連我都想明天就賣了這房子，重新思考自己的將來。不過，那是不可能的事。不能讓擁有國寶大師的安東流，在我這一代手上衰亡——我想，日後大概會從正統的入門弟子中找個對象再婚，以下一任宗師的身分奉獻我的一生，重振安東流的聲望吧。有時，我自己都覺得不可思議，爲什麼到了這種節骨眼，仍想繼續待在這個家？我竟還能站起來，取過三味線，拿起撥子，打算彈奏——長歌眞的值得我這麼做嗎？或許吧。多惠子他們——孩子們是可憐的，無法選擇要生在哪個家庭，又無法逃脫。可是，我——我是自己做出選擇，也是這條路選擇了我，所以……我無法捨棄三味線。事到如今，我總算明白。儘管大家——內人和孩子們總說，我是不惜被妻子嫌惡，連孩子都是別人的也無所謂，一心只想坐穩地位，過安逸生活的卑劣男人。」

喜之助發出空洞的笑聲。

「哪裡安逸了？藝術這條路，是受詛咒的道路。像被套上項圈枷鎖，一生都得當藝術的奴隸——要是沒有三味線的天分，這一生不知能過得多幸福、多輕鬆。說來好笑，事到如今，我才開始惋惜，不該因由紀夫是八重和別的男人生的孩子就一心憎恨他，早知道該多和他聊聊——我眞的忍不住這麼想。那孩子擁有罕見的才華，或許我們最能理解彼此的心情。多惠子就不行了，我完全搞不懂女人——即使比起由紀夫，我向來對多惠子抱持更多爲人父親的情感。我到現在仍想不通，多惠子和由紀夫這兩個孩子，怎麼做得出那樣殘酷的事。」

「正因他們還是孩子啊，喜之助先生。無論任何時代，孩子都是最殘酷，也最沒耐性的。」

伊集院大介回應，眼鏡底下流露溫柔體恤的目光。

「有太多我們得更早察覺的事——尤其是由紀夫同學一直知道自己死期將近，身旁的大人早就該察覺。

一個孩子的溫柔體貼，和另一個孩子的墜入情網，引發了這次的案件。我之前說，這起案件的模式可回溯到三十年前。事實上，這個模式還存在另一個要素——簡單來說，就是由紀夫同學知道自己終究無法活著長大成人。正因他有這種自覺，一切才會朝毀滅的結局發展。

不僅多惠子小姐的戀情，是孩子特有、不顧一切的衝動戀情，由紀夫同學的溫柔，也實在是孩子才會有的溫柔。他原本就是乖巧內向的孩子，總是活在姊姊的陰影下。對由紀夫同學而言，圍繞著他的一切都太沉重——父母的失和、母親與姊姊的心結、生爲演藝世家之子，必須繼承家業的重擔……所有的一切，都是難以承受的痛苦。

可是，與其說是爲了反抗這些可恨的事，或是出於對父親的憎恨才走上這條路，倒不如說，更令由紀夫痛苦的，其實是灌注到他身上的愛與情感——母親的溺愛、姊姊粗暴的愛，及智同學的關懷，這些才是他最大的痛苦根源。

比起恨，『被愛』更令紀夫同學疲憊不堪，走投無路。八重夫人將所有不求回報的愛都給了由紀夫同學，也把期待全放在他身上，總是說沒有由紀夫她也活不了。多惠子小姐則是愛上母親的情人，一股腦把自己的心情丟給由紀夫同學承受。還有，智同學不斷要求由紀夫同學一起離家出走——由紀夫同學不願傷害任何一個人，他的溫柔和軟弱，使他無法在不傷害誰的情況下接受另一個人的愛。他陷入進退不得的困境，心被那三人撕裂，導致他逐漸成爲一個什麼都說不出口，也什麼都做不了的少年。

我猜想，他之所以體弱多病，除了體質原本就較差之外，和精神性的原因——心理因素，或許有很大的關係。由紀夫同學是個不懂得說『不』的孩子，智同學要他劃傷手臂、血沫相濡時，他照做了，要他離家出走時，他也點頭了。但另一方面。八重夫人要他發誓絕不離家時，他同樣發誓了——一個才十六歲，意志不堅定的孩子，逐漸走進死胡同，也因此愈來愈煩悶。當他直接面臨兩難的抉擇——比如，和智同學見面會被八重夫人斥責，但智同學又一直要求他一起離家出走，他就會發燒或發病。爲了不傷害任何一方，下意識地逃避做出選擇。

不過，由紀夫同學第一次選擇了誰——就是他自覺再也活不久的時候。活著時做不出的選擇，想到正面臨死亡，由紀夫同學第一次鼓起勇氣做出選擇。如果他死了，八重夫人和智同學不知會多麼悲傷——尤其是八重夫人，肯定會喪失所有求生意志，這是溫柔體貼且確實愛著母親的由紀夫同學無法承受的事。相較之下，智同學夠堅強，就算他不在了，雖然會傷心，但應該能設法活下去——這麼一想，由紀夫同學決定接受多惠子小姐提出的弒母計畫。多惠子小姐的原因單純許多，她從很久以前就喜歡上左近彌三郎先生，千方百計想吸引他的注意，卻始終得不到他的心——這是彌三郎先生已愛上八重夫人的緣故。多惠子小姐暗想，只要八重夫人不在，彌三郎先生一定能從與八重夫人外貌相似的她身上感受到愛——多惠子小姐剛烈好勝，大膽又殘酷，這種火焰般的性格，導致她一口氣做出上述可怕的結論。不巧的是，這個感情用事的少女，想不出順利葬送八重夫人的巧妙計畫——這一點，從喜之菊被殺就看得出來。她爲了誘導警方懷疑八重夫人，隨口編出看見八重夫人與彌三郎先生走在澀谷街頭的謊話，也不管這個謊言不只馬上就會被拆穿，還會讓人察覺她和彌三郎先生之間有不可告人的感情。

相較之下，弟弟由紀夫是一個深思熟慮、內向陰沉的少年。由多惠子小姐提出的弒母計畫，很快就變成由紀夫同學執掌軍符。在具備行動力與意志力的多惠子小姐搧風點火下，計畫快速進行。我不知道由紀夫同學是否打一開始就設想過結局，無論如何，正因他認爲自己不久人世，才願意加入姊姊的計畫。他不怕死刑，甚至可能打算一肩擔起姊姊的罪，獨自赴死。至少這樣能爲姊姊成就戀情——以由紀夫同學的個性，應該會這麼考量。話雖如此，多惠子小姐並沒有陰狠到明知弟弟的想法，還刻意將罪名全部推給弟弟，獨自脫罪。要不然，今天多惠子小姐不會在說出『由紀夫這個笨蛋，如果是我就不會像他一樣失誤』這種話後自殺。多惠子小姐肯定到最後都相信，由紀夫同學是沒發現保溫瓶已調包，不小心喝下毒茶。」

「那一幕，我實在沒看懂啊，老師。」山科搔著頭，「如果由紀夫是凶手，爲什麼要喝下八重拿給他的茶？難道他想死嗎？」

「與其這麼說……」大介露出沉痛的表情，「由紀夫同學在那之前已殺過兩個人，早有赴死的覺悟。然而，臨到殺害母親之際，他還是無法和之前一樣冷血。既然他快死了，母親也一起死比較好，母親一定也這麼認爲——就算他這樣說服自己，要動手還是很可怕。正因如此，這次命案和前兩次不同，不是直接下手，而是選擇『機率殺人』的方式，把命運交給上天。所以才會準備兩個保溫瓶，一個有毒，一個沒有毒。如此一來，八重夫人或許會喝到毒茶，但也可能在多惠子小姐調包之後，八重夫人剛好沒有喝茶的機會，或是就這麼不喝了。要是遇到這種狀況，只要若無其事地把毒茶帶走就好。如果還是想殺她，隔天再度在茶中下毒即可，只是，要不要這麼做，就看多惠子小姐了。因此，當多惠子小姐經過他身邊悄悄告知『完成調包』後，待在休息室裡看著母親的那幾十分鐘，對由紀夫同學而言，實在是不斷耗損生命，內心幾乎發狂的一段時間。

沒想到，看到緊張得臉色蒼白的由紀夫同學，八重夫人竟建議他喝藥草茶。這句話聽在下毒的由紀夫同學耳中，具有什麼樣的意義？一切都處於被動，甚至因此犯罪的他，想必認爲這是上天的旨意，是命運的制裁吧。他既沒有表示不需要喝茶，也沒有急忙換回無毒的保溫瓶，而是從容不迫地喝下。在他心中，這就是試圖弒母應得的懲罰，與此同時，他恐怕感到即將解脫，再也不用爲了選擇哪一方而苦惱。對脆弱的由紀夫同學來說，活著這件事本身，和活著這件事帶來的殘酷一樣，都只是極大的痛苦。

八重夫人得知由紀夫同學死後，受到嚴重打擊——同時，她察覺箇中蹊蹺，領悟到發生了什麼狀況。八重夫人不僅聰明，領悟力也很高。從由紀夫同學死時的模樣看來，肯定是中毒。她早知道由紀夫同學一直想殺死自己，這次一定也失手了吧。所以，她立刻思考，由紀夫同學喝了什麼？她離開休息室前，由紀夫同學喝的是——她的茶。八重夫人從昏厥中醒來的瞬間，看透來龍去脈，於是裝出毫不知情的樣子，喝下藥草茶。這是爲了幫由紀夫同學完成他想做的事——協助由紀夫同學殺死自己。

這是——這恐怕是只可能發生在骨肉血親之間的命案。古往今來的殺人案件中，這是前所未有的案例——被害者協助凶手殺死自己，而且凶手比被害者先一步死了。其實，原本該是『殺人、發現凶手、凶手自殺』的常見順序，偏偏凶手在動手殺人前就死了，接著才發生殺人與發現凶手，說起來不過是巧合導致的倒敘結果罷了。

所謂『在古往今來的殺人案件中前所未見』，指的還是我剛才提到的特徵。一般來說，殺人這種事，都是在憎恨的驅動下進行。就算牽扯到愛情或親情等情感，多半也是由愛生恨、三角關係或強迫殉情——在殺人的那一瞬間，被害者與加害者之間，永遠只會是單方面的憎恨或遭拒絕的愛。如果牽扯到利益，就更不用說了。當然，也有相愛的兩人殺死彼此的例子，但那叫合意殉情，和我現在說的不一樣。

然而，這起案件——安東家連續殺人案，從頭到尾，被害者都愛著加害者，認為被對方殺死也沒關係，甚至包庇對方的罪行，於是掩蓋了眞相——在某種意義上，若由紀夫同學是主犯，與其說多惠子小姐是共犯，不如說被害者八重夫人才是更有力的共犯。正因如此，如果由紀夫同學沒和八重夫人一起死，這起案件就無法結束。這就是在其他案例中前所未見，也是這起案件最大的特徵。」

「請等一下。」山科抬起頭，一臉意外地問：「你剛才說，八重夫人早就發現由紀夫小弟想殺死她？」

「是啊。」不解地張大眼睛的，反而是伊集院大介。

「這還用問嗎？應該說，除此之外沒有別的可能了吧。山科先生，難道您當眞以為，安東喜之菊或橫田老人是凶手的目標？那種……這麼說雖然不太好，但一個在安東家無足輕重的女徒弟，和一個終生只能當配角的管家，您認為他們有資格成為『殺人』這種大型悲劇的主角嗎？」

「不，我……我也……一直想不通，一直覺得不合理啊——尤其是橫田一案，聽到又有人被殺，但還不知道是誰時，我曾以爲是八重，只是有那種感覺而已——總覺得應該是八重。當聽到死亡的是橫田時，我只疑惑到底爲什麼……一定有什麼搞錯了。可是，這樣的話……伊集院老師！」

忘了現在是喪家肅穆的守靈夜，山科不禁扯開嗓門，又急忙壓低音量：

「可、可是，這樣的話，老師的意思是，喜之菊和橫田的死只是**單純失誤**，兩人不過是八重的替死鬼？由紀夫和多惠子在第一起命案與第二起命案發生時，眞正的目標都只有八重一人，只是誤殺了碰巧在場的其他人？是這樣嗎？這未免太……怎麼可能有這種事……」

「當然不是這樣的。」

伊集院大介急忙揮手，解釋道：

「那兩個孩子夠大了，不像更小的孩子會做出把蜻蜓抓下來扯斷腿，或撕裂身體當好玩的殘酷行爲。喜之菊也好，橫田也好，對他們來說，都有非死不可的理由——不過，殺害兩人的動機，只在計畫殺死八重夫人時才會出現。換句話說，充其量只是附帶殺人，同時起了一點混淆視聽的作用。簡單地說，這兩起命案使得警方在搜查時，由於找不到凶手的動機而陷入混亂——也可說是另一種倒敘。一般情況下，最先發生的是主要案件，接著才會發生與主案相關的旁枝案件，目擊者或掌握重要線索的人一一遭到殺害。然而，本次的案件卻是目擊者及熟知過去內情的人先遇害，接著才執行殺害主要目標八重夫人的計畫。因此，起初不管誰來看，都不明白喜之菊和橫田爲何非死不可。說得更直接一點，**凶手殺害兩人的動機，到現在都還沒浮現**。不僅如此，在這兩起命案發生後，掩護凶手犯行的竟是眞正的被害者。

這兩起命案簡直可說是**未來式的殺人**，只要八重夫人活著，這兩起命案的動機就不會有浮現的一天。整體來說，就是這麼回事。」

3

「看來……」

帶著幾分錯愕打破沉默的是喜之助，他喃喃地說：

「看來，老師已從一到十都弄明白了吧。請先告訴我們，為什麼——由紀夫為什麼想殺八重，事情為什麼會變成這樣？等弄清楚這一點，能否請您再告知之前的兩起命案——喜之菊與橫田命案的眞相呢？總覺得事情演變到今天這個地步，兩人的死我也有責任。」

「當然。只是，我也並非掌握了所有細節。」

伊集院大介眨著眼睛，一副看到什麼刺眼東西的樣子。

「不過，我大概能想像發生了什麼事，而我的想像或許相當接近眞相。雖然順序倒過來了，不過，無論如何，既然已從第三起案件，也就是主要命案說起，接下來就談談第二起案件——橫田命案吧。

事實上，橫田的命案雖然多少帶著僞裝色彩，有些許令人混亂的地方，但比起第一起和第三起命案，橫田命案或許可說是最容易理解——性質最單純的案件。這起命案完全按照『凶手刺殺被害者，被害者在痛苦中留下與凶手有關的線索後死亡』的直線順序發生。被害者留下的線索，即死前留言，也非常直截了當地指出凶手的身分，居然誰都沒能發現，實在匪夷所思。」

「是指『網館』嗎？」

山科狐疑地問，大介點點頭。

「眞的非常簡單——事實上，案情本身就非常明確，可將相關人士清楚分成『有可能下手』與『不可能下手』兩種。

八重夫人在案發現場新橋的『松村』尖叫著『橫田被殺了』時，剛過下午兩點半。這時，一樓的表演會場正在演奏從兩點十分開始的《二重奏曲》，二樓也有其他演出項目。

橫田生前最後一次被看見，是一點五分左右，目擊者是安東流的年輕入門弟子。根據八重夫人的證詞，她在兩點多向橫田搭話，也聽到他的回應。如此一來，橫田遇害的時間自然可視爲從《二重奏曲》開始，觀眾皆入席的兩點十分後，到八重夫人發出尖叫的兩點三十分之間。此外，由於八重夫人表示剛發現時，橫田的屍體還有餘溫，可見行凶時刻較接近兩點三十分。

我們先假設八重夫人的證詞是眞的。然而，這麼一來，將會得到一個驚人的結論，就是——相關人士中，沒有一個人可能殺害橫田。第一個可排除的，是在與安東家並無直接相關的五十名觀眾目光下，進行演奏的喜之助先生和多惠子小姐。彌三郎先生也可排除，因爲當時他在台上打鼓。總之，在場其他人應該都沒有嫌疑。發現屍體的八重夫人嫌疑雖然最重，但她兩點才在小房間紙門外和橫田說話，隨後回到會場，再次出來不久，便發出尖叫。若她是凶手，必須在十秒或二十秒之間刺死橫田，並且橫田還有時間留下死前留言，怎麼想都不可能。

到此，案件發生當下，可說在『松村』內部的所有人，幾乎都不可能是凶手。再加上，案發現場的小房間窗戶緊閉，除了房門之外沒有其他出口，八重夫人又站在門前，就算凶手是在八重夫人到來前下的手，也不可能有機會逃離現場。

那麼，再看看當時**不在**『松村』的相關人士吧。留在位於若林的安東宅邸的，有年老的喜左衛門先生和其小老婆喜千世、幫傭吉嫂，及問題最大的由紀夫同學和智同學——這個嘛，首先可排除的是高齡八十且多半臥床的喜左衛門先生。即使他的健康狀態是裝出來的，喜千世女士已證實當時他在睡覺，何況一個八十歲的老人，要從若林趕到新橋，殺人後再趕回來，就現實層面上的考量也不太可能。至於喜千世女士和吉嫂，暫且排除她倆犯案的可能性。事實上，警方當時也是這麼想，認爲由紀夫同學嫌疑最大，才會將搜查重點放在他身上。

之所以排除由紀夫同學的嫌疑，是因凶手犯案時間爲兩點半前。然而，就在兩點半時，刑警正在若林的安東宅邸盤問由紀夫同學和智同學，此一事實爲他提供了固若金湯的不在場證明。再怎麼神奇的凶手，也無法在兩點二十分於新橋殺人，兩點三十分便出現在若林的刑警面前。

問題是——仔細想想，如果八重夫人要包庇誰，不會是別人，肯定是由紀夫同學。由紀夫同學不在場證明的前提，是凶手在兩點三十分犯案的證詞。可是，提供這份證詞的是八重夫人。證明這份證詞的是『橫田兩點時還活著』的事實，而此一事實根據的也是八重夫人的證詞，等於沒有任何證據能證明這項事實。山藤和吉目擊的，只有隔著紙門與橫田說話的八重夫人，他既沒有聽見橫田的回答，更沒有看見橫田本人。

假設八重夫人說謊，眞正的犯案時間不是在兩點三十分前，而八重夫人兩點左右對紙門內說話時，其實橫田已遭刺殺，並且八重夫人**早就知情**。如此一來，橫田遇害的時間，便會落在一點十五或二十分，到兩點爲止的這段時間內。取個平均值，假設是一點三十或四十分吧——就算是一點五十分，只要在十二點離開若林，不，幾點離開都一樣，只要能在一點抵達新橋的『松村』外，趁演奏開始後、無人看見時下手，就完全來得及在兩點三十分前返回若林，接受刑警盤問。我個人認爲，凶手犯案時間應該更早，差不多是一點二十分左右。之所以這麼認爲，是因當天我去了若林的安東家，在兩點左右見過那兩個男孩。老實說，在那不久前，我先去了一趟由紀夫同學的房間。屋內燈光昏暗，我看到一個男孩躺在床上，就先悄悄離開，過了一會才又再去一次。我看到由紀夫同學床上躺著某人的時間是一點半，當下我以爲是由紀夫同學本人，因此研判犯案的是智同學和多惠子小姐。然而，仔細想想，當時我並未在房內看到智同學，躺在床上的人又面對牆壁，其實未必就是由紀夫同學本人。現在我認爲，當時躺在床上的是智同學，大概是心愛的由紀夫拜託他『什麼都不要問，代替我躺在床上就好』，他就當了替身吧。後來，智同學屢屢要求由紀夫同學一起逃離安東家，或許就是隱約察覺事有蹊蹺。堅信主謀是多惠子小姐的他，大概無論如何都想救出由紀夫同學吧。」

「可是，那天在『松村』的人，沒有一個不認識由紀夫啊。」

山科指出疑點。

「就算多少做了僞裝，沒道理由紀夫在『松村』裡走動，卻不被任何人發現。」

「如果是在『松村』**裡**，確實是這樣沒錯。」

伊集院大介點頭。

「問題在於，無論如何，要在『松村』裡下手是不可能的事。若犯案時間是一點過後，直到兩點多房間前的走廊隨時都有人經過。除非奇蹟發生，否則由紀夫同學幾乎不可能在不被人看見的情況下離開，何況窗戶也是從內側上的鎖。

這表示，凶手並非在『松村』**內部**犯案。山科先生，由紀夫同學是從『松村』**外面**接近屋子，確定橫田獨自在休息室內才敲窗戶。看到窗外的不是別人，而是**再熟悉不過的人**時，橫田大概這麼問了吧，『小姐，什麼事？小姐，妳怎麼會在那裡』。」

「**小姐？**」

山科提高了音量。

「沒錯。記得在八重夫人說了可能鬧鬼後，附近有人看見年輕女人從『松村』出來嗎？就算只潛伏在『松村』外，以由紀夫同學那美少年的外表，搭電車時一定會有人對他留下深刻的印象。由紀夫同學是戴上假髮，穿著跟多惠子小姐借的和服出門。所以，多惠子小姐才會故意在同一時間拉著彌三郎先生說話，爲的是在犯案時間內製造自己的不在場證明。前面提到兩點半演奏已開始，不在場證明因此成立，但實際上當天的曲順並不固定，所以，這還稱不上是特意準備的不在場證明。相較之下，多惠子小姐拉彌三郎先生出去說話，正好是一點半到兩點之間，和實際犯案時間相符。這是因爲多惠子小姐早就知道，必須在這段時間內爲自己製造不在場證明。

當多惠子小姐製造不在場證明時，由紀夫同學扮成女孩敲了休息室的窗戶。這對姊弟原本就長得很像，他又戴上假髮、穿上和服，使橫田乍看誤以爲是多惠子小姐，打開窗戶問有什麼事。接著，由紀夫同學拿出菜刀用力一刺，隨即逃離現場，並在半路上丟棄凶刀，迅速返家衝回房間。那天，我第二次去由紀夫同學房間時，他應該剛回到家，卸下女裝不久。」

「可是，不在『松村』內的由紀夫，怎會知道裡面的狀況，和橫田獨自待在休息室呢？」

「山科先生，請別忘了——『松村』是安東流每逢公開預演，或私下預演時習慣租借的場地，和安東家已有多年交情。身爲安東家之子，由紀夫同學從小就待過那裡許多次，也深知演奏會的運作情形及橫田的習慣。還有一點，我始終認爲，除了第一起殺人案件另當別論，對於第二、第三起案件，由紀夫同學都抱著盡人事聽天命的心態。謀殺八重夫人時，決定她喝下毒茶或不喝毒茶的終究是機率。同樣地，如果找不到機會下手殺害橫田，他應該打算直接回家——由紀夫同學直到最後都是猶豫不決、意志薄弱的殺人者，每一次下手都優柔寡斷到最後一刻，無法決定該殺還是放生。儘管如此，擬定的殺人計畫卻又莫名精細縝密，完全符合他的性格——就這樣，那天橫田碰巧獨自待在休息室，還主動走到窗邊送死，這一刻由紀夫終於確定無路可退，告訴自己這是命運，甚至是天意，於是舉起手中的刀——這世上還有比他更不可靠的凶手嗎？沒想到，由紀夫同學犯案後，八重夫人經過走廊，聽見室內傳來呻吟，進去一看，正好瞥見由紀夫同學逃離的背影。她內心瞬間雪亮，倉促關上窗戶並上鎖，隨即離開，暗中提防著不讓人接近那間休息室，兩點左右再從紙門外假裝對橫田說話，製造橫田還活著的假象，同時預防其他人靠近。到了兩點半，算算時間由紀夫同學應該已到家，身旁有人能為他提供不在場證明後，八重夫人才裝成剛發現屍體，大喊『殺人了』。然而，八重夫人不知道的是，最初她發現橫田被刺時，其實橫田一息尚存。由於情況危急得像在走鋼索，八重夫人完全沒想到要進去給橫田致命一擊，再說，要是真那麼做了，被人看見的可能性很高，實際上也是不能做的事。只是，儘管八重夫人誤以為橫田已斷氣，事實上他仍有呼吸，原本可能有救活的希望，卻因八重夫人見死不救而真的喪生。這次，命運站在這對母子身邊，帶來雙重奇蹟。換句話說，橫田不是一刀斃命，加上房內暖氣很強，造成真正的遭刺時間與死亡時間出現落差。另一個奇蹟是，八重一開始雖然沒發現橫田還活著，但等到她判斷可再次演出『發現』屍體的當下，橫田已死。如果橫田一直撐到這個當下仍未身亡，搞不好會對其他人說出凶手，事實上他也在死前留下線索。這就是八重夫人在得知有死前留言時，顯得那麼驚訝的緣故。

不過，聰明又堅強，宛如鬼子母神『母愛』化身的八重夫人，又在倉促之間想出對應方法，編出看到鬼魂的故事，再次走過一條危險的鋼索。幸好，這次也勉強順利度過危機——喜之助先生，男人拿這種女人是最沒辦法的。不管她的戀人有多窩囊，是個多無能的**渣男**，不管兒子是殺人凶手還是什麼，她都不會過問也不追問，只要是她所愛的對象就會包庇到底。如果牽涉到吉村或由紀夫同學的性命，她甚至不惜一死。相反地，對於她不愛的人，無論對方怎麼做，她始終拒絕到底，看也不看一眼，更不會爲對方心動。眞驚人——八重夫人，眞是一位驚人的女性啊。」

「先別談這些了，請說明關於橫田的死前留言吧。我到現在還搞不懂。」

在山科催促下，大介笑了。

「山科先生，您讀過《綱館》的歌詞吧？記得描述的是怎樣的故事嗎？」

「記得啊。英雄渡邊綱斬下惡鬼茨木的手臂，陰陽師安倍晴明告訴他惡鬼很快就會追來討回手臂，要綱關上大門在家齋戒除穢。就在這時，住在津之國的姨母上門，綱表示雖然姨母遠道而來，但他正在齋戒，不便開門。姨母哭著說，你是我一手帶大的，怎麼忍心？綱最後還是讓姨母進門。姨母又是跳舞，又是勸酒，談天之際提出想看惡鬼手臂的要求。綱出示手臂，姨母瞬間變回惡鬼，奪回手臂立刻逃離。綱懊悔不已，誓言必將復仇——是這樣的故事吧？」

「沒錯。不過，您提到惡鬼的名字『茨木』，其實只對了一半。和大江山的酒呑童子一樣，惡鬼的全名其實是『茨木童子』。歌詞中也有一句『如何啊綱，俺正是茨木童子』——這裡的童子，您知道是什麼意思嗎？」

「怎會不知道，就是孩童、小孩或少年——啊！」

「就是這個了。」

伊集院大介一臉欣慰。

「橫田一心以爲窗外的人是多惠子小姐，在胸口中刀那一刻，認出凶手是由紀夫同學。只是礙於八重夫人就在門外，要是寫下明確的線索，或試圖對人說出什麼，恐怕都會受她阻撓。八重夫人關上窗戶從內側上鎖，垂死的橫田全看在眼裡，很清楚八重夫人在想什麼。這時，他靈光一閃，凶手其實是化身爲女人的少年——這不正是描述穿著女裝出現，眞面目是童子，童子手臂還受了傷的《綱館》

嗎？於是他抓下樂譜，撕下那一頁。

老實說，我是在看到橫田的死前留言時，確定智同學的清白。兩位想想——身材高大壯碩的智同學，怎麼可能扮成女人？由紀夫同學扮女裝自然毫無可疑之處，但換成智同學一點也不適合。如果是智同學，才眞的像是同志酒吧裡露出毛茸茸小腿的女裝男子，走在路上反而引人注目。還有，關於橫田的死亡時間，會產生三十分鐘的落差，一方面是他中刀後沒有當場死亡，另一方面是室內開著瓦斯暖爐，室溫非常高的緣故。藉由這兩點，我就完全想通了。不管怎麼說——幾點幾分死亡這種詳細數據我不得而知，不過，估計不是接近兩點，就是接近兩點半吧。」

「動機呢？」

山科發問，大介露出有點爲難的表情。

「橫田知道的太多了——無論是八重夫人的過去，還是多惠子小姐和由紀夫同學的身世。就算由紀夫同學最終打算一死，多惠子小姐可不這麼想。她期待的是殺害八重夫人後，彌三郎先生轉而愛上她，最好還能結婚。好不容易殺死八重夫人，卻被橫田察覺眞相，一切豈不是徒勞無功？世上唯一可能察覺眞相的只有橫田，站在多惠子小姐的立場，殺害橫田不是爲了弒母計畫，而是擔心八重夫人死後，橫田會成爲阻礙她和彌三郎先生結婚的絆腳石，才非得先殺死當初撮合八重夫人與彌三郎先生的橫田不可。」

「唔……」山科雙手環抱胸前，「我大概理解橫田命案了。那麼，喜之菊命案又是怎麼回事？」

「你說第一起殺人案件嗎？」

伊集院大介摸了摸下巴上根本沒有的鬍鬚。

「依我的看法，這是唯一不是由紀夫同學，而是多惠子小姐下手殺人的案件。因爲，這起案件和第二、第三起案件的性質完全不同。

橫田命案和八重夫人命案，如我剛才所說，都是極爲優柔寡斷，但又經過縝密思考，偏偏在最重要的地方露出破綻的犯罪行爲。舉例來說，萬一橫田只是重傷卻未死亡怎麼辦？萬一裝了毒茶的紙袋碰巧擋到誰的路，被移開了怎麼辦？兩者都是風險極高，稚氣未脫，完全成立於巧合之上的計畫，偏偏執行起來莫名繁瑣麻煩。所以我說，這兩起犯罪的性質，和內向軟弱，某些地方莫名老成，同時又保留了稚氣，行事作風優柔寡斷，儘管個性溫柔，那種溫柔到最後卻會顯得非常冷漠的由紀夫同學完全相符。他或許認爲一切都是命中注定，但事實是——如果沒有最終目標的八重夫人盲目犧牲自己來掩護他的犯罪，如果沒有這位眞正的被害者從中協助，由紀夫同學根本無法完成殺人計畫。由紀夫同學眞的還只是個孩子。

相較之下，多惠子小姐又是怎樣的人呢？好勝倔強，脾氣剛烈，不服輸又衝動，不太掩飾喜怒哀樂，情緒幾乎都表現在臉上。喜歡誰就主動示好，如果有人妨礙她，就算是母親也要除掉。喜之菊命案的性質，恰恰與多惠子小姐的性格相符。

橫田命案與八重夫人命案都是計畫型犯罪，喜之菊命案則是衝動型犯罪。對喜之菊而言，當時不巧在場是她最大的不幸，否則喜之菊根本沒有非死不可的理由。

起初我懷疑過，喜之菊可能知道什麼，或不小心聽見什麼，才會引來殺身之禍。因爲打一開始就很清楚，喜之菊本身跟安東一族沒有太深的關係。但我後來又想，喜之菊來排練，喜之助先生結束指導離開後，她還留下繼續練習。這麼說來，喜之菊應該一直在彈三味線，就算姊弟倆在隔壁房間祕密商量，喜之菊也不應該聽得見。最重要的是，由紀夫同學和多惠子小姐的房間明明在離第一排練場最遠、根本不會有人打擾的位置，又何必特地穿過整棟主屋，跑到那裡去密談？這一點也說不通。

此外，還有**聲音**的問題——第一起殺人案件始終令我感到不對勁的，都是關於聲音的事。

舉例來說，根據發現屍體的佐藤小姐證詞，她在喜之菊從圍牆木門衝出來前，一直都聽得到三味線的琴聲，但沒有聽見歌聲——我對此百思不解，到處問了不少人，似乎真的沒人聽見歌聲。問題是——**喜之菊是個長歌歌者**。

只剩一個月就要舉行紀念演奏會，這又是她第一次擔任領唱。換句話說，就是肩負主唱的重責大任。喜之菊非常重視這件事，連沒有排練的日子都來要求指導，指導結束後還獨自留下來練習。這種時候，她練習的居然不是歌唱，而是三味線，這合理嗎？不，怎麼想都不合理。喜之菊會想加強練習的，應該是歌唱的部分，而不是三味線——偏偏當天沒人聽到歌聲。佐藤惠美子小姐只聽見微弱的三味線琴聲，並表示在被害者衝出來前突然中斷。待在廚房的吉嫂則說『好像有』聽見三味線琴聲——『應該有』聽見三味線琴聲，但沒聽見歌聲。住在宅邸後方長屋的三人，由於友子女士電視開得太大聲，什麼都沒聽見。喜之助先生和八重夫人各自回起居室，都表示沒聽見可疑的聲音。當然，兩位早就知道喜之菊會來排練場，喜之助先生更在結束指導後，行經起居室時，對八重夫人說『結束了，她還要再練習一下』，才回自己房間。因此，兩位就算聽見微弱的三味線琴聲，也不會覺得奇怪。

然而，我好幾次試著站在通往排練場的木門那邊，或是圍牆前面，確定都能清楚聽見裡面的聲音。事實上，排練場裡的聲音應該能聽得很清楚，有時甚至連長歌的歌詞都聽得出來。白天都這樣了，晚上四下安靜時，就算下著雨，歌聲和三味線琴聲都應該聽得更清楚——至少，如果喜之菊好好坐在排練場內，用撥子彈琴唱歌，就不可能只留下『微弱的』、『應該有聽見』這種程度的印象。此外，即使喜之菊彈了三味線，想必也會開口練唱。

由紀夫同學專攻三味線，多惠子小姐也是。在長歌這門技藝中，除了兩者都專攻的人之外，專攻吟唱的歌手爲了方便獨自練習，多多少少會彈一點三味線，但專攻三味線的琴手中，則多的是完全不會歌唱的人。因爲三味線的練習不需要歌唱配合也能進行——要知道，安東流向來被稱爲『三味線的安東』，此一流派的宗師家子女，自然專攻的是三味線。

換句話說，案發當下，從排練場傳出的三味線琴聲，不是喜之菊彈奏的，彈的人可能是多惠子小姐或由紀夫同學。如果拿撥子彈，聲音應該會更大，但那個房間裡唯一的撥子握在喜之菊手中，所以我猜是由紀夫同學用指甲彈奏，目的是掩飾犯行——琴聲一停，吉嫂就會來關窗鎖門。因此，兩人想出的辦法，就是彈奏喜之菊練習的曲目《綱館》。我更大膽推測，下手刺殺喜之菊的是多惠子小姐，由紀夫同學在旁邊彈琴，是爲了掩蓋殺人時發出的聲響。」

「…………」

驀地，山科眼前浮現那個下著雨的夜晚，宛如戲劇中悽慘的殺人場景。

昏暗的房間裡，腰帶差點鬆開，落荒而逃的女人披頭散髮。房間角落，美少年彈著三味線，掩蓋了女人的慘叫聲，美少女一手抓著女人腰帶的一端，一手握著菜刀，露出凶神惡煞的表情步步進逼。

「啊」的一聲慘叫後，菜刀插入女人背部，血花四濺，三味線琴聲更加狂亂——女人只穿著足袋，拔腿就朝木門外奔逃。

「還有一點，案發現場只有一扇防雨門開著（註），喜之菊就是從那裡逃出屋外。然而，在背部遭刺，隨時可能再被凶手補上一刀的危急狀態下，被害者眞有可能沉著冷靜地撥開門閂，打開防雨門逃脫嗎？我認爲，這扇半開的防雨門正是喜之菊被殺的原因，同時也能順便解開令各位刑警腸枯思竭

註——日式建築中，通往庭院或外部的出入口，經常會設置一扇防雨門。

的，喜之菊左手緊握撥子之謎。

請試著想像當時的情景吧。喜之助先生離開排練場，腳步聲遠去後，喜之菊還在繼續練習。不知各位可曾察覺，從排練場通往主屋的走廊鋪著鶯聲地板，行走時的腳步聲連廚房都聽得見，這也給了我另一個提示。不過這點容後再敘，總之，喜之菊獨自練習十分鐘左右，正想歇手，忽然聽見屋外有奇怪的聲音或動靜——她可能注意到某種聲響，是彈奏三味線的當下沒聽見的。外頭是不是有人？大膽的喜之菊於是站起來，打開防雨門，想看個究竟——山科先生，一般來說，防雨門的門閂都設計在哪個位置？」

「門片右側最上方的角落，沒錯吧？」

「沒錯。手持撥子站起來的喜之菊，如果想打開防雨門，會怎麼做？她右手拿著撥子，所以改伸長左手去撥開門閂嗎？還是，下意識地把右手拿的東西換到左手，再伸長右手去撥開門閂？後者比較合理吧，畢竟喜之菊慣用右手。只要嘗試一次就知道，山科先生——把撥子換到左手，伸出右手去撥門閂，是非常自然的動作。」

「居然是這樣！」山科憤憤吶喊。「我們苦思那麼久，以爲是喜之菊留下的死前留言，甚至懷疑凶手是左撇子，沒想到眞相竟只是爲了打開防雨門的門閂，所做出的下意識舉動！」

「正是如此。」大介正色道。「問題就出在，打開防雨門往外窺看，爲喜之菊招來殺身之禍。這麼一想，此舉或許有重大意義。請繼續想像接下來發生什麼事吧。喜之菊開了門，探看庭院的狀況，忽然瞥見庭院一隅有兩個人慌忙站起來。那是撐著傘的由紀夫同學和多惠子小姐，兩人在庭院那座大型石燈籠下，窸窸窣窣地不知在做什麼。

『咦，怎麼了？你們在那裡做什麼？』

喜之菊這麼問。兩人都是她從小看到大的孩子，她只是奇怪爲什麼他們會在下雨的夜晚跑來院子罷了。多惠子小姐可能說了些諸如『我才想問菊姨，怎會這麼晚還在練習』的話，藏起手中的東西，穿過庭院步向排練場，然後走了上去。喜之菊雖然覺得兩人神情與平日有異，但沒有特別起疑，只是問了爲何要在下雨時跑到院子而已。多惠子小姐可能回答『妳猜猜看』，朝由紀夫同學使了個眼色，又或者低聲要他彈三味線，『否則吉嫂會跑來』。由紀夫同學拿起三味線開始彈奏——終於漸漸感到不對勁的喜之菊說『等等，你們是怎麼回事？』，多惠子小姐笑咪咪地繞到喜之菊身後，可能又說了些『哇，菊姨這條腰帶好漂亮』之類的話，手一放在腰帶結上，就舉起藏在身後的菜刀，往喜之菊背上刺。

然而，菜刀滑過腰帶，無法刺穿腰帶結。喜之菊大驚失色，回頭質問『妳想做什麼』，氣急攻心的多惠子小姐再次揮刀，斬斷了腰帶結，割破了和服衣袖。發現刀刃無法刺穿腰帶的多惠子小姐豁出去，趁喜之菊嚇得愣住時，抓住她的腰帶拉扯。喜之菊頑強抵抗——這時，可能連由紀夫同學也放下三味線衝出來，想幫忙拉下腰帶。就算他們力氣再小，總歸是雙人聯手，腰帶就這樣拉鬆了。喜之菊見狀想逃向屋外，多惠子小姐緊追不放，揮刀刺向她的背——這當然只是我的想像。在扭打中，喜之菊可能閃過一次，多惠子小姐的刀不小心戳破三味線琴身，又或者是由紀夫同學舉起三味線朝喜之菊頭部毆打——不管怎麼說，三味線的琴身就這樣破了。隨後，喜之菊終於遭刺，從防雨門逃出去，再鑽出牆上的木門逃往宅邸外，被佐藤惠美子小姐發現。此時，安東家這兩個天才兒童奔過庭院，跑回自己的房間，換下弄髒的衣物，穿上睡衣以最快速度鑽進被窩。很快地，警察抵達，智同學來叫醒由紀夫同學，姊弟倆裝成才知道出事的樣子，若無其事地和智同學一起潛入會客室旁的空房間探查狀況。」

「可是，那個下雨的夜晚，他們究竟在庭院裡做什麼？」

「當然是企圖殺害八重夫人啊！再怎麼樣，他們也不會只爲了密談就帶上菜刀吧。反過來說，正因以爲菜刀被喜之菊看到，多惠子小姐才會衝動得揮刀殺人。多惠子小姐就是這種個性的人，一個行事衝動的危險少女——至少，當下她一定認爲想做的事受到阻礙，才會一氣之下犯案。殺害母親是如此，殺害喜之菊也是如此。一般人如果只是被目睹手持菜刀，根本不會立刻聯想到殺人滅口，但多惠子小姐立刻就會想，被看到了——萬一喜之菊去跟母親或父親多嘴怎麼辦？滿腦子認爲計畫即將受阻的她，顧不得衡量好壞。這也是她很快投入彌三郎先生懷抱的原因。如果八重夫人是像多惠子小姐這種個性，或許早就把家族拋到腦後，奔向吉村懷抱，也就不會種下今日悲劇的種子——智同學說過，他將兩把刀埋在庭院的石燈籠下。我不知道在那之前姊弟倆有過怎樣的殺母計畫，只是，在他們稚氣的想法中，可能以爲裝成強盜殺人之類就行了吧。原本想從廚房偷拿菜刀，又怕吉嫂看見追問。就在這時，由紀夫同學想起智同學埋下的菜刀，簡直是天賜良機，兩人於是決定挖出刀子。問題是，大白天去庭院裡挖，主屋裡的人會看得一清二楚，所以不能白天去。晚上也有晚上的問題，畢竟智同學每天晚上都會去找由紀夫同學。碰巧這天晚上下著雨，只要排練場中還有人在練習，智同學就不會過來，兩人於是來到庭院……」

「對了，老師。」山科想起什麼似地說：「你曾大喊『卡桑德拉』，然後就衝出去了。那到底是什麼意思？」

「你說那個啊。」伊集院大介露出害臊的表情。「沒有啦——不知爲何，從一開始我就覺得這件事似曾相識。加上喜之菊在這個家裡的地位，令我始終想不通。不用說，她當然是配角，不是主角。主角只能是八重夫人——既然如此，這個配角有什麼理由非死不可？

會想到那個純粹是巧合。您知道希臘悲劇作家埃斯庫羅斯的作品《阿伽門農》嗎？」

「不，我沒……」

「就是《俄瑞斯忒亞》三部曲，講述俄瑞斯忒斯的故事，《阿伽門農》是三部曲中最初的作品。故事裡的阿伽門農是邁錫尼國王，他的妻子叫克呂泰涅斯特拉，兩人之間生了幾個兒女，等一下會提到的只有名叫厄勒克特拉的女兒，和她的弟弟俄瑞斯忒斯。

阿伽門農在特洛伊戰爭勝利後回國，妻子克呂泰涅斯特拉出來迎接，但她其實已與一個叫埃癸斯托斯的年輕男人私通，內心打著殺死丈夫的主意。在歡迎阿伽門農歸國的宴會上，克呂泰涅斯特拉殺了丈夫。得知實情的女兒厄勒克特拉誓言復仇，慫恿弟弟俄瑞斯忒斯殺死母親——如何，這個悲劇故事的角色配置，基本上和安東家非常相似吧？」

「這……這麼說來好像是……」

「犯下弒母之罪，俄瑞斯忒斯遭復仇女神追殺，陷入瘋狂——埃斯庫羅斯將這個悲劇發生的原因，歸咎於阿伽門農出身的阿特柔斯家族先祖坦塔羅斯，因他犯下的罪而使家族受到詛咒。換句話說，阿特柔斯家族是受詛咒的一家。

話說回來，在殺害阿伽門農的過程中，第一個被殺死的其實是個配角，名叫卡桑德拉。卡桑德拉原本是特洛伊的公主，後來成了阿伽門農的妾。這個女人激怒阿波羅而背負了詛咒——儘管她是出色的預言者，但誰也不相信她說的話。她早已預言克呂泰涅斯特拉即將殺夫，卻沒有人聽進去，最後她也在阿伽門農遇害時受到波及，一起被殺死了。」

「………」

「當然，我這麼說的意思，不代表八重夫人和彌三郎先生打算聯手殺害喜之助先生，希臘悲劇和今天的命案在各種層面也不盡相同。只不過，對我而言，多惠子小姐就像厄勒克特拉，由紀夫同學就像悲劇中弒母的俄瑞斯忒斯，而八重夫人正是《俄瑞斯忒亞》三部曲眞正的主角，克呂泰涅斯特拉皇后。這麼一想，喜之菊在整件事中的位置忽然清楚浮現——也就是說，她正是那個看見了什麼而被捲入案件，遭到殺害的可憐的卡桑德拉。」

「再問一件事，讓我再問一件事就好。老師，你剛才提到鶯聲地板，又是怎麼回事……」

「很簡單，眞的沒什麼。那天晚上，不管是八重夫人也好，喜之助先生也好，都絕對不可能殺害喜之菊。安東家的宅邸呈『ㄈ』字型，出口只在兩側的豎線前端，不過廚房也有個後門——總之，房間位於『ㄈ』字上方橫線的八重夫人和喜之助先生，如果想穿越走廊，前往排練場殺害喜之菊，在走廊上踩出的聲響勢必會被廚房裡的吉嫂聽見。既然吉嫂待在廚房，兩人也不可能從廚房後門走出去。再者，如果是穿過庭院走去排練場，固然只要步出玄關右轉就行，但由紀夫同學和多惠子小姐的房間就在玄關旁，想進出玄關而不被他們聽見也是不可能的事——另一方面，如果是從後方長屋過來，像智同學每天晚上那樣，確實可避人耳目。問題是，住在那裡的三個人都有不在場證明。總之，那天晚上，能在不被任何人發現的狀況下靠近排練場的，只有由紀夫同學和多惠子小姐，別無他人——同時，他們當中的任何一人想單獨前往排練場也不可能，因爲會被另一個人聽見。換句話說，唯一的可能，就是姊弟聯手犯案。Quod Erat Demonstrandum！」

「那——那是什麼？」

山科一臉錯愕。伊集院大介白皙的雙頰忽然泛紅，急忙解釋：

「Q．E．D——證明結束的意思。艾勒里昆恩不是常這麼說嗎？我、我一直很想說一次看看，只、只是這樣而已。」

最後的演奏

CHAPTER — 段切

「大家都對你讚譽有加，說你的推理非常精彩。」

入夜後再次下起的雨持續不斷，令人心情不禁沮喪起來。

房間裡已打開暖爐，發出溫暖的橘紅火光。穿著牛仔褲的膝蓋彎起，雙腿侷促沒地方伸，伊集院大介冥想般凝視火光。

「安東家的事件結束了呢。」

彷彿陷入迷醉，他輕聲這麼說。

「對，結束了。八重、由紀夫、多惠子、橫田——大家都死了。或許這樣比較好……在這世上，一切都是夢啊。不是常說『黃粱一夢』嗎？」

「前不久也有人對我說過類似的話——在信州，對方也說了，一切都是夢。」

伊集院大介語氣平靜。夜已深，只有雨聲依然不停歇。

「伊集院老師，你也這麼想嗎？這麼年輕，就有這種想法？」

「不，我只是……不懂。我什麼都不懂。」

大介微笑，暖爐中搖曳的火光映在眼鏡上，照亮他的半邊臉。

「要是能說什麼都懂，能有這樣的自信多好——我很煩惱，是否該對你說這件事……不過，最後我還是決定說出來。到了你這種境界，一定能告訴我該怎麼做吧。」

「這話眞是誇大。」

對方微微一笑。大介抬起頭，直視著他。

「有時，人也會說出神的話語。你剛才說，安東家的事件結束了。確實是結束了，安東家也結束了。凶手就是你——眞正的……喜之菊命案、橫田命案，和八重夫人命案的眞正凶手。

安東喜左衛門先生，就是你。」

平靜無波的沉默，籠罩四下半晌。接著，高齡八十的國寶大師才從喉嚨深處發出咯咯笑聲，像是一隻上了年紀的靈犬。

「你又說了非常有趣的話。」

老人將棉被揉成一團靠在上面，揮了揮滿布斑點的手，責怪道：

「起初見到你時，我以爲你是罕見的聰明青年——沒想到，你果然還太年輕。難道你想說……我這個行動不便的老人，能到處跑來跑去殺人？」

「我可沒這麼說。」

伊集院大介也揮揮手，難掩語氣中的些許不耐。

「像你這樣的人，應該早就明白我想說什麼。即使如此，你無論如何都要聽我說出來嗎？」

「就聽聽看吧。」

年老的國寶大師回答。穩重的、老朽的，像是結束一生造的業，只等待死亡來臨的乾枯臉上，唯有雙眼炯炯有神，散發光芒，似乎能看穿一切——這雙眼睛，透露他內心有著熾烈燃燒的火焰。

「這輩子只有別人聽我的份，偶爾也得聽聽別人的話。」

「想要殺人，未必得親自下手。」

大介說了起來。與好幾小時前說給山科和喜之助聽時不一樣，現在的他，強忍著某種痛苦。

「當然，嚴格來說，或者以法律用語來說，你做的事不是『殺人』。但相反地，比起直接動手，顫抖著目睹犧牲者在眼前流血掙扎而死，或許可說你所做的事更罪孽深重。你認爲呢——殺死班柯的是馬克白，還是馬克白夫人？如果只有揮下斧頭的那雙手有罪，爲什麼馬克白夫人會說『臣妾手上的血污怎麼擦也擦不掉』？

不，喜左衛門先生，你終究是殺人凶手。不只喜之菊、橫田和八重夫人，在你的操縱下成爲傀儡行動的由紀夫同學與多惠子小姐，也是你殺死的。你就是凶手——喜左衛門先生。」

「就讓我聽聽你怎麼說。」

喜左衛門臉上沒有一絲緊張。相反地，老人饒富興味地說：

「就讓我聽聽你怎麼說。」

大介臉上閃過一絲近似憤怒的神色，罕見地嚴厲抿嘴，睥睨眼前這位身形矮小卻高傲的文化遺產。

「我在別人面前的一點小推理，只不過是餘興節目——話雖如此，太小的細節姑且不論，我確信自己的推理十之八九在現實中發生過。因爲那是從周遭狀況導出的，唯一符合邏輯的可能結論，同時也是構成實際狀況成立的唯一要素。

不過，我的推理有個根本上的漏洞。不知是否應該慶幸，誰也沒有對這一點提出反駁或質疑——這個最大的問題就是，動機。」

「動機——嗯，老實說，從女婿那裡聽到你的推理時，我也覺得這一點相當可惜。」

老人一副樂在其中的樣子。

「是的。雖然我提到由紀夫同學認爲自己會早死——但實際上，他並未被診斷出不治之症，也不曾被宣判只剩幾個月或幾天的壽命。就算他的性格柔弱，也不至於只受了多惠子小姐的慫恿，就下定決心犯下弒母大罪。更別提，八重夫人是那麼溺愛他——此外，殺害橫田一事也是如此。在我先前的推理中，由紀夫同學必須在八重夫人之前殺死橫田的動機，其實有點薄弱。拜死前留言等複雜細節，與我的詭辯之賜，山科先生和喜之助先生並未如我擔心的，對動機太過薄弱一點提出質疑。

然而，眞正的凶手是你。換句話說，那起命案表面上是由紀夫同學弒母，實質上是你殺害了女兒。這麼一想，動機就清楚浮現。

喜左衛門先生——你無法原諒拋棄自己、離家出走的藤野夫人。她背叛身爲一家之主的你，選擇吉村……那個比你劣等許多，無用許多的男人。這件事，是性情剛烈不輸藤野夫人的你，無論如何都難以諒解的。

藤野夫人說過，『我不能忍受看到喜左衛門的琴藝退步，格局變得狹隘，要是礙於我的緣故，扼殺了安東喜左衛門這個歷代罕見的名琴手，我將遺憾終身』。藤野夫人也是人稱天才的三味線演奏者，很明白你的琴藝中蘊涵多麼偉大的特質，正因如此，她才故意剝奪你爲人父、爲人夫的平凡家庭幸福，將你推落悲嘆的深淵，好保住三味線演奏者安東喜左衛門的藝術生命。

不料，你卻不明白藤野夫人苦心孤詣的決定。當妻子被除了長相之外毫無優點的男人奪走，自己成爲世人笑柄之後，你化內心的苦悶與痛苦爲動力，砥礪技藝，最終成爲藝術院會員，還被譽爲國寶大師。然而，與此同時，身爲一個人，對名叫安東三津雄的男人而言，你踏上的是一條毀滅之路，只有無盡苦惱與孤獨的荊棘之路。你活在一個形同廢墟的世界中。

愛與恨同樣強烈的你，把對藤野夫人和吉村稔的那份激烈憎恨當成跳板，終生活在憎恨中。我想，你根本忘不了藤野夫人吧，恐怕至今依然如此。不過，這是後話。

在我的想像中，你派了橫田去當臥底，打探私奔後的兩人消息。當你得知吉村被藤野夫人拋棄時，想必也曾大呼快哉。萬萬料不到的是——受你寵愛的獨生女八重，竟愛上被藤野夫人拋棄的吉村，那個你憎恨不已的吉村。於是，你急忙從弟子中選了喜之助先生入贅。可惜八重夫人從未接受喜之助先生，最後還生下吉村的孩子。

一開始，看到八重夫人和喜之助先生成爲夫妻，好不容易生了孩子，你和橫田應該鬆了一口氣吧。直到眼見多惠子小姐一天比一天長得像吉村，你才發現喜之助先生與八重夫人只是有名無實的夫妻。不僅如此，三年後八重夫人又懷孕了，還想離家出走，投奔吉村——那個曾奪走你妻子的男人，這次又要搶走你的女兒。

接下來，完全是我的想像。畢竟是十六年前發生的事，如今已無法究明眞相。喜左衛門先生，吉村稔死於與人爭吵受傷的意外，正好就在八重夫人打算投奔吉村前夕。那起意外——該不會也是你主導的吧？安東家最初的悲劇，是不是早在十幾年前就發生了呢？」

喜左衛門沒有回答，取而代之的，是浮起一抹淡淡的微笑。

伊集院大介呑下口水，繼續說：

「近日發生的連續殺人案，恐怕就是從那時開始籌謀的——就在八重夫人第二次懷了你這輩子最大仇敵的孩子，而那個叫吉村的男人正好死去的時候。我是這麼想的，遭妻子與女兒以同樣形式背叛的你，一定詛咒了一切。安東家是受詛咒的一家——必須斬斷這個家的血脈才行，你開始產生這個念頭。倘若八重夫人生的兩個孩子都是女兒，可能你在心情上還比較輕鬆。畢竟生的是女兒，只要嫁掉就好。在徒弟中認個兒子，還是能承繼安東家的家業。然而，她生了兒子。這個孩子是奪走你的妻子、讓你恨不得大卸八塊的男人，和背叛你的女兒之間生下的孩子。在你眼中，他是受詛咒的孩子，是證明藤野夫人與八重夫人不貞的活生生證據。最可怕的是，他是男孩，長大後這孩子——吉村的孩子，將會成爲安東流的宗師。

怎能讓這種事發生？於是你下定了決心。你把由紀夫同學當成傀儡操縱，讓這受詛咒的孩子扮演俄瑞斯忒斯，由他親手殺死罪孽深重的母親，藉此斷絕江戶以來代代相傳的安東家血脈。這個念頭，讓與天神宙斯同樣年老無情的你，感到有趣得不得了。

你讓由紀夫同學養成每天傍晚放學後，就到別館來向你請安的習慣。那個時段正好要準備晚餐，喜千世女士不在屋裡，只有你們獨處。外祖父與外孫，乍看之下似乎是一段十分溫馨的天倫時光，可是你卻每天在由紀夫同學耳邊灌輸他身體虛弱，活不過二十歲的想法。碰巧由紀夫同學身體確實虛弱，讓你的說法充滿說服力——我不願設想你在他的飲食中一點一滴下毒，實際上應該做不到就是了。總之，你在年幼的由紀夫同學腦中，植入他天生體弱多病、注定夭折的觀念，剝奪了他的『生存意志』。等時機成熟，你便透露他不是喜之助先生的親生骨肉——還讓他得知外婆與母親的雙重背叛，認為自己是外婆的情夫與母親之間生下的詛咒之子。你在他腦中不斷加重『母親罪孽深重』的想法，對軟弱溫和的由紀夫同學來說，自然是令人瘋狂的打擊。就在這時，多惠子小姐提出想要搶走母親的情夫。女人的罪愆與家族受到的詛咒之深，讓有精神潔癖的十六歲由紀夫陷入絕望，加上他一直對自己活不長久感到絕望，兩者相輔相成，引爆了這一連串的案件。不過，也可能是聽了姊姊提議的可怕計畫後，由紀夫同學在恐懼之下來找你商量，你藉機加深往日的愛恨情仇——不管怎麼說，活在母親盲目的愛、父親的恨意、智同學太過痴情的熱愛及姊姊的衝動下，由紀夫同學已走投無路，筋疲力盡，他把你這個外公當成願意接納一切，什麼都能坦白的對象。你也掩飾起真正的想法，對外孫裝出慈愛的模樣，讓他以為能得到你的包容。

多惠子小姐愛上彌三郎先生，是出乎你預料的事，但同時也加速你連根拔除安東家血脈的決心。在你眼中，安東家只是個受詛咒的家族，總誕生淫婦的血統，於是你決定連多惠子小姐的生命一併葬送。無論我怎麼想，那個計畫都應該是老奸巨猾的你，對由紀夫同學提出的建議。從調包保溫瓶到假扮女裝的點子——扮成女裝時換上和服，怎麼看都像是老人會想到的主意。你操縱由紀夫同學殺害八重夫人，讓由紀夫同學與多惠子小姐成爲殺人凶手，再誘導由紀夫同學自殺。身爲女人的多惠子小姐犯下殺害尊親屬罪，或許不至於遭判死刑，但人生最美好的時光不免都要在牢獄中度過。只要她沒有生下子嗣的機會，等她一死，安東家就等於絕後。

後來發生的一切，雖然和你的計畫有微妙的差異，但大致按照你的期待進行。喜之菊命案的發生可能令你有些措手不及，幸運的是警方始終無法破案，反倒加重孩子們弒母的決心。

由紀夫同學和多惠子小姐都沒有殺害橫田的強烈動機——但是你有。橫田知道一切，包括你與吉村的過節，兩個孩子的親生父親是誰，吉村稔可能死於你安排之下的事——要是八重夫人在橫田之前遭到殺害，橫田一定會發現那不是光憑孩子們就想得出的殺人計畫，也會立刻察覺背後有你的唆使。其實你非常痛恨八重夫人與吉村生下的外孫們，知道這件事的只有橫田。橫田是安東家的管家，他受過藤野夫人栽培，又是一手帶大八重夫人的人。就算願意幫你處理吉村的事，也是因爲他最重視的終究是安東家的八重公主——對身爲贅婿的你來說，爲安東家盡忠的橫田是礙事的存在，何況他知道太多。萬一他發現寶貝的千金小姐八重是怎麼死的，一定會化身復仇之鬼，把一切抖出來。那些至今仍盤旋在你心中的昔日恥辱、昔日傷痕、昔日痛苦，統統會被他抖出來——所以，你才非要橫田先死不可。你說服由紀夫同學，讓他認爲有必要這麼做，先殺死橫田，再殺八重夫人。

這就是我的推理。關於一個臥床在家，無法自由行動的八十歲老人，如何殺了三個人——不，殺了六個人的方法。」

好一陣子，兩人都不說話。

放在暖爐上的熱水壺發出水燒開的咻咻聲，和那個揭開一切序幕的夜晚一樣，被寂寥的雨聲蓋過。

安東喜左衛門那雙散發驚人銳光、清澈到可怕的雙眼，凝視著伊集院大介。大介拚了命地抿緊雙唇，努力不在老人的目光下低頭。與其說是以崇高地位與榮耀壓制眾人，不如說是那足以令其當上晦暗沉鬱的黑魔法最高祭司的琴藝，使這矮小的老人顯得偉大、陰暗又壯烈，像一陣狂風暴雨肆虐，朝年輕的大介襲來，試圖擊垮他。不知何時，伊集院大介白皙的額頭滲出汗水。

然而——

老翁的眼神轉爲柔和，別開視線。

「你說**那女人**——藤野，是爲了成全藝術才拋棄我和女兒。說是爲了我……你以爲我不知道，你以爲我是因爲她移情別戀吉村那種人，才心生怨恨，但……」

老人以悟道高僧般平和的語氣，冷靜地說。伊集院大介不禁喘了口氣——他知道自己贏了。

「其實，打一開始我就知道。這一生，我眞正愛過的只有**那女人**，除了**那女人**之外，沒有其他女人能像那樣，從一到十完全理解我的琴藝。你說，我怎麼可能不懂妻子在想什麼？我全都明白，痛徹心扉地明白。我甚至連**那女人**隔天就要離家出走也知道，畢竟**那女人**總是心有不甘地看著我的一舉一動啊。不過，你以爲知道了就能活得比較輕鬆嗎？厭倦無聊男人的話就回來吧，要是能不顧一切這麼說，不曉得該有多輕鬆——可是，**那女人**是拋下我和藝術逃走。如此痛苦，就像活在地獄，所謂藝術就是這麼回事——要是沒有這種東西……沒有這麼沉重、陰暗、任性，擾亂人一生的東西……

我多麼希望**那女人**不會彈三味線，多麼希望我乾脆失去左手的手指，那樣一來，至少我也可以拋下三味線。伊集院先生，請不要以爲我只是妻子跟人跑了，就滿心怨恨地想斷絕江戶以來代代相傳的安東家血脈，我不是這麼沒有度量的男人——請你明白。」

「我明白……我應該明白。」大介靜靜地說。「你搏鬥的對象，其實是藝術這個怪物吧。你的琴藝實在太出色、太神聖，能帶領人們抵達接近神的領域，也因此讓進入這個世界的人爲之瘋狂——你靠著琴藝獲得最高名聲與榮耀，但一想起失去的珍寶，就無論如何也無法原諒『藝術』了，對吧。」

「噢……」老宗師眼中浮現淚光，「原來你眞的明白。」

老宗師默默無聲地流了好一會眼淚。

很快地，他擦乾淚水，按下手邊的鈴。

「談完了嗎？很晚了，您得早點休息才行。」

「千世，去拿我的三味線和撥子來。」老人要求。

「咦？可是……」

「別多問，去拿就對了。」

喜千世從三味線琴盒中取出三味線，交給喜左衛門。他在棉被上端正跪坐，眼中帶著笑意。

「不管怎麼說，我活不久了，應該再也沒有上舞台的機會，就當最後的紀念吧。老師，請聽我的三味線——這是三世安東喜左衛門最後的演奏。爲了這片小小的撥子，一切都……不，我想什麼都不用再說了，你一定明白。」

支開喜千世，老人很快開始調音。

「我看看，彈什麼好呢？這裡沒有歌者，只能忍耐一下聽我唱了。就彈《鳥羽戀塚》吧——像這樣，總覺得往事歷歷在目。藤野這個不可思議的女人，她能看懂我手中這片撥子，和我彈的三味線的一切。世上偶爾會出現這樣的人，在她面前彈琴是無上的喜悅，也是考驗。只要稍有一絲分心或猶豫，她馬上聽得出來，還會鉅細靡遺地一一點出。很長一段時間，我精進琴藝只爲了彈給她聽。評論家說了什麼都不是問題，只要能得到她的稱讚——只要她能爲我流淚，我就感到幸福。爲了她，我不斷追求更巧妙、更深奧、更美好的音色……

自從她不再聽我的三味線，我就覺得少了什麼——被沒長耳朵的人稱讚又怎樣？今晚……真不可思議啊。總覺得今晚是她化成你的外表，坐在那裡聽我彈奏。真奇怪，現在我不覺得是她背叛，拋下我獨自逃離。只覺得她死了，但還留在我心中。」

喜左衛門看了大介一眼，微微一笑。

接著，他抱起三味線——瞬間，大介不禁倒抽一口氣。

他抱琴的姿勢既不端正也不鬆散，彈出第一個音時——這裡彷彿已不再是安東家別館的二樓。

「如此這般，遠藤武者盛遠，
春天三月來臨時，
思念比霞隱桃花更思慕的妳，在初次邂逅的橋上祭祀～」

喜左衛門的歌聲低沉沙啞，歌詞含混不清，然而，他的三味線琴聲卻令聽者背脊發寒——那琴聲就是如此清亮，如此澄澈。

大介聽得入迷，不明白爲什麼只是包了獸皮、穿上琴弦的樂器，竟能發出這麼妖美、纖細卻又清澄透徹的聲音。一樣是人，一樣彈奏三味線，彈奏的是一樣的節奏，怎會有如此大的差異？有人就是能彈出震撼人心的樂曲，光靠一片撥子就能自在操控人心，使人爲之涕泣，有人卻只是機械似地跟著譜面走。到底爲何會有這麼大的差異？

那肉眼不可見的致命差異，應該正是所謂「技藝」的差別吧。不知道有幾百、幾千人，從數百年前起就爲此或哭泣或歡笑，人生甚至亂了套。

或許世上再也不會出現像他一樣的琴師。大介全身沉浸在那清澄的、深入聽者內心的，彷彿正在訴說什麼的音色中，第一次理解安東藤野的心情。當然，今後大概仍會出現人稱「大師」、「天才」的琴師吧。幸運的話，喜之助只要繼續精進技藝，總有一天也會被譽爲出色的大師。

然而，這個——安東喜左衛門的琴藝，將隨著這個人的離世一同死去。那是唱片或錄影帶無法記錄的——是只有現在、當下，眼前這個人正在彈奏時，才會發生的奇蹟。人們是多麼想留下那許多的「大師」、「天才」，祈求他們永遠停留在身邊。然而，即使他們在世間留下一般人數倍、數十倍深重的雪泥鴻爪，終究難逃一死。人類再怎麼接近超凡入聖的神之領域，還是有死去的一天，那些曾磨練到極致的技藝也將消逝，化爲烏有，誰都無法繼承。人們總是一個一個從頭開始，期許自己盡可能踏上前人走過的路，盡可能接近前人的境界，然後超越他們。

時間彷彿從世上消失，除了琴音與樂曲中的故事之外，一切悲傷痛苦都散去。在喜左衛門那雙衰老但美麗的手彈奏下，故事中的人物活生生地出現，重新經歷一次故事中的悲喜，也重現了他們的愛。粗暴的青年武士、毫不知情的丈夫、下定決心赴死的貞潔妻子、愚蠢又自私的姨母——在柔和光線照耀下的永恆中，所有角色再次復甦，哀嘆自身的命運，掙扎求生，又不得不道別，掩飾哀傷跳起別離之舞。三根琴弦唱出了絢爛的、高雅的、滑稽的、悲慘的、淒絕的歌曲。

隨著故事情節的進行，賢淑的袈裟御前接受橫刀奪愛的盛遠，答應助他殺夫，事實上卻是喬裝成丈夫渡的樣子洗髮，爲了代替丈夫被殺，上床鑽進棉被。不知情的盛遠來了，揮下手中刀刃。

「多麼殘酷啊～高揭的首級不是渡，而是袈裟御前，難道這是夢一場？盛遠茫然若失～」

三味線琴音益發狂亂驍勇，令人爲之顫慄，接著一口氣轉爲清澄悠揚，慢慢進入終曲。喜左衛門手中的撥子愈來愈輕快。

「不忍卒睹的首級，煥發白毫光輝，染血的半邊衣袖，亦如佛陀拯救眾生之衣袂～」

大介察覺自己眼中泛淚。仔細一看，彈琴的老人臉上也閃現白色淚光。

「呀，多麼感恩，多麼尊貴，割斷髮髻，祭弔菩提盛阿彌陀佛，法號高雄文覺，此乃發願起心之源，流傳後世，鳥羽之戀塚～」

瞬間——然而，也是一段宛如將永恆緩慢拉回當下的、難以言說的空白之後，老宗師手中的撥子慢慢彈下最後的段切（註）。

伊集院大介動也不動，老喜左衛門也是。只見他淚如雨下，刻畫深深皺紋的臉上大雨滂沱。在他的耳邊，想必正響起落幕後，舞台另一端的巨大劇場中如雷般的掌聲。那熱烈的掌聲與觀眾的熱情如

註——指終止的旋律。

浪潮般襲來，清晰地在他耳邊迴盪。

（全文完）

解說

《絃之聖域》是栗本薰的第三部長篇推理小說，也是名偵探伊集院大介首次面世的作品，除了具有這個里程碑上的意義外，本作亦獲得吉川英治文學新人獎，可視爲作者奠定作家地位的開端。然而，長久以來，本作一直處於難以購得的狀態。

這次的再版發行（此指日文版），既能讓「伊集院大介」系列書迷從中窺見大介與宿敵「天狼星」纏鬥時不同的魅力，在本格推理小說歷史中占了重要位置的本作，想必也能滿足所有推理小說書迷的渴望。

爲了確認這一點，首先讓我們針對本書創作時期的推理小說界狀況做一個概觀吧。

以一九六八年桃源社復刻出版的國枝史郎《神州纐纈城》爲首，夢野久作、久生十蘭、小栗虫太郎、橘外男等多半已被世人遺忘的戰前推理小說重新受到評價。有人認爲，此類充滿怪奇幻想色彩的推理小說之復活，是對松本清張《點與線》後著重以寫實爲優先，導入社會問題與描繪人性的社會派推理之批判。正好此時發生了一九七三年的石油危機，日本高度成長期告終。對社會結構劇烈變動感到不知所措的年輕世代，彷彿要否定「社會應該朝良好方向演進」的常識，必然地熱衷起反寫實主義、以風土民俗爲主題的推理小說。一九七〇年代中期掀起的橫溝正史風潮，也可說是此類推理小說復興的延長。

在此一再版潮流下的一九七五年，雜誌《幻影城》創刊。貫徹對推理小說堅持的《幻影城》，一方面從編輯發行人島崎博收藏的大量推理小說雜誌中選擇名著復刻出版，一方面積極培育新人作家與評論家，包括泡坂妻夫、連城三紀彥、李家豐（後改筆名爲田中芳樹）、竹本健治等鼎鼎大名的作家，都出身於這本雜誌。到了一九七七年，獲得第二屆幻影城新人獎評論部門佳作的作品，正是本書作者栗本薰的〈都筑道夫的生活與推理〉（本屆得獎作品從缺，與栗本薰同樣獲得佳作的是日後成爲恐怖小說家的友成純一）。

在栗本薰作品《我們的心情》中，安排了與作者同名同姓的偵探栗本薰如此自我介紹：「二十四歲，職業——嗳，應該是無業吧。姑且算是寫著像小說一樣的東西，（中略）也在印量只有三千的推理小說專門雜誌《黑洞》上連載時評。」這裡的《黑洞》，肯定就是影射《幻影城》，事實上作者栗本薰也在《幻影城》中連載過一個叫「短篇月評」的專欄（一九七七年十月到一九七八年五月）。順帶一提，島崎博企畫過一本未經發行便無疾而終的夢幻雜誌，名稱就叫《黑洞》。

一九七八年，栗本薰寫下描寫在電視台打工的大學生「栗本薰」，遇上人氣歌手狂熱歌迷接連遇害的青春推理小說《我們的無可救藥》，並獲得江戶川亂步獎，正式於文壇出道。由這部作品衍生的系列作品有《我們的心情》（一九七九）、《我們的世界》（一九八四）等。

雖然集結成單行本的時間較晚，比《我們的心情》更早開始在《幻影城》上執筆連載的正是《絃之聖域》，這也是她拿下亂步獎後出版的第一部作品。本作從一九七八年九月開始在《幻影城》上連載至一九七九年五月，發表了六回之際，面臨雜誌廢刊而中斷連載，歷經一番迂迴曲折的過程，才在一九八〇年加筆完成剩下的部分，並得以出版。

栗本薰曾在〈我們的推理小說．新十則〉（《幻影城》一九七八年二月號）一文中倡言「推理小說是注重玩心的文學」、「有沒有名偵探登場都可以，但既然標榜本格派，最好還是安排偵探上場，絕對比較有趣」、「無論文體或描寫方式多麼誇張，或內容多麼令人無動於衷都無妨，最重要的是營造作品本身的氣氛，只要有這一點就夠了」、「這完全是個人嗜好的問題，但推理小說中至少要出現一個美男美女或美少年之類的人物，絕對比較有趣」……等等，顯示栗本薰本人原本就偏好橫溝正史風格的驚悚詭譎。也因如此，《絃之聖域》中充滿各種作者認為「有趣」的推理小說精華，看得出她對過去許多名著的熱愛。

首先，以長歌安東流宗師家豪壯日式大宅做為故事的舞台，在第一起殺人事件曝光前還聽見三味線的琴聲，顯然是向橫溝正史《本陣殺人事件》致敬，該作描寫的是在房屋構造上不易構成密室的日式宅邸中發生的本格密室殺人，破案關鍵正是古琴的琴聲。作者不選擇本格推理中常見的神祕西式洋房，而以日式宅邸為故事舞台，是因對出生戰後社會的讀者而言，西式洋房已是電影和漫畫中經常出現，易於想像的場所。反過來說，若想營造哥德式小說般脫離日常的氛圍，就應該選擇日式宅邸為場景，如此一來，將更容易獲得想營造的效果。

故事中，安東流雖然仍奉國寶級大師喜左衛門為宗師，實質上率領安東流的一家之主，已是喜左衛門獨生女八重的贅婿喜之助。然而，八重嫌棄長相醜陋的喜之助，夫妻之間相敬如冰，喜之助不只讓小老婆住進家門，還染指女徒弟。八重也不甘示弱，有一個叫左近彌三郎的鼓手情夫。此外，第一起命案的被害者喜之菊，也是喜之助的情婦之一。

安東家複雜的愛恨糾葛，源於將近三十年前，喜左衛門的妻子與年輕情夫私奔一事。到了現在，住進安東家的小老婆帶來拖油瓶江島智，智出於對情欲奔放的母親之嫌惡，與八重所生的由紀夫成為一對同性戀人，由紀夫的姊姊多惠子則愛上彌三郎，計畫從母親手上奪愛。

愛恨交織的人際關係掩蓋了真相，使案情陷入迷霧中，這樣的情節開展，很難不令人聯想到坂口安吾的《不連續殺人事件》，該作描寫詩人歌川一馬將離經叛道的作家、詩人、畫家和女明星聚集到深山中的豪宅，引發一連串殺人事件。江戶川亂步曾在〈論《不連續殺人事件》〉中提到該書「性關係的錯亂狀態、一群穿性好女色的歌川多門舊鞋的文人，以及他們之間數不清的掠奪、轉讓，構成一個超乎常理的世界，甚至是一個肯定近親相姦思想的世界」，這樣的描寫其實達到一種誤導作用，相信讀完《絃之聖域》的讀者一定會同意本書使用了相同的手法。

最不可遺忘的事實是，連山科警部補都束手無策的案子，卻被一個外行人偵探伊集院大介解決了。一九七五年都筑道夫在評論集《黃色房間做了哪些改裝？》中呼籲「名偵探」復活後，佐野洋又在《推理日記》中提出反駁，自此掀起一場關於名偵探的辯論大戰，《絃之聖域》連載時，正好是上述戰場餘溫猶存的時代。社會派推理的興盛，雖然奪去了萬能名偵探大顯身手的場域，但都筑認為「不必是奇人異士，也不必有超乎常人的能力」，只要符合「擅長觀察人類，並擁有邏輯思考能力」的條件，就能創造出現代的名偵探。外表明明是隨處可見的普通青年，卻能運用邏輯思考解決看似不可能發生的犯罪，伊集院大介可說是在都筑理論的實踐下誕生的角色。

本書中的伊集院大介經營升學補習班，但學生只有安東由紀夫一人，是個看不出究竟如何維生的奇妙人物。這令人想起亂步《D坂殺人事件》中初次登場的明智小五郎，此一從大白天就在喫茶店打發時間的二十幾歲年輕人，是個只對「犯罪或推理相關事物」感興趣的窮書生型人物，與伊集院大介的形象恰巧有幾分重疊之處。到了描繪與獵奇殺人魔對決的《蜘蛛男》、《黑蜥蜴》等所謂「通俗長篇」，明智小五郎搖身一變爲住在高級公寓，深受警方信賴的名偵探。再看伊集院大介，到了描繪與從不親自下手的殺人者「天狼星」對決的「天狼星」系列時，伊集院大介也成爲擅長格鬥技和易容術的超級英雄。這種角色上的變化，或許可看出作者將亂步置於念頭中的部分。

此外，亂步本人很喜歡寫在簽名板上的一句話「現世如夢，唯夢乃眞」，似乎也化爲《絃之聖域》中的一節。而橫溝正史在《犬神家一族》中，亦有從登場人物之一彈奏琴音的變化揭穿其手臂受傷的事實等情節。像這樣在書中找出栗本薰追求「玩心」的展現，是一件頗爲有趣的事。

不過，本書不單重現了古典推理小說的世界。「長歌」這個原本看似只爲加重難解連續殺人事件的戲劇性，爲上一代亂倫關係賦予必然性的「裝飾」，隨著伊集院大介步步解開謎團，點出這是唯有在背負傳統藝術傳承宿命的安東家才可能成立的案子，大受衝擊的讀者於是恍然大悟，原來此一頹廢而耽美的設定，其實是爲了製造顛覆感的重要伏筆。

同時，不要忘記本書確實掌握了一九七〇年代的時代樣貌。雖然前面將《我們的無可救藥》定調爲現實主義，將《絃之聖域》定調爲反現實主義，其實這個解釋是對錯各半。《我們的無可救藥》的行凶詭計與動機，只有在熱愛偶像歌手這個虛構角色的少女小圈圈中才得以成立（換句話說，對無法與追星少女產生心理共鳴的人不具備現實性），背後存在的是

「只要與偶像有關的情報都要鉅細靡遺地掌握」、「所有偶像週邊商品都要完整蒐集」的欲望。反觀頻頻「（象徵性地）引用」古今東西小說推理的本書，則是執著於追求推理小說的虛構細節，一味展現作者對推理小說的愛，其實兩部作品在根本精神上相當酷似。乍看之下相異，只因《我們的無可救藥》站在書中角色栗本薰的立場客觀看待對虛構的偏愛，而《紘之聖域》則站在作者栗本薰的立場進行主觀描寫，僅有這一點不同。排除瑣碎差異後，兩者的共通點就清楚浮現：一是即使不事生產也能光靠消費活下去的高度資本主義社會帶來的時代變化，二是同樣以平等接受大眾文化與主流文化的文化演變為主題。

一方面是交織對推理小說之愛的反現實主義小說，另一方面，作品深處也隱藏了分析現代社會的犀利評論性。這樣的《紘之聖域》，與同為《幻影城》出身的竹本健治《匣中的失樂》（一九七八）、笠井潔《再見，天使》（一九七九）及島田莊司《占星術殺人事件》（一九八〇）並列，為一九八七年由綾辻行人《殺人十角館》帶動的「新本格」帶來極大影響。

山科警部補曾感慨「總覺得這起案件，和我或大迫這種領薪水的警察熟悉的案件種類不同」，而《殺人十角館》中被稱為艾勒里的角色也說「某一時期日本曾流行過號稱『社會派』的寫實主義，但我受夠了。（中略）眞希望能夠停止，什麼瀆職啦，政界內幕啦，從現代社會扭曲中誕生的悲劇啦，這些也眞的都夠了。或許有人會說跟不上潮流，但眞正配得上懸疑推理的，終究還是名偵探、大宅、可疑的居民、染血的慘案、不可能犯罪與無厘頭的大型詭計……」。《殺人十角館》中不斷上演人工構築的世界，一方面是反寫實主義的偵探小說，另一方面挖掘出當時年輕人面臨的「現實危機」。如此看來，在《殺人十角館》中，栗本薰的方法論確實得到了傳承。

不只是「新本格」的源流之一，《紘之聖域》在推理小說中穿插漫畫和恐怖電影等元素，加入「宅文化」，是一部對徹底否定青少年文化的大人明確表達憤怒的先驅作品，直到二十一世紀的今天，光芒依然不減。

「伊集院大介」系列的早期作品中，尚有《溫柔的密室》和《鬼面的研究》等至今依然難以入手。爲了塡補推理小說史的空白，衷心期盼這些作品也能早日復刻再版。

本文作者介紹

末國善己

一九六八年出生於日本廣島縣，明治大學畢業，專修大學研究所博士後課程修了。以研究時代小說、推理小說爲主的文藝評論家。著有《從時代小說讀日本史》，編有《山本周五郎推理小說全集》、《岡本綺堂推理小說全集》等。

原著書名／絃の聖域・作者／栗本薰・翻譯／邱香凝・責任編輯／陳盈竹・編輯協力／吳寶・行銷業務部／徐慧芬、陳紫晴・編輯總監／劉麗眞・總經理／陳逸瑛・榮譽社長／詹宏志・發行人／凃玉雲・行銷業務部／陳玫潾・出版／獨步文化 城邦文化事業股份有限公司 104台北市中山區民生東路二段141號5樓 電話／(02) 2500-7696 傳眞／(02) 2500-1967・發行／英屬蓋曼群島商家庭傳媒股份有限公司城邦分公司 台北市中山區民生東路二段141號2樓・讀者服務專線／(02)2500-7718; 2500-7719・服務時間／週一至週五：09：30-12：00、13：30-17：00・24小時傳眞服務／(02)2500-1990; 2500-1991・讀者服務信箱 E-mail／service@readingclub.com.tw・劃撥帳號／19863813 書虫股份有限公司・香港發行所／城邦（香港）出版集團有限公司 香港灣仔駱克道193號東超商業中心1樓 電話／(852) 25086231 傳眞／(852) 25789337・馬新發行所／城邦（馬新）出版集團 Cite (M) Sdn. Bhd. 41, Jalan Radin Anum, Bandar Baru Sri Petaling, 57000 Kuala Lumpur, Malaysia. 電話／(603) 90563833 傳眞／(603) 90576622・封面設計／蕭旭芳・排版／游淑萍・印刷／中原造像股份有限公司・2019年（民108）12月初版・定價／499元 ISBN 978-957-9447-55-3 Printed in Taiwan

絃之聖域

日本推理─大師─經典

ITO NO SEIIKI

ISBN 978-957-9447-55-3

國家圖書館出版品預行編目資料

絃之聖域／栗本薰著；邱香凝譯．初版．-- 臺北市：獨步文化：家庭傳媒城邦分公司發行，2019〔民108〕
面； 公分．（日本推理大師經典；49）

譯自：絃の聖域

ISBN 978-957-9447-55-3（平裝）

861.57 108019348

獨步文化
APEX PRESS

廣 告 回 函
北區郵政管理登記證
台北廣字第000791號
郵資已付，免貼郵票

104台北市民生東路二段 141 號 2 樓

英屬蓋曼群島商家庭傳媒股份有限公司

城邦分公司

請沿虛線對摺，謝謝！

獨步文化
APEX PRESS

書號：1UD049	**書名**：絃之聖域	**編碼**：

請於此處用膠水黏貼

獨步文化 APEX PRESS

讀者回函卡

謝謝您購買我們出版的書籍！
請費心填寫此回函卡，我們將不定期寄上城邦集團最新的出版訊息。

姓名：________________ 性別：□男 □女

生日：西元________年________月________日

地址：________________________________

聯絡電話：________________ 傳真：________________

E-mail：________________________________

學歷：□1.小學 □2.國中 □3.高中 □4.大專 □5.研究所以上

職業：□1.學生 □2.軍公教 □3.服務 □4.金融 □5.製造 □6.資訊
□7.傳播 □8.自由業 □9.農漁牧 □10.家管 □11.退休
□12.其他________________

您從何種方式得知本書消息？

□1.書店 □2.網路 □3.報紙 □4.雜誌 □5.廣播 □6.電視
□7.親友推薦 □8.其他________________

您通常以何種方式購書？

□1.書店 □2.網路 □3.傳真訂購 □4.郵局劃撥 □5.其他

您喜歡閱讀哪些類別的書籍？

□1.財經商業 □2.自然科學 □3.歷史 □4.法律 □5.文學
□6.休閒旅遊 □7.小說 □8.人物傳記 □9.生活、勵志 □10.其他

對我們的建議：________________________________

____

____

為提供訂購、行銷、客戶管理或其他合於營業登記項目或章程所定業務需要之目的，家庭傳媒集團（即英屬蓋曼群島商家庭傳媒股份有限公司城邦分公司、城邦文化事業股份有限公司、書虫股份有限公司、墨刻出版股份有限公司、城邦原創股份有限公司），於本集團之營運期間及地區內，將以mail、傳真、電話、簡訊、郵寄或其他公告方式利用您提供之資料（資料類別：C001、C002、C003、C011等）。利用對象除本集團外，亦可能包括相關服務的協力機構。如您有依個資法第三條或其他需服務之處，得洽詢本公司服務信箱cite_apexpress@cite.com.tw請求協助。相關資料不提供亦不影響您的權益。

□我已詳讀權利義務之相關條款，並同意遵守。

請於此處用膠水黏貼